Les Folies Kœnigsmark

Gilles Lapouge

Les Folies Kœnigsmark

Albin Michel

ISBN 2-226-03796-9

I

Il est curieux que le maréchal de Saxe et Candide ne se soient jamais rencontrés. Fort amis de Voltaire l'un et l'autre, ils naissent au même moment, entre le Soleil et les Lumières, et dans un même lieu, cette Allemagne, si riche alors en principautés ratatinées, en monarques de chiffon, en courtisans lunatiques, l'un en Westphalie, dans le château de M. le baron de Thunder-ten-tronckh et l'autre à Goslar, non loin de Dresde où règne son père, Frédéric-Auguste, Electeur de Saxe. Il est vrai que les deux personnages sont différents. Le maréchal de Saxe est un homme violent et joyeux, d'une malice de singe, cynique, dépravé, généreux et héroïque. On ne discerne en lui ni cette simplicité ni cette innocence qui nous attendrissent dans Candide.

Candide et Maurice de Saxe se débrouillent cependant pour tomber dans des tribulations égales. Ils connaissent la fuite, l'exil, la puissance et la gloire, le dénuement, et si le maréchal de Saxe pulvérise les armées anglaise et hollandaise à Fontenoy, en 1745, l'autre, Candide, se bat tant bien que mal à Rossbach en 1757. La raison suffisante en est qu'ils souffrent, à leur venue au monde, d'une même incommodité : ils sont enfants illégitimes, bâtards. Ils partagent le chagrin de rater un destin fabuleux, et pour un cheveu à peine, car s'ils naissent princes, un caprice des choses les condamne à la roture.

Pour Candide, un quartier de noblesse manque à son père et tous les tabellions de la Westphalie échouent à retrouver cet objet « perdu par l'injure du temps ». La condition de Maurice de Saxe est plus énervante encore : son père, Frédéric-Auguste, dit Auguste le Fort, est un très grand souverain, Electeur de Saxe et roi de Pologne, mais sa mère, la ravissante Aurore de Kœnigsmark, a l'inconvénient de n'être point l'épouse légitime de Frédéric-Auguste. Si cette jeune fille suédoise transite par la couche de l'Electeur de Saxe, c'est à la manière d'une nomade, de sorte que le petit Maurice se trouve à lui-même incompréhensible : il est à la fois un fils de roi et un rien-du-tout.

Ces circonstances vont précipiter Maurice, comme Candide, dans des carrières rocambolesques. L'Eldorado, qui leur a fait faux bond dans leur berceau, ils n'ont point de cesse qu'ils ne le récupèrent, et c'est le motif de leurs fièvres : Candide, parce que les tabellions ont égaré ce quartier de noblesse, est voué à des amours tristes, à des voyages infinis, à des infortunes fulgurantes, à des guerres frénétiques desquelles il ne comprend rien. Il est battu comme plâtre par les soldats bulgares et sa fiancée Cunégonde, à laquelle il eût bien aimé donner des leçons de physique expérimentale, a le ventre fendu et gagne la vérole. Son parcours est une suite de zigzags, un labyrinthe, à croire que sa bâtardise a creusé, dans l'ordonnance des choses, un vide vertigineux que toutes ses gesticulations et ses bontés seront impropres à jamais combler.

Le même vide fera le tourment de Maurice de Saxe, sa fabuleuse énergie, les bizarreries de son esprit et la variété de ses entreprises. En apparence, sa vie est une victoire : il a le goût des femmes et les femmes le caressent. Il a la manie des uniformes et il est couvert de chamarrures, de décorations. Il goûte la gloire et la bataille de Fontenoy le fait illustre, le coince dans les manuels d'Histoire de France entre Turenne et Napoléon Bonaparte. Il a besoin d'or et sa fortune est sans bornes. Cet homme réussit tout, obtient tout, possède tout.

En même temps, il ne possède rien car la bâtardise annule chacune de ses prospérités, obscurcit ses bonheurs. C'est pourquoi il est si souvent sur la brèche. Il est toujours occupé à rafistoler un désastre, à rattraper un temps perdu, à ravauder la déchirure de sa naissance. Toute sa vie, il s'escrime à grimper sur ce trône que l'étourderie de sa mère lui a offert et dérobé ensemble.

Dès qu'il repère une couronne en friche, il tend la main vers elle, mais une transparente paroi de verre empêche de l'attraper et la couronne est un mirage. Maurice se retrouve nu et ridicule, bâtard incessamment et roi sans terre. Il se remet alors en besogne et repart à l'assaut du Paradis. Tel Candide, il saute d'une aventure à l'autre. Il court des forêts de la Courlande aux dissipations de Paris, des canonnades de Prague à celles de Bruges et de Bergen op Zoom, du Kremlin à la Hongrie, moins goulu de gloire que d'une province sur laquelle légiférer. Son Eldorado n'est pas, comme celui de Candide, un pays peuplé de moutons volants et de monceaux d'émeraudes : c'est ce trône qui lui a été chipé dans le ventre de sa mère et duquel il est inconsolé.

Son cheval, il le donnerait pour un royaume et n'importe quel brimborion de la mappemonde ferait l'affaire. Maurice n'est pas regardant : que ses domaines s'étendent sous le Soleil ou sous Saturne, dans la neige ou sous les cocotiers, au bord de la mer ou dans la terre ferme, qu'il commande à des chevaliers Teutoniques, à des Vikings, à des Malgaches, à des Russes, à des juifs, à des Corses ou à des Français, que son trône se dresse aux Antilles, à Madagascar ou dans la Lune, peu importe pourvu qu'il ait des sujets à gouverner. Il suffit qu'une principauté soit vacante et Maurice frappe sur son tambour, sonne la charge, bondit vers le trésor. Et le trésor, à cause de sa naissance déraisonnable, échappe à ses doigts.

On aura compris que son ambition n'est pas triviale. S'il

entend faire le prince, c'est qu'il veut recommencer sa propre gestation, changer d'enfance, effacer la désinvolture de son père et restaurer l'ordre monarchique que l'inconduite d'Aurore a déréglé. Non que Maurice éprouve les légèretés de sa mère comme un péché originel, une faute à rédimer. Freud n'a rien à faire en ce chapitre. Maurice de Saxe est un homme sans mœurs. Si la bâtardise le chiffonne, ce n'est pas que la belle Aurore fut impure : c'est que la fausse manœuvre prénatale l'a privé de la place qui lui était assignée sur l'échiquier, celle du roi.

Candide, au terme de ses aventures, se retire en son jardin et il est bien content, le voilà dans l'Eldorado. Maurice de Saxe découvre aussi, au soir de sa vie, un jardin, le plus grandiose du monde et qui convient à son génie, ce château de Chambord que le roi Louis XV lui offre en récompense de la victoire de Fontenoy. Possède-t-il enfin son Eldorado ? Il fait mine de le croire. Il règne sur Chambord comme il eût régné, si sa naissance eût été correcte, sur la Saxe et la Pologne. Il travestit Chambord en royaume. Il se grime en monarque, avec grenadiers et cavalerie, petits soupers du roi, trompettes et falbalas, revues militaires et presque-lettres de cachet, mais Maurice est trop avisé pour croire à ses propres bouffonneries. Au fond de lui, il mesure que Chambord n'est qu'une principauté de conte de fées.

Quand il quitte notre terre, le royaume des ombres à son tour échappe à ses convoitises. Bâtard et allemand, luthérien de surcroît, il n'aura pas même le plaisir de reposer dans cette terre de France qu'il a si généreusement, si brillamment servie : un convoi funèbre déménage son corps, dans l'hiver de la France, jusqu'à cette ville de Strasbourg où le culte protestant est licite et célébré. Et si, dans la tête hallucinée de ce cadavre, une idée peut encore jaillir, Maurice doit connaître que Strasbourg n'est qu'une autre figure de ce néant qui fut sa seule souveraineté.

Maurice de Saxe est un homme qui cache ses plaies et ses détresses. Avare de confidences, il ne parle pas volontiers de sa famille mais des signes dispersés disent qu'il fut hanté par sa mère et davantage encore par les fougueux ancêtres de sa mère, les Kœnigsmark.

Nietzsche fait une remarque étrange dans *Par-delà le bien et le mal* : « Si on a du caractère, on a dans sa vie un événement typique qui revient éternellement », manière de dire que le hasard est sans prise sur les âmes fortes, qu'il s'incline aux charmes ou aux fatalités.

L'incohérente lignée maternelle de Maurice de Saxe illustre Nietzsche et étend la leçon à toute une famille : chez ces gens-là aussi, les mêmes événements reviennent éternellement. Depuis que les Kœnigsmark sont sortis de la nuit du Brandebourg, au début du XVIIe siècle, jusqu'au milieu du XVIIIe, on jurerait qu'un unique tisserand est à l'œuvre et s'applique à croiser les mêmes trames et les mêmes chaînes, comme si chaque Kœnigsmark avait pour programme de reproduire les bonheurs et les malédictions familiaux, à peine renouvelés, sur un métier inchangé. Tous les Kœnigsmark semblent les avatars d'un même portrait et les fracassantes péripéties du dernier de la lignée, qui est Maurice de Saxe, résument, concentrent, entrelacent ou additionnent les couleurs chatoyantes et tragiques de la totalité de ses ancêtres, de sorte qu'à négliger la préhistoire maternelle du maréchal, on s'exposerait à mal comprendre la blessure de son cœur.

Chez les Kœnigsmark, qu'ils soient du XVIIe ou du XVIIIe siècle, on relève des ingrédients et des décors identiques, des triomphes et des malheurs ouvrés dans le même atelier. Que ce soit le vieux maréchal de Kœnigsmark, Hans-Christophe, le premier guerrier de la famille, celui qui s'illustre dans la guerre de Trente Ans, en 1630, ou bien les fils de ce maréchal-là, ou bien ses petits-enfants, parmi lesquels Aurore, et enfin son arrière-petit-fils Maurice de Saxe, tous, ils s'imitent et se parodient les uns les autres, comme des visages reflétés dans les miroirs déformants de la foire du Trône. Tous, ils fréquentent des lieux extrêmes : les champs de bataille et les prisons, les palais et les chaumières, les boudoirs et les couvents. La mort violente sied aux Kœnigsmark, qu'ils la donnent ou qu'ils la reçoivent, et ils utilisent un seul outillage : le poison, l'épée, le fusil, des femmes belles à périr et corrompues, parfois saintes, du courage, de la force, des maquillages et des déguisements, si bien que feuilleter les archives de cette famille, c'est tracer les tremblantes esquisses du maréchal de Saxe qui a porté au paroxysme les délires de ces âmes inassouvies.

Ces hommes et ces femmes ont vécu dans l'imaginaire : les catégories qui quadrillent les sociétés ne concernent point les Kœnigsmark. Sans doute, ils sont nés quelque part. Ils ont un berceau, une origine, ils sont suédois ou allemands, ils servent la France ou l'Angleterre, mais ils changent de camp par caprice, ils se faufilent comme des furets dans les mailles de l'Histoire. Les frontières se dissolvent sous leurs regards de Méduse et le temps est une illusion. Pour une insomnie, une migraine, un désœuvrement ou un amour, ils troquent une armée contre son ennemie, une patrie pour une autre. C'est que leur royaume, s'il n'est pas de Dieu, n'est pourtant pas de ce monde. Et quand Maurice de Saxe meurt, « Me voilà à la fin d'un beau rêve », dit-il.

Ils servent des rois incompatibles ; religion, patrie, ces détails leur semblent frivoles ou horripilants. Ce sont des hommes sans feu et sans lieu, des exilés de tous les pays du monde simultanément, des passe-murailles du temps. S'ils font semblant de vivre dans l'Europe de Louis XIV ou dans celle des Lumières, ils caracolent en secret dans le siècle de leur guise, de préférence un siècle noir et étincelant, du côté du Moyen Age, de la Renaissance. Nulle hiérarchie, nul ordre, nulle autorité ne sauraient ligoter ces grandes bêtes intraitables. Leur géographie est celle de leur fatalité.

Certes, Maurice de Saxe, comme ses ancêtres, vécut dans ce monde : il fut soldat de l'empereur ou bien du roi de

France, mais ces rôles sont des cachettes, des leurres et c'est ailleurs que son aventure s'accomplissait : quand il tente de devenir le prince de Courlande, dans le nord de l'Europe, ce n'est pas la forêt de Livonie qu'il parcourt mais celle de Brocéliande, comme le Chambord de Saxe fut moins le château de François Ier que celui de *Ma mère l'Oye,* comme le Quichotte avait la vue assez perçante pour déceler une « haute dame » dans une maritorne, un palais dans une masure.

Quand Maurice de Saxe est à l'abandon, dans les glaces de la Courlande, il a pour livre de chevet le *Don Quichotte* de Cervantès. Il lit et relit les mêmes pages : le chapitre où don Quichotte offre à son écuyer Sancho Pança le « gouvernement » d'une île. Cette île souffre de deux imperfections puisqu'elle est inexistante et de terre ferme, mais il faut être tolérant avec les îles : il est déjà assez compliqué d'en être une, s'il fallait au surplus être entourée d'eau... et c'est une île cependant car, pour des rêveurs de ce calibre, qu'est-ce qu'une île sinon une matière de songe, un nuage, un merveilleux nuage ?

Qui a dit : « Un roi sans gouvernement est un homme plein de chimères » ?

II

Longtemps, cette famille est invisible. Elle est nichée dans un modeste château et ce château n'a pas de chance. Il s'élève dans le Brandebourg, qui est l'une des plus pauvres contrées de l'Allemagne : une plaine vague et mouillée, dans les hauts de l'Europe, des sols de sable avec des pins, des marécages, des bruyères, des quantités de vents, des vallées aux larges fonds inondés, un peu de seigle, un peu de bétail, des animaux sauvages, des hommes sauvages. Les villes sont tardives et recroquevillées. C'est autour de l'année 1237 seulement que deux villages, sur la Spree, se réunissent pour former Berlin qui, au XVIe siècle, ne compte que dix mille habitants.

Dans ces solitudes, les Kœnigsmark ne font pas de bruit. On les entend à peine respirer. Ils passent le temps, ils passent les siècles. Les souverains du Brandebourg se succèdent : Albert l'Ours en 1134, les Wittelsbach, les Luxembourg, et puis Sigismond qui va céder la marche de Brandebourg aux Hohenzollern, et Frédéric Dent-de-Fer, Albert l'Achille, Jean le Cicéron, princes des limbes et qui enregistrent la décadence de leur territoire. Il faut attendre le début du XVIIe siècle pour qu'une figure forte émerge, Jean Sigismond.

Les Kœnigsmark ne bougent ni ne parlent. Faute de les apercevoir, on est réduit à imaginer ces engourdis et la détresse de leur province : les landes où glissent les loups, les roulements du vent au ras de la plaine, la lenteur des hivers, la pluie, les lacs noirs et tant de crépuscules pour des aubes si rares, les lumières dévastées des automnes, les corbeaux, tout cela doit vous composer, au bout de quelques siècles, des âmes dolentes ou bien très fortes.

Chez les Kœnigsmark, c'est la force. Ils seront portés aux gloires et aux infamies. Ils seront étincelants ou saturniens. Les âges monotones ont mis au point une lignée qui s'accommode des frénésies. Mais, pour qu'ils jaillissent de leur tanière, au début du XVIIe siècle, il faudra d'abord que l'Europe explose.

L'Histoire a un inconvénient. Elle peint seulement le visible. Elle ne dit que ce qu'elle connaît. Elle ne connaît que le connu : imbattable pour répéter ce qui laissa témoignage dans les annales, les chroniques, les livres de raison, les archives de paroisse ou les chancelleries, comment rapporterait-elle les silences et l'inexaucé ? Elle rate le plus important : le tohu-bohu des âges muets, les longues laisses de temps durant lesquelles s'est cristallisé un peuple, une enfance de peuple. Comment ferait-elle écho, l'Histoire, aux préambules inexistants, aux rois fantômes, aux déambulations sans empreintes ? Elle donne à voir quelques grains d'or philosophal au fond de l'alambic mais que dire des interminables veilles au fourneau durant lesquelles le plomb a mûri ses métamorphoses ? Du drame des peuples, elle ne saurait retenir que ce qui en effet advint, le mince chemin sur lequel la caravane des hommes a passé : des étendues qui bordent le chemin, de ces précipices ou de ces nuits dans lesquels ont remué des millions d'événements inaboutis, d'événements mort-nés, comment nous fournirait-elle trace ?

A-t-on le droit de rêver sur les mortes-saisons de l'Histoire ? Terrains vagues, borborygmes sans dictionnaires, grimoires et brouillaminis, paysages démarrés dans lesquels des hommes ont édifié leurs destins de sable, espaces sans vestiges et sans stèles, royaumes de cendres et royaumes d'argiles, hordes de cavaliers hallucinés, victimes sans identité et charniers sans sépultures, et les hurlements des agonisants, et le battement des tambours, et le remuement des déesses d'aucun panthéon, principautés sans archives, oui, comment écrire une histoire des mutismes, une histoire des syncopes de l'Histoire ? Longtemps, la science historique ne balisa que les grandes routes, les avenues sur lesquelles galopent les princes. Plus récemment, elle nous a conduits par les chemins de campagne, dans le lacis de sentes et de taillis où s'agitèrent des populations sans figures. Et comment pousser au-delà ? Comment dire sur quel fond de nuit ont grimacé les effigies de ceux qui n'ont point laissé de statues, même s'ils ont sécrété les empires, les villes, les frontières ? « Le seul historien que je puisse lire, dit Jean Giono, est Froissart parce qu'il écrit dans la réalité imaginaire. »

Les premiers Kœnigsmark appartiennent à ces territoires vacillants. Ils ont vécu, ils ont engendré, péri et, de leurs passions, de leurs peines, rien n'est demeuré. On est jaloux de leurs songes. On aimerait se glisser dans les désirs qui abîmèrent ces têtes, entendre leurs soirées, et le piétinement des chevaux dans l'écurie, les soupirs des femmes, les hôtes que la nuit déposa sur leur seuil, les querelles de bornage et les embuscades, les chasses à l'épieu, les messes et les chants, les exils, les croisades, les guerres. Toute piste s'est dénouée. Libre à nous d'imaginer le long cortège de ceux qui peuplèrent le château ruiné des Kœnigsmark, les jeunes filles timides ou sauvages, les pères abjects ou bonhommes, les mères austères, pieuses ou dévergondées, les coquettes et les perfides, les diaboliques, l'inextricable méli-mélo de corps, de naissances et de morts, d'ivresses et de fièvres qui ont composé doucement, comme une potion un peu sorcière, le sang exalté des Kœnigsmark.

Les Kœnigsmark laissent filer quelques siècles et voici le tour de la chance. Les années 1600 disposent sur l'Allemagne un décor à leur démesure. Ils n'en savent rien encore mais l'orage qui tournoie au-dessus de l'Europe fixera leur destin pour quatre générations, entre l'apparition du premier des Kœnigsmark historiques, en 1620, dans les landes du Brandebourg, et la mort, un siècle et demi plus tard, en 1750, dans le château de Chambord, du maréchal de Saxe.

Dès le XVIe siècle, au plein des tumultes de la Renaissance, les Kœnigsmark avaient déjà entendu quelques coups sourds frappés dans les coulisses : la révolte de Luther en 1517, la chrétienté démembrée, la guerre des Paysans en 1524 avaient allumé d'assez jolis feux de malheur. Pourtant il leur fallait un peu de patience encore car l'Allemagne, au moment même où elle courait au drame, avait tenté de le conjurer en organisant la paix d'Augsbourg.

Cette paix, qui est signée en 1555 entre Ferdinand Ier, frère et successeur de Charles Quint et les Electeurs germaniques, assure la liberté de croyance mais c'est une liberté saugrenue car elle est au plaisir des princes. Les seigneurs, seuls, ont le droit de faire un choix dans la collection de dieux qui leur est proposée et les sujets doivent s'incliner, aimer la religion que leur maître a choisie, détester la religion qu'il dédaigne. Les serfs, les paysans sont catholiques ou bien réformés, selon que leurs souverains croient à la Vierge ou n'y croient pas.

Durant un bref moment, grâce à la convention d'Augsbourg, la guerre retient son souffle. La formule *cujus regio ejus religio* se démène en faveur de la paix mais les digues ne tardent pas à céder. La paix d'Augsbourg fait long feu et tout est en place pour le grand charivari. Dans l'Allemagne traînent assez de mèches et de barils de poudre pour créer un enfer : et comme les Kœnigsmark sont à l'aise dans les enfers, ils vont enfin sortir de leur château et courir à l'ennemi, n'importe quel ennemi en vérité, les Kœnigsmark ne font pas la petite bouche, l'essentiel est d'avoir des adversaires, du canon, des épées, de l'or et de la guerre.

En ce début du XVIIe siècle, l'Allemagne est un casse-tête Elle compte quelques États massifs, la Saxe électorale, le Brandebourg, la Bavière qui dépassent le million d'habitants, même le Palatinat, la Hesse, l'archevêché de Trèves ou le Wurtemberg, mais, pour le reste, c'est de la poussière, « la croix des géographes ». Mille princes, princes-évêques, villes libres grouillent sur le grand corps disloqué. En Souabe, qui n'est pas plus vaste que notre Suisse, vous avez 68 seigneuries laïques, 40 seigneuries d'Église, 32 villes impériales.

Ailleurs, il n'est pas rare qu'un chevalier ne possède que la moitié d'un village. Si quelques nobles sont opulents, beaucoup crèvent la faim, acagnardés dans des châteaux-masures. Ils se bourrent de choux et de farine. Ils ramassent une compagnie de va-nu-pieds qu'ils griment en chambellans. Les vachères, quand elles ont fini de traire, se pomponnent en dames de compagnie. D'autres terres de l'Europe avaient connu de telles étrangetés : en Espagne, don Quichotte, qui nous paraît fou, n'est sans doute pas absurde quand il devine dans une servante d'auberge une « haute et digne dame », dans une femme de joie une « gracieuse demoiselle », dans un gros palefrenier, un « seigneur souverain ». L'Allemagne des Kœnigsmark ressemble à la Manche du Quichotte : des étables ou des bicoques en guise de palais des Mille et Une Nuits, des maritornes et des souillons pour honorer la cour des princes.

« M. le baron (de Thunder-ten-tronckh), écrit Voltaire dans *Candide,* était un des plus puissants seigneurs de la Westphalie, car son château avait une porte et des fenêtres. Sa grande salle même était ornée d'une tapisserie. Tous les chiens de ses basses-cours composaient une meute dans le besoin ; ses palefreniers étaient ses piqueurs ; le vicaire du village était son grand aumônier. Ils l'appelaient tous Monseigneur, et ils riaient quand il faisait des contes. »

Ces potentats de poulaillers, ces princes clochards sont des inquiets et des cupides. Ils veillent comme des dogues sur leurs privilèges. Les droits de douane leur plaisent beaucoup.

On dénombre une barrière douanière toutes les cinq ou six lieues. A chaque étape, on change d'écusson, de drapeau. Le moindre déplacement est une course d'obstacles Sur l'Elbe, de Prague à Hambourg, trente postes de douane sont à l'affût, avec de gros tromblons, pour décourager les fraudeurs. Sur le Rhin, onze postes entre Mayence et Cologne, dont chacun est muni d'un canon pour bateaux récalcitrants. Les imprimeurs sont tenus à l'œil : pour toute l'Allemagne, trente mille ouvrages sont interdits.

L'exercice favori de ces princes rabougris consiste à copier Versailles. « Versailles, dit Montesquieu, a ruiné tous les princes de l'Allemagne. » Il eût dû ajouter : Versailles a corrompu et poussé à la déraison les frêles princes de l'Allemagne. Dieu sait, déjà, si la cour de Louis XIV était riche en déraisonnables, en podagres, en princes vermoulus et en princesses naines, dévergondées, chlorotiques ou scrofuleuses, mais les cours de Lilliput qui composent l'Allemagne s'ingénient à battre leur modèle français et renchérissent dans le désordre et la débilité. « L'Allemagne, dit Manteufel, fourmille de ducs dont les trois quarts n'ont pas l'esprit sain. »

On verra bientôt, nous dit Pierre Lafue, un prince de Hildburghausen présider son Conseil des ministres avec l'assistance de deux pistolets et d'un poignard. Un comte de Nassau-Siegen fera tuer un de ses paysans pour distraire ses convives. Le margrave d'Ansbach a un garde-chasse atrabilaire et qui le contredit : il prend son fusil et le foudroie. Le duc de Merzbourg invite ses musiciens de table à souffler dans leurs trompettes jusqu'à la mort, par éclatement des veines.

Certains courtisans doivent se déguiser en valets ou bien aboyer comme des chiens s'ils veulent conserver la faveur du margrave. Quand un duc s'affectionne aux barbus, les nobles achètent des postiches. L'aimable prince de Saxe-Merzbourg adore la musique. Aussi décrète-t-il que son fils doit sortir du ventre de sa mère avec un minuscule violon à la main. Or, par inadvertance, l'enfant n'a pas de violon quand il vient au monde : cette indélicatesse dégoûte le père qui déshérite son fils.

Tout cela boit sans frein. Frédéric de Bayreuth est vaniteux de se montrer saoul trois fois par jour à ses sujets. Auguste le Fort (qui sera le père de Maurice de Saxe) invente la « Société des anti-sobres » qui enjoint de boire à mourir. Un autre divertissement de ces monarques est plus écologique : quand on se saisit d'un braconnier, on l'assujettit aux bois d'un grand cerf et on commente son agonie.

Dans les Etats plus vastes, et comme les dimanches sont longs, on se divertit en bâtissant des armées. Le landgrave de Hesse-Kassel rassemble en 1600 une milice de neuf mille hommes. La Prusse ducale fortifie ses ports, Memel, Pillau. Dresde édifie un arsenal ultramoderne avec l'équipement complet de dix mille soldats. Des remparts s'élèvent à Heidelberg, à Frankenthal, à Mannheim, dans la région de Trèves, et, plus au sud, Munich, Ingolstadt, Rain sont fortifiés. L'Allemagne prend l'allure d'un hérisson. Les voyageurs étrangers n'en reviennent pas. Ce pays est un nid de soldats, il se dispose à l'apocalypse. Une étincelle, et tous ces mousquets vont faire feu, et ces épées écorcheront.

La passion religieuse est au comble. On s'étranglerait pour une eucharistie. Au surplus, personne n'y comprend rien car la géographie religieuse a la danse de Saint-Guy. Les paysans échouent à changer d'âme, changer de foi, aussi rapidement que le font leurs princes. Gare à eux s'ils sont en retard d'une croyance, d'une conversion car la règle est rigoureuse : quand un souverain embrasse une nouvelle loi, il déserte son Eglise avec armes et bagages, c'est-à-dire avec ses soldats et ses administrés. En 1613, l'Electeur de Brandebourg se convertit au protestantisme et ses peuples abjurent la foi de Rome ; un autre prince, Wolfgang Guillaume de Neubourg fait le trajet contraire : un beau matin, stupéfait ou peut-être émerveillé, il s'aperçoit qu'il est devenu catholique pendant son sommeil. Tous ses paysans font la même découverte.

Le brandon ne sera cependant pas lancé en Allemagne mais dans un autre coin de l'Empire, chez les Habsbourg. Ces gens-là sont constants. Leur fidélité au pape est au-dessus de tout soupçon, mais certaines de leurs possessions ne l'entendent pas de cette oreille, la Bohême par exemple, qui rue des quatre fers. Ce territoire s'est spécialisé depuis longtemps dans la révolte religieuse et, chaque fois qu'il bouge pour sa foi, c'est un carnage. Il y a deux cents ans, en 1414, Jean Hus, qui ne plaisait pas du tout à l'antipape Jean XXIII, est brûlé. Cet incendie ulcère les seigneurs de Bohême et Jean Hus gagne le grade de martyr. La Bohême entre en terrible courroux et, en 1418, des sectateurs du pape sont « défenestrés ». C'est au tour du pape d'être irrité. Il monte cinq croisades contre les insurgés. Les hussites tiennent dix-huit ans.

Deux siècles plus tard, la Bohême n'a pas fini de grogner. Elle n'apprécie pas que les empereurs de Vienne, après avoir fait mine de tolérer les protestants sous certaines conditions, déchirent leurs promesses et persécutent tout ce qui n'est point papiste. Une assemblée de conciliation est convoquée à Prague, le 5 mars 1618, mais les représentants catholiques de l'empereur, les régents, ouvrent l'assemblée et la referment en même temps.

Les délégués de la Bohême sont outrés de colère. Ils appellent une nouvelle assemblée, deux mois plus tard. Les régents catholiques reviennent mais ils s'entêtent et dissolvent une deuxième fois l'assemblée. Les Bohémiens disent qu'ils ne se dissolvent pas. Le 23 mai 1618, ils trouvent plus intéressant d'attraper deux des régents de l'empereur Mathias, avec un secrétaire, en vue de projeter tout cela par la fenêtre du Hradschin, en mémoire de la première défenestration.

Les défenestrés de 1618 survivent à leurs blessures mais Mathias est remplacé par son cousin Ferdinand II qui est un homme intransigeant et l'Allemagne va succomber. Une guerre de religion, l'une des plus réussies de l'Histoire, éclate. Les soldats se précipitent dans les arsenaux, ils se mettent à tirer dans tous les coins. On manie des épées et de longues piques. On supplicie, on confectionne en hâte un peuple d'estropiés et cela va durer trente ans. La guerre fera des millions de morts et, de l'Allemagne, un décombre. Les Kœnigsmark peuvent sortir de leur antre, ils dégainent.

III

Une odeur infecte flotte sur l'Allemagne. Cette odeur est exquise aux narines des Kœnigsmark. Elle annonce que les siècles de torpeur s'achèvent et que la famille, si longtemps paralysée dans son antre, peut mettre le nez à la fenêtre et conquérir le monde. Pour les hobereaux du Brandebourg, les ténèbres qui descendent sur l'Europe ont des couleurs d'âge d'or. Les grands feux que la guerre de Trente Ans allume sur la moitié de l'Occident, de Vienne à Hambourg, de Copenhague aux Alpes, illuminent le théâtre sur lequel la famille Kœnigsmark, épée au poing, bondit et se jure de tenir les premiers rôles.

Du terrier brandebourgeois déboule un jeune homme, vingt ans peut-être, avec une âme de brigand. Dès qu'il entend les premiers coups d'escopette, Hans-Christophe de Kœnigsmark dit adieu au château ancestral et s'enrôle sous les oriflammes du duc François-Albert de Saxe-Lauenbourg qui, pour l'heure, sert l'empereur catholique de Vienne, Ferdinand II de Habsbourg. (Comme tout le monde, ce François-Albert change de camp de temps en temps. Plus tard, il rejoindra les Saxons, les Suédois, sera emprisonné par l'empereur avant de reparaître dans les régiments de Wallenstein, chef des légions catholiques.)

Le jeune Hans-Christophe de Kœnigsmark est d'abord un soldat, puis un page, mais il n'a pas mal choisi sa clique car, dans les commencements, les Bohémiens révoltés contre les catholiques de Vienne sont isolés. Les solides soldats des Habsbourg bousculent les troupes disparates des protestants, écrasent les Bohémiens de Frédéric V en 1620 à la Montagne Blanche. Hans-Christophe ferraille quelques années dans les légions des Habsbourg. Son rôle est modeste. Il se dégourdit le cœur. Il s'exerce à tuer, il patauge dans le charnier. Quand il a fini ses classes, l'année 1630 lui offre une belle occasion de s'exprimer : il trahit.

Cette année-là, le roi de Suède Gustave II Adolphe (le père de la future reine Christine qui est alors minuscule) entre dans la danse de mort. Il débarque en Poméranie pour soutenir les protestants (avec les subsides du catholique Richelieu, zigzags de la raison d'Etat). La guerre prend de nouvelles façons : Gustave-Adolphe, avec ses soldats de fer, écrase Tilly, qui est le capitaine de l'empereur, à Breitenfeld, en 1631, délivre toute l'Allemagne du Nord, s'abat sur l'Allemagne du Sud. Aussi, Hans-Christophe change son arquebuse d'épaule. Le voici rallié aux protestants. Il s'en donne à cœur joie. Il gagne ses grades et rivalise avec les meilleurs généraux suédois, les Wrangel, les Baner, les Horn, les Torstensson. Il s'illustre à Breitenfeld, justement.

Hans-Christophe pète le feu. Le conflit est taillé pour cette âme de proie car, en matière de carnage, l'Europe a rarement fait mieux jusqu'à la Révolution française. Ce n'est pas une bataille, c'est une cohue de mutilés. D'énormes troupes de combattants tanguent dans la campagne, vagabondent, ravagent, détruisent, volent et violent avec le concours de toutes les canailles du continent. Chaque coin de l'Europe délègue quelques équipes de malandrins. Les déchus, les « hommes sans maître », les chômeurs, les mendiants, les illuminés jubilent. On meurt en gros. Les hommes sont embrochés sur les piques immenses, quatre mètres de long, que l'on manie en ces âges. D'autres sont hachés menu par les arquebuses venues d'Espagne, par les gros mousquets de dix kilos solidement assis sur leurs fourches d'appui, ou bien déchiquetés par les boulets des canons. Les survivants crèvent de famine, de misère, de typhus.

A la tête des égorgeurs, des chefs implacables. Wallenstein, le plus grand de tous, le héros des troupes catholiques, a des caprices d'empereur romain. Comme il aime le silence, dès qu'il force une ville, il fait abattre tous les chats, tous les chiens. Il interdit à ses soldats de porter en sa présence des bottes et des éperons. Ceux qui parlent trop fort sont châtiés. Fastueux, capricieux, il est accompagné de son bourreau personnel. Après la bataille de Lützen qu'il perd en 1632 contre les Suédois (même si le roi de Suède Gustave-Adolphe y trouve la mort), Wallenstein fait décapiter dix-sept officiers ou soldats, pour lâcheté.

Ses ambitions augmentent avec ses victoires. Il se met en tête de devenir roi de son pays natal, la Bohême, ce qui déplaît à l'empereur Ferdinand II d'Autriche. Wallenstein est convoqué à Vienne afin d'y être interrogé en premier lieu, tué ensuite. Trouvant que ça sent le roussi, il ne rejoint pas la capitale. Ferdinand lui donne la chasse, non sans prendre la précaution d'amadouer d'abord le bon Dieu et de le mettre dans son camp : l'empereur ordonne aux jésuites du monde entier de prier pour le succès de l'assassinat. Les jésuites se mettent au boulot, ils ne ménagent pas leur peine et prient d'arrache-pied, comme dirait Alphonse Allais. Mille messes supplémentaires sont dites chaque semaine. Le tendre cœur de Dieu se laisse émouvoir par tant de dévotion : le 25 février 1634, Wallenstein qui s'enfuit vers la Saxe est massacré avec son escorte par son lieutenant Gallas.

L'Europe pue. Ses soldats sont pourris. Ils sont si couverts de vermine qu'on leur interdit de porter des fourrures, c'est une armée aux puces. Plus répugnants que des clochards, plus scatologiques que des bousiers, la plupart d'entre eux ont vite perdu leurs uniformes, casques de fer pour les soldats, armures entières pour les officiers. Les combattants s'emmitouflent au hasard, avec des blouses de paysans, des chiffons. Ils arrachent les hardes des cadavres. Les armées sont des cimetières en déplacement.

Les deux camps se distinguent grâce à des emblèmes improvisés. Les Suédois accrochent à leurs chapeaux un ruban bleu bordé de jaune. Les Saxons portent un rameau feuillu ou un brin de fougère, les Habsbourgeois un plumet et un insigne rouge. Ces dispositions sont favorables aux transfuges, traîtres, renégats et apostats qui encombrent les deux camps. Il suffit de cueillir un brin d'herbe ou un coquelicot dans les champs, de le fixer à son chapeau et l'on a changé de destin, de patrie et de religion d'un seul coup. Ces squelettes ornés de fougères, de fleurs et de vieux rubans courent de droite, de gauche, comme des ivrognes, ils cheminent dans les campagnes désespérées en traînant derrière eux de formidables convois chargés de leurs rapines, des betteraves, des femmes, des bœufs, des filles, de l'or, des enfants. Quand une troupe manque de munitions, elle projette sur ses ennemis des ruches. Les abeilles butinent les soldats.

Les combattants ne sont pas les plus exposés. Si une bande envahit un village, les paysans meurent. « A chaque soldat, dit un proverbe, il faut trois paysans. L'un pour lui céder la maison, l'autre pour lui donner sa femme, le troisième pour aller en enfer à sa place », et c'est vrai que les femmes sont violées avec allégresse, c'est vrai que les paysans vont en enfer, sous forme de cendres, car le plaisir des militaires est de les rôtir.

« Les soldats, raconte Grimmelshausen, jetèrent dans le four un des paysans faits prisonniers et ils travaillaient à le chauffer, quoiqu'il n'eût encore rien avoué. A un autre, ils avaient attaché autour de la tête un garrot et, à chaque tour, le sang lui jaillissait par la bouche, le nez, les oreilles... Quant à mon père, il avoua tout ce qu'on voulait savoir de lui et révéla où se trouvait caché son trésor. »

Les paysans sont plus sensibles. S'ils capturent un soldat, ils lui coupent le nez, les orteils et les mains, mais ils ne le tuent pas. Les morts s'amoncellent. A Dresde, qui n'est pas envahie, on célébrait, dans les années 1610, cent trente et un baptêmes pour cent enterrements. Dans les années 1640, dans le temps où l'on ensevelissait cent personnes, on ne faisait que trente-neuf bébés.

Le jeune Hans-Christophe resplendit. A la tête d'une armée qu'il a levée lui-même, il va comme le malheur. En 1643, il reçoit une mission délicate. La Suède décide d'attaquer le Danemark car le roi Christian IV se dispose à faire alliance secrète avec les catholiques. Elle lance à l'assaut ses deux meilleurs généraux : Torstensson contre le Holstein et le Jutland, Kœnigsmark contre les évêchés de Brême et de Verden qui jouissaient du statut de neutralité.

Christian IV de Danemark n'est pas un adversaire de paille, quoi qu'on en ait dit. Sans doute, il a perdu naguère la première manche de cette guerre, du temps qu'il se présentait comme le défenseur intraitable de la foi protestante, en 1625. Battu en 1626 à Lutter am Burenberg, par Tilly, il avait toutefois réussi à signer une paix inespérée à Lübeck en 1629, mais son pays avait perdu huit millions de thalers, des masses de soldats et toutes les forêts du Jutland.

Ce Christian ne dépare pas la collection de fauves qui dilacèrent l'Europe. Une allure noble, la force d'un ours, de l'intelligence, le goût de la science et l'amour de la boisson. On l'a vu boire sans interruption durant trois journées. Ses courtisans notent que, de 1600 à 1610, il passe trois semaines par an dans une ivresse totale. En 1632, il n'est pas calmé encore : « Telle est la vie de ce roi, écrit un envoyé anglais à Copenhague : boire toute la journée et coucher toutes les nuits avec une catin. »

Contre ce souverain inquiétant, Kœnigsmark frappe comme un sourd. Il envahit les évêchés sécularisés de Verden et de Brême sur lesquels il va exercer son proconsulat en attendant que les deux territoires soient annexés à la Suède par le traité de Westphalie (1648), ce qui permettra à la Suède de régner des deux côtés de la Baltique.

Kœnigsmark est insatiable. Il avance, la torche à la main, il pille tout ce qui brille. Le sac de Prague en 1648, c'est lui. De tous les généraux suédois, il est le plus sauvage. C'est un peu grâce à lui que le nom de Suédois devient synonyme de haineux et d'épouvantable.

Hans-Christophe n'a jamais été signalé comme un maître dans les arts de la stratégie. Il pratique des vertus différentes : un cynisme irréprochable et une audace de butor. Il a aussi la passion du vol. Dans les villes qu'il foudroie, il fait main basse sur l'argent, les femmes, l'or, les objets précieux. Dans l'ordre du pillage, il passe pour le plus talentueux des généraux suédois. Quand il finira par mourir, bien plus tard, en 1663, l'ancien soldat, devenu page puis maréchal est un Crésus : près de millions de thalers (183 000 en pièces, 1,14 million de traites, 406 000 en propriétés foncières).

Les traités de Westphalie de 1648 mettent fin à la tuerie, abaissant l'Autriche et disloquant l'Allemagne, exhaussant la Suède et inaugurant le Grand Siècle de la France. Kœnigsmark se recycle. Il se transforme en marquis de Carabas : les trésors, les demeures, les châteaux, les fiefs glissent de ses mains, comme des bijoux ou des perles. Christine, reine de Suède depuis 1632, bien peu vulnérable à la beauté des hommes, est captivée par ce brutal. Elle le nomme gouverneur de la principauté de Verden et du duché de Brême et c'est en cette qualité qu'il installe sa résidence à Stade, sur la Schwinge, entre Brême et Hambourg.

A force de piller des œuvres d'art, il a pris le goût des jolies choses. Il édifie un château splendide qu'il intitule Agathenbourg, en hommage à sa chère épouse. Le château misérable de Brandebourg est oublié. C'est à Agathenbourg que grandiront les enfants du maréchal, ceux de la première génération, Otto-Wilhelm, Hans-Christophe, Conrad-Christophe, puis ceux de la génération suivante parmi lesquels

Aurore, la jeune fille Aurore, qui deviendra la mère de Maurice, le futur maréchal de Saxe. Maurice de Saxe, lui, ne sera pas élevé à Agathenbourg mais il aura l'occasion, par un hasard de la guerre, au siècle suivant, d'y bivouaquer avec ses troupes et la mémoire de l'aïeul abominable le hantera. A sa mère Aurore, il ne craindra pas un jour d'assurer que le sang bouillonnant du maréchal Hans-Christophe, le sang empuanti du pilleur de Prague, coulait dans ses veines.

Le maréchal de Kœnigsmark n'est pas aimé à Stockholm. Les grands noms de la Suède détestent cet étranger et ses coquineries. Malgré la protection de la reine Christine, le maréchal doit affronter des complots très dangereux. Mais l'homme est sur ses gardes. Il démonte les jaloux, en saigne quelques-uns, couvre les autres d'ors et de pierreries. La cour de Suède lui décerne le titre de protecteur des lettres et des arts, ce qui est justice puisqu'il a enrichi de ses rapines les cassettes de la Suède. Il a offert à la reine Christine un objet admirable, le *Codex argenteus,* d'Uphilas, qu'il a volé à Prague. On lui offre un fauteuil à l'Académie de Stockholm, c'est la moindre des choses.

Avec l'âge, le diable se fait poète. Il consacre ses matinées à couronner des astronomes, des mathématiciens, il discute avec des philosophes. Le soir, dans le cercle de Sa Majesté, il énonce ses prouesses de la guerre de Trente Ans, en prenant soin de glisser dans son discours quelques vers dérobés à Tibulle ou à Horace, il cambriole les poèmes comme il dévalisa les villes. On admire à Stockholm un portrait du maréchal. Sa figure est puissante, une sorte de beauté aussi. On hésite s'il ressemble à Pierre le Grand ou à une fripouille.

IV

Le vieux maréchal de Kœnigsmark avait éventré beaucoup de soldats, de femmes et d'enfants entre Prague, Brême et Copenhague. Ses trois fils, Conrad-Christophe, Hans-Christophe et Otto-Wilhelm, héritent sa vaillance et sa colère. Le plus coléreux des trois est le dernier, Otto-Wilhelm.

Otto-Wilhelm arrive à Paris en 1668, vingt ans après que la guerre de Trente Ans est finie. Louis XIV commence à rayonner. La France achève la guerre de Dévolution contre les Pays-Bas mais elle devra bien s'attaquer un jour à la Hollande. Aussi, ce soldat venu du Nord, ce comte Otto-Wilhelm de Kœnigsmark, la France l'empoche. Louis XIV le charge d'organiser le Royal-Etranger qui se distingue, dans la guerre de Hollande, sous Turenne. En 1674, Otto-Wilhelm est nommé maréchal de camp, une espèce de colonel, et après la bataille de Senef (victoire de Condé sur Guillaume d'Orange) il reçoit de Louis XIV une épée d'honneur.

Ensuite, Otto-Wilhelm cherche un autre roi. Les Kœnigsmark sont des impatients. Ils piaffent, ils se fatiguent de ne pas se battre. Le repos les épuise. Quand un prince fait la paix, ce prince n'est pas bon, et les Kœnigsmark en attrapent un autre. Si la guerre s'assoupit dans un coin, vite ils trouvent un autre coin avec de la chicane. La religion ne les oblige pas davantage. Dans un demi-siècle, on verra le maréchal de Saxe, qui est luthérien et allemand, servir une Majesté à la fois française et catholique.

Otto-Wilhelm quitte Paris sur la pointe des pieds et se place au service de Charles XI (roi de Suède depuis 1660), ce qui lui permet de livrer quelques batailles en Allemagne, maigres batailles en vérité, de la broutille, du bibelot. Ces échauffourées malingres ne calment pas l'estomac d'Otto-Wilhelm. Au surplus, elles n'ont pas beaucoup d'avenir car Charles XI de Suède est un homme décevant : c'est un souverain pacifique !

Son prédécesseur, Charles X, était plus intéressant. Toujours furieux, Charles X en décousait avec la Pologne, le Danemark, le Brandebourg, et avait manqué de prendre Copenhague en poussant ses troupes sur les eaux glacées du Grand-Belt, pendant le violent hiver 1658. De la même façon, dans quelques années, le successeur du brave Charles XI, son fils Charles XII, sera aussi un belliqueux, il ravagera la Pologne, la Saxe, le Danemark et terrorisera la Russie mais, pour le moment, Charles XII n'est même pas né et Otto-Wilhelm doit se contenter de l'aimable Charles XI.

Il ne s'en contente pas. Il constate qu'il a tiré un mauvais numéro. Il a déniché l'unique souverain paisible du pays le plus guerrier de l'Europe, quelle idée ! Otto-Wilhelm va porter ses grègues ailleurs. Le nez au vent, il farfouille dans tous les replis du continent, en quête d'une autre bagarre. Ce serait un comble si ce continent, le plus violent, le plus méchant de l'Histoire, ne lui fournissait pas une bonne pinte de sang.

Il a rendez-vous avec le bonheur à Venise. Voilà une ville épatante. Elle a l'avantage d'avoir à sa porte, dans les mers qui la bordent, un ennemi venimeux, l'Empire turc, qui est plein de soldats perfectionnés.

Depuis 1453, depuis que Constantinople est tombée sous les Turcs, Venise et la Sublime Porte se chamaillent. On signe un armistice, on se rétrocède une ville ou un port on fait un brin de commerce à toute vitesse, mais c'est une simple récréation, le temps de refaire des soldats, de remeubler les arsenaux, de gréer des flottes, et l'on recommence à s'égorger. Otto-Wilhelm jubile. Il est engagé par le doge Marc-Antonio Giustinian, en qualité de commandant général des troupes de débarquement, sous l'autorité d'un homme très valeureux, Francesco Morosini.

L'association de ces deux hommes est une trouvaille. La main dans la main, ils ravagent la Grèce. Les villes tombent par dizaines, Modon, Navarin, Argos, Nauplie en 1686, Patras, Corinthe et Lépante l'année suivante. Francesco Morosini gagne un surnom flatteur, le « Pellopponesian ». Otto-Wilhelm trafique aussi son nom de baptême. Il devient « Conismarco » et se donne une devise pas très compliquée : « Semper victori », qui résume bien l'âme et le programme de la famille Kœnigsmark. Venise érigera une statue équestre en son honneur, comme l'Italie le faisait à la Renaissance pour récompenser ses grands condottieri, les Sforza, les Colleoni, les Gattamelata.

Ce n'était pas une mauvaise idée. Dès le début de l'épopée des Kœnigsmark, quand le futur maréchal Hans-Christophe s'engage dans la guerre de Trente Ans, il est apparent que ces gens-là sont en retard sur le temps. Le maréchal de Kœnigsmark avait une tête de brigand des Grandes Compagnies. Ses fils ont un peu progressé. Ils sont sortis de l'âge gothique, ils ont fait quelques pas en avant mais ils n'ont pas rattrapé leur siècle. Ils n'ont jamais consenti que les jeux de flammes et d'ors de la Renaissance étaient révolus et ils s'entêtent, en plein XVIIe siècle, à singer les brutalités des soldats de Jules II, de Borgia ou de Médicis.

Cette manie affectera tous les Kœnigsmark. Bientôt, en plein Siècle des Lumières, le petit-neveu de Conismarco, Maurice de Saxe, sera lui aussi une « personne déplacée » de l'Histoire. Dans les boudoirs exquis de la Régence, dans les salons de Louis XV et de la Pompadour, le maréchal de Saxe détonnera, comme un coup de pistolet dans une musique de chambre : quand il surgira à Versailles, après un combat à Prague, à Bergen op Zoom, tonitruant, grossier et poussiéreux, des traces de poudre sur sa culotte, on jurerait qu'il vient de se réveiller après avoir hiberné deux cents ans du côté de Parme ou de Milan, juste à temps pour grimper dans une bataille en marche en lâchant quelques jurons. Les femmes aiment ces féroces soldats, retour des siècles chauds.

Nous ne sommes pas rendus à ce point. Pour l'heure, nous accompagnons Conismarco, le grand-oncle de Maurice de Saxe, à Venise et en Grèce. Morosini, son chef, enlève Mitra, près de Sparte, et met le siège devant Athènes. Les Turcs ne sont pas troublés. Ils occupent une citadelle imprenable, le Parthénon, qui, après avoir servi de cathédrale au Moyen Age, a été converti en réserve de poudre par les Ottomans.

Cette circonstance est un peu embêtante car c'est un monument vénérable, mais un Conismarco ne va pas fléchir pour pareille vétille. Le Parthénon n'avait pas à se mettre au milieu. Conismarco fait la guerre, c'est sa besogne, et il n'est pas comptable des dégâts. En l'occurrence, il y en aura beaucoup : Conismarco pointe ses canons sur le Parthénon.

Nous assistons à la deuxième entrevue entre un Kœnigsmark et un trésor de l'art. Le vieux maréchal, le père de Conismarco, avait fait main basse sur les richesses de Prague. Il en avait anéanti une bonne part, mais, les plus précieuses, il les avait monnayées ou bien réservées pour la reine Christine. Son fils ne connaît ni ces cupidités ni ces scrupules et, du reste, il ne peut pas emballer le Parthénon pour l'offrir à Charles XI de Suède, il faut le comprendre, tout de même ! L'ordre de tirer est donné. Le temple d'Athéna explose, tant pis pour Périclès, Phidias, Ictinos et Callicratès.

Depuis ce jour, les noms de Conismarco et de Morosini sont maudits des historiens, des archéologues, des Grecs et du monde entier mais les états d'âme ne sont pas le fort des Kœnigsmark. Otto-Wilhelm Conismarco a honoré sa devise : « Semper victori », et cela vaut bien un Parthénon. Conismarco poursuit sa course. Il mourra bientôt, en 1688, à Nègrepont, d'une sale fièvre.

Les deux frères d'Otto-Wilhelm sont moins turbulents. Il est vrai qu'ils trépassent sans perdre une minute. Le cadet, Hans-Christophe, ne survit pas à une mauvaise chute de cheval. L'aîné, Conrad-Christophe, devient général en un clin d'œil. Quand il périt en 1673 à l'assaut de Bonn, il a trente ans tout juste. Avant de mourir, il a eu le loisir de se marier avec une femme très belle, Christine Wrangel, la fille du général en chef de Gustave-Adolphe, Karl-Gustav Wrangel qui avait guerroyé durant la guerre de Trente Ans aux côtés du maréchal de Kœnigsmark. Christine Wrangel et Conrad-Christophe de Kœnigsmark ont cinq enfants : les deux sœurs aînées, la comtesse de Steinbock et la comtesse de Lowenhaupt, feront de beaux mariages. Les trois autres auront une destinée tragique : Charles-Jean, Philippe-Christophe et leur sœur, celle qui sera la mère de Maurice de Saxe, Aurore de Kœnigsmark.

V

CHRISTINE Wrangel aime bien ses enfants, mais elle tremble : trois de ceux-ci, Charles-Jean, Philippe-Christophe et la petite Aurore, sont des lascars et des téméraires, le premier surtout, qui semble né dans une cuirasse.

Quand Charles-Jean est encore un gamin, sa mère fait un rêve. Elle aperçoit la tête de son fils, coupée d'un coup de yatagan et posée sur une plage rouge de sang. Certes, dans une circonstance semblable, la tête d'Orphée avait fait contre mauvaise fortune bon cœur, elle avait continué de chanter et de dire des poèmes, mais celle de Charles-Jean est muette, désespérément. Le jeune homme a-t-il jamais été instruit de ce rêve ? En tout cas, il va tout faire pour que sa destinée ne démente pas les prophéties de sa mère.

Sa carrière est brève et assourdissante. Elle est très compliquée aussi. Charles-Jean vit au galop, entre Londres, Stockholm, Paris, Venise, Rome et Madrid, Malte, et il écœure ses biographes. Les historiens ne peuvent pas le suivre, il court trop vite et ses itinéraires sont imprévisibles. Certains épisodes scabreux sont effacés de ses annales. D'autres surgissent soudain, qui ont un peu de mal à trouver une place encore libre dans les encombrements de cette vie.

Charles-Jean commence sa carrière par un crime. Saint-René Taillandier, Jiri Louda, Michael Mac Laughan ainsi que l'Allemand Bulau ou Philarète Chasles en font état, alors que le duc de Castries n'en souffle mot, non plus que H. Blaze de Bury, dans l'idée probable de ne pas ternir la mémoire de l'oncle du futur maréchal de Saxe.

Ce crime a lieu à Londres où le jeune comte Charles-Jean de Kœnigsmark apprend la distinction. Comme il est beau et insolent, il est aimé de la dame la plus riche du royaume, lady Elisabeth Percy. Cette circonstance est défavorable au mari de cette personne, l'illustre Thomas Thynn, dit Thomas-aux-Millions, qui est blessé en plein Londres, à Pall Mall, de cinq coups de feu, et sans beaucoup de précautions, dans le milieu du jour.

La justice songe tout de suite à Charles-Jean, mais les Kœnigsmark sont malins et celui-ci s'est gardé de procéder lui-même. On découvre un autre meurtrier, un gentilhomme allemand, parent de Charles-Jean, et qui a à son tour bénéficié du soutien de deux tueurs à gages, un Suédois et un Polonais. Tout ce petit monde est coffré et traduit en justice.

Pareil procès, c'est un régal pour la bonne société de Londres. On cherche des preuves contre Charles-Jean, on n'en trouve point. Le roi Charles II tient à interroger en personne le comte de Kœnigsmark avant que celui-ci ne comparaisse devant le jury. Charles-Jean est digne, impassible, d'autant plus flegmatique que le roi Charles II l'aime bien et souhaite vivement qu'il soit innocent. Le jury acquitte le jeune Kœnigsmark. Le gentilhomme allemand et ses deux aides s'en sortent moins bien : ils sont pendus à Pall Mall, sur le lieu du crime.

Comme l'aristocratie britannique est mécontente, Charles-Jean déménage. Il déserte l'Angleterre et se présente à Versailles. La cour de France, voyant arriver ce nouveau Kœnigsmark, le dorlote. Charles-Jean retrouve à Paris son oncle, Conismarco, à qui il voue une admiration éperdue. Les deux hommes, en attendant une guerre, se vouent à la galanterie. Mais Charles-Jean préférerait une bonne empoignade. Il en trouve une à Malte car les navires barbaresques écument la Méditerranée. Il est vrai que le Grand Maître de l'Ordre répugne à embaucher un protestant, mais ce protestant-là n'est pas sectaire. De surcroît, Charles-Jean est un soldat excellent et les Barbaresques sont très agressifs. Malte ne fait pas de simagrées et enrôle le jeune officier dans ses escadres.

Un jour, Charles-Jean repère un brick sarrasin qui fait voile vers Tanger avec une cargaison de prisonniers chrétiens. Le bateau sarrasin est plein comme un œuf et les captifs ont beau prier, ils étouffent. Même, ils meurent. Par intervalles, un paquet est basculé par-dessus le bastingage, c'est un cadavre de chrétien.

Charles-Jean se lance à l'abordage. Le sarrasin met le feu aux poudres qui emplissent sa cale. Le bateau saute. Charles-Jean aussi. Il monte vers le ciel, telle une fusée, avant de retomber dans la mer. Il va mourir car on ne peut pas nager dans les lourdes armures du temps. Charles-Jean se débat à tout hasard et flotte assez longtemps pour qu'une chaloupe de l'ordre de Malte le recueille. Le Grand Maître de l'Ordre, Raphaël Cotonerus, est médusé. Il flaire un miracle, de sorte que cet hérétique de Charles-Jean, dès que ses mauvaises blessures auront guéri, sera armé chevalier de Malte devant toute la confrérie assemblée. Dans l'histoire de l'Ordre, on ne connaît pas de cas semblable.

Après la noyade, Charles-Jean ne s'attarde pas à Malte. Il met le cap sur l'Italie. A Rome, à Florence, il cherche une armée, mais il passe par Venise, si belliqueuse en général, paisible pour le moment, et Venise est une fête.

Casanova nous a dit qu'en cette ville les amours étaient ininterrompues et qu'elles exigeaient des mises en scène raffinées et tortueuses, des décors gracieux, des intrigues piranésiennes avec froissements d'épées dans les ruelles de la nuit, fuites de chats le long des toits, parfums, balcons, odeurs de jasmin quand s'abaisse le soir, lettres falsifiées, bouquets de fleurs empoisonnées, complices et délateurs, entremetteuses puisées dans les couvents, aumôniers libertins, spadassins.

Charles-Jean est un chapitre de Casanova. Il captive une jeune femme très convoitée et brune, une Anglaise encore, la comtesse de Southampton. Il l'enlève après l'avoir habillée en page. Bientôt, un couple saugrenu sort de la ville : Charles-Jean de Kœnigsmark, escorté d'un joli page aux joues roses, tire pays vers la France.

En France, la comtesse de Southampton ne se rhabille pas tout de suite. Elle reste un garçon, si bien que le beau guerrier de Malte et son page font l'événement. Ils sont la coqueluche de la Cour mais une circonstance très rare chez les pages vient tout gâcher : le jeune homme attend un enfant.

La Palatine, qui n'est pas bégueule, est estomaquée, non sans une pointe d'admiration. « Il doit être assez dans le caractère de quelques dames anglaises de suivre leurs amants. J'ai connu un comte de Kœnigsmark qu'une dame anglaise avait suivi en habit de page. Elle était avec lui à Chambord et comme, faute de place, il ne pouvait loger au château, il avait fait dresser dans la forêt une tente où il logeait. Il me raconta son aventure à la chasse.

« J'eus la curiosité de voir le soi-disant page. J'allai donc à cette tente et il me présenta ce page. Je n'ai jamais rien vu de plus beau que cette figure : les plus beaux yeux du monde, une bouche charmante, une prodigieuse quantité de cheveux du plus beau brun qui tombaient en grosses boucles sur ses épaules. Elle sourit en me voyant, se doutant bien que je savais son secret. Lorsqu'il partit de Chambord pour l'Italie, le comte de Kœnigsmark se trouva dans une auberge et en sortit le matin pour faire un tour de promenade. L'hôtesse de cette maison courut après lui et lui cria : “ Montez vite là-haut, monsieur, votre page accouche ! ” »

La comtesse de Southampton reprend ses habits féminins

mais ils seront moins chatoyants que ceux des fêtes de Venise car on l'incarcère dans un couvent, à Paris, avec son bébé. La comtesse se purge de ses péchés par la pénitence. Elle passe pour sainte. La petite fille copiera le destin de sa mère, moins les deux meilleurs moments : les enchantements de l'amour et le plaisir du travesti, car elle ne sortira jamais de son couvent.

Charles-Jean a déjà filé. Il fait escale dans sa chère Venise, visite Madrid, la Hollande, Hambourg et Stockholm. On prétend qu'il n'oublia jamais son page. Du reste, si par distraction il en avait perdu la mémoire, la famille Southampton qui est nombreuse et irritable se chargerait de la lui rafraîchir. Il faut dire que Charles-Jean est un gros insouciant. Il se jette dans la gueule du loup. Stockholm lui a, en effet, confié une mission à Londres, à la cour du roi Jacques II, et Charles-Jean accepte bêtement. Aussitôt, les frères, cousins, oncles, neveux et peut-être grands-pères et grand-mères de la comtesse de Southampton lui déclarent la guerre sainte. Charles-Jean ne peut faire un pas sans cogner contre un assassin. Il livre plusieurs duels mais il manie bien l'épée. Les Southampton essaient du poison, ils ratent leur coup.

Londres est un lieu délétère. Charles-Jean s'exile et le roi Jacques II lui mâche la besogne en lui fournissant une guerre : l'Angleterre est un peu empêtrée en Afrique et Charles-Jean est invité à se porter à la rescousse des troupes anglaises qui ont mis le siège devant Tanger. Charles-Jean prend la mer, le vent n'est pas favorable, le bateau lambine et arrive après la bataille : sans l'attendre, les Anglais avaient délogé les Turcs de Tanger et occupé la ville. Mais les Turcs à leur tour encerclent la cité et en affament la garnison. Charles-Jean décide de charger. A la tête de ses hommes, il s'ouvre un chemin sanglant vers la citadelle. Son cheval est tué d'un coup de hache, Charles-Jean poursuit à pied et force le blocus. Les Anglais sont délivrés.

Un moment de mystère. Deux années sans traces. Charles-

Jean reparaît à Versailles. Il s'achète un régiment (selon certains, il n'achète rien du tout, c'est le roi de France qui lui donne en cadeau le régiment de Furstenberg). Il a juste le temps de foncer à Courtrai pour recevoir des blessures au siège de la ville, en 1683. Dès sa guérison, il se porte sur la Catalogne où opère son régiment. Il est glorieux à la bataille de Pont-Mayor, au siège de Gerona.

Louis XIV, satisfait de sa recrue, pense à elle pour une autre mission : massacrer les protestants, c'est la marotte du Grand Roi. Cette fois cependant, Charles-Jean se rappelle ses origines et sa religion, cela n'arrive pas communément dans la lignée des Kœnigsmark. Le roi s'escrime à le convaincre, lui promet des avantages flatteurs s'il abjure. « Sire, répond Charles-Jean, je me croirais indigne de servir Votre Majesté si je commettais pareille trahison envers le Dieu de mes pères. » Le refus de Charles-Jean s'expliquerait moins par fidélité à Luther que par l'horreur des dragonnades.

Il s'interroge s'il ne va pas s'enrôler dans les troupes de l'Empire afin de tuer quelques Turcs mais Louis XIV n'a pas envie de rétrocéder un tel guerrier aux Habsbourg. Charles-Jean se rabat une fois de plus sur Venise qui ferraille elle aussi contre les Ottomans. Et puis le cher oncle, Conismarco, se bat dans le coin, on va se retrouver en famille.

Charles-Jean est présent aux sièges de Navarin, d'Argos, et il meurt. Mais il n'obéit pas très scrupuleusement au programme que sa mère, Christine Wrangel, avait élaboré dans son rêve prémonitoire. Il n'accomplit que la moitié du cauchemar car s'il trouve la mort, en effet, dans la guerre contre les Turcs, sa tête n'est pas tranchée par un yatagan. Il attrape une sale maladie, quelque chose comme une peste. Par coïncidence, il meurt non loin de l'endroit où périt au même moment, d'une autre fièvre, l'oncle Conismarco qu'il avait tellement aimé. Les deux dépouilles sont rapatriées à Stade, et enterrées dans le château du vieux maréchal.

Le frère et les sœurs de Charles-Jean ne connaîtront pas pareille illustration sur les champs de bataille. Ils auront d'autres talents. Deux d'entre eux, Philippe-Christophe et la jeune fille Aurore, feront des folies égales, mais dans l'ordre de la mondanité ou de la séduction, desquelles naîtra un autre personnage remarquable, le maréchal de Saxe. Mais, pour que Maurice de Saxe vienne au monde, encore faudra-t-il que le destin fasse quelques entourloupettes supplémentaires et que les extravagants petits-enfants du maréchal de Kœnigsmark nouent des amours torrides, tombent dans des pièges sordides, croisent quelques femmes diaboliques dans les boudoirs de l'Allemagne.

VI

Aurore de Kœnigsmark passe son enfance auprès de sa mère, Christine Wrangel, dans ce château d'Agathenbourg que son sacripant de grand-père, Hans-Christophe, avait tendrement construit pour sa femme, dans les entours de Stade avec les rapines de la guerre de Trente Ans. C'est une petite fille docile. Elle tient les écritures de la maison avec le zèle d'un négociant hanséatique. Chaque morceau de viande, chaque miche de pain, les charités même, sont consignés dans ses registres. Ces rigueurs déconcertent : le vieux maréchal Hans-Christophe avait accumulé des montagnes d'or mais il avait la prodigalité des grands malandrins. L'argent ne tenait pas à ses doigts. Sa petite-fille a l'âme plus prudente. Elle fait des comptes d'apothicaire, soit que la famille se soit ruinée en ses folies, soit qu'une certaine ladrerie ait succédé aux munificences du maréchal.

Aurore a d'autres cordes à son arc. Elle apprend le français, l'anglais, l'allemand et l'italien. Elle est instruite en histoire et en astronomie. C'est une âme sensible, comme s'escriment à le devenir les jeunes filles du Grand Siècle mais elle nous épargne les vapeurs, les larmes, le précieux et le guindé, les palpitations, dont la mode commence à infecter les salons choisis de l'Europe. (Dans un peu de temps, les jeunes femmes bien éduquées du Hanovre ne se diront plus : « Comment allez-vous ? » mais : « Avez-vous versé beaucoup de larmes, aujourd'hui ? », et les jeunes filles tiendront à honneur de préférer les arbres morts aux arbres vivants.) Aurore, quand elle parle, on l'admire, elle est capable de badinage et de railleries pas méchantes. Elle écrit des poèmes qui ravissent ses auditeurs et qui sont consternants. Elle chante en s'accompagnant au théorbe — une magie, dit-on.

Son rire est un charme. Il lui donne prétexte à montrer des dents d'une blancheur irréprochable, la chose n'est pas ordinaire en ces âges, les dentures des demoiselles sont dévastées, faites de chicots. Dans les moments de gaieté, ses yeux allongés en amande ont des clignotements de malice et elle dit des drôleries. Avec sa longue chevelure, elle passe pour l'une des premières beautés de l'Europe. (Cette chevelure intrigue : certains témoins disent qu'elle était blonde, d'autres l'ont vue brune. De telles incertitudes déchirent la postérité, si bien que les historiens ont pris leurs responsabilités. Ils ont choisi le blond et les cheveux d'Aurore servent, depuis ce temps, à désigner une couleur : le blond suédois.)

Brune ou blonde, ensorcelante à coup sûr, la jeune fille débarque, sans crier gare, à la cour de Saxe, sur laquelle se prépare à régner Frédéric-Auguste, personnage tonitruant, priapique et minotauresque, surnommé Auguste le Fort car il brise un fer à cheval dans sa main.

Aurore de Kœnigsmark a dix-huit ans. Son voyage à Dresde n'est pas une fantaisie. La jeune fille remplit un devoir : son frère très aimé, Philippe-Christophe de Kœnigsmark, vient de disparaître dans une autre ville d'Allemagne, à Hanovre. On a beau le chercher dans tous les recoins, boudoirs, salons, alcôves, auberges, écuries, couvents et mauvais lieux, pftt... il est évaporé. Et certes, Philippe-Christophe était un peu fripon. Est-ce une raison pour se décomposer ?

Philippe-Christophe de Kœnigsmark est le deuxième fils du général Conrad-Christophe et de Christine Wrangel, et le frère de Charles-Jean.

Les deux frères sont dissemblables. Certes, on repère, dans

Philippe-Christophe, la hardiesse, l'ardeur de Charles-Jean et les exagérations propres à toute la maison Kœnigsmark. Mais, au rebours de Charles-Jean, Philippe-Christophe n'est pas un grand militaire. Ses frénésies l'entraînent sur d'autres terrains de bataille. Sa bravoure lui sert moins à tuer des soldats qu'à forcer des demoiselles ou à défier les convenances. Comme sa sœur Aurore, il pratique avec brio l'art de la séduction. Il fréquente les palais et les boudoirs et, dans son enfance, il a suivi d'excellentes leçons de maintien puisqu'il était page dans l'une des cours les plus dépravées de l'Allemagne, celle de Saxe, précisément, auprès de laquelle Aurore vient à présent chercher du réconfort.

Si Philippe-Christophe a donné, en son adolescence, quelques batailles dans la Flandre, c'est qu'il se rangeait à la tradition familiale. Il le faisait sans panache. On veut bien qu'il tire son coup comme un autre, mais sans conviction, et il a surtout le souci de se composer un prestigieux carnet d'adresses. Il s'est lié avec le roi d'Angleterre, Guillaume III, qui commandait les armées alliées, avec aussi l'électeur Maximilien-Emmanuel de Bavière, qui soutenait les Pays-Bas pour le compte du roi d'Espagne, sans oublier ce Frédéric-Auguste de Saxe, le futur Electeur de Dresde, qui fut son copain d'enfance et qui n'a pas fini d'encombrer ce récit.

Le portrait que nous connaissons de Philippe-Christophe montre un jeune homme comme un ange. On l'imagine mieux au chevet des dames que dans la gadoue des combats. Sa beauté égale celle d'Aurore. Il a l'œil très grand, enjôleur et extasié. Avec une longue chevelure noire roulant en boucles de soie sur son cou, de fines moustaches retroussées et effilées, une bouche ironique, il répète certaines figures du temps de Louis XIII, Aramis plutôt que Porthos.

On ne voit pas cet adolescent délicieux s'enfiler dans les grosses cuirasses de fer et de buffle de son frère Charles-Jean. Le destin cependant est ironique, et si Charles-Jean, le guerrier, meurt d'une simple fièvre à Nègrepont, Philippe-

Christophe, le libertin, va périr au contraire d'un coup de poignard dans un château luxurieux et enténébré du nord de l'Allemagne, à Hanovre. Ce poignard n'étincelle pas dans les désordres de la guerre mais, bien loin des canons, entre les pâles mains d'une jeune femme satanique, la comtesse Elisabeth von Platen.

Le drame éclate brutalement en l'année 1694, il avait été précédé de longs et tortueux préparatifs, à Osnabrück (puis à Hanovre) et dans la ville voisine de Celle. Comme il est d'une complication inextricable, on doit prendre le soin de dessiner ces deux cités.

Les duchés d'Osnabrück et de Celle forment les lambeaux déchus de l'ancienne maison de Brunswick, si brillante jadis, au temps d'Henri le Superbe puis d'Henri le Lion, chefs des guelfes (papistes) mais amputée en 1180 de ses deux plus belles provinces, la Bavière et la Saxe, par l'empereur Hohenstaufen Frédéric Barberousse, puis élimée par le temps, déchiquetée par les héritages. Le Brunswick, en cette fin du XVIIe siècle, est réduit à quelques arpents de terres stériles que deux frères se partagent.

L'aîné, Georges-Guillaume, qui règne sur les petits Etats de Brunswick-Lünebourg-Celle, réside dans la coquette ville de Celle, à la lisière des landes du Lünebourg. Ce n'est pas un homme très malin. Il est lourdaud, plutôt bonasse. On l'aimerait bien s'il n'était d'une avarice de hamster, bien que sa fortune soit imposante à la suite d'un premier mariage avec une dame vénitienne, Zenobia Buccolini. Quand Zenobia en a assez et se replie sur Venise, le duc de Celle devient l'amant d'une aristocrate française, Eléonore d'Olbreuse, venue du Poitou pour cause de protestantisme. Le couple illégitime a une fille, bâtarde par conséquent, Sophie-Dorothée — des yeux noirs et des cheveux blonds, plus jolie que belle, impertinente, émue pour un rien mais d'une forte énergie, et accoutumée par la dévotion de son père à tout ordonner à sa volonté.

Dans la galerie d'extravagants ou de vilains qui peuplent les cours de l'Allemagne, voici une petite famille rafraîchissante : un père inoffensif encore que ladre, une maîtresse française, cultivée et raisonnable, une fille pleine de grâce. Mais ce moment de bonace sera de brève durée : dans quelques années, cette famille pacifique gigotera en enfer car, dans la ville voisine, celle d'Osnabrück, à Hanovre ensuite, s'agitent des personnages très scabreux.

A Osnabrück sévit le frère cadet du duc de Celle, l'évêque Ernest-Auguste, que l'empereur créera bientôt électeur au titre de Hanovre et qui espère bien mettre la main sur le duché de Celle à la mort de Georges-Guillaume. Ernest-Auguste est un drôle d'évêque mais les évêques en ce siècle sont drôles. Il y en a un, par exemple, à Münster, le prince-évêque Van Ghalen, dont le plaisir est de saouler ses invités dans une immense cloche d'argent. Il faut reconnaître que c'est assez rigolo : vous retirez le battant, vous renversez la cloche et vous la remplissez de vin. Votre hôte doit tout laper. A la fin, il retourne la cloche pour attester de son exploit puis il s'effondre et vous pensez mourir de rire. Un autre évêque, celui de Breslau, a des divertissements plus comiques encore : il ne connaît rien de plus humoristique que de se déguiser en femme quand il offre une fête.

Ernest-Auguste, l'évêque d'Osnabrück, ne dépare pas la collection. Ce monsieur obèse a deux obsessions : jouir et régner. C'est une tête pleine de calculs et sans cesse en mouvement : quand il n'arme pas un traquenard, c'est qu'il creuse une chausse-trape. Brillant et fourbe, impropre au scrupule ou au remords, politique retors, il s'entoure de jolies filles et de malandrins.

A la différence de son frère Georges-Guillaume, il n'est pas riche mais il est grandiose, c'est un panier percé. Il serait déjà sur la paille, en train de grignoter des betteraves dans un château perclus, sans les thalers qu'il arrive, à force de câlineries ou de pièges, à extraire des poches de son frère. Il peut ainsi tenir son rang. Son palais épiscopal est une ménagerie et une maison de plaisirs ensemble. Il entretient des chiens, des faucons, des chevaux, des femmes galantes, des danseurs et une ribambelle d'échansons chargés d'étancher la soif de cette bande d'ivrognes. Le palais abrite aussi des enfants tombés du ciel et Ernest-Auguste, qui est un libéral, ne s'épuise pas à dissimuler que ces enfants procèdent volontiers de lui.

L'évêque est marié avec une Stuart, Sophie, fille du roi détrôné de Bohême, Frédéric V, et petite-fille, par sa mère, de Jacques Ier Stuart, arrière-petite-fille donc de cette Marie Stuart qui avait fini sur le billot d'Elizabeth en 1587, si bien que Sophie a quelque droit sur la couronne d'Angleterre.

C'est une personne paisible et snob. Aux amours multipliées de son évêque, elle n'accorde qu'une attention intermittente. Ses meilleures amies sont les maîtresses de son mari. De telles manières ne sont pas choquantes : Marie Leszczynska, la femme de Louis XV, aimera assez la Pompadour. Le vrai est que Sophie est plus sollicitée par l'étude des âmes, les beaux-arts ou la philosophie que par les fredaines de son évêque.

Du reste, les deux époux ne se rencontrent pas souvent. Le palais épiscopal est coupé en deux. L'aile attribuée à Sophie ressemble à un CNRS. Elle est réservée aux travaux scientifiques de Sophie et de sa petite cour qui possède une vedette en la personne de Leibniz. Là, on philosophe à qui mieux mieux. On remue des tas d'idées. Sophie, qui ne s'intéresse pas au ciel et au bon Dieu, adore la théologie pour en débusquer les sornettes. Un de ses amusements est d'opposer un catholique et un protestant, d'aigrir la controverse jusqu'à la fureur pour la récompense de se moquer à la fin des deux pédants. Cette manière de régler les problèmes métaphysiques est assez civilisée si on la mesure aux tueries de protestants que la France perpètre depuis quelques dizaines d'années.

Pour la théologie, l'évêque d'Osnabrück partage les vues

de sa femme. Il ne la tient pas pour une science exacte et, pour tout dire, il s'en moque. Parlez-lui plutôt de luxure, de boisson, de chasse, de guerre. Par-dessus tout, il tisse ses toiles pour assouvir ses deux ambitions : gagner le chapeau d'Electeur de Hanovre et hisser un membre de sa famille sur le trône d'Angleterre, nous saurons par quelles manigances.

De toute façon, Ernest-Auguste manquerait de temps pour débattre de la Trinité ou de la Vierge. Le matin, engoncé dans sa cuirasse, il s'occupe de ses quelques soldats. Plus tard, les palefreniers sellent son cheval pour une longue chasse à courre. Dans les intervalles, il réalise des expériences d'alchimie. Il termine ses journées en participant à des danses ou à des ballets. Il aime bien tenir le rôle d'Apollon, comme Louis XIV, moins par orgueil que pour caresser des nymphes pas très vêtues.

Sophie et Ernest-Auguste ont un fils, un gros type du nom de Georges (Georges-Louis), bourré de sang, un esprit épais, même s'il est docteur honoris causa de l'université de Cambridge, mais un soldat inexorable. Il s'est couvert de gloire en Morée et en Hongrie. Revenu à Osnabrück, il promène son mépris des efféminés de la Cour, sa fatuité de *miles gloriosus,* son goût pour les manières rudes de la soldatesque.

Ce Georges de Hanovre connaîtra un destin fabuleux. On se souvient que sa mère, Sophie, est une descendante de la famille royale d'Angleterre. Or, en ces années, règne à Londres la princesse Anne Stuart, fille de Jacques II, qui fait tout le temps des enfants mais ces enfants meurent tout le temps. Il faut donc s'attendre que la couronne d'Angleterre glisse, à la mort de la princesse Anne, sur une tête nouvelle, une tête prélevée dans une famille présentant le double mérite d'être proche du trône et protestante. Or, de telles familles ne sont pas légion en Europe. Une seule obéit à ces protocoles : celle de Sophie précisément, si bien que, dans une trentaine d'années, en 1714, le fils de Sophie et de l'évêque, le gros Georges, montera sur le trône d'Angleterre et deviendra George Ier.

Mais quelques épisodes terribles, parmi lesquels l'anéantissement du frère d'Aurore, Philippe-Christophe de Kœnigsmark, précéderont cette élévation.

L'imbroglio de Londres

Après la mort de Cromwell en 1658, l'Angleterre accepte le retour des Stuart. Charles II est couronné en 1660. Habile, amusant et cynique, c'est un souverain assez heureux, malgré quelques guerres perdues contre la Hollande et deux désastres : la peste de 1665 et le grand incendie de Londres l'année suivante. Il règne en monarque presque absolu.

Charles II meurt en 1685 sans enfants. Son frère, Jacques II, qui lui succède est catholique si bien que sept notables, désireux que la Couronne revienne à un protestant, font appel au neveu et gendre du roi, Guillaume d'Orange, le héros qui a sauvé la Hollande des entreprises de Louis XIV en provoquant une inondation. Quand les nobles anglais l'appellent en 1688, Guillaume débarque dans le Devon et Jacques II s'enfuit. En 1689, le Parlement déclare co-souverains Guillaume III et Marie II Stuart. Quelques années plus tard, en 1701, un nouvel acte *(Act of Settlement)* décrète qu'après la mort de Guillaume III régnera Anne qui est en même temps la fille de Jacques II et la belle-sœur de Guillaume III, ensuite un prince ou une princesse qui sera à la fois proche par le sang et de religion protestante.

Le règne d'Anne est brillant. En 1707 elle signe l'Union avec l'Ecosse et le royaume connaît une grande prospérité. Lorsqu'elle meurt, en 1714, la couronne d'Angleterre doit échoir à un Hanovre, seule lignée liée à la famille d'Angleterre et pourtant de confession protestante. Georges-Louis de Hanovre, dont la mère Sophie vient de mourir, devient donc George Ier de Grande-Bretagne. (Cinquante-huit princes ou princesses étaient mieux placés que Georges-Louis dans l'ordre généalogique, mais ils avaient le travers d'être catho« liques.)

George Ier qui baragouine l'anglais, incorpore dans les armoiries de la Grande-Bretagne les deux lions de Brunswick, le cheval de Westphalie et les cœurs de Lünebourg.

Les partisans de la dynastie Stuart que l'on appelle les Jacobites n'ont pas renoncé à monter sur le trône. Le fils de Jacques II Stuart, Charles-Edouard, dit le Prétendant ou le comte d'Albany, tente deux débarquements, avec l'aide de la France. En 1744, l'invasion commandée par Maurice de Saxe échoue. En 1745, Charles-Edouard soulève l'Ecosse, menace Londres, est écrabouillé à Culloden et se réfugie en France. Le charme de Charles-Edouard et ses malheurs en feront un personnage dont les écrivains se montreront friands.

A la mort de George Ier en 1727, son fils, le fils de la princesse Sophie-Dorothée de Hanovre, lui succède sous le nom de George II. Il meurt en 1760.

VII

Les deux châteaux d'Ernest-Auguste, celui d'Osnabrück puis celui de Hanovre, ont été dessinés par un architecte spécialisé en sorcières, fantômes et immoralités : de vastes et antiques bâtisses, avec galeries et escaliers dérobés, encoignures, cagibis, souterrains, observatoires astronomiques, ruines, mâchicoulis, trappes et chemins de ronde, salles d'armes farcies de hallebardes et de pertuisanes, lévriers, athanors et alambics. Alentour règne une géographie de brouillards, de bruyères, de landes, de criaillements de corneilles, et le vent hurle.

Pour animer ces édifices, nous disposons d'un stock d'ambitieux, de soudards et de félons : deux frères, l'un est évêque, paillard et venimeux, Ernest-Auguste. L'autre, Georges-Guillaume est un brave bourgeois très lâche et fort près de ses sous. Deux femmes, Sophie et Eléonore d'Olbreuse, l'une et l'autre plutôt gentilles. Et des enfants, les uns officiels comme le gros Georges, d'autres bâtards, comme Sophie-Dorothée. Cette population est complétée par les beaux microbes qui grouillent dans toutes les cours du Grand Siècle, ambitions, lubricité, aigreurs, agaceries, cupidités et artifices.

On aura reconnu un tel décor : Sade situe le livre le plus abominable de tous les temps, *Les Cent Vingt Journées de Sodome,* dans le château de Silling qui eût pu se dresser dans les solitudes du Brunswick. Ann Radcliffe et ses compagnes du roman gothique eussent volontiers fait palpiter dans ces lieux quelques cœurs ténébreux. Et Shakespeare eût sauté sur l'occasion pour inventer une pièce pleine de fureurs, agrémentée de revenants, d'orages, de chouettes et de taches de sang.

Faute de Sade, de Shakespeare ou de jeunes filles écossaises et tristes, les châteaux de Brunswick doivent se débrouiller tout seuls s'ils veulent confectionner une belle histoire d'amour et de mort. Dès les dernières années du XVIIe siècle, ils se mettent à l'ouvrage. Et, en l'espace d'une quinzaine d'années, ils nous bouclent un drame aussi épouvantable que celui de Macbeth.

Il est vrai que les palais de l'évêque, outre tous les héros patibulaires que nous avons recensés, ont le privilège de compter parmi leurs familiers lady Macbeth en personne, ou son avatar.

Lady Macbeth s'est introduite, voici quelques années déjà, en compagnie de sa sœur, mais comme ces deux personnes sont très jeunes à l'époque, nul n'eût imaginé les scorpions et les serpents qui gîtaient en leur sein ni les prouesses qu'elles accompliront aussitôt qu'elles auront achevé leurs classes. Pour l'heure, elles se forment, elles se perfectionnent dans leur art qui est celui de la haine, de la mort. Et, quand elles auront descendu tous les degrés de l'abjection, elles commettront un crime digne du château de Duncan.

Elles sont entrées en scène, les deux jolies filles, par une matinée de 1673, à l'occasion d'une fête offerte par l'évêque Ernest-Auguste, ce qui ne surprend guère car la vie des petites cours d'Allemagne était réglée par les bals et les déjeuners sur l'herbe agrémentés de tableaux mythologiques, de chasses à courre, de nuits blêmes.

Ces bals et ces fêtes n'étaient pas toujours subtils. Leibniz, le philosophe chéri de la duchesse Sophie, a décrit les mardis gras de ses maîtres : « C'était un festin à la romaine, qui devait présenter le célèbre Trimalcion rapporté par Pétrone. A l'égard des nécessités, le personnage qui faisait Trimalcion ne se contraignait point : se trouvant pressé, il sortit sans cérémonie. D'ailleurs, un pot de chambre d'une grandeur énorme suivait partout, où il aurait pu se noyer. »

Ernest-Auguste ne se noie pas dans son pot de chambre bien qu'il célèbre beaucoup de fêtes. Celle qu'il a ordonnée, ce 19 mai 1673, est clinquante. Dès le matin, la forteresse d'Osnabrück est sur le pied de guerre. Des soldats manœuvrent autour des murailles. Les conseillers auliques ont revêtu leurs grands uniformes et chaussé les bas de soie rouges. La petite armée de l'évêque converge vers le pont-levis qui s'abaisse devant les trabans dans leurs costumes multicolores. A la tête de ces trabans, caracolent deux femmes que nous ne connaissions pas encore, les dernières trouvailles de l'évêque, lady Macbeth et sa jeune sœur.

Le père de ces deux jeunes filles est un comte tombé dans la dèche — s'il fut jamais un comte —, un certain Carl-Philip von Meisenberg. Le personnage est un peu déconcertant mais ces cours sont avides de têtes fêlées et les journées sont longues, les ciels grisâtres et les distractions insipides dans les châteaux perdus. Quand on a fini de se moquer des nains et des bouffons, quand on a frémi au spectacle des tournois d'animaux, et Dieu sait si ces tournois sont répugnants car il est répugnant d'opposer un gentil petit âne à un ours, on se trouve un peu court. C'est pourquoi les étrangers, aventuriers et sacripants, sont sollicités et acceptés avec enthousiasme pourvu qu'ils aient la figure bizarre. Bientôt, le comte de Saint-Germain fera fureur et expirera dans les bras d'un duc de Hanovre. Dans le Wurtemberg, un dandy magicien, nommé Süss Oppenheimer, séduira le duc Charles-Alexandre. Il régnera sur Stuttgart, créera l'armée du Wurtemberg, fabriquera de la fausse monnaie, tentera de marier sa fille Noémi avec Charles-Alexandre, peuplera la ville de ses laquais et chambellans, tous vêtus d'une livrée lie-de-vin constellée d'argent et acculera le duc au suicide. Du coup, le peuple prend Süss en grippe et le pend. Son cadavre, dans un magnifique uniforme rouge, est exposé dans une cage de fer. En règle générale, les alchimistes font prime et Casanova gérera brillamment les rudiments de sciences secrètes qu'il a glanés dans les boudoirs de toute l'Europe.

Le comte Carl-Philip von Meisenberg est d'un format plus réduit. Il n'est même pas alchimiste. Pourtant il détient une sorte de pierre philosophale et même deux pierres : les corps adorables de ses deux filles qui sont aptes à soutirer de n'importe quel prince un peu benêt des montagnes d'écus.

Le comte von Meisenberg a déjà tenté de fourrer ses demoiselles, l'une ou bien l'autre, il n'est pas homme à chipoter, dans le lit de Louis XIV, pour en extraire un peu d'or, mais la Montespan veillait au grain. Meisenberg est un bon garçon, il n'en fait pas un fagot et replie ses troupes à vive allure. Il fait une charge ou deux en direction de l'Angleterre et il se cogne à une autre dame, Louise de Kerouaille, duchesse de Portsmouth, qui n'avait pas envie de prêter aux filles Meisenberg son Jacques II. Carl ramasse ses jeunes filles, les rhabille, les console ; le trio cingle vers une cour moins prestigieuse mais plus polissonne, celle d'Osnabrück et voilà comment le comte von Meisenberg et sa petite famille pénètrent dans l'Histoire.

Elles fascinent, ces deux filles, l'aînée surtout, Clara-Elisabeth, vingt-deux ans, brune, grande, majestueuse, et l'allure d'une reine des âges barbares, Brunehaut ou Frédégonde. La cadette, Catherine-Marie, vingt ans, est plus effacée mais bien coquine aussi et son père se dit qu'elle pourra servir, le cas échéant, dans les troupes de réserve.

La vénusté de toutes ces personnes intrigue. A consulter les rumeurs du temps, les cours allemandes étaient truffées de beautés célestes et comment décider ? Certains proposent que les chroniqueurs étaient condamnés à l'enthousiasme à perpétuité s'ils voulaient complaire à leurs modèles, mais, après tout, ces femmes qui savaient, par le seul exercice de leurs charmes, grimper sur des trônes ou bien renverser des couronnes, on accepte qu'elles devaient posséder de jolies figures, à moins d'une magie.

En ce milieu du mois de mai 1673, la cavalcade qui sort du château est conduite par Clara-Elisabeth et Catherine-Marie von Meisenberg. Elisabeth est déguisée en Diane, déesse de la Lune, vierge, chaste et vindicative, toujours occupée à chasser le fauve. La cadette, Catherine, est grimée en Bellone, qui est peut-être l'épouse de Mars, en tout cas une surdouée des arts de la guerre. Dans cet accoutrement, les deux jeunes filles franchissent le pont-levis de la forteresse. Ce bas-bleu de Sophie, femme de l'évêque, suit dans un carrosse au fond duquel elle a coincé Leibniz pour lui poser quelques colles de métaphysique. Le cortège se porte à la rencontre d'un autre carrosse contenant le fils de l'évêque Ernest-Auguste, Georges, qui rentre de voyage avec deux conseillers, M. von Platen et M. Busche.

Diane, c'est-à-dire Elisabeth, l'aînée, a vite ensorcelé le jeune Georges, mais Georges ne jouira pas de cette beauté car la femme calcule à toute allure et ne confond pas la proie avec son ombre : elle ne va pas jeter sa poudre aux moineaux et perdre son temps à aimer le fils quand elle peut se repaître du père qui est bien plus puissant et dont elle ne fera qu'une bouchée. En un clin d'œil, Elisabeth devient la favorite de l'évêque. Pour les convenances, on la marie au premier conseiller de Georges, M. von Platen. Elle est comblée d'honneurs et munie du titre de comtesse car M. von Platen est récompensé de sa complaisance par les titres de comte et de chambellan. De quoi lui tenir la bride courte.

La cadette, Catherine, aura le reste qui n'est pas négligeable : on va lui rétrocéder ce gros Georges qu'Elisabeth avait dédaigné et dont elle devient la maîtresse après qu'on l'aura mariée pour la forme, comme on l'avait fait pour sa sœur, avec le deuxième conseiller, M. Busche.

L'évêque et son fils se sont partagé équitablement le lot : Georges, le soldat, gagne le corps de Catherine, c'est-à-dire de Bellone, la femme du dieu Mars. Ernest-Auguste, s'est réservé Diane (Elisabeth), la plus appétissante des Meisenberg, la plus perfide aussi. Il ne se doute pas que cette femme est une tueuse.

Quelques années tranquilles suivent. Le bonheur de l'évêque est au comble. Il a une épouse spirituelle, apparentée à la reine d'Angleterre et qui parle tout le temps avec les astronomes, quel soulagement, une maîtresse sublime et pas chaste du tout, un fils un peu rustaud, valeureux et qui attend que le trône d'Angleterre tombe dans son escarcelle.

Les ambitieux de cette sorte ne sont jamais rassasiés. Quand ils ont conquis la Lune, il leur faut Saturne ou le Soleil. Leur vie est une course d'obstacles. Ainsi de l'évêque Ernest-Auguste. Son premier but est d'obtenir de l'Empereur la dignité d'Electeur. Il y atteindra en représentant précisément à la cour impériale que son fils Georges a quelque chance d'accéder un jour au trône d'Angleterre. Mais l'évêque ne s'en tient pas là : tout en intriguant pour le titre d'Electeur de Hanovre, il médite d'annexer à son duché, celui de Hanovre, le duché voisin de Celle sur lequel règne son frère Georges-Guillaume. Le plan de l'évêque est limpide : puisque Georges-Guillaume n'est pas marié avec sa maîtresse française, Eléonore d'Olbreuse, il suit que sa fille Sophie-Dorothée est illégitime, n'a pas droit à l'héritage, de sorte que le duché de Celle a des chances de tomber en déshérence : le jour où trépassera Georges-Guillaume, pourquoi le fils de l'évêque, le gros Georges, ne deviendrait-il pas prince de Celle ?

Malheureusement, cet ahuri de Georges-Guillaume de Celle ne trouve rien de mieux que d'épouser sa maîtresse,

Eléonore d'Olbreuse (« sa Madame », disent avec mépris Ernest-Auguste et son épouse Sophie), et patatras ! le plan d'Ernest-Auguste est par terre : par ce mariage, en effet, Georges-Guillaume légitime sa fille Sophie-Dorothée qui devient ipso facto l'héritière du duché de Celle. L'évêque est extrêmement triste. Le duché de Celle passe sous son vilain nez et sous le nez encore plus vilain de son fils, le gros Georges.

L'évêque n'est pas un homme résigné. Il cherche une parade et, comme sa tête est fertile, il en trouve une : tout s'arrangerait, se dit-il, si son fils Georges épousait l'héritière du duché de Celle, c'est-à-dire sa propre cousine, Sophie-Dorothée. Dans cette hypothèse, le duché de Celle reviendrait automatiquement à Georges, donc à la famille de l'évêque.

Ernest-Auguste engage les négociations. Il fait le marieur. Il représente à sa nièce Sophie-Dorothée que son cousin Georges est un garçon épatant, qu'il ferait un époux plein de prévenances et même féerique, mais Sophie-Dorothée n'est pas du tout de cet avis. Elle ne trouve point de charme dans le gros Georges et, du reste, elle est bien tranquille auprès de ses parents. Pourquoi se prêterait-elle à cette mascarade ? L'évêque est un virtuose. Il cherche le maillon faible de l'ennemi et, puisque Sophie-Dorothée est une sale gamine entêtée, Ernest-Auguste va faire le siège de son frère Georges-Guillaume.

Il menace, flatte, fait luire des Golcondes, corrompt les ministres de Georges-Guillaume, bref il en fait tant que Georges-Guillaume commence à fondre. L'évêque touche au but : il aperçoit, dans ses songes, le succulent mariage cousin-cousine qui va lui permettre d'annexer les territoires de son frère. Du reste, la résistance de Sophie-Dorothée se fait moins vive : harcelée, suppliée, fourbue, la tendre jeune fille tend sa blanche gorge au couteau des sacrificateurs et déjà l'on songe aux noces quand, au dernier moment, un

grain de sable grippe les rouages de la machinerie épiscopale.
Ce grain de sable est un Kœnigsmark, Philippe-Christophe qui débarque en 1681 à la cour de Brunswick-Lünebourg. Et qui va en mourir.

VIII

L'ARRIVÉE à Celle du beau Philippe-Christophe de Kœnigsmark est une calamité. Les projets matrimoniaux de l'évêque se défont car Sophie-Dorothée, au moment qu'elle aperçoit le jeune homme, en est ensorcelée. De son côté, Philippe-Christophe n'est pas insensible à Sophie-Dorothée. Il l'aime. Enfin, il dit qu'il l'aime; en vérité, il aime surtout le duché de Celle et c'est même pourquoi il était venu traîner ses bottes dans le coin.

Les Kœnigsmark ont des principes : ils sont généreux, amusants, intrépides, écervelés, mais ils ne plaisantent pas avec l'or. S'ils adorent les femmes, ils préfèrent que celles-ci soient titrées, riches et princesses. Ces gens-là sont des goinfres. Ils avalent tout, la passion et l'argent ensemble : devant une fille sans fortune, un Kœnigsmark hésite : est-ce bien une fille ? Fort heureusement, Sophie-Dorothée possède un gros diamant dans sa corbeille : le duché de Celle. Philippe-Christophe en conclut que Sophie-Dorothée est une fille.

Sophie-Dorothée est plus candide. Elle aime et il est délicieux d'aimer. Elle se moque des convenances, elle se moque du gros Georges, du duché de Celle et des joyaux de la couronne anglaise, elle se moque des conspirations sinueuses de son oncle l'évêque. Sans doute, elle n'ignore point que la raison et la grandeur de sa lignée la poussent dans les bras de son cousin Georges, mais que peut-elle faire, la pauvre, elle ne voit que Philippe-Christophe de Kœnigsmark. Qu'il apparaisse et elle s'allume comme une lampe.

La troupe de l'évêque est en déroute. Le plan mirifique tombe en lambeaux, quelle déconvenue ! Le gros Georges s'apprêtait à poser sa patte à la fois sur sa cousine et sur le duché de Celle, c'était dans la poche, mais ce gandin de Philippe-Christophe a sourit, et le duché se ratatine, commence à fondre, tourne au nuage.

La panique de l'évêque Ernest-Auguste fait peine. Sa position est d'autant plus précaire que son avare de frère fait les yeux doux au jeune Kœnigsmark et semble se désintéresser soudain de son neveu Georges de Hanovre. C'est que l'Harpagon de Celle se rappelle le grand-père de Philippe-Christophe, le vieux maréchal de Kœnigsmark, et qu'il avait pillé Prague pendant la guerre de Trente Ans au point de devenir l'homme le plus riche de la Suède. Il est apparent que le jeune Philippe-Christophe est un nabab et, comme le duc de Celle adore les nababs, il se lèche les babines. Philippe-Christophe fera un gendre délectable.

L'évêque Ernest-Auguste contre-attaque. Il va jeter derechef dans la bataille sa munition préférée : la ladrerie de son frère Georges-Guillaume. Plus futé que Georges-Guillaume, en effet, l'évêque soupçonne que le temps des vaches grasses est révolu pour les Kœnigsmark. Il suggère donc que le Premier ministre de Celle, le comte Bernstorff, qui fait collection de tabatières, diligente une enquête secrète sur l'état de fortune de Philippe-Christophe. Les conclusions de l'enquête sont délicieuses, c'est du nectar pour l'évêque, car le comte Bernstorff démontre qu'en vérité la fortune des Kœnigsmark s'est évaporée : à Stockholm, les ennemis de la famille ont obtenu que les biens légués par le vieux maréchal soient placés sous séquestre. L'évêque se pavane. Son rêve est renfloué. Il remercie le comte Bernstorff d'une tabatière en or.

Pauvre Georges-Guillaume ! Ces révélations glacent son âme : pour un peu, il eût livré sa fille à ce clochard de Kœnigsmark. La chère Sophie-Dorothée se fût mariée avec une ruine. Comme au surplus la princesse Sophie de Hanovre fait le voyage de Celle pour expliquer à son beau-frère que le mariage de Georges avec sa cousine Sophie-Dorothée est inscrit dans les horoscopes, Georges-Guillaume passe incontinent dans le camp de son frère l'évêque, dans le camp des roués. Même, il met les bouchées doubles pour réparer sa sottise, pour décrocher sa fille de Philippe-Christophe et la raccrocher, s'il en est temps encore, à son cousin Georges de Hanovre.

Il convoque sa fille et lui vante une fois de plus les délices du gros Georges et celles de la couronne qui luit, là-bas, en Angleterre. Sophie-Dorothée, qui ne songe qu'à Kœnigsmark, fait la moue. Son père s'irrite et se procure un portrait du gros Georges, un médaillon. Sophie-Dorothée jette un œil désabusé sur le bibelot. Elle ne découvre aucune beauté dans cette miniature. Elle dit que ce type-là ressemble à Barbe-Bleue. Georges-Guillaume dit à sa fille qu'on va l'enfermer dans un couvent si elle persiste à faire l'imbécile. Sophie-Dorothée campe sur ses positions : elle réitère que son cousin est un ogre et tant pis si elle doit subir les rigueurs du monastère, elle enfermera dans son petit cœur de moniale un autre médaillon, invisible mais radieux : le souvenir de Philippe-Christophe de Kœnigsmark.

Au surplus, Sophie-Dorothée lance l'effigie de Georges contre le mur et Georges se brise en dix morceaux. Georges-Guillaume brandit sa canne à pommeau d'or, frappe sa fille et retire celle-ci de la circulation : on la place sous haute sécurité. Si elle fait quelques pas dans le parc du château de Celle, elle est surveillée par une gouvernante très revêche. La gouvernante est surveillée par deux suivantes renfrognées. Les deux suivantes sont surveillées par quatre valets d'une grande agilité.

L'évêque Ernest-Auguste fulmine. L'entêtement de sa nièce le décourage. Il a beau fouiller dans son immense sac de malices, toutes ses ruses ont fait long feu, tous les boulets qu'il expédie ricochent sur l'âme d'airain de sa nièce, petite sotte, va ! Pas de découragement cependant. L'évêque choisit la guerre. Il se jure de hisser malgré tout l'intraitable Sophie-Dorothée dans le lit de son cousin, quitte à descendre un peu plus bas dans l'ignominie. Des conseils sont réunis : ils ne doivent pas être beaux à voir, ces princes, ces conseillers auliques et ces chambellans, avec leurs lippes d'avares ou d'ambitieux, leurs yeux concupiscents, leurs ventres pour dessins de Daumier, leurs ventres qui complotent à la lueur des chandelles contre l'innocente enfant. Et c'est le duc de Celle, ce brave homme, ce père tendre et tranquille, qui va inventer un stratagème et l'exécutera, avec le concours de son âme damnée, le ministre Bernstorff, toujours à l'affût d'une tabatière en or, et l'aide éclairée de la comtesse Elisabeth von Platen qui n'est pas mauvaise pour contrefaire les écritures.

Ce stratagème est simple et ignoble : un beau matin, Philippe-Christophe de Kœnigsmark reçoit une lettre de Sophie-Dorothée. De son côté, Sophie-Dorothée reçoit une lettre de Philippe-Christophe. Les deux amoureux lisent et sont pareillement éberlués : Sophie-Dorothée, dans sa lettre, informe Philippe-Christophe qu'elle en a assez de lui, elle ne l'aime plus du tout, c'est ainsi, le cœur des jeunes filles est volage. Quant à Philippe-Christophe, il prend congé de Sophie-Dorothée, brutalement, car il aime ailleurs.

Les deux jeunes gens ne soupçonnent rien. Chacun consent qu'il a cessé de plaire. Ils se disent que les grandes amours sont saugrenues, on s'aimait hier, on se déteste le lendemain matin, les passions se flétrissent dans la nuit, c'est à n'y comprendre rien mais on se résigne. Philippe-Christophe selle son cheval. Pourquoi s'attarder dans le coin puisque le duché de Celle, c'est raté. Son cœur est triste mais sa tête demeure légère, il y a tant de femmes en Allemagne et la cour de Dresde est fort giboyeuse, la cour de son ami Frédéric-Auguste de Saxe. Il s'y porte, pendant que Sophie-Dorothée se claquemure dans son chagrin. Six semaines de fièvre cérébrale, des langueurs, et elle se soumet : elle épousera le gros Georges de Hanovre. L'évêque respire. Le traquenard a fonctionné.

Dès que Philippe-Christophe de Kœnigsmark a tourné les talons, on procède au mariage de Sophie-Dorothée et de son cousin Georges. Il est célébré à Celle, le 21 novembre 1682. C'est une fête lugubre. La ville est pleine de neige. Le vent roule dans les longs couloirs entrecroisés du château.

Le jeune couple s'installe à Hanovre, sous les yeux fulminants de la maîtresse de Georges, la plus jeune des sœurs Meisenberg, Catherine. En revanche, les autres familiers du château font bonne figure. Un bref instant, cette histoire exécrable est un peu morale. Il faut en profiter car l'embellie sera brève, mais pour l'heure Sophie-Dorothée apprivoise les figures venimeuses qui la guettent. Même ce rustaud de Georges de Hanovre arrive à extraire de son cœur de soldat une miette de tendresse pour sa jeune épouse. Il lui donne deux enfants qui feront leur trou l'un et l'autre : un fils qui régnera un jour sur l'Angleterre, une fille qui sera la mère de Frédéric le Grand. L'affreux évêque Ernest-Auguste goûte l'esprit de sa nièce et belle-fille, il lui trouve de l'agrément. La femme de l'évêque, Sophie, est contente car sa bru est férue de science, admire Leibniz et l'on pourra papoter en famille sur les astres, l'athéisme et la théologie.

Une seule ennemie se déclare mais inflexible, Elisabeth von Platen, la maîtresse de l'évêque. Cette femme habile, méchante et insatiable s'avise qu'un microbe vient de s'introduire à Hanovre et que ce microbe, cette Sophie-Dorothée, va empester toutes les populations du château, à commencer par l'évêque lui-même qui déjà présente les premiers signes d'infection et subit l'influence de sa bru Sophie-Dorothée. Elisabeth von Platen, qui avait l'habitude de défaire toutes les femmes, est défaite à son tour. Elle régnait sans partage sur son épiscopal amant et voilà que cet amant bave devant cette mijaurée de Sophie-Dorothée ! Elisabeth se figure le pire, voit que Sophie-Dorothée gagne chaque jour en influence sur le vieil homme. Ulcérée, blême de rancune, l'aînée des Meisenberg cuit sa vengeance.

Les deux femmes se défient. Leurs armes sont contraires. Sophie-Dorothée use de sa jeunesse, de son enjouement, de son naturel. De sa langue aussi, qui est rapide et s'amuse de sa rivale. Elisabeth von Platen a d'autres atouts : sa férocité et sa dépravation. Elle est belle. Quand elle entre dans un salon, enveloppée de ses hermines et scintillante de diamants, les hommes balbutient. Son teint est une fleur : elle se ruine à le rafraîchir, chaque matin, dans un bain de lait, et le lait, après avoir irradié son corps, est distribué aux pauvres de la ville.

Elle dispose d'une arme secrète qui est le corps de son amant. Ce corps d'évêque est un peu déclinant mais bourré de désirs et Elisabeth entreprend de le pervertir, de lui fournir les drogues desquelles il ne pourra bientôt plus se passer. La lubricité du vieillard, Elisabeth va la suralimenter et l'exalter, la pousser à la démence : chaque soir, dans l'hôtel fastueux qu'elle s'est fait offrir en ville, Elisabeth préside des fêtes dépravées en l'honneur de son amant. Elle s'est assuré le concours d'une brigade de filles affables qui trouvent, toutes, que l'évêque est un homme superbe. On danse, on virevolte, on fleurette, on monte des scènes mythologiques, on boit. La nuit s'achève en orgie. Le vieil évêque fait le freluquet. Il ne peut plus se passer de ses délires et l'empire d'Elisabeth augmente. Le duc de Hanovre est devenu le pantin de sa maîtresse.

Elisabeth ne baisse pas la garde : aussitôt qu'elle a rétabli son empire sur Ernest-Auguste, elle ouvre un nouveau front. Elle pointe ses arquebuses sur le fils, Georges de Hanovre, l'époux de Sophie-Dorothée. Et certes, auprès de Georges,

Elisabeth von Platen a déjà une alliée, puisque sa jeune sœur, Catherine, en est la maîtresse. Mais la beauté de Catherine se fane et son esprit n'a pas d'éclat. Georges ne la câline plus beaucoup. Aussi, une idée germe dans Elisabeth : elle va fournir au gros Georges une deuxième maîtresse, plus jeune, plus jolie et plus sournoise que Catherine, avec l'espoir que Sophie-Dorothée, qui s'était résignée tant bien que mal à la présence de Catherine, ne supportera pas une deuxième avanie. Elle demandera le divorce et elle s'en ira au diable, bon débarras ! Elisabeth sera de nouveau la reine de Hanovre.

Elisabeth déniche une perle, une de ses dames d'honneur, Mélusine Ermengarde de Schulenbourg, dix-neuf ans, l'innocence, l'élégance et des yeux de porcelaine bleue. Jusqu'alors, Elisabeth ne pouvait souffrir cette créature qui est trop jolie et si jeune, ces choses-là sont exaspérantes. Or, voici que tout change : du jour au lendemain, Elisabeth décèle qu'elle aime Mélusine. Elle lui reconnaît des vertus, les deux femmes ont des tête-à-tête car Elisabeth prend en main l'éducation de la jeune fille. Mélusine se montre une excellente élève. Elle comprend tout à demi-mot. Elle grimpe quatre à quatre les degrés de la coquetterie, du vice et de la scélératesse : elle est pire, bientôt, que son institutrice et Georges de Hanovre, entre deux campagnes de Hongrie, succombe, couche avec Mélusine et s'en enchante. Mais cela n'est rien encore : il ne suffit pas que Sophie-Dorothée soit trompée par son époux. Encore faut-il que son ridicule soit publié.

Elisabeth s'y emploie. Toute la Cour est informée, s'esclaffe. Les courtisans caquettent, ils ont du grain à moudre. Sophie-Dorothée est meurtrie. Elle se plaint à son beau-père l'évêque. Après tout, Ernest-Auguste est bien le père de ce Georges qui bafoue son épouse aux yeux de chacun. L'évêque écoute sa bru et s'en fiche.

Ces manières surprennent. Elles sont ordinaires dans les cours de l'Europe. Stendhal feuillette de vieilles annales, à Milan, et fait une récolte géante de vilenies, d'ignominies, d'assassinats ouatés ou fulgurants desquels il nourrit ses magnifiques *Chroniques italiennes*. Plus près de nous, en France, nous savons par Saint-Simon, Michel Millot, Claude Le Petit ou Bussy-Rabutin que la cour de Versailles fut un monstre : musiques et délations, flambeaux, sérénades et poisons, pâmoisons et adultères, incestes, assassinats masqués, de l'or, du sang et de la nuit, la cour du Grand Roi est une nausée.

Pourtant, les petites Cours, celles des *Chroniques italiennes*, celles des chroniques de Celle et de Hanovre ont de grandes supériorités sur le tripot fétide de Versailles : elles sont minuscules quand Versailles est gigantesque. La cour de France abrite un nombre infini de canailles, de gâteux, de fornicateurs, de fripouilles ou de luxurieux, si bien que les débordements de chacun sont brouillés et voilés par l'inconduite de tous les autres. Les intrigues s'entrecroisent, bifurquent, se recouvrent, s'égarent et s'estompent. Elles sont mal lisibles et même indéchiffrables, tel un parchemin sur lequel dix grimoires se contrarient.

L'avantage des cours de pacotille comme celle du Brunswick-Lünebourg est leur étroitesse. Elles sont dépeuplées et transparentes. Les acteurs sont peu nombreux, ils ne peuvent pas échapper aux vigilances. Incessamment sur le devant de la scène, aussi visibles que des insectes sous une cloche de verre, le moindre de leurs gestes est comptabilisé. Leurs vices grouillent autant que des microbes sous la lame d'un microscope. Pas de recoins d'ombre où lécher ses plaies, où disposer ses pétards et ses poisons, où s'éclipser un instant pour reprendre haleine et tisser de nouveaux filets.

C'est dans une nudité racinienne que se déploient les voluptueuses arabesques de la rancune et de la passion. Au lieu que les manœuvres s'emmêlent et s'annulent, comme dans la cohue de Versailles, à Hanovre, à Celle, les complots sont solitaires, impeccables et sans recours. Ils suivent leur fatalité. Ils courent au malheur. Leurs conclusions sont énoncées dans leurs commencements. Aucune traverse ne les divertit. Dans ces espaces resserrés, les amours, le désir, le goût du pouvoir ou celui du meurtre ont des puretés de glace. Les combats se mènent au ralenti, pour permettre à chacun de ne pas perdre un moment du spectacle. Le moindre froissement fait un bruit de tonnerre et des échos multipliés : une parole obscène, le glissement d'une dague dans son fourreau, le chuchotis des amants, celui des conjurés, tout fait événement. Le progrès de la tragédie se lit chaque matin, dans les grimaces et les sourires des acteurs, de même qu'on suit à la radio les phases d'une guerre, les contre-attaques ou les effondrements des villes. La cour de Hanovre est aussi lisible que le mécanisme d'une horloge : à voir cliqueter ses clapets, ses ressorts et ses engrenages, on peut prévoir l'heure du coup de grâce. Ces assassinats cérémonieux ont des beautés de fleurs de givre.

Pendant que la cour de Hanovre bouillonne, Philippe-Christophe de Kœnigsmark prépare sa deuxième entrée en scène car, après son long exil en Saxe, il décide de son retour. Pourquoi choisit-il de reparaître à Hanovre, en qualité de colonel aux Gardes, après l'humiliation que lui avait infligée la fameuse fausse lettre qu'il avait cru que Sophie-Dorothée lui avait envoyée ? Le cœur de Kœnigsmark serait-il toujours d'amour épris ou bien, comme il a écumé les réserves féminines de Dresde, s'est-il figuré que la société vermoulue du Brunswick lui procurerait de nouveaux gibiers ?

Ces quelques saisons l'ont changé. Sa beauté est entière, il n'a que vingt-sept ans mais il est recru de plaisirs, il a le regard froid des vrais libertins. Sophie-Dorothée n'en est pas effrayée. Au contraire, son désir augmente. Il y a quelques années, Philippe-Christophe l'avait bafouée par une lettre infâme et cet homme revient, la nargue. La passion de la princesse en est échauffée.

Philippe de Kœnigsmark, qui est un bon technicien, fait d'abord patte de velours. Il se montre déférent à la princesse Sophie-Dorothée, pétrifié de respect, délicat mais on jurerait qu'il n'a jamais courtisé la jeune femme et que son cœur ne frissonne pas. Cette froideur plaît beaucoup à l'autre femme, à Elisabeth von Platen, qui bricole aussitôt un nouveau programme pour parachever sa victoire sur Sophie-Dorothée : elle va séduire le jeune colonel aux Gardes. Sophie-Dorothée sera ridicule.

Aussitôt dit aussitôt fait : experte en séduction, Elisabeth provoque Philippe-Christophe et, pour cette femme splendide, c'est un jeu que de l'asservir. Philippe-Christophe ne résiste guère. Il goûte des voluptés imprévues : quoi de plus rigolo que de prendre pour maîtresse la rivale de cette Sophie-Dorothée qui s'est si mal conduite envers lui voici peu d'années ?

Elisabeth brûle d'annoncer son triomphe. En juillet, toute la Cour se déplace au château de Linzbourg. Une fête galante est improvisée dans les bois. On chante, on minaude, les dames se déguisent en Amaryllis, les hommes en Tityre ou en Tyrcis. On se poursuit sous les châtaigniers. On s'enivre au champagne. « Tityre jette sur la fougère son habit de taffetas, Amaryllis ne garde sur son sein qu'une rose », disent les chroniques. L'occasion est belle pour Elisabeth. La courtisane entraîne Philippe-Christophe sous les frondaisons, sans discrétion, à deux pas de l'évêque qui ronfle pendant que sa maîtresse et Philippe-Christophe batifolent, mais sait-on jamais avec ces vieux bonshommes ? Ernest-Auguste ne dort sans doute que d'un œil, les évêques ont de la philosophie.

Sophie-Dorothée n'a pas de philosophie. Les leçons de physique expérimentale distribuées en public par Elisabeth à Philippe-Christophe la navrent, elle refuse d'en croire ses yeux mais ses espionnes, ses « mouches », lui confirment son infortune : Philippe-Christophe et Elisabeth von Platen se donnent rendez-vous dans les crépuscules. Du coup, Sophie-

Dorothée pleure. Sa suivante, l'excellente Mlle de Knesebeck, pleure aussi.

Elisabeth von Platen est au paradis. La conquête de Philippe-Christophe relève de l'exploit. Toutes les femmes sont jalouses et Sophie-Dorothée est en voie de démolition, un vrai rêve! Pourtant, dans les équations d'Elisabeth, toutes les opérations ne sont pas justes, car un élément inattendu et catastrophique se dévoile : Elisabeth s'aperçoit avec horreur qu'elle est en train de se prendre de passion pour le beau colonel aux Gardes. Voilà une grosse maladresse : ces cœurs déserts, quand le sentiment se faufile dans leurs solitudes ou leurs simulations, sont bien embarrassés. De l'amour, ils ne connaissent pas le mode d'emploi. Capables de désirer ou de haïr, ils ne savent pas s'y prendre avec les tendresses, ils s'égarent dans leurs complications, se tendent à eux-mêmes des pièges, se ligotent ou bien s'embrasent et ils sont en cendres.

Pour la première fois, Elisabeth perd le nord. Rompue à réduire les hommes, à les empester de luxure pour les avilir, à les traiter comme marionnettes, c'est elle à présent qui tressaute grotesquement au bout des fils que Philippe-Christophe pince et relâche tour à tour en souriant. Kœnigsmark conduit le bal. Il asservit la maîtresse de l'évêque à ses caprices. Cette femme orgueilleuse, tout en calculs et en manèges, n'est plus qu'une amante éplorée. Elle aime, et comme elle ne sait pas ce que c'est que d'aimer, elle saigne. Et elle ne se doute pas que le candide Philippe-Christophe va bientôt donner un nouveau tour à la corde qui l'étrangle.

Voici ce tour : un matin, très tôt, Sophie-Dorothée de Hanovre est à sa fenêtre, elle aime bien ce moment qui s'accorde à sa détresse et sans doute est-elle en train d'imaginer les enlacements écœurants de Philippe-Christophe et de la courtisane quand elle devine une silhouette sous les charmilles de sa résidence. Curieuse, elle descend.

Dans la chambre de verdure où elle a coutume de se retirer, par ses longues après-midi désoccupées, pour pleurer un peu, elle aperçoit un rouleau de parchemin. C'est un madrigal, dédié à une certaine Sylvie, sans adresse ni signature. Sophie-Dorothée tremble. Elle croit reconnaître l'écriture de son ancien amoureux et, du reste, cet homme enveloppé d'un long manteau sombre, tout à l'heure, dans la brume, c'était bien Philippe-Christophe, elle en est sûre à présent.

La suivante de Sophie-Dorothée, Mlle de Knesebeck, toujours sur la brèche, reçoit la mission d'appeler discrètement Philippe-Christophe et de favoriser une entrevue. D'autres rencontres suivent. Mlle de Knesebeck jurera dans ses *Mémoires* qu'elle assistait à ces séances et que les deux jeunes gens bavardaient, parlaient de la pluie et du beau temps sans rien d'équivoque. Ils étaient chastes comme tout. Mais Mlle de Knesebeck ment. La correspondance de Philippe et de Sophie, découverte en 1850, dans un château de Suède, est moins pudique : Sophie-Dorothée et Philippe-Christophe étaient amants.

Frédéric le Grand était-il un Kœnigsmark ?

Les amours de Philippe-Christophe et de Sophie-Dorothée soulèvent un gros problème dynastique. Sophie-Dorothée, épouse de Georges de Hanovre, aura deux enfants et les destinées de ces deux enfants sont éclatantes. Sophie-Dorothée confectionne un garçon, Georges, qui succédera à son père, Georges de Hanovre — devenu George Ier d'Angleterre en 1714 — sur le trône d'Angleterre en 1727 (George II), et une fille, Sophie-Dorothée qui sera l'épouse du roi Frédéric-Guillaume de Prusse et mère, par conséquent, du Grand Frédéric. Certains historiens se sont gratté leurs têtes d'historiens : ces deux enfants procèdent-ils de l'époux légitime de Sophie-Dorothée, Georges de Hanovre, ou bien de son amant, Philippe-Christophe de Kœnigsmark ?

La correspondance de Philippe-Christophe avec Sophie-Dorothée est pleine d'ombres. Les lettres que nous connaissons des deux amants ignorent les calendriers. On déchiffre toutefois sur l'une d'elles la date de 1687. Or, cette année-là, le fils de Sophie-Dorothée et de Georges, celui qui deviendra George II d'Angleterre, a déjà quatre ans. Il faut donc consentir que la dynastie qui régnera en Angleterre procède des Hanovre, non des Kœnigsmark.

Le cas de la petite fille, qui sera un jour la mère du Grand Frédéric de Prusse, est plus obscur : la gamine naît le 16 mars 1687, c'est-à-dire comme Sophie-Dorothée et Philippe-Christophe se caressaient. Ces coïncidences donnent à rêver : ne serait-il pas épatant que le Grand Frédéric nous ait été transmis, non par le sang médiocre et épais des Hanovre, mais par la race exaltée, caracolante et chimérique des Kœnigsmark ?

Cette hypothèse plaît. Elle donnerait de la cohérence au parcours baroque des hobereaux du Brandebourg : elle dirait que le vieux maréchal Hans-Christophe de Kœnigsmark, le belluaire de la guerre de Trente Ans, ne s'est pas contenté d'avoir pour arrière-petit-fils, par le truchement de sa petite-fille Aurore, le meilleur homme de guerre de Louis XV en la personne du futur maréchal de Saxe. Encore, il pourrait se flatter d'une autre performance : avoir niché sur une branche un peu bizarre de son arbre généalogique, et grâce au charme trouble du frère d'Aurore, le beau Philippe-Christophe, le futur Frédéric de Prusse, soit le plus grand soldat de son siècle, supérieur même au maréchal de Saxe.

Avouons, hélas, que nul document incontestable ne peut être produit à la rescousse de cette thèse amusante. Mais la chimère est une des spécialités de la maison Kœnigsmark, et pourquoi Frédéric de Prusse, le Grand Frédéric, ne serait-il pas, de ces chimères, la plus grandiose ?

IX

ELISABETH von Platen a chanté victoire un peu trop tôt, mais sa résolution demeure d'anéantir sa rivale. Démangée du désir de Philippe-Christophe, elle tend ses filets et prétend faire coup double : reconquérir le cœur, rarement brisé et toujours glissant, du jeune colonel des Gardes, tout en livrant Sophie-Dorothée de Hanovre à la risée des courtisans.

Elle caresse Sophie-Dorothée et proteste de son amitié. Elle propose une réconciliation spectaculaire : les retrouvailles entre les deux ennemies seront proclamées au cours d'un grand bal que Mme von Platen va donner en son hôtel.

La Cour grésille de curiosité, attend des sensations. Les danses sont endiablées mais, aux douze coups de minuit, Philippe-Christophe et Elisabeth von Platen ne sont plus là. Qu'à cela ne tienne : une guirlande se forme. Hommes et femmes se trémoussent dans tous les couloirs de la demeure. En passant devant la chambre de la Platen, une main pousse la porte par inadvertance. Ciel ! Elisabeth et Philippe-Christophe sur un lit, et pas beaucoup de vêtements.

L'épisode émerveille les plus blasés. Comme on ne prête qu'aux riches, on soupçonne une mise en scène. On jacasse. On suppute. Qui donc a ourdi le piège ? Elisabeth von Platen, de toute évidence, qui a dépêché un complice avec la mission d'entrouvrir la porte, manière de confondre Sophie-Dorothée, de la faire honteuse.

Quelques courtisans avancent des explications plus fines. Ils suggèrent que la farce a été ourdie par Philippe-Christophe, qui est un jeune homme vaniteux et cruel : après avoir soumis les deux femmes les plus célèbres de Hanovre, il se donnerait un supplément de plaisir en exhibant leurs indignités.

Une troisième thèse est plus scabreuse : le scénario aurait été imaginé par Sophie-Dorothée en personne, Sophie-Dorothée, toujours en quête d'un scandale, dans l'attente que l'évêque, bafoué publiquement par sa maîtresse Elisabeth, se fâcherait enfin, briserait son roman et renverrait l'intrigante dans ses terres.

L'évêque enrage. Il convoque Elisabeth von Platen et entre en transe. Mais l'aventurière n'est pas timide. Elle a du savoir-faire et connaît sur le bout du doigt le catéchisme de l'innocence. L'évêque en entend de belles. Comment ose-t-il douter de la vertu d'Elisabeth ? Elle est blanche comme un agneau et on la peint en noir ! Quelle indécence !

Elisabeth frémit d'indignation et, même, elle verse des larmes. Son honneur est outragé par un homme dégradé, ce vaurien de Kœnigsmark, qui a tenté de la forcer. Pour un peu, le voyou eût violé la chaste Elisabeth sous les quolibets de toute la Cour, c'est du joli, et Elisabeth exige que ce monstre soit expulsé de Hanovre. L'évêque est désarçonné. Il demande son pardon. Il convient que ce Philippe-Christophe est un dégoûtant. Ordre est donné de bannir Kœnigsmark ! Pour la deuxième fois, Kœnigsmark se replie sur la Saxe.

Philippe-Christophe est à Dresde. Son départ procure à la cour de Hanovre un instant de répit. Elisabeth n'est pas assouvie : certes, elle a expulsé Philippe-Christophe de Kœnigsmark mais Sophie-Dorothée occupe toujours la place et doit succomber à son tour. La Platen reste bien décidée à briser le ménage maudit que forment Sophie-Dorothée et

Georges de Hanovre, à l'acculer au divorce. Une fois Sophie-Dorothée répudiée et éloignée de Hanovre, Elisabeth sera maîtresse du trône et pourra même se payer le luxe de rappeler Kœnigsmark et d'en jouir à la vue de tous.

Premier objectif : pousser Sophie-Dorothée au divorce. Voici donc venir le moment de dégainer cette ravissante Mélusine Ermengarde de Schulenbourg que la prévoyante Elisabeth avait formée naguère au délassement du gros Georges. La providence veut que Mélusine soit enceinte de Georges de Hanovre. L'information est secrète encore mais Elisabeth, qui tire tous les fils du complot, ne l'ignore point. Cette grossesse est pain bénit. Elisabeth va jeter le ventre de Mélusine dans la fournaise et, comme elle a le sens du théâtre, elle agencera une mise en scène magnifique, avec le concours involontaire de Leibniz et des étoiles.

Les étoiles se prêtent docilement au jeu car Sophie-Dorothée, privée de son Philippe-Christophe, console ses solitudes en auscultant le ciel. Un soir, elle est invitée par Leibniz qui vient d'équiper son observatoire d'une nouvelle lunette et se propose d'étudier une éclipse de lune. La séance est très longue. Sur le chemin du retour, Sophie-Dorothée et ses deux suivantes s'égarent malencontreusement dans les corridors du palais.

Les trois femmes tournicotent de longues minutes dans le dédale, à la lueur d'une bougie, et finissent par apercevoir un rai de lumière sous une porte. Elles sont interloquées car une clef a été laissée dans la serrure. Elles tournent la clef et Sophie-Dorothée pénètre dans un appartement très douillet dont elle ne connaissait pas l'existence. Dans l'antichambre, sur un coussin de brocart, le Turc Soliman, qui est le valet de chambre du mari de Sophie-Dorothée, dort paisiblement. Sophie-Dorothée écarte une tenture. Un tableau impudique se révèle : allongée sur un divan, une jeune femme, Mélusine. Georges de Hanovre, l'époux de Sophie-Dorothée, tient tendrement la main dolente de Mélusine. Et puis, l'incroyable : dans le lit, un nouveau-né, une petite fille.

Mélusine s'évanouit. Le nouveau-né braille. Sophie-Dorothée vocifère. Georges vocifère plus fort, après quoi il cogne avec une telle violence que Sophie-Dorothée trébuche, la figure en sang. Les suivantes, secourues d'une escouade de valets, la transportent dans ses appartements.

Dès le lendemain, Sophie-Dorothée bondit chez son beau-père, Ernest-Auguste. Elle lui peint l'horreur de sa position, la vilenie de son époux et exige le divorce instantané. L'évêque est plutôt circonspect : il en a assez, vraiment, de ces jérémiades de femmes. Il gronde sa belle-fille. Un peu de cervelle, voyons : Georges de Hanovre doit un jour monter sur le trône de Londres car les enfants de la princesse Anne d'Angleterre continuent de mourir. Sophie-Dorothée sera donc reine d'Angleterre. Dans ces conditions, quelle importance, ce bébé, que Georges a stupidement donné à Mélusine, une distraction à peine ! Georges a fait une fausse manœuvre, ces maladresses arrivent, et Sophie-Dorothée ne va tout de même pas sacrifier le trône d'Angleterre à un nourrisson !

Sophie-Dorothée rétorque. Elle se soucie de la couronne d'Angleterre comme d'une pomme. Alors l'évêque se fâche. Sa patience à la raison fait place : il y a dix ans qu'il intrigue pour poser son fils Georges sur le trône anglais, un divorce bloquerait l'ascension. Sophie-Dorothée n'a qu'à larmoyer à sa guise, si la chose lui agrée, mais en public, qu'elle ne bronche point. Georges de Hanovre est un peu soldat, c'est vrai, un peu rude et un rien libertin, la belle affaire, il n'y a pas de quoi fouetter un chat !

L'évêque est en forme. Il a encore une petite poche de venin en réserve : après tout, susurre-t-il, Sophie-Dorothée, malgré ses torrents de pleurs et ses intransigeances n'est pas exempte de toute macule. Il arrive que ses vertus vacillent.

Ce jeune Kœnigsmark, par exemple, l'évêque a bien voulu fermer les yeux, mais que diable, on reçoit des rapports, on sait bien que Sophie-Dorothée a forniqué avec le colonel aux Gardes... Un peu de tenue, ma chère enfant... Oui, Sophie-Dorothée serait bien inspirée de faire silence : il serait détestable que ses faiblesses soient données en pâture aux méchants !

Sophie-Dorothée ne fait pas silence, elle préfère le charivari. Elle quitte Hanovre. Son plan est d'aller pleurer chez ses parents, à Celle, de les apitoyer et de leur demander le droit de divorcer de Georges. Mais le ministre du duc Georges-Guillaume de Celle, Bernstorff, qui aimerait bien gagner une autre tabatière d'or, veille au grain. Alerté par Ernest-Auguste et dûment chapitré par lui, Bernstorff représente à son maître, Georges-Guillaume, que le mariage de Sophie-Dorothée et de Georges de Hanovre ne doit en aucun cas être rompu. Le trône d'Angleterre brille au loin. Un divorce l'estomperait, ce trône. Et un trône d'Angleterre, dit Bernstorff, on a beau dire, cela fait beaucoup de thalers, beaucoup de diamants, beaucoup de joyaux de la Couronne. Les yeux de Georges-Guillaume étincellent. Et le bonhomme décide de recevoir sa fille comme un chien dans un jeu de quilles.

Etrillée par son cher père, Sophie-Dorothée remonte dans son carrosse, direction Hanovre, Herrenhausen plus justement, où la Cour s'est réunie pour une partie de campagne. Le retour de Sophie-Dorothée, après son humiliation, fait la nouvelle. L'évêque Ernest-Auguste et sa femme Sophie, qui se sentent morveux, ont préparé un accueil choisi. Ils ont expédié à la rencontre de la jeune femme bafouée un messager d'honneur pendant que toutes les pécores et tous les élégants de la Cour mettent le nez aux fenêtres et se disposent à applaudir à la réconciliation du gros Georges avec sa femme. Georges se porte sur la terrasse, il prépare un sourire mais la princesse Sophie-Dorothée n'a rien pardonné.

Elle jette un ordre à son cocher. Les chevaux prennent le galop et le carrosse passe comme le vent. Les courtisans referment les fenêtres.

A Hanovre, l'évêque et sa bande adoptent le silence. Pas un reproche et pas une amitié. Sophie-Dorothée est en quarantaine. L'évêque est courtois comme un iceberg. La princesse Sophie est distraite : ses yeux ne tombent plus sur sa bru que par hasard. Sophie-Dorothée est un néant et son époux Georges de Hanovre en profite pour patouiller sans scrupule dans le corps de Mélusine.

Elisabeth von Platen se rengorge. Elle a renversé le sort. Sa rivale est dans la poussière. La courtisane puise dans ses cargaisons de fiel, qui sont insondables, fait des insolences, se dandine avec son évêque sous le nez de Sophie-Dorothée. Celle-ci, reniée de ses parents, injuriée de son mari, oubliée de son amant Kœnigsmark, méprisée de ses beaux-parents, solitaire et percée des mots aigres de la Platen n'a plus qu'un recours : elle va brûler la politesse à tous ces pervers et quitter la cour purulente de Hanovre. Ce n'est pas une mince entreprise car elle est sous contrôle. Dans sa détresse, elle fait appel à Philippe de Kœnigsmark, lui dépêche à Dresde un courrier pressant : qu'il cesse de bouder, qu'il revienne à Hanovre.

Kœnigsmark est déconcerté. Il coulait des jours pas tranquilles mais distrayants à Dresde, auprès de son vieux compagnon de débauche, Frédéric-Auguste, le nouvel Electeur de Saxe. Frédéric-Auguste, ravi de retrouver son copain, lui avait même offert un cadeau : un régiment et le titre de général-major.

Philippe-Christophe n'avait pas trop su que faire de ce régiment d'autant qu'à cette époque la Saxe fait la galanterie, non la guerre. La cour de Dresde est un long plaisir dont Philippe-Christophe s'est nommé le prince.

Kœnigsmark séduit les dévergondées de la ville. Il est beau, spirituel, ironique, dangereux et les roués se disputent son amitié.

Des petits soupers sont offerts en son honneur au château de Moritzburg, près de Dresde (c'est la résidence secondaire des Electeurs de Saxe, elle abritera sous peu, après que Philippe-Christophe aura été assassiné, les amours éphémères de la sœur de Philippe-Christophe, la belle Aurore de Kœnigsmark et de Frédéric-Auguste).

Philippe-Christophe ravit ses hôtes. Il possède une collection inépuisable de ragots sur la cour de Hanovre, il les distribue à pleines mains et les femmes se pâment : Kœnigsmark, pour ses auditeurs, passe en revue le ramassis de gredins et de luxurieux du Brunswick. Il ne laisse rien dans l'ombre. Chaque courtisan de Hanovre ou de Celle reçoit son paquet mais le numéro le plus apprécié concerne Elisabeth von Platen. Aucun secret n'est respecté, fût-il intime.

Malicieux, drôle, informé de première main au surplus puisqu'il connaît sur le bout des doigts le corps de la Platen, Kœnigsmark ne se lasse pas de dire les minauderies de « la sultane » de Hanovre, sa morgue, ses ridicules et ses coquineries, ses tactiques, ses onguents, ses spécialités érotiques, ses fards, ses bains de lait. Une fête pour les mauvaises langues de Dresde ! Philippe-Christophe fait le guide : il pilote ses clients et surtout ses clientes, dans le cabinet de toilette de la Platen, dans son lit. Enivré de ses succès, il passe les bornes et Dresde connaît toutes les manies de la redoutable Platen.

Un détail échappe à l'insouciance de Philippe-Christophe et ce détail sera bientôt mortel : la Platen entretient une « mouche » à la cour de Dresde, une de ses anciennes dames de compagnie qui adresse des comptes rendus scrupuleux à Hanovre. Les rires qui saluent à Moritzburg ou à Dresde les récits polissons de Philippe-Christophe sont diffusés, comme en direct à Hanovre, dans le palais de la Platen.

La cour de Dresde possédait un fou, du nom de Mey, qui gagnait sa croûte en disant la bonne aventure. Quelques jours avant d'être rappelé à Hanovre par Sophie-Dorothée, Philippe-Christophe taquine le vieux bouffon : « Quand reverrai-je ma maîtresse ? » demande-t-il. « Tu la verras bientôt, dit Mey, et puis amen ! Mais tu auras le temps de songer à ce que dit Mey aujourd'hui. Mon pauvre comte, il y a longtemps que je vous plains mais tel est votre sort ; nul ne peut éviter sa destinée. »

Cette anecdote, que consignent les *Mémoires autographes* du maréchal de Saxe, neveu de Philippe-Christophe, n'étonne pas : les Kœnigsmark sont de gros consommateurs de rêves prémonitoires et de clins d'œil du destin, ceux qui annoncent des amours et du sang de préférence. Christine Wrangel n'avait-elle pas vu en rêve le cadavre de son autre fils, Charles-Jean, chez les Turcs ? A présent, c'est le vieux Mey qui divague et Philippe-Christophe eût été sage de l'entendre mais les Kœnigsmark aiment les fatalités, les astres et le tragique : malgré les avertissements de Mey, ou peut-être à cause de ces avertissements, Philippe-Christophe, quand il entend les supplications de Sophie-Dorothée, se met en chemin.

Dès son arrivée à Hanovre, Philippe-Christophe visite Sophie-Dorothée qui lui expose ses vues. Elle lui confie la mission de l'enlever et de la déposer en un lieu sûr, à Wolfenbüttel, où l'excellent duc Antoine-Ulrich qui est apparenté aux Hanovre et aux Celle, et même chef d'armes de la maison de Brunswick, la gardera des vilenies de son père le duc de Celle et des rancunes de la Platen et de l'évêque. Sophie-Dorothée obtiendra aisément le divorce. Elle sera libre et pourquoi n'épouserait-elle pas, dans ces conditions, Kœnigsmark ?

Philippe-Christophe hésite : on a beau avoir une tête aventureuse et le goût des imbroglios, on réfléchit un peu. Un scandale casserait la belle carrière de Philippe-Christophe mais Sophie-Dorothée implore. Philippe-Christophe est flatté, peut-être ému. Il ne serait pas fâché de devenir un jour duc de Celle et puis, le rapt d'une princesse malheureuse, peut-être grâce à une échelle de corde, quelle élégance, cela vous a un petit air d'opéra. Cette audace perfectionnera la panoplie, déjà superbe, du jeune don Juan, toutes les femmes s'attendriront. Philippe-Christophe y gagnera quelques seins.

Sophie-Dorothée emporte la décision : Kœnigsmark accepte de recruter une escorte de six trabans pour opérer l'enlèvement de la princesse mais il a besoin de quelques jours pour monter son appareil. En attendant, prudence, prudence extrême : Philippe-Christophe et Sophie-Dorothée s'ignoreront.

Les quelques jours se prolongent. La cour de Hanovre est perplexe : pourquoi Philippe-Christophe est-il reparu ? Et pourquoi remet-il sans cesse son départ au lendemain ? Que mijote-t-il ?

Elisabeth von Platen s'interroge. Dès que son ancien amant est revenu, elle s'est juré de rétablir son empire sur l'infidèle, le félon. Et cet écervelé de Philippe-Christophe, qui ne résiste ni à un plaisir ni à une prouesse, se laisse fléchir, accorde des rendez-vous à la maîtresse de l'évêque, soit qu'il espère ainsi protéger Sophie-Dorothée, soit qu'il goûte de voir la Platen s'humilier. Il faut dire que « la sultane » n'y va pas avec le dos de la cuiller. Elle fait bonne mesure : sincère pour une fois et sans calcul, elle s'enivre de désirer. Elle croyait avoir fait le tour de toutes les voluptés et le hasard lui offre un nouveau gisement, monumental et inexploré, de ces vices un peu monstrueux qu'elle apprécie : elle découvre avec extase qu'il est plus agréable encore d'être abaissée que d'abaisser. Elle connaît que la honte, la détresse, le mépris distillent des frissons inouïs. Pour qui a quelques dons, et elle n'en est pas dépourvue, tout concourt au vertige, y compris l'esclavage.

L'orgueilleuse Elisabeth von Platen se travestit en humble

servante : ce Kœnigsmark qui l'a vilipendée devant les paltoquets de Dresde, qui a dévoilé aux convives de Moritzburg les habitudes les mieux protégées de « la sultane », qui enfin a bafoué Elisabeth en lui préférant sa rivale Sophie-Dorothée, voici qu'Elisabeth le supplie et l'adjure, se perd en promesses, jouit de lui obéir : elle descend tous les degrés de la servitude, de la bassesse. Elle se penche sur l'enfer. Elle cherche le pire et peut-être, dans ces sulfureuses résidences, voit-elle pour la première fois luire l'or du plaisir ?

Sans précautions, cette femme altière avoue sa passion, fait bonheur de son infortune. Aux courtisans de Hanovre, elle fournit le spectacle de sa déchéance et elle est plus glorieuse que jamais. De son humiliation, elle fait sa parure et sa victoire. Les spectateurs abasourdis assistent à la métamorphose. Elisabeth se lamente et se traîne, Elisabeth s'agenouille. La rumeur dit qu'elle ne craint pas même les coups de cravache du jeune homme, qu'elle les sollicite.

La nuit, la Platen se glisse le long des corridors du château. Elle est à la porte de Philippe-Christophe. Elle frappe et c'est le silence. Elle reste immobile, les heures passent, elle gratte. Philippe-Christophe est un muet.

Sans doute il a un sourire : il est rare qu'une femme fière et de cette réputation oublie toute dignité et demande qu'on la pille. Philippe-Christophe de Kœnigsmark a remporté une victoire plus brillante que toutes celles de son grand-père, le vieux maréchal Hans-Christophe à Prague, ou de son frère Jean-Charles contre les Barbaresques, mais Philippe-Christophe, aussi roué soit-il, ne devine rien du cœur des femmes. Il se persuade qu'Elisabeth est sa victime quand il en est la proie.

Elisabeth a terminé ses classes. Elle a gravi beaucoup d'échelons dans l'ordre du mal mais, jusqu'à présent, elle faisait des gammes à peine, s'abîmait en frivolités, utilisait sa beauté à la fois pour dominer les hommes et pour monter au pouvoir. Ses dernières expériences l'ont accomplie. A présent, sous les masques des personnages antipathiques mais précautionneux de Choderlos de Laclos, d'autres figures plus méphitiques se dessinent. La fille du pauvre comte de Meisenberg donne naissance à une autre personne, à une femme de la nuit. Lady Macbeth prend le relais de Mme de Merteuil.

« *Le corbeau même s'enroue à croasser l'entrée fatale de Duncan sous mes créneaux ! Accourez, esprits qui veillez sur les pensées de mort ! Enlevez-moi mon sexe et, du crâne à l'orteil, remplissez-moi, faites-moi déborder de la plus atroce cruauté ! Epaississez mon sang ; fermez en moi tout accès, tout passage à la pitié, qu'aucun retour compatissant de la nature n'ébranle ma volonté farouche et ne se dresse entre elle et l'exécution ! Quel que soit le lieu où vos invisibles substances président au crime de la nature, prenez mes seins de femme, et que le lait s'y change en fiel ! Viens, nuit épaisse, enveloppe-moi de la plus sombre fumée de l'enfer, que mon poignard aigu ne voie pas la blessure qu'il va faire et que le ciel, m'épiant à travers la couverture des ténèbres, ne vienne point me crier : " Arrête ! Arrête ! ".* »

X

Le jeudi 1er juillet 1694, Philippe-Christophe aperçoit un billet sur sa table. La princesse Sophie-Dorothée le réclame, en dépit du serment que les deux amants s'étaient fait de ne point se revoir, par prudence, jusqu'au jour de l'enlèvement. « Monsieur le comte, dit la lettre, ma princesse désire vous voir. Elle ne peut vous écrire, s'étant brûlé la main et m'a ordonné de vous faire savoir que vous pouvez vous rendre chez elle par le petit escalier, comme autrefois. Adieu, tirez bientôt le doute de la princesse la plus aimable du monde. »

Philippe est un aveugle. Il n'a pas le soupçon que ce billet est un autre faux, un autre guet-apens de la Platen. Et certes, l'insouciance du jeune homme a des motifs : comment penser qu'Elisabeth von Platen joue deux rôles incompatibles : la frénésie de s'abaisser et la volonté de la vengeance. Kœnigsmark ne voit pas plus loin que le bout de son nez : sa vigilance a été endormie par les prouesses érotiques d'Elisabeth. Il ne conçoit pas que cette femme se chamaille avec elle-même et que, tout de même qu'elle aspire à son propre avilissement, elle jouit d'avilir son amant. La tête de Kœnigsmark est simple ; dans ces mystères elle s'emmêle : comment la femme humiliée saurait-elle humilier en retour ? Philippe-Christophe n'a pas accès aux sentines nauséabondes que la Platen fréquente. Bientôt, il pourra vérifier que la sultane de Hanovre réside dans des territoires où le mal et le bien, la tendresse et la haine, le désir et la répulsion, le crime et l'amour ne s'opposent pas.

La lettre de Sophie-Dorothée à Kœnigsmark a été composée par Elisabeth von Platen. Sur la personne qui a tenu la plume, on est en doute. Le billet mortel aurait été calligraphié soit par la suivante de Sophie-Dorothée, Mlle de Knesebeck, la si dévouée Knesebeck, sous la menace du pistolet de la Platen, soit, selon d'autres versions, par un page qui aurait reçu pour salaire, dit la rumeur de Hanovre, l'usage du corps de la Platen.

Philippe-Christophe ne balance pas. Il vole chez Sophie-Dorothée. La nuit est pluvieuse. Vêtu de son long manteau sombre, le jeune homme traverse les jardins. La Platen, à l'affût sur une terrasse du château, guette ses gestes. Kœnigsmark se présente chez Sophie-Dorothée. La princesse est enchantée mais très interloquée : non, sa main n'est pas brûlée et non, elle n'a pas dicté de billet mais au diable les tremblements, Philippe-Christophe est là et Sophie-Dorothée est gourmande du corps perdu de son amant.

La Platen, dès que le piège a claqué, est descendue de sa terrasse ventre à terre. Une fois de plus, elle fait le siège de son épiscopal amant, elle couine, elle maudit ce Kœnigsmark, ce pelé, ce galeux qui à l'heure même est en train de forniquer avec la femme de Georges de Hanovre, avec la bru de l'évêque ! Quelle désinvolture ! Ernest-Auguste se laisse ébranler : il signe un ordre d'arrestation de Philippe-Christophe. Elisabeth jubile : elle peut frapper.

Branle-bas de combat. Elisabeth rameute ses troupes, concerte une embuscade : toutes les issues du palais sont occupées par les soldats. Des patrouilles cernent l'édifice. Elles ont l'ordre de capturer toute personne qui tenterait de prendre la fuite. Et voici le plus ingénieux : à l'intérieur du palais, tous les couloirs sont barrés, à l'exception d'un seul, qui conduit, par quelques ténèbres, dans la salle des Chevaliers. Dans cette salle, Elisabeth se tapit avec cinq soldats et un sergent aux gardes, des hommes sûrs et flegmatiques, des professionnels.

Le décor est digne du forfait qui s'approche : la salle des Chevaliers est lugubre, avec ses voûtes gothiques, sombres, froides et humides. Dans la monumentale cheminée, un feu jette des lueurs hagardes et, comme Elisabeth est un grand metteur en scène de l'horreur, elle prépare un punch pour donner du cœur au ventre de ses soldats.

« *Oh ! jamais le soleil ne verra ce demain !... Votre face, mon thane, est un livre où l'on peut lire d'étranges choses... Pour tromper le monde, ressemblez au monde. Portez la bienvenue dans l'œil, sur la main, sur la langue, ressemblez à la fleur innocente mais soyez le serpent sous elle... Occupons-nous de celui qui vient, et la grande affaire de cette nuit qui, à toutes nos nuits, à tous nos jours futurs, donnera puissance et domination souveraines, vous m'en laisserez la charge...* »

L'équipe de Mme von Platen boit beaucoup de rhum car le comte de Kœnigsmark s'attarde sous les caresses de Sophie-Dorothée. Elisabeth touille sa marmite, le visage très beau et très blanc, fardé des éclairs bleus du punch. Enfin, vers deux heures du matin, on entend des pas dans les lointains. Elisabeth secoue ses tueurs engourdis et à demi ivres, les camoufle derrière une porte. Les pas se rapprochent. Le comte de Kœnigsmark entre dans la salle des Chevaliers. Il est ébloui, il titube. Elisabeth ordonne l'assaut. Quatre hommes surgissent et frappent à la gorge.

Plus tard, Sophie-Dorothée décrira la scène dans une espèce de pièce de théâtre :

« Kœnigsmark : Au secours ! A l'aide ! A la trahison !

La comtesse von Platen, entrouvrant la porte du corridor, pâle, les cheveux défaits, un flambeau à la main : Empêchez-le de tirer son épée et vous, faites usage de vos armes ! Frappez ! Trois coups dans la poitrine, un à la tête ! Bon ! Maintenant, visez au cœur ! Ferme, donc ! Plus ferme ! Terrassez-moi ce misérable et lui liez les mains ! »

Pour la dramaturgie, Sophie-Dorothée est moins bonne que Shakespeare mais elle est scrupuleuse : de cet épisode fantastique, nous avons en effet confirmation par l'un des assassins, un certain Bussmann qui parlera plus tard, et également par un pasteur, Kramer, qui recevra la confession d'Elisabeth von Platen à la mort de celle-ci, en 1706. Ces deux témoins nous livrent en pâture quelques horreurs supplémentaires : Philippe-Christophe est poignardé. Il tombe, il est à l'agonie, il supplie. Elisabeth von Platen, masquée de noir, s'avance, elle enfonce son talon dans la bouche sanglante de son amant.

Kœnigsmark est mort. Il a payé ses séductions et les insultes, et les mépris dont il a abreuvé Elisabeth. Reste à expliquer cette « bavure » à l'amant d'Elisabeth, l'évêque. L'entrevue nocturne tourne court et comment en tenir rigueur à l'évêque ? Toutes ces femmes folles l'excèdent et puis, un meurtre à la cour de Hanovre, bravo pour la publicité ! La Platen se tortille. L'évêque s'enveloppe dans sa robe de chambre, toise sa maîtresse, ne dit rien. La Platen bâcle un roman : ce lourdaud, ce pleutre de Philippe-Christophe a voulu se défendre, quand on prétendait à peine l'arrêter. Il a tellement gigoté qu'il s'est lui-même empalé sur la dague d'un des assaillants, c'est un maladroit et un lâche ensemble. Mais, de toute façon, l'heure n'est pas aux joutes métaphysiques, il y a urgence, il faut effacer les traces, sang et cadavre. L'évêque opine.

« *Allez chercher un peu d'eau, et lavez votre main de ce malpropre témoignage... Mes mains ont la couleur des vôtres mais j'aurais honte de porter un cœur aussi blême... Un peu d'eau nous lavera de ceci et dès lors, que tout est facile...* »

Elisabeth est revenue dans la salle des Chevaliers. Elle éponge le sol, fait un peu d'ordre mais que va ce corps devenir ? Elisabeth propose un truc : on va le noyer dans une bonne couche de chaux et dans quelques jours, il en restera si peu de chose... Les viscères ou les ossements qui résisteraient, Elisabeth les fera enfouir — selon certains sous une pierre de la cheminée des Chevaliers, selon d'autres dans une fosse creusée au fond du parc.

Les sbires se mettent au boulot. Elisabeth s'éclipse et se faufile dans les appartements de Philippe-Christophe. Elle fait main basse sur un paquet de lettres écrites à son amant par Sophie-Dorothée. Mais cette précaution ne suffit pas : elle chipe aussi les lettres débridées, suppliantes, qu'elle avait elle-même adressées à Kœnigsmark, du temps de leurs amours d'enfer.

La rancune d'Elisabeth est sans limites. Elle n'est pas apaisée. Non contente de tuer son amant, Philippe-Christophe, il faut qu'elle achève son ancienne rivale, la princesse Sophie-Dorothée. Elle dépêche à Celle, auprès du père de Sophie-Dorothée, un diplomate chargé de présenter à Georges-Guillaume les lettres qui établissent la liaison adultère de Sophie-Dorothée et de Kœnigsmark. Par un nouveau tour de bassesse, la Platen confie cette mission à son propre mari, le minable comte von Platen. Le duc Georges-Guillaume de Celle prend connaissance des documents. Il est horrifié. Plus borné qu'un âne, il damne sa fille.

Dès que le comte von Platen a regagné Hanovre, on instruit le procès de la princesse Sophie-Dorothée. Le comte von Platen sert encore ; il conduit l'interrogatoire dégradant infligé à Sophie-Dorothée. Devant ses juges, celle-ci reconnaît fièrement qu'elle avait en effet prévu de s'enfuir, avec l'aide de Kœnigsmark, à Wolfenbüttel, mais le comte von Platen n'est pas calmé, il griffe plus fort : il somme Sophie-Dorothée d'avouer qu'elle a eu une liaison immorale avec Philippe-Christophe. Sophie-Dorothée se débat. Non ! elle n'a jamais couché avec Kœnigsmark. Et comme les juges hochent la tête, elle réclame le jugement de Dieu.

Dieu est convoqué. On dresse un autel dans la chambre de

Sophie-Dorothée et tout le gratin de Hanovre et de Celle est convié à un office solennel, à l'exception d'Elisabeth von Platen qui est dolente ce jour-là. Quand le moment terrible arrive, celui de la communion, l'officiant exhorte Sophie-Dorothée. Il la conjure de s'épargner un sacrilège et de se détourner du Christ, si elle est en état d'impureté. Sophie-Dorothée ne bronche pas. Elle s'avance vers l'autel et reçoit la communion.

Revenue à son banc, Sophie-Dorothée se tourne vers son persécuteur, le comte von Platen, et exige que la comtesse von Platen se soumette au même examen de vérité. Elisabeth von Platen se dérobera : elle ne trouvera jamais le moment de sacrifier à l'épreuve. Ce détail est troublant car tout marche à l'envers dans ces cervelles-là : la loyale Sophie-Dorothée ne recule pas à profaner le corps du Christ en recevant la communion quand elle est en position de péché mortel, à la fois par ses relations adultères avec Kœnigsmark et par le serment qu'elle a prêté devant l'autel. Au contraire, Elisabeth von Platen, qui est une âme de boue et qui a fait allégeance au diable, cède à Dieu, tremble de se mesurer à ses foudres et n'a pas la témérité de communier publiquement.

« *Va-t'en, tache damnée ! Va-t'en ! dis-je... Une ! deux ! eh bien, il est temps de le faire !... L'enfer est sombre !... Fi, Monseigneur ! Fi, un soldat avoir peur !... Il y a là toujours l'odeur du sang... Tous les parfums de l'Arabie ne purifieraient pas cette petite main-là !... Oh ! Oh ! Oh !...* »

L'audace de Sophie-Dorothée a impressionné l'évêque Ernest-Auguste qui fait mine de croire au verdict de Dieu et que sa belle-fille n'a jamais trahi son époux, Georges de Hanovre, n'a jamais couché avec Philippe-Christophe. Toujours obsédé par la couronne d'Angleterre, l'évêque n'a qu'une impatience : oublier ce cauchemar, recoller son fils Georges avec Sophie-Dorothée, reconstituer le petit ménage bientôt royal. Il entend que sa bru se réconcilie avec son Georges.

Sophie-Dorothée tombe des nues : elle ne se condamnera pas à vivre « avec un prince qui ne lui inspire que de l'horreur » et elle exige le divorce. Un nouveau tribunal examine la requête. Le divorce est prononcé le 28 décembre 1694. La sentence du tribunal est communiquée aux Cours étrangères : le prince électoral Georges de Hanovre, pur de tout soupçon, garde le droit de se remarier. Sophie-Dorothée ne bénéficie pas de la même faveur. Et comme elle fut félonne, elle est séparée de ses deux enfants, son fils Georges et sa fille Sophie-Dorothée.

Sophie-Dorothée ne reverra jamais ses enfants. Au vrai, elle ne reverra personne, ou bien les paysans et les artisans du village qui jouxte la forteresse d'Ahlden, le château féodal des ducs de Brunswick dans lequel elle est emprisonnée. La princesse reçoit le titre de duchesse d'Ahlden. Elle jouit d'un revenu décent. Elle a le droit de se promener librement autour de la forteresse, encore que cette liberté soit exiguë puisque la voiture de la duchesse d'Ahlden est toujours accompagnée d'une escouade de pandours, sabres nus.

La sensible Mlle de Knesebeck est jetée en prison dans une forteresse du Harz. Elle dit que la toiture de sa cellule est percée. On lui dépêche un couvreur. Ce couvreur est son amant. Il perce un trou dans le toit. Mlle de Knesebeck s'échappe.

Pendant ce temps, les enfants de la duchesse Anne d'Angleterre continuent de mourir et, quelques années plus tard, en 1714, quand Anne disparaît à son tour, le prince électoral de Hanovre, Georges, devient roi d'Angleterre, sous le nom de George Ier.

Etrangement, George Ier propose aussitôt à son ancienne épouse une réconciliation. La dame d'Ahlden dit son mépris : « Si j'ai commis le crime dont il m'a jadis accusée, je suis indigne de sa couche et si je suis innocente, c'est lui que je trouve indigne de moi. Mieux vaut rester où nous en sommes. » Sophie-Dorothée ne régnera jamais sur l'Angleterre. George Ier s'accommode. Il se choisit deux favorites : l'une est Mélusine Armengarde de Schulenbourg, la démone aux yeux de porcelaine qui en profite pour devenir duchesse de Kendall. La deuxième porte le nom de Mme Kielmansegg, plus tard duchesse d'Arlington. C'est la fille, tout simplement, d'Elisabeth von Platen.

Le 16 novembre 1726, trois voitures de deuil franchissent le pont-levis de la forteresse d'Ahlden. Le convoi funèbre, précédé de quarante trabans à cheval, longe le cours gelé de l'Aller, suit les rues grises du village. Dans les voitures, quelques figures de cérémonie. Sur le pas des portes, les tisserands, le bonnet à la main, sont venus saluer la dépouille de celle que l'on appelait « la bonne dame d'Ahlden ».

Le cadavre de Philippe-Christophe de Kœnigsmark est évaporé. Elisabeth von Platen avait bien fait les choses : le lieu où reposent les ossements dévorés de chaux vive demeurera inviolé. Dans les années 1750, des ouvriers repèrent, dans l'ancienne résidence des électeurs de Hanovre, des traces de squelette dissimulées sous un plancher mais ce petit tas d'os, était-ce le dernier des Kœnigsmark ? Le macabre palais de Hanovre a connu d'autres meurtres et il n'y a pas, dans ces maçonneries, pénurie d'ossements.

Le maréchal de Saxe, dans ses *Mémoires autographes,* ajoute son grain de sel : il refuse que son cher oncle Philippe-Christophe ait succombé à ses blessures et il forge un roman flamboyant, fantastique et érotique : la comtesse Elisabeth von Platen n'aurait pas achevé son amant, préférant de s'en servir encore un peu : elle l'enferme dans une cellule, le soigne en cachette, le dorlote, le réduit à son plaisir, en fait un esclave au service de son corps. Cette version plaît au romanesque maréchal de Saxe et elle serait digne des fureurs de la Platen : sauvé par celle qui l'a masssacré, le beau Philippe-Christophe, reclus, tenu pour mort et condamné à assouvir les délires de l'inapaisable comtesse, mais les *Mémoires autographes* de Maurice de Saxe débitent tant de mensonges, on ne leur fait pas confiance.

Le maréchal de Saxe ajoute une autre information : le dernier des Kœnigsmark, épuisé par « la sultane », aurait trouvé le moyen d'alerter son ami, l'Electeur de Saxe. Et l'Electeur aurait dépêché à Hanovre le comte de Lowenhaupt (beau-frère de Philippe-Christophe) pour fomenter une évasion. Malheureusement, Lowenhaupt est arrivé trop tard : la cellule de Philippe-Christophe est vide et, sur les murs, on déchiffre des lettres de charbon : « Philippe-Christophe de Kœnigsmark a rempli sa destinée dans ce lieu, le 14 février 1695. » Maurice de Saxe dit que Mme von Platen s'était finalement résignée à faire empoisonner son ancien amant : crainte du scandale ou bien lassitude ou bien ultime délire sexuel ?

Philippe-Christophe de Kœnigsmark va hanter l'Allemagne. Comme Frédéric Barberousse ou Sébastien du Portugal, il compense la tragédie de sa mort par une survie brillante, terrible, rêveuse : des paysans médusés rencontraient son fantôme dans les forêts et, ce qui donne du sérieux à leurs témoignages, ce fantôme avait la bouche ensanglantée par le talon de sa tueuse. Comme il est de règle dans ces affaires, des aventuriers ou des ladres exploitèrent ces visions.

Le comte de Kœnigsmark, maintenant qu'il est mort, se multiplie. On le croise partout. On le signale en même temps dans le Hanovre, dans le duché de Celle, dans la Saxe. Il aime bien changer de vêtements : parfois, il est enveloppé de chiffons et il mendie. D'autres fois, il porte un uniforme d'officier, lui qui se battit toujours à contrecœur, mais cet uniforme est variable, tour à tour suédois ou saxon ou du Brunswick-Lunebourg et même du roi de France, comme si le dernier des Kœnigsmark, à présent qu'il arpente d'autres prairies, se rangeait à la tradition inaugurée par le vieux maréchal de la guerre de Trente Ans et bientôt prolongée et illustrée par le neveu du défunt, le maréchal de Saxe, aussi à l'aise dans les dolmans autrichiens du prince Eugène que dans les culottes de Louis XV : changer de souverain par intervalles, jouer au bonneteau avec les patries, les langues et même les souvenirs, pour la volupté de continuer leurs batailles et leurs amours.

XI

Les filles détestent que leurs frères meurent, assassinés surtout. Quand ils sont au surplus interdits de sépulture, elles se portent aux derniers excès, à l'exemple d'Antigone qui brave son oncle Créon, les lois de la Cité et la mort pour honorer le repos de son frère Polynice : « Le malheureux Polynice, Créon défend par édit qu'on l'enterre et qu'on le pleure : il faut l'abandonner sans larmes, sans tombe, pâture de choix pour les oiseaux carnassiers. » Et Antigone s'en va, dans la nuit, pour « répandre de la terre sur le cadavre, conformément aux rites ». Cette nuit-là, Antigone commence une carrière prestigieuse, dans l'ordre des mythes, et s'apprête à nourrir cent tragédies et mille œuvres philosophiques.

Aurore de Kœnigsmark n'arrive pas à la cheville d'Antigone : elle ne griffe pas la terre pour protéger le corps de son frère, mais elle a des excuses. Comment donner une sépulture à un frère désintégré ? De sorte qu'Aurore affronte un défi plus redoutable que celui d'Antigone : la Thébaine rendait une dépouille à la terre. Aurore n'a qu'un peu de vide, du rien, à pleurer.

Atroce, déjà, pour une sœur pieuse, la dissolution d'un frère a une autre conséquence désagréable : elle n'améliore pas les finances délabrées de la famille. Toutes les raisons se conjuguent ainsi pour jeter la jeune fille d'Agathenbourg sur les routes de l'Allemagne : le devoir sacré d'une sœur qui est probablement faite, comme Antigone, « pour partager l'amour, non la haine », et le mauvais état de fortune des Kœnigsmark.

Aurore n'a pas beaucoup de succès. Les banquiers de Hambourg, les princes, les margraves, les Electeurs allemands compatissent mais ils protestent que la dépouille de Philippe-Christophe s'est dilapidée, ils le regrettent car enfin comment hériter d'un néant, d'un garçon qui ne vécut jamais puisqu'il ne mourut pas ? Ces messieurs refusent de pousser la chose au tragique. Le duc de Mecklembourg-Schwerin envoie à Aurore une lettre presque égrillarde : « La cause de tout ceci, dit-il, bien qu'elle demeure encore un mystère, se laisse néanmoins pressentir. Dame Vénus n'y est pas étrangère et pourrait-on payer trop cher, fût-ce de la vie, les tendresses de l'objet aimé ? Adieu, donc, mon cher ange, votre tout dévoué... »

Le cher ange vocifère et déboule à Dresde, persuadé que l'Electeur de Saxe, Frédéric-Auguste, ne manquera pas à prendre les défenses des pépites posthumes de son camarade Philippe-Christophe. Pendant ce temps, toutes les cours allemandes papotent. Ce cercueil invisible intrigue. Les pays étrangers s'en inquiètent. Le ministre d'Angleterre à Dresde, M. Stepney, envoie un mot à son collègue de Hanovre :

« La sœur du comte de Kœnigsmark est arrivée ici dans le but de tout faire pour intéresser l'Electeur au sort de son malheureux frère qu'elle persiste à croire encore de ce monde. Là-dessus, l'Electeur a donné les ordres les plus impératifs pour qu'il fût réclamé par son agent. Mais son cher cousin, l'Electeur de Hanovre (l'évêque Ernest-Auguste), se borne à répondre qu'on ne lui casse pas davantage la tête de cette histoire, que ledit gentilhomme est un libertin fieffé, habitué à vivre dans la débauche et qu'on ne sait pas en somme ce qu'il est devenu. »

Le même diplomate anglais, dans un autre courrier, méprise assez Philippe-Christophe :

« Quant à moi, écrit M. Stepney, mon opinion est que le

cadavre gît au fond d'un cloaque. Sa sœur est ici qui continue à jeter feu et flamme comme Cassandre. L'aimable personne voudrait avoir des nouvelles de son frère; mais Hanovre lui répond, à l'exemple de Caïn : " Nous ne sommes pas les gardiens de ton frère. " On retrouvera peut-être le cadavre mais les circonstances du meurtre resteront toujours un impénétrable mystère. J'ai connu ce jeune homme étant en Angleterre, à Hambourg, dans les Flandres et à Hanovre; c'était un assez mauvais garnement et je l'évitais avec soin. Si ce qu'on raconte est vrai, il pourrait bien se faire qu'il n'ait eu, en dernière analyse, que ce qu'il méritait. »

Petites, toutes petites oraisons funèbres : sur le catafalque imaginaire de Philippe, chacun verse une ironie ou une boue. Aurore n'en a cure, et c'est pourquoi elle débarque à Dresde, flanquée de ses deux sœurs, les comtesses de Lowenhaupt et de Steinbock.

Mme de Steinbock est une personne acariâtre, encombrée de principes. Mme de Lowenhaupt (dont le mari, dans quelques mois, va tenter d'arracher Philippe-Christophe aux griffes de velours d'Elisabeth von Platen) est moins revêche mais elle souffre d'une incommodité : son nez est grand et rouge. Elle a des manières brutales, un vrai soldat, quel contraste avec la superbe Aurore, avec les douceurs et les espiègleries d'Aurore, avec les moues taquines, les caresses, les bontés d'Aurore.

Pour les chroniqueurs, cependant, puis pour les historiens, les poètes et les dramaturges, les perfections du corps d'Aurore sont peu de chose si on les compare aux agréments de son âme. La fille de Christine Wrangel est soupçonnée de sainteté et si, dans quelques moments, elle va se donner à Frédéric-Auguste de Saxe, ce tigre, ce malotru, c'est qu'elle sacrifie sa vertu à la mémoire sacrée de son cher frère Philippe-Christophe et aux prospérités de la maison Kœnigsmark.

Les textes des XVIIIe et XIXe siècles sont désopilants : ils célèbrent « l'héroïque fille » qui a accepté « la déchéance de la femme » pour « sauvegarder la couronne flétrissante d'une race illustre avec la hauteur d'une impératrice ». Les poètes fournissent des détails émouvants : Aurore fut « une fraîche rose issue des ruines » et, pour tout dire, « un diamant pur dans les ténèbres ».

Radieuse Aurore ! On jurerait que les méfaits de sa famille, ceux de son grand-père, le vieux maréchal de la guerre de Trente Ans, ceux de son frère Philippe-Christophe, sans oublier le gros nez vermillon de sa sœur Lowenhaupt, ont été délicatement agencés par la Providence pour augmenter l'éclat et multiplier les grâces de la future mère du maréchal de Saxe. Les prochaines amours d'Aurore avec Frédéric-Auguste de Saxe font pleurnicher les poètes. Elles forment une scène de la Bible. Voici venir la jeune fille par elle-même sacrifiée, car il ne faut pas s'y tromper : c'est par vénération pour son frère défait qu'Aurore va livrer son corps impollué à Frédéric-Auguste. La frissonnante enfant, de sa blancheur vêtue, avance, les yeux mi-clos et le cœur sur les lèvres, vers la couche empuantie du Minotaure de Dresde.

Il convient néanmoins de préciser que le corps resplendissant d'Aurore n'était pas impollué du tout, et c'est Philippe-Christophe de Kœnigsmark lui-même, avant de mourir, qui a vendu la mèche dans ses lettres. Les bribes sauvées de sa correspondance attestent qu'Aurore ne fut pas cette oie blanche que la postérité a manufacturée fiévreusement mais une jeune fille normale et déniaisée. Aurore y perd en honnêteté, mais y gagne en séduction. La vierge Aurore n'était pas vierge au moment où elle débarqua à Dresde en vue de glaner l'héritage du frère décomposé.

Plus curieux encore : si, du moins, les lettres de Philippe-Christophe sont véritables (mais les opacités sont si régulières, dans ces discordes familiales, qu'on ne jure de rien), ce serait précisément avec le Minotaure, avec Frédéric-Auguste de Saxe, que la jeune fille se serait dévergondée du vivant de

Philippe-Christophe. Les billets de Philippe-Christophe à sa maîtresse Sophie-Dorothée de Celle-Lünebourg sont clairs, ils impressionnent par la justesse de leurs détails :

« Ma sœur, explique Kœnigsmark, a eu déjà Son Altesse pour mari. » Et le libertin s'amuse de la circonstance : « Mon beau-frère (le comte de Lowenhaupt), explique-t-il, aura aussi son affaire ; c'est que, dans une débauche, on doit lui avoir dit : Oh ! Vraiment, quand on a pour belle-sœur la maîtresse d'un prince, l'on peut avoir bientôt des régiments. L'on nomme pour l'auteur de cette histoire le lieutenant-colonel Groot. On demandera une explication l'épée à la main. »

Les chroniqueurs ignorent délibérément cette préhistoire des amours d'Aurore avec Frédéric-Auguste. Peut-être tiennent-ils pour apocryphes les lettres scandaleuses de Philippe-Christophe ? Peut-être furent-ils de bonne foi et la tendre Aurore était-elle habile à camoufler ses trames ? Le plus cocasse est que les textes du temps ne nous font grâce d'aucune rougeur, d'aucune pâmoison ni tremblement de la pudique Aurore quand elle est assaillie par ce dégoûtant de Frédéric-Auguste après la mort de son frère. On ne se retient pas de feuilleter ici les étranges pages de ce roman rose.

La jeune fille, avec ses deux sœurs, se présente donc à Dresde. Frédéric-Auguste est d'abord distrait quand sa mère l'informe que trois Suédoises, dont l'une est jolie, les trois sœurs de son camarade Philippe-Christophe, le sollicitent. Il grommelle mais consent à les recevoir. Le libertin de Dresde va-t-il succomber ? Il succombe.

Aurore est si belle que l'Electeur lui dit deux choses : la première est qu'il va sonner les cloches aux banquiers de Hambourg. La deuxième est qu'Aurore pourrait résider quelques jours à la cour de Dresde, ce serait un bonheur. « Par mon exemple, commente galamment Frédéric-Auguste, j'apprendrai à mes courtisans combien ils doivent vous respecter. »

Aurore s'embrouille dans ses phrases, elle a si peu l'habitude des mâles ! Du bout des lèvres, elle accepte de revoir le prince le lendemain mais ses deux sœurs sont des teignes, elles voudraient bien avoir, elles aussi, un petit morceau de l'Electeur et on se dispute. Aurore sermonne ses chaperons : elle est demoiselle alors que ses deux sœurs sont mariées.

Frédéric-Auguste bat le fer. Un soir, en présence de sa propre mère, l'Electrice douairière, il s'aplatit d'un seul coup aux pieds d'Aurore. La jeune fille se trouble, s'enfuit, se dérobe. Frédéric-Auguste se lamente. Il appelle à la rescousse son confident, le ministre Beichling, spécialiste des chroniques du cœur, à qui il avoue son chagrin : « J'aime une ingrate qui me hait ! »

Beichling console son maître. Il dicte à Frédéric-Auguste un billet à l'adresse d'Aurore et, le soir venu, intercède auprès de l'intraitable vierge suédoise. Par précaution, il commence par réciter un poème. Ensuite, il sort de sa poche le billet de Frédéric-Auguste, un billet fatal par lequel l'Electeur de Saxe remet sa vie entre les mains de la frêle Aurore. Au besoin, si son appel est rejeté, il se demande s'il ne va pas en mourir. Aurore prend la plume et répond d'une encre subtile :

« Je ne sais quel parti prendre à l'égard de Votre Altesse électorale. On ne condamne pas aisément ceux qu'on estime, à plus forte raison, on ne veut pas leur mort. Jugez si je dois désirer la vôtre, moi qui joins à l'estime beaucoup de reconnaissance et de respect. »

(Il faut convenir que ces salamalecs sont burlesques, s'il est avéré que Mlle de Kœnigsmark a déjà couché avec l'Electeur de Saxe, comme le disent les lettres de Philippe-Christophe, mais dans le doute, on s'interdit, c'est bien clair, toute ironie.)

Frédéric-Auguste reçoit la réponse de la jeune fille et il pressent sa victoire. Un mot, toutefois, dans ce courrier, le chiffonne, ce « respect » qu'Aurore prétend qu'elle lui porte.

L'Electeur de Saxe préférerait un peu moins de respect, si bien qu'il dormira mal cette nuit-là.

Il se met en quête d'autres truchements. Il songe aux deux sœurs. Sans doute, elles sont envieuses mais la comtesse de Lowenhaupt, celle qui a le nez rouge, a eu la chance, dans les jours précédents, de séduire, à défaut de Frédéric-Auguste, un des hommes les plus attirants de la cour de Dresde, le prince de Furstenberg. Ce succès lui fait du bien, elle oublie ses principes et parle comme Racine : « On vous fuit, explique-t-elle à Frédéric-Auguste qui lui demande son conseil, mais on ne vous fuirait pas si l'on vous haïssait. Je vous servirai de tout mon pouvoir. »

A ce moment précis, la porte s'ouvre. Aurore vient dire un petit bonsoir à sa sœur. A la vue de l'Electeur, Aurore baisse les yeux sans hésiter et, quand elle les rouvre, sa sœur, Mme de Lowenhaupt, qui ne manque pas de tact, a disparu. Les deux amoureux sont seuls au monde. Ils échangent des serments, des promesses, peut-être des baisers mais Aurore n'oublie pas que son autre sœur, la comtesse de Steinbock, est à cheval sur les principes. Elle s'interroge comment la désarçonner.

Frédéric-Auguste avance une proposition : il va commander une grande fête au château de Moritzburg, la résidence de campagne des Electeurs de Saxe (c'est dans ce château que Philippe-Christophe faisait rire, il n'y a guère, les friponnes de Dresde aux dépens de sa maîtresse Elisabeth von Platen). L'Electeur de Saxe invitera les trois sœurs à ces célébrations, de manière à désarmer les rancunes de la comtesse de Steinbock. Aurore acquiesce timidement et reçoit une multitude de cadeaux car Frédéric-Auguste est un homme généreux : des habits fastueux et une garniture de diamants. Les fêtes de Moritzburg peuvent commencer.

Ces fêtes sont inoubliables, telles que les décrivent Pœlnitz et Sternberg. Les trois sœurs, vêtues en amazones, grimpent dans leur carrosse en direction de la forêt. Le printemps est au point. Le cortège s'enivre de l'odeur des aubépines et des acacias. Quand on débouche dans les bosquets qui entourent la résidence, un cortège mythologique sort du bois, une dizaine de nymphes entraînées par Diane qui décidément est une grande vedette dans l'Allemagne (cette Diane-là est l'épouse de Beichling, le ministre qui a su rabibocher Frédéric-Auguste avec la chaste Aurore). Diane se jette dans les bras d'Aurore et ne lui cache pas plus longtemps qu'elle l'aime comme une sœur.

Toute la bande rallie un pavillon surgi par magie au milieu des arbres, des fleurs et des tourterelles. Les charpentiers et les peintres de l'Electeur ont édifié un chef-d'œuvre : le salon qui reçoit les nymphes est peint à fresque. Les murs racontent la mort du malheureux Endymion, qui avait fait jadis cinquante filles à la Lune, ainsi que l'abominable châtiment d'Actéon qui fut mangé par ses chiens pour avoir vu Artémis toute nue.

Diane (Mme Beichling) lance un ordre. Le parquet s'entrouvre. Une table chargée de mets s'élève tandis qu'un concert de chalumeaux, de flûtes et de cymbales éclate. A ce moment-là, après un brouhaha, le dieu Pan jaillit, accompagné de ses satyres et de ses faunes. Les dames poussent de petits cris. On les rassure : les satyres, les faunes ne sont que les courtisans de Dresde, et le dieu Pan, c'est Frédéric-Auguste, tout simplement.

Mme Beichling installe Aurore à côté de Pan. A eux de se débrouiller à présent et ils se débrouillent très bien, sans négliger de boire et de manger, jusqu'au moment où une trompette fait un bruit énorme. Tout le monde se jette aux fenêtres, juste à temps pour voir défiler des chiens et des chasseurs. Aurore, les nymphes et Diane ne veulent pas rater la curée. Des phaétons les attendent et rejoignent la meute, au moment où le cerf forcé plonge dans l'étang. Les chiens le courent à la nage. Les dames repèrent des gondoles, elles se portent dans l'île et le cerf agonise, dans le fracas des fanfares.

Diane conduit Aurore dans une tente à la turque dressée à l'une des extrémités de l'île. Quand on y entre, on est ébloui, on découvre un petit morceau de la Sublime Porte avec ottomanes de brocart et cassolettes. Des serviteurs en turban font circuler des plateaux damasquinés couverts de sorbets. On se rafraîchit mais pas trop longtemps car, déjà, une escouade de Turcs envahit la tente. Parmi ces Turcs, le Sultan lui-même, le Sultan Frédéric-Auguste qui a troqué les peaux de bête du dieu Pan pour les falbalas de l'Orient.

Aurore est sur un divan. Le Sultan la rejoint. Des bayadères se contorsionnent. Fin du deuxième acte. Frédéric-Auguste, Aurore, la comtesse de Lowenhaupt et son récent amant, le prince de Furstenberg, toute la compagnie se glisse dans une gondole. Et l'on va sur les eaux, avec de la musique.

Le groupe se recompose dans le château de Moritzburg. Frédéric-Auguste dit à Aurore qu'il lui a fait apprêter un appartement. On visite et ce n'est pas mal. La chambre a été aménagée en salle du trône, avec la nuance que le trône est un lit monumental. La garniture est taillée dans un damas de couleur aurore, ornée de broderies d'argent qui dessinent les amours de Triton et d'Aurore : une ribambelle de Cupidon aux joues rebondies et de zéphyrs président à ces amours. Frédéric-Auguste commente : « C'est ici, mademoiselle, que vous êtes vraiment souveraine et que, de grand seigneur que j'étais, je deviens votre esclave. »

Aurore répond : « Ah, Monseigneur, dans quel état que vous vous présentiez à mes yeux, n'avez-vous point le droit de dire que je vous appartiens ? » Et l'on passe à table.

Cette table réserve une autre surprise. Aurore aperçoit dans son assiette un bouquet de diamants, d'émeraudes, de rubis, de saphirs et de perles. L'Electeur a pris soin de disposer quelques présents, moins reluisants, dans les assiettes des comtesses de Lowenhaupt et de Steinbock.

Après le repas, les musiciens ouvrent le bal. Les satyres sautent sur les nymphes, tout le monde se trémousse. Pan et Aurore s'éclipsent.

Quinze journées mythologiques suivent. A Dresde, l'épouse et la mère de Frédéric-Auguste trouvent le temps long. Elles soupçonnent quelque chose. Heureusement, Aurore est une femme délicate. Elle ne néglige pas les douleurs de l'épouse délaissée et prend sa défense auprès de Frédéric-Auguste. Même, elle gronde son amant. Elle lui représente qu'il est marié et qu'il est très immoral de tromper son épouse : quoi de plus sacré qu'un couple ? Aurore entend que l'on respecte les familles. Elle défend bec et ongles les privilèges de la vertu et elle serait très fâchée si son amant devait se conduire en mal élevé : il va lui faire le plaisir d'être très gentil avec son épouse légitime.

Comme l'intermède de Moritzburg dure quinze jours et quinze nuits, Aurore a largement le loisir de chapitrer l'Electeur, de le convertir aux civilités et aux délices de la fidélité conjugale. Quand Frédéric-Auguste revient à Dresde, il est très doux avec sa femme qui n'en revient pas. La générosité de sa rivale trouble l'Electrice qui se dit qu'elle a de la chance : « Je me console, expose-t-elle à ses confidentes, d'avoir une rivale puisque c'est une personne de mérite. »

Les deux semaines de Moritzburg vont peser sur l'histoire de France car le maréchal de Saxe, s'il n'est pas mis en fabrique aussitôt, pointe pourtant le nez sous ces ombrages, entre deux tableaux mythologiques, sous le regard bienveillant des bayadères, des nymphes et des satyres, par une femme vêtue de soieries couleur aurore et un homme, Frédéric-Auguste, grimé en Grand Turc ou en dieu Pan quand il n'est pas tout nu.

XII

FRÉDÉRIC-AUGUSTE, dit Auguste le Fort, a sauté dans notre histoire, à la hussarde, comme tout ce qu'il fait, mais il mérite une halte sur image et même retour en arrière.

Ce souverain robuste collectionnera toutes sortes de choses, les femmes — on lui en attribue trois cent soixante-cinq —, les enfants — il en fera soixante-cinq, disent ses contemporains — et les couronnes. Outre celle de la Saxe, il gagnera celle de Pologne en 1697, un an après la naissance de son fils Maurice de Saxe, mais cette couronne tombera de sa tête, en 1704, sous les coups du terrifiant Charles XII de Suède. Il la récupérera en 1709, après la défaite des Suédois devant les Russes à Poltava et grâce à l'amitié de Pierre le Grand. Ces tribulations ne l'empêchent pas d'augmenter ses collections et d'en ouvrir de nouvelles : les chevaux, les figurines de porcelaine.

Peu de villes allemandes furent aussi célébrées que Dresde, avec sa belle, sereine rivière, les molles collines boisées qui semblent la bercer, ses maisons de bois en saillie blotties les unes contre les autres comme pour conjurer l'interminable vide des plaines de l'Est, avec aussi ses cabinets de curiosités, ses galeries d'art, ses théâtres, ses fêtes qui lui valaient le surnom de Florence, parfois d'Athènes du Nord.

La ville n'est pas très ancienne. C'est en 1206 qu'elle surgit, quand le margrave Dietrich de Meissen édifie un château dans cette région de marécages où vivote une tribu de pêcheurs slaves. Et il faut attendre le XVe siècle pour que les ducs de Saxe, nommés Electeurs d'Empire en 1423 par l'empereur Sigismond (celui-là même qui avait mis le feu à Jean Hus en Bohême), y établissent leur résidence. Le premier Electeur porte un nom qui vaut devise pour toute sa lignée : Frédéric le Belliqueux.

En 1560, Auguste Ier, qui porte un surnom plus civilisé, Auguste le Pieux, mais il persécuta indignement les sectateurs de Melanchthon, construit le Kunstkammer qui abritera tableaux, gravures sur bois, sur cuivre, horloges astronomiques, acquises à Nuremberg ou Augsbourg, armes et armures. Christian Ier, un peu plus tard, aménage cinq pièces, au-dessus de l'appartement de l'Electeur, pour y loger une bibliothèque de 428 volumes, des échantillons géologiques, de l'orfèvrerie et des ivoires, des monnaies, des instruments de musique, des Cranach l'Ancien qui est le peintre officiel de la Cour. Christian II ajoutera des Dürer et, en pleine guerre de Trente Ans, les collections saxonnes s'augmentent de Titien, de Tintoret, de Parmesan.

La chasse et les fêtes mythologiques sont les principaux divertissements publics de la Saxe, chasse à courre mais aussi chasse au faucon. Jean-Georges, au XVIIe siècle, abat de sa main 150 000 animaux. Frédéric-Auguste suivra la tradition : c'est un massacreur et Louis XIV lui offrira, pour son couronnement comme roi de Pologne, une selle en soie. En 1715, Frédéric-Auguste entreprendra de faire de Dresde un petit Versailles en commandant un parc inspiré de Le Nôtre autour d'une pièce d'eau artificielle. Il dessinera des jardins « en broderie », dressera des orangeries, un labyrinthe végétal, des jets d'eau et un grand théâtre de la nature inauguré, cela va de soi dans la Saxe galante, par une fête à Vénus.

La Basse-Saxe contient de vastes gisements de kaolin mais, jusqu'à Frédéric-Auguste, nul ne soupçonne que cette argile friable et pâle est un trésor. Le kaolin est à peine une sorte de poudre de riz merveilleuse et irisée qui permet aux nobles saxons d'ajouter à leurs perruques des reflets chatoyants et de donner aux ballets réglés par les dames et les seigneurs l'allure d'une danse d'automates.

Cette poussière impalpable, Frédéric-Auguste estime qu'elle mérite un sort plus noble. Il décide d'utiliser le kaolin pour produire la matière de songe, la porcelaine, qui miroitait déjà en Chine depuis quelques siècles. Il attrape un alchimiste, Johan-Friedrich Boettger, l'emprisonne dans un château près de Dresde, lui fournit un laboratoire et ne le délivre pas avant que la formule de la porcelaine ait été inventée. Ces brutalités étaient usuelles dans les temps anciens, elles pouvaient conduire au meurtre : les tsars russes ensevelirent les architectes de leurs plus belles basiliques, crainte que d'autres pays n'utilisent leurs savoirs et ne rivalisent en splendeur. C'est donc comme prisonnier que Johan-Friedrich Boettger donne naissance à cette magique population de figurines qui va envahir l'Europe.

Auguste le Fort, qui régnait déjà sans ménagement sur les hommes, est enchanté : il peut multiplier ses sujets grâce à cette armée de petits personnages élégants, un peu mignards et d'une fragilité de verre qu'il aime à caresser dans ses grosses mains capables de tordre un écu. Sur le génie de Frédéric-Auguste, de telles manières parlent : comme tous les autocrates, le souverain de Dresde distingue mal entre les hommes et les objets, il avoue même sa préférence pour les personnages de porcelaine qui sont dociles ou bien meurent en se brisant : en 1717, il donnera à Frédéric-Guillaume de Prusse six cents jeunes cavaliers saxons, de gros garçons pleins de sang et de muscles, en échange de cent cinquante et une pièces de porcelaine : aux yeux de Frédéric-Auguste, une figure de kaolin vaut trois soldats saxons.

Pour l'heure, à l'époque des fêtes de Moritzburg, la porcelaine est encore dans les limbes, sous forme de kaolin. Le prince électeur est à peine assis sur son trône, il n'a pas encore capturé son alchimiste et la porcelaine n'est qu'une poussière étincelante pour têtes de courtisans.

Dans sa jeunesse, Frédéric-Auguste avait été un jeune homme turbulent, en compagnie précisément du pauvre Philippe-Christophe que la Platen égorgera à Hanovre. Il n'était même pas promis au trône puisqu'il était le deuxième fils du Grand Electeur Jean-Georges et c'est son frère aîné, Jean-Georges IV, qui avait succédé à son père en 1691, quatre ans par conséquent avant les fêtes de Moritzburg.

Jean-Georges avait une vie conjugale tumultueuse de laquelle son jeune frère, Frédéric-Auguste, s'était mêlé à plusieurs reprises. Il y a là une énigme : plutôt paillard en son adolescence, Frédéric-Auguste se convertit ensuite à la chasteté, pour quelques années, brèves années car il retombera bientôt dans ses débauches et sera l'un des plus grands dépravés de l'Europe. Il vaut donc la peine de jeter un œil sur cette insolite et rapide période où le futur Electeur fait dans la vertu : nous n'aurons plus l'occasion, dans la suite, une fois Frédéric-Auguste sur le trône, de nous extasier sur les délicatesses et les bonnes mœurs du futur amant d'Aurore de Kœnigsmark.

Aussitôt que Jean-Georges IV succède à son père, en 1691, le Conseil des ministres de Dresde lui procure une épouse excellente, Eléonore de Saxe-Eisenach, la séduisante et très gentille veuve du margrave de Brandebourg-Anspach. Jean-Georges IV avait déjà une maîtresse, Mlle de Neitsch, qui n'est pas très jolie mais plaît aux hommes. C'est une peste au surplus : à rebours de ce que fera dans quelques années Aurore de Kœnigsmark à l'égard de la femme de son amant saxon, Mlle de Neitsch oblige Jean-Georges IV à malmener son épouse, la douce Eléonore, avec l'espérance que cette dernière se découragera, quittera la Saxe et lui laissera la place libre.

A l'époque, le jeune frère de Jean-Georges IV, Frédéric-

Auguste, vient d'entrer dans sa période de chasteté. Il ne plaisante pas avec les mœurs. Comme il considère qu'un couple est voué à la fidélité, il ne supporte pas les frasques de son aîné et le lui dit. Jean-Georges IV est outré de colère :

« Si vous étiez marié, hurle-t-il, je vous laisserais gouverner votre femme à votre mode. Je vous prie de me laisser gouverner la mienne à ma fantaisie. »

Frédéric-Auguste engage les hostilités. Il harcèle son aîné et surtout la maîtresse de celui-ci, la Neitsch, qui se défend comme une démone : elle cafarde auprès de son amant. Selon la Neitsch, si Frédéric-Auguste se porte à la défense d'Eléonore, l'épouse légitime de Jean-Georges, c'est pour des motifs hypocrites : en vérité, Frédéric-Auguste, ce donneur de leçons, ce vicieux, ce lubrique, a lui-même une maîtresse et cette maîtresse, eh bien, explique la Neitsch, c'est précisément la femme de Jean-Georges, la chère Eléonore.

Jean-Georges se précipite chez son frère cadet, l'insulte, et galope chez sa femme, épée dégainée, pour châtier son inconduite. Frédéric-Auguste, qui est un hercule, court après son frère, le désarme d'un soufflet et le traîne dans sa chambre, comme un paquet. Il va ensuite dire ses quatre vérités à la Neitsch, lui annonce qu'il va faire un petit voyage mais, s'il devait apprendre qu'on continue de persécuter Eléonore, Frédéric-Auguste serait déjà là et il frapperait.

Frédéric-Auguste grimpe sur son cheval et prend la route de l'Espagne. Là, il connaît une marquise de Mancera et il l'aime. La marquise est très éprise, mais le marquis de Mancera s'énerve : il empoisonne sa femme. Frédéric-Auguste détale et regagne la Saxe. A l'étape de Bayreuth, il est présenté à la fille de la margravine Eberhardine, coup de foudre et demande en mariage.

Le mariage est célébré à Dresde. Il est interminable. Les fêtes durent plusieurs mois, mais elles sont gênées et même un moment suspendues par la mort de la favorite de Jean-Georges IV, Mlle de Neitsch. Jean-Georges IV s'effondre. Il ne tolère pas que la morte s'en aille. Il tient embrassé le corps inerte de sa maîtresse et refuse de le lâcher. Il hurle à la mort, à la façon d'un loup. Ensuite, il adresse au cadavre des serments de fidélité éternelle. Les courtisans sont interloqués : comment expliquer pareil attachement chez un prince sans mœurs ?

Le pot aux roses est bientôt découvert : sous l'aisselle gauche de la femme morte, un médecin avise un linge trempé de sang et barbouillé de signes cabalistiques. Tout est clair : la Neitsch avait envoûté Jean-Georges IV. De tels stratagèmes sont usuels dans l'Allemagne du Grand Siècle : dans le Wurtemberg, quelques années plus tard, une femme plutôt disgracieuse, Wilhelmine de Grävenitz, avait pris sur le duc de Wurtemberg, Evrard, un tel ascendant qu'elle ne sortait plus jamais de son lit et contraignait les dames de la Cour à défiler dans ses appartements en costume de gala pour la distraire un peu. Le duc de Wurtemberg se soumettait à ces délires à l'indignation de ses proches (« Votre Grävenitz est une putain », écrivait la duchesse douairière à son fils), mais ce n'était pas la faute d'Evrard, le malheureux, car la Grävenitz lui donnait à boire en secret un breuvage composé de sang d'enfants nouveau-nés, du cœur d'une poule jaune, de viscères de coq et de poils de la barbe de vieillard, allez lutter contre tous ces ingrédients ! Et comme la Grävenitz était une perfectionniste, elle administrait de temps en temps à l'épouse légitime du duc de Wurtemberg des poisons florentins chargés de lui donner de gigantesques coliques.

Revenons à nos Electeurs de Dresde. On finit par arracher à Jean-Georges IV la dépouille de la Neitsch. Jean-Georges ne peut s'y opposer mais les sortilèges posthumes de la Neitsch y gagnent en efficace : huit jours après l'enterrement, Jean-Georges IV contracte la maladie qui venait de tuer sa maîtresse, la vérole, et meurt. C'est ainsi que Frédéric-Auguste, ou Auguste le Fort, succédant à un frère romantique et brutal, monte sur le trône de Saxe en 1694.

Frédéric-Auguste est un autre romantique, mais, pour l'heure, il n'est point trop brutal : n'a-t-il pas fait un mariage d'amour, ébloui qu'il fut à Bayreuth par la fille de la margravine ? Les premiers mois du couple sont sereins. Les deux époux s'adorent, ne se quittent pas, au point que l'excellence du ménage horripile les courtisans de Dresde : la Saxe avait une forte réputation de galanterie et se consacrait aux fêtes, aux adultères et aux débauches. Or, voici que le nouvel électeur Frédéric-Auguste donne le mauvais exemple en respectant son épouse et en recommandant à chacun la fidélité. Adieu fêtes et bals, adieu les amours folles, adieu les joliesses du libertinage ! Les courtisans qui s'ennuient à périr se déterminent à réagir et à remettre leur prince dans le droit chemin de la luxure : des conciliabules les réunissent, des complots distraient les longues soirées mornes, virginales de la capitale : femmes et hommes, tout le monde conspire contre la vertu de Frédéric-Auguste. La femme du chancelier Friese qui est une personne très adroite prend les choses en main.

Le plan de Mme de Friese est d'une conception simple mais d'une exécution compliquée : on va tendre un piège à la fidélité de Frédéric-Auguste, et la Friese entame les démarches. Après quelques tâtonnements, elle porte son choix sur l'une des dames d'honneur de l'Electrice douairière, Mlle de Kessel, pas très jolie, dit-on, experte en coquetteries et rompue aux arts de l'amour. Mme de Friese fait la réclame de la Kessel. Frédéric-Auguste est confiant que son attachement à sa femme le rend invulnérable. Aussi, il ne rechigne pas à recevoir la Kessel. Il avait présumé de ses vertus car il est sensible aux appas de la jeune femme. Les courtisans vont aux nouvelles. Ils enregistrent les progrès du virus et l'espoir revient dans les alcôves : les informatrices rapportent que, chaque soir, Frédéric-Auguste a une entrevue avec Mlle de Kessel. Mieux encore, Mme de Friese obtient que Frédéric-Auguste attribue une pension de deux mille écus à la courtisane, mais quand on croit qu'on touche au but, il y a relâche car la Kessel, qui a, soit de la vertu, soit du métier, fait traîner les choses afin d'augmenter le désir de Frédéric-Auguste. Les libertins de Dresde piaffent et se remplissent de chagrin.

La Cour observe les escarmouches : Mlle de Kessel avance d'un pas, recule de deux, fait la moue, pleure un petit coup, adjure Frédéric-Auguste de ne la plus incommoder. Certes, elle est mordue au cœur, elle aussi, mais elle n'entend pas succomber et, surtout, son âme serait très triste si elle devait offenser l'épouse légitime de Frédéric-Auguste. Les simagrées de la Kessel emportent le morceau : tant de minauderies excèdent Frédéric-Auguste qui lui met le marché en main : la Kessel doit l'aimer, un point c'est tout ou bien décamper, il est l'heure de conclure.

Une autre se fût vexée mais Mlle de Kessel est bonne fille et quand elle voit Frédéric-Auguste, le soir même, elle le remercie gentiment. Frédéric-Auguste est requinqué. Les courtisans, informés par la Kessel, reprennent courage : les monotonies de l'ordre moral sont sur le point d'expirer.

Frédéric-Auguste précipite les opérations. Il nomme un truchement, son ministre Beichling, qui manufacture un dispositif. Beichling informe son maître que Mlle de Kessel doit se rendre le lendemain dans la maison de campagne de Mme de Friese, aux abords de Dresde. Et alors ! Eh bien, Frédéric-Auguste se baladera dans la forêt et tombera par inadvertance sur la Kessel. Il sera bien surpris mais le lieu sera propice. Quoi de plus pur, de plus romanesque qu'une forêt ?

Le lendemain, Frédéric-Auguste décide en effet d'aller chasser dans les entours de la propriété de Mme de Friese. Et il se perd bêtement, si bien qu'il se heurte avec Mlle de Kessel qui prenait le frais, par hasard et non sans mélancolie, sous les grands arbres du domaine. Frédéric-Auguste dit son étonnement et il gronde Mlle de Kessel sur son imprudence :

toute seule, sous ces frondaisons, et si elle était enlevée par des malandrins ! La Kessel répond qu'elle ne saurait craindre pareille extrémité dans un pays tel que la Saxe où les hommes sont ennemis de toute violence.

Mme de Friese passait par là. Elle est éberluée, la coïncidence l'amuse et elle invite l'Electeur à se reposer dans son château où se trouve justement le ministre Beichling. Bonne idée : tout le monde se retrouve au salon. L'Electeur et la Kessel murmurent, se regardent et soupirent. Dans un coin éloigné de la pièce, Mme de Friese et le ministre Beichling, discrets comme tout, bavardent aussi et soupirent. Trois jours plus tard, l'Electeur enverra à Mlle de Kessel une parure de diamants : la jeune femme estime que sa résistance a été estimable. Elle couche avec Frédéric-Auguste et la Cour saute de joie. Les dames sortent de la naphtaline leurs robes de bal et leurs corsets de parade. Les musiciens ajustent leurs violons.

Reste à informer l'Electrice de son infortune. Mlle de Kessel se fait tirer l'oreille. Certes, son bonheur est au comble mais ce bonheur serait sali si l'Electrice en avait de la peine. La Kessel souhaite très vivement que la liaison demeure secrète. Pourtant, après un peu de réflexion, elle revient à de meilleurs sentiments : en effet à quoi servirait de coucher avec un prince si la chose n'était pas connue, et d'abord de l'épouse elle-même ? Du gaspillage, voilà le vrai.

Mlle de Kessel, la mort dans l'âme, se fait une raison. Elle se présente un soir chez l'Electrice pour lui faire son compliment. L'Electrice regarde la jeune femme et ses yeux clignotent : jamais elle ne vit plus riche parure. Mlle de Kessel est une princesse des bords du Gange, elle a des diamants partout, et l'Electrice n'est point dupe : elle se réfugie en larmes chez sa belle-mère. Les deux femmes convoquent Mlle de Kessel qui ne se fait pas trop tirer l'oreille pour avouer des vilenies avant de se replier chez l'Electeur de Saxe. Là, elle pleure. L'Electeur maudit sa mère et son épouse, dit qu'on va voir ce qu'on va voir mais, après une entrevue avec sa mère, il préfère de se calmer. L'oreille basse, il demande à son épouse légitime ses instructions. L'Electrice exige que l'on marie dare-dare la Kessel et qu'on l'expédie au loin.

On déniche un prétendant, un maréchal de camp, de la célèbre famille des Hauchwitz, et dont le cœur est libre. On brûle les étapes : l'Electrice couvre sa rivale, Mlle de Kessel, de cadeaux. La noce est célébrée une semaine plus tard et le jeune couple est à Wittenberg, huit jours après.

Frédéric-Auguste s'est soumis à tous les désirs de son épouse et de sa mère, mais il enrage, mais il est mélancolique. Il n'a même pas voulu revoir Mlle de Kessel. Il a choisi de se réfugier dans son chagrin, à Moritzburg d'abord, puis dans un château introuvable. Quand il est bien clair que Mlle de Kessel n'est plus dans les parages, il revient à Dresde. La vie reprend son cours. La morale a gagné.

Et Mlle de Kœnigsmark s'avance. Et les nuits de Moritzburg vont commencer.

XIII

Aurore ennuie Frédéric-Auguste : elle est enceinte et l'Electeur qui a horreur des femmes dolentes l'encourage à déguerpir. Elle quitte la riche maison que son rapide amant lui avait offerte à Dresde et s'installe à Goslar, petite ville d'eaux toute proche, pour attendre le bébé.

A Goslar, nul ne connaît cette dame solitaire. On chercherait en vain le nom d'Aurore de Kœnigsmark dans les registres paroissiaux de la ville : « Aujourd'hui, 28 octobre 1699, dans la maison de Henri-Christophe Winkel, est né d'une haute et noble dame un enfant du sexe masculin, qui a été baptisé sous le nom de Hermann-Maurice. »

Ces discrétions étonnent : la pudeur n'étouffa jamais Frédéric-Auguste. Il s'était délecté, il y a peu, à enlever Aurore sous le regard admiratif, un peu égrillard, de la société de Moritzburg. Plus tard, il tirera vanité des ribambelles de bâtards qu'il confectionne au petit bonheur de sa carrière amoureuse.

Mais, au printemps précédent, Frédéric-Auguste avait agi en étourdi : tout de même qu'il mettait en chantier un nourrisson avec Aurore, il en fabriquait un autre, Frédéric-Auguste qui succédera à son père en 1733, avec son épouse légitime, la princesse électrice de Saxe. Les deux femmes accouchent au même moment et pareilles coïncidences ne sont pas heureuses. Même dans une société indécente, il eût été malséant d'apprendre que Frédéric-Auguste, dans la fureur du dernier printemps, était passé sans coup férir de la couche de son épouse Eberhardine à celle de sa maîtresse Aurore, sans reprendre haleine, et l'on conçoit que le registre de Goslar fasse un peu de mystère.

Ce mystère n'est pas épais. A peine Maurice de Saxe lance-t-il ses premiers vagissements qu'un gentilhomme de Wolfenbüttel, M. de Menkel, se flatte de répandre la nouvelle à la ronde. « Un joli poupon, aventurier de quinze jours, a commencé ses aventures en allant dans son berceau, en carrosse, avec sa nourrice, de Goslar à Hambourg ; on dit qu'il va commencer son roman pour mettre fin à celui de sa mère. »

M. de Menkel a la vue perçante mais, après tout, prévoir que le « joli poupon » serait un aventurier, cela n'est pas d'un grand prophète. Le poupon chassait de race. Pour père un prince séduisant, pour mère, une ravissante, issue de la famille la plus tonitruante de Suède, ce bébé avait quelque raison de choir dans un destin extravagant.

Sur le deuxième point, en revanche, M. de Menkel s'égare : la naissance de Maurice de Saxe ne met pas fin au « roman » de sa mère. Aurore ne se calme pas, elle hantera le théâtre de l'Europe, jusqu'à sa mort, en 1728.

Après son accouchement, Aurore ne revient pas à Dresde car sa grossesse l'a affligée d'une espèce de sueur et le grand nez délicat de Frédéric-Auguste ne souffre pas ces effluves. Il faut cependant caser Aurore. On lui procure une place de chanoinesse à l'abbaye de Quedlimbourg, en Saxe. La jeune mère y est mal accueillie. Cette abbaye est très collet monté et l'irruption de cette femme de moralité singulière, belle et intelligente de surcroît, incommode les chanoinesses.

L'abbesse, Anne-Dorothée de Saxe-Weimar, fait une mine pincée. Aurore s'emploie à désarmer les rancunes. Comme elle est adroite, elle y atteint et se fera élire prieure avec promesse de succession, mais pour l'heure l'abbaye de

Quedlimbourg est cédée par la Saxe à la Prusse, si bien qu'Aurore se met en chemin pour Berlin afin de fortifier sa position. Première fugue d'Aurore hors de l'abbaye. Ce ne sera pas la dernière. Comme tous ses frères, tous ses oncles, comme son grand-père le vieux Kœnigsmark, elle a la bougeotte. Même chanoinesse, Aurore sillonnera l'Europe, nouera des intrigues, présidera les fêtes et les bals, folâtrera.

A Berlin, entre deux carrosses, elle embrasse Maurice, son « cher petit mystérieux ». Ensuite, elle fait étape à Dresde et, si elle avait nourri quelques illusions sur son amant, la voici instruite : Frédéric-Auguste, qui ne goûte par la solitude, a déjà une nouvelle favorite, la comtesse d'Esterlé, au désespoir de l'épouse légitime, la princesse électrice, qui préférait Aurore : « Ah, ma chère, dit la princesse électrice en se jetant dans les bras d'Aurore, de votre temps, j'étais plus heureuse. »

Aurore ne déserte pas la scène saxonne. Elle ne règne plus sur le corps de Frédéric-Auguste mais elle commande à son esprit. Séduisante, cultivée, experte en arguties et en simulations, elle est douée d'un sens politique que son ancien amant admire. Elle va le conseiller, le piloter, lui souffler des initiatives, lui dicter des manigances. Elle manipule Frédéric-Auguste comme on règle les ressorts d'un automate. Mais ces talents qu'Aurore déployait naguère pour son propre compte, elle les consacre désormais à la gloire de son bébé, Maurice de Saxe.

Comme tous les Kœnigsmark, Aurore a une idée fixe : il faut qu'elle s'élève aux fonctions suprêmes. Et puisque la route du pouvoir est coupée, à cause de cette sueur, elle se recycle. On lui interdit d'être reine, elle se grisera d'être la mère d'un roi. Toute sa vie, au fond de son abbaye ou dans ses périples à travers l'Europe, elle cherchera, dans le vaste monde, un coin de terre sur lequel son fils, Maurice, pourra planter ses oriflammes et faire le monarque.

Une occasion se dévoile. Certes, Maurice vagit encore, il ferait un roi très petit mais une chance lui est donnée de devenir le fils d'un roi. En effet, le roi de Pologne, Jean III Sobieski, le héros qui a défait les Turcs à Kahlenberg, sous les murs de Vienne, en 1683, meurt en juin 1696, quelques jours avant que naisse Maurice de Saxe. Toutes les chancelleries d'Europe gesticulent.

La Pologne est un gros morceau, assez biscornu, et qui pâtit d'une anomalie : elle forme une République dotée d'un roi. Le souverain n'est pas héréditaire, il est élu par la Diète des seigneurs et les seigneurs le tiennent à l'œil.

Du pouvoir, ce roi picore les miettes que lui consentent les nobles. Il n'est qu'un roi de pacotille, une décoration, une médaille, mais enfin un roi. Et si la Pologne, malgré ses espaces démesurés et ses huit millions d'habitants, est un pays amorphe, vermoulu, déchiré de haines raciales (les Lituaniens détestent les Polonais et les juifs, les Polonais détestent les Lituaniens et les juifs, tandis que les cosaques, qui se sentent russes, refusent tous les ordres du roi de Pologne), elle occupe pourtant une position névralgique entre l'Europe et cette Russie qui commence, dans la tête messianique de Pierre le Grand, à rêver aux finisterres de l'Occident.

Deux puissances lorgnent le trône de Varsovie : la France et la Russie.

La France se souvient qu'un de ses rois, Henri III, celui de Jarnac et de Moncontour, a déjà régné à Cracovie, en 1573, grâce aux intrigues de sa mère Catherine de Médicis, et les diplomates de Louis XIV poussent devant la Diète polonaise un pion français, François-Louis de Bourbon, prince de Conti, prince de sang, personnage de charme et soldat brillant.

La cour de Versailles adore Conti, se pelotonne autour de lui, en dépit ou à cause de ses hésitations sexuelles. A la bataille de Steinkerque, en 1692, contre Guillaume III d'Orange, Conti n'avait pas eu le temps, avant la charge, de nouer sa haute cravate de dentelle et cette négligence avait fait une mode : tous les jeunes gens s'excitaient à porter leur cravate dénouée, à « la Steinkerque ». Tel est l'homme resplendissant que Louis XIV veut fourrer à Varsovie. Du coup, Pierre le Grand fronce les sourcils : il n'aimerait pas d'un roi français à Varsovie, assorti d'une alliance franco-polonaise et, du reste, le Russe a son propre candidat : Frédéric-Auguste de Saxe.

Durant des mois, Paris et Moscou encouragent leurs poulains. Pierre Ier masse des troupes sur la frontière polonaise. Les envoyés de Louis XIV usent d'un stratagème plus paisible : ils déversent trois millions de livres-or sur la Diète et c'est l'or français qui emporte le morceau : Conti est élu par les nobles polonais. Il appareille pour Dantzig avec une impressionnante escadre sous les ordres de Jean Bart.

Aurore de Kœnigsmark est une rapide. Elle voit que le trône va échapper à son ancien amant, d'autant plus que Frédéric-Auguste a un gros handicap : alors que la Pologne est un pays catholique, Frédéric-Auguste est de confession luthérienne, mais Aurore pulvérise ce détail. Adepte de la *Realpolitik,* elle consulte sa raison et invite Frédéric-Auguste à oublier la foi de ses pères.

Ce reniement jette des lueurs louches sur « l'héroïque fille du Nord » : Aurore est une luthérienne intransigeante, chanoinesse au surplus d'une abbaye luthérienne. Dans quelques années, quand il sera envisagé de confier son fils, Maurice, à un collège jésuite, à Bruxelles, elle se raidira et opposera son veto aux jésuites. Mais, à l'égard de son ancien amant, elle calcule différemment : la Pologne est un joyau, on ne va pas faire des coquetteries. Frédéric-Auguste n'a qu'à troquer un Christ contre un autre Christ, la belle affaire... Quant à l'Electeur de Saxe, Frédéric-Auguste, il se fiche de Luther, de saint Pierre et peut-être du bon Dieu. Il s'incline donc aux volontés d'Aurore et fait allégeance au pontife de Rome.

Sa conversion a deux effets : d'abord, la femme légitime de Frédéric-Auguste, qui est une Hohenzollern, le quitte ; ce n'est pas un gros malheur car Frédéric-Auguste est rarement à court de femmes, il puise dans ses entrepôts. Ensuite, Frédéric-Auguste pourra faire casser le vote de la Diète, grâce à son nouveau bon Dieu, le catholique (grâce aussi aux puissants soutiens dont il jouit, Pierre le Grand et l'empereur). Il pénètre en Pologne à la tête d'une forte armée saxonne, fait son entrée à Varsovie tandis que Conti, les « délices de la Cour », s'escrime à caboter sur la Baltique.

Aux nobles de Varsovie, Frédéric-Auguste annonce sa conversion. La Diète se rétracte sur-le-champ, efface son premier vote, donne congé à Conti. Le 15 septembre 1697, Frédéric-Auguste est couronné roi de Pologne, sans perdre pour autant l'électorat de Saxe, même si les deux pays n'ont pas de frontières communes. Quand l'escadre de Jean Bart se présente devant Dantzig, tout est conclu. Le prince de Conti n'insiste pas. Il fait demi-tour, et il est aux anges car ce trône l'assommait, il aime mieux les roués de Versailles que les sauvages de l'Orient. Aurore est plus ravie encore : son fils Maurice ne parle pas même et il est fils de roi. Fils bâtard, mais, mon Dieu, chaque chose en son temps.

Frédéric-Auguste ne fera pas merveille sur le trône de Pologne. Dans sept ans, en 1704, il en sera chassé par la colère de Charles XII de Suède, et puis il reviendra, en 1709, après que le même Charles XII se sera fait étriller par les Russes de Pierre le Grand à Poltava, mais pour l'heure, il ne regrette rien, non, il ne regrette rien car la haute société polonaise est épatante : on y chasse, on y boit sans trêve ni mesure, on aime le faste et la splendeur, les officiers de hussards portent des diamants sur leurs cuirasses et montrent au combat une bravoure abominable, les femmes sont divines, c'est-à-dire insatiables, oui, la Pologne est un pays barbare, décadent et ahuri de plaisirs, un pays à la convenance de Frédéric-Auguste de Saxe, devenu Auguste II de Pologne.

Pour le reste, le nouveau roi ne se berce pas d'illusions : le corps immense de la Pologne est fatigué, dévoré par l'anarchie, soumis à une aristocratie batailleuse. « Cette nation instable, déclare un Anglais, est comme la mer. Elle écume, elle rugit mais elle ne bouge que si elle est mise en mouvement par une puissance supérieure. »

Les finances de la Pologne sont délabrées car aucune autorité ne sait prélever les impôts. L'armée ne vaut guère mieux, malgré son goût des exploits ténébreux et grotesques : au plus fort d'un combat, et si un grand seigneur a un état d'âme ou une peine d'amour, il abandonne le champ de bataille, avec tous ses soldats, et, pour quelques jours, il dit qu'il boude, il faut qu'on le supplie. A d'autres moments, une armée polonaise imprévue peut soudain surgir des forêts, comme ça, parce qu'un noble s'ennuie dans ses terres et décide qu'il a l'envie d'un peu d'exercice, d'un peu de poudre et de sang.

Aurore ne s'arrête pas à ces bagatelles. A présent qu'elle a établi son ancien amant sur le trône, elle traite de son fils. En 1698, elle fait le voyage de Varsovie pour présenter Maurice, qui a deux ans, à son père. Auguste II n'est pas ému, il a énormément de fils, aussi il se contente de promettre de l'argent qu'il ne donnera pas et, quant à effacer la bâtardise de son moutard en signant une reconnaissance officielle en paternité, on verra, on verra...

On peut légitimer les prudences de Frédéric-Auguste par la légèreté de son âme. Ce prince fait des enfants à l'aveuglette, s'il fallait les reconnaître en plus, quel embrouillamini ! Mais, surtout, Frédéric-Auguste est soumis à une influence scabreuse, celle du comte de Fleming (1667-1728) son nouveau Premier ministre. Or, Fleming va poursuivre Aurore de Saxe et son fils Maurice d'une haine passionnée.

Jakob-Heinrich Fleming est un homme impressionnant. Quand il a débarqué à Dresde, quelques mois plus tôt, venant de sa Suède natale, il a jugé que le pouvoir se ramasse dans les boudoirs. Comme il a de la séduction, il obtient les faveurs d'une élégante, Mme de Brebentan, et cette élégante est une rusée. Elle représente à son amant Fleming que le meilleur moyen d'accéder aux hautes fonctions dans une cour corrompue est de devenir l'amant de la maîtresse du prince électeur Frédéric-Auguste, l'amant, donc, de cette comtesse d'Esterlé, qui a succédé, on se le rappelle, à Aurore sur la couche électorale.

Le jeune chevalier Fleming, même libertin, est estomaqué. Comment avaler que sa nouvelle maîtresse le jette tout à trac dans les bras d'une autre femme ? Mais la tête de Mme de Brebentan est glaciale : il faut savoir ce que l'on veut et, si l'on entend se ligoter de scrupules, saura-t-on gravir les sommets ? Fleming fait quelques moulinets : il proteste que ce n'est pas beau de chiper sa maîtresse au prince dont on attend fortune.

Mme de Brebentan s'esclaffe. Elle connaît son Frédéric-Auguste sur le bout du doigt. Les amours de cet homme sont instantanées, il se lasse en quelques moments et Fleming, loin de nuire à son maître, lui rendra service en le soulageant de la d'Esterlé. Fleming, qui n'est pas un saint, se résigne, met la comtesse d'Esterlé dans son lit. Dans la foulée, il devient lieutenant-général, ministre d'Etat, grand écuyer et plus tard, en 1711, feld-maréchal.

Frédéric-Auguste n'y voit que du feu. Il ne comprend rien. Mieux encore : sa maîtresse, la comtesse d'Esterlé, qui est une personne grandiose, ne se rassasie pas d'avoir à peine deux amants, le prince électeur Frédéric-Auguste et le ministre du prince, le comte de Fleming. Elle trouve que c'est un peu mesquin, elle en veut un troisième et elle choisit le prince Wienoviski. Mais, cette fois, elle s'y prend si drôlement que Frédéric-Auguste est alerté et se vexe : le prince Wienoviski reçoit l'ordre de décamper dans les deux heures.

Cet épisode, qui s'inspire moins de Jean Racine, de

Sophocle ou de Shakespeare que de Georges Feydeau, porte au zénith les prospérités de Fleming. En effet, Frédéric-Auguste, décidément aveugle, admire son ministre Fleming qui n'aurait pas, lui, l'impolitesse de coucher avec la maîtresse de son prince : brave Fleming, s'attendrit Frédéric-Auguste, voilà un jeune homme loyal et qui ne doit ses avantages qu'à ses capacités, à son industrie et au respect ombrageux qu'il porte aux maîtresses de son maître !

Fleming inaugure une carrière étourdissante. Durant un demi-siècle, ce « ministre absolu », comme le disait Voltaire, fascinera l'Allemagne. On imite ses manières, on copie ses vêtements. Comme il enduit sa figure d'un air de léthargie, tous les ministres de l'Allemagne feront mine de s'ennuyer à perpétuité. De Hanovre à Francfort et de Munich à Potsdam, les grimaces hautaines de Fleming sont tirées à des dizaines d'exemplaires. On s'exerce à montrer en toute circonstance la froideur fatiguée que Fleming oppose à l'adversité. Chaque soir, on se livre à des orgies monumentales, mais le lendemain matin, à l'exemple de Fleming, on est le premier arrivé au bureau, on abat une besogne de titan.

Or, Fleming n'aime pas Mlle de Kœnigsmark car il a tout de suite flairé qu'Aurore, même si elle n'est plus la maîtresse de Frédéric-Auguste, a gardé sur son ancien amant un ascendant extrême et Fleming ne supporte pas une influence néfaste à la sienne. Au surplus, la prieure de Quedlimbourg est une femme magnifique. Fleming a désiré de la séduire, on l'a découragé, la haine a succédé.

Aurore est dépitée par l'échec de ses manœuvres. Elle attrape son gamin Maurice et quitte Varsovie. Frédéric-Auguste, qui est un grand distrait, s'en accommode. Son esprit est ailleurs : conscient que son titre de roi est un colifichet, il voudrait s'illustrer de manière que la Pologne l'admire et peut-être décide de rendre héréditaire la royauté.

Le plan de Frédéric-Auguste est téméraire, il va le dessiner bientôt, devant un hôte de marque, le tsar de Russie lui-même, Pierre le Grand, qui effectue depuis le printemps 1697, en compagnie de son cher conseiller, le Suisse Lefort, et de son camarade d'enfance, Alexandre Danilovitch Menchikoff, un long voyage en Europe, en Hollande spécialement, où il s'est déguisé en charpentier, avec une veste rouge, un pantalon de toile blanche et le nom de Pierre Mikaïlov, pour s'initier aux techniques de la construction navale, sa passion. Après quelques autres escales, à Londres, à Leipzig, à Dresde, à Vienne et des péripéties, il reprend en juillet 1698 la route de Moscou où vient d'éclater la révolte des Streltsy, non sans faire un crochet par la Pologne, occasion de connaître enfin ce Frédéric-Auguste de Saxe sur la tête duquel il vient de déposer la couronne de Pologne.

C'est à Rawa, en Galicie, que les deux jeunes souverains se rencontrent. Le Saxon enchante le Russe et d'abord par sa vigueur : Pierre le Grand avait beaucoup souffert, pendant sa « grande ambassade » en Europe, de son format. En Hollande, en Allemagne, les foules se pressaient sur son chemin, en partie pour vérifier si les Russes mangeaient de la viande crue et s'habillaient de peaux d'ours, mais aussi pour s'extasier sur le « géant » et Pierre le Grand ne savait plus où se mettre, il avait des timidités, des rougeurs.

Frédéric-Auguste n'est pas aussi grand que le Russe mais il a la force d'un sanglier. Agé de vingt-huit ans, il est beau, chaleureux, chahuteur, avec des sourcils noirs épais comme une forêt, des joues écarlates, des yeux bleus et un grand nez, tout cela plaît au colosse de Moscou et les deux jeunes gens s'aiment. Ils partagent aussi le goût des femmes et attrapes. Auguste II offre à Pierre le Grand une boîte en or dont le couvercle montre une dame richement vêtue et si l'on actionne un ressort, le couvercle se lève, dévoile la même dame, avec très peu de vêtements, et le peu qui demeure est froissé. Pierre le Grand exulte, comme c'est rigolo !

Après ces hors-d'œuvre, on passe en revue des tas de soldats, il y a des fanfares, on s'embrasse et quand Pierre le Grand, après les quatre jours de Rawa, revient à Moscou, il explique à ses boyards (à qui il vient de couper la barbe lui-même, à la fois pour rire, pour les humilier et pour les occidentaliser) qu'il possède un nouvel ami : « Oui, Frédéric-Auguste m'est plus précieux que vous tous réunis, et cela non pas à cause de sa prééminence royale sur vous, mais parce que je l'aime. »

A Rawa, Pierre le Grand et Frédéric-Auguste ne se sont pas réduits à ouvrir des boîtes en or, à boire comme des trous, à échanger des plaisanteries dégoûtantes. Ils ont également trouvé un moment pour repeindre la carte de l'Europe.

Ils ont ajouté un bout ici, tranché un petit morceau ailleurs. Ils ont échangé un fleuve contre une montagne, un littoral contre une province, une ville contre une vallée. Frédéric-Auguste a avancé une idée merveilleuse : il a proposé à Pierre le Grand que l'on frappe ensemble la Suède, ce pays de bouleaux, de glace, de neige et de lacs, ce pays de rien du tout, mais qui est plein de morgue depuis la guerre de Trente Ans et a fait de la Baltique sa mer privée, bloquant l'accès de ses rivages aussi bien à la Russie qu'à la Pologne.

Frédéric-Auguste suggère de dilacérer la Suède, de lui arracher quelques lambeaux, par exemple ces provinces baltes qui furent jadis russes ou polonaises. Pierre Ier trouve belle cette idée et qu'elle tombe à pic car la pénible guerre que la Russie livre alors à la Turquie touche à sa fin et Pierre a échoué à fracasser le verrou de la mer Noire. Pourquoi Pierre le Grand n'échangerait-il pas une mer contre une autre mer, une Noire contre une Baltique ?

Le Russe, depuis sa petite enfance, est fou de bateaux, de cartes et d'estampes, de marins et de lof pour lof. Il lui faut des mâtures et des ports car il entend courir à cet Occident qu'il s'est juré d'ouvrir à la Russie pour faire contrepoids à sa formidable et paralysante épaisseur d'Asie. Frédéric-Auguste a beau jeu de montrer à son ami que le moment est béni et que Dieu en personne a tout prévu : le roi de Suède,

Charles XI, est mort d'un cancer, l'année précédente, le 5 avril 1697, et son fils, Charles, est âgé de quinze ans, un bambin, comment porterait-il le poids de la Russie et de la Pologne, bientôt augmentées du Danemark ?

Entre deux ivresses et deux drôleries, Pierre et Frédéric-Auguste s'enflamment. Pierre voit des mâts, des voiles et des arsenaux. Frédéric-Auguste se berce de l'idée que les nobles polonais, ravis de pouvoir mâchonner quelques tranches de Livonie, lui en sauront gré et soutiendront sa branlante couronne.

Ces projets sont mirobolants. Ils sont aussi prématurés et ne prendront pas effet tout de suite : il faut d'abord que les fumées des orgies de Rawa se dissipent, et puis la Russie est encore empêtrée dans sa Turquie mais dans deux années commencera, contre la Suède, la grande guerre du Nord, vingt ans de carnages, Varna, Poltava, la naissance d'une nouvelle Europe et, bien plus tard, Pierre le Grand confirmera que l'attaque de 1700 contre la Suède a bien été décidée à Rawa.

XIV

Le projet de Rawa était excellent mais il souffrait d'un défaut et c'était Charles XII, que les deux hercules polonais et russe comptaient pour du beurre. Certes, Charles XII était bien tendre en 1697 quand son père, le vertueux Charles XI, est mort. On ne devinait pas que cet adolescent de quinze ans serait propre à sauver son pays du triple assaut de l'empereur de Russie, du roi de Pologne et du roi de Danemark. Pourtant, le petit Charles de Suède avait montré dès ses premières années une violence, une énergie, une démesure qui eussent dû alarmer ses voisins : à sept ans, Charles tue un renard, à huit ans, trois cerfs, à dix ans un loup, à onze ans un ours.

L'année de l'ours est inoubliable car la mère de Charles meurt à trente-six ans à peine. Son mari Charles XI s'évanouit, on le saigne, et son fils, le jeune Charles attrape une petite vérole qui lui griffera à jamais le visage et de laquelle il restera très fier. Dès le moment de ce deuil, l'enfant change : il choisit de vivre dans un monde d'hommes, sans trace d'homosexualité, un monde de soldats et de chasseurs. Un monde glacial, dur, vierge, un monde inexorable, un monde purgé de tous ses relents femelles, sans douceur ni tendresse, sans apitoiement ni recours.

Charles est intelligent. Il parle mal le suédois mais l'allemand et le latin à la perfection. Passionné d'histoire, familier de la Bible, il se donne trois modèles, Jules César,

Gustave-Adolphe et surtout Alexandre le Grand. Quand son père, Charles XI meurt, Charles XII n'est pas majeur, on nomme un Conseil de Régence, mais Charles est tellement insupportable qu'au bout de six mois, en novembre 1697, on consent qu'il est majeur et on le couronne.

Le couronnement est superbe, lugubre. On en peut déchiffrer les blasons : Charles XII refuse de recevoir la couronne des mains de quiconque, ou bien, celles de Dieu, et il se plante lui-même l'objet sur la tête. Il ordonnance la cérémonie, qu'il nommera consécration et non couronnement, comme une fête tragique. Tous les assistants sont vêtus de noir. Une seule touche de couleur, pas très pimpante, le manteau violet dont le jeune souverain s'est enveloppé. Si l'on aime les présages, on note que la consécration a lieu en novembre et il y avait tempête sur Stockholm. Si l'on aime les belles scènes emblématiques, on se figurera l'enfant blond, et raide, et fier, pétrifié dans son manteau violet, environné de ses ministres noirs, dans le blanc de la neige du Nord.

Les nouveaux devoirs de Charles XII ne calment pas ses frénésies. Sa rage augmente, avec le frisson du danger : courses hallucinées à cheval, longues chasses, mais il a perfectionné sa manière : utiliser des armes à feu contre une noble bête des forêts, cela n'est pas équitable, cela n'est pas féodal, c'est bon pour les femmes et Charles XII attaque les loups au couteau. Il finira par affronter les ours avec une fourche en bois.

Un de ses cousins, Frédéric IV, duc de Holstein-Gottorp, partage ses divertissements. Les deux garçons terrorisent la cour de Stockholm : pour la facétie, ils brisent à coups de pistolet les vitres du palais ou bien ils bombardent les ministres, à table, avec des noyaux de cerises et ils galopent dans les rues de la capitale en arrachant toutes les perruques qu'ils aperçoivent. Les courtisans tremblotent. Ils relatent des choses abjectes : la bande à Charles célébrerait des fêtes sanglantes dans le palais. Les jeunes gens décapitent des moutons d'un seul coup d'épée et les domestiques disent que le matin le sang ruisselle dans les escaliers. Ragots ? Médisances ? Un dimanche, trois pasteurs de Stockholm se donnent le mot et prêchent sur le même thème : « Malheur à la ville dont le prince est un enfant. »

Le plus redoutable, dans cet adolescent exagéré, est qu'il n'a rien d'un frivole : c'est un jeune homme fatal. Il est pieux, se lève tôt le matin pour se consacrer à ses dévotions, se protège des femmes. De son métier de roi, il se forme une idée héroïque et sa volonté est sans faille. Il se punit lui-même, s'amende : un jour de 1699, sa bande de forcenés se met en tête d'enivrer un ours. Quand il a bu son vin d'Espagne, l'ours est rond comme une bille et bascule par une fenêtre, meurt. Charles XII a honte. Il ne boira plus jamais une goutte d'alcool.

Un jeune homme d'une témérité sans frein. Un jeune homme porté au mépris des femmes. Un garçon perdu en orgies de sang, mais c'est un ascète, ce garçon, et il lit inlassablement la Bible et la vie d'Alexandre, et il aime la neige, le deuil et les soleils froids, oui, le garçon que Pierre le Grand et Frédéric-Auguste, à Rawa, balayaient d'une chiquenaude n'est pas rassurant. Le jeune roi de la Suède est un roi noir.

Deux ans après Rawa, en février 1700, Frédéric-Auguste lance en Livonie quatorze mille soldats saxons qui mettent le siège devant Riga. Il a oublié de déclarer la guerre et cette félonie, qui peint l'Electeur de Dresde, accable Charles XII qui aime les loyautés. Le jeune roi de Suède était à la chasse quand il apprend le forfait de « son cousin » de Saxe et de Pologne. Il fait son maigre sourire. « Nous ferons retourner le roi Auguste par où il est venu », dit-il. Il abat un ours, rentre à Stockholm et riposte à Auguste : les Suédois bousculent les Saxons et tuent leur général, Carlowitz. Pierre le Grand est alerté, il marmonne. Il commence à douter des vertus militaires de son récent ami, de ce Frédéric-Auguste, qui eût été mieux inspiré « de combattre au milieu de ses troupes au lieu de s'amuser avec des femmes » en Saxe. Deux mois plus tard, un nouvel ennemi se lance à l'assaut de Charles XII : le roi de Danemark attaque les garnisons que la Suède maintient dans le sud de son pays.

Pierre le Grand brûle de se jeter à la curée lui aussi mais les combats en Turquie se traînent. Moscou accélère donc les négociations avec les Turcs et le 8 août, enfin, Pierre reçoit un courrier de Constantinople : un armistice de trente ans a été signé avec les Turcs. La nuit de Moscou s'embrase de feux d'artifice et, le lendemain matin, Pierre le Grand fait une annonce rituelle sur le porche de la chambre impériale du Kremlin : « Le Grand Tsar a ordonné que pour les nombreux torts du roi de Suède... ses soldats marcheront en guerre contre les villes suédoises... »

Le plan de Rawa fonctionne : la petite Suède, qui ne compte que deux millions et demi d'habitants et dont le prince est un enfant, comment pourrait-elle échapper au néant ? Frédéric-Auguste est convaincu que le blanc-bec de Stockholm se mord les doigts et se dispose à capituler, mais le blanc-bec, qui goûte les défis déraisonnables, est en plein bonheur.

Charles XII copie la tactique d'Horace face aux Curiaces : ses trois ennemis, il va les poignarder l'un après l'autre, à qui le tour ? Il prend congé de sa grand-mère, de ses sœurs et de Stockholm (jamais il ne reverra ses parents, ni sa capitale), embarque le 16 juin en direction du Danemark et, deux mois plus tard, le roi de Danemark, écœuré par les soldats de Charles XII, signe la paix de Travendhal le 18 août.

L'été avance. La sagesse eût conseillé que passe une saison avant de reprendre le combat mais Charles XII n'est pas sage, il braque ses bombardes sur son deuxième ennemi : les Saxons installés en Livonie. Misère ! Il n'y a plus de Saxons car Frédéric-Auguste, désarçonné par la déroute de ses alliés danois, a levé le siège de Riga et pris ses quartiers d'hiver. Charles XII enrage. Il aurait tellement aimé écrabouiller le traître de Dresde et puis il n'aime pas qu'on le prive d'une guerre. Mais si l'ennemi s'en va sans combattre, que faire ?

Par chance, le troisième larron, Pierre le Grand, se réveille et assiège la forteresse de Narva, dans l'actuelle Estonie, de quoi procurer un hiver un peu amusant à Charles XII et à ses Suédois. Les opérations commencent le 13 novembre. Quelques jours plus tard, dans la pluie froide, Charles XII, très droit, impassible, le teint rose, les cheveux blonds peignés en hauteur autour de sa calvitie, une sorte de « punk » héroïque et boréal, contemple les interminables colonnes de soldats russes qui se découvrent devant lui, jettent leurs drapeaux humiliés dans la boue, à ses pieds, et s'emmitouflent de leurs haillons pour retourner au nid, en Russie.

Au soir du carnage, Charles XII est très gai car ce garçon est sans larmes : quand il parcourt le champ de bataille, à cheval, il manque à l'habitude de la plupart des guerriers vainqueurs, Louis XV cela va de soi, Napoléon même : au lieu de faire un apophtegme philosophique sur la cruauté de la guerre, sur la vanité de l'histoire et de ses carnages, il expose à son aide de camp que ces Russes ne valent pas un clou et qu'on n'a pas de plaisir à massacrer de pareils fuyards : « Les Russes ne résistent pas comme les autres, ils s'enfuient tout de suite. Si la rivière avait été gelée, nous n'en aurions peut-être pas tué un seul. Le plus drôle, c'est quand ils se sont précipités sur le pont et qu'il s'est écroulé sous eux. Tout à fait comme Pharaon dans la mer Rouge. Partout, on voyait des têtes d'hommes et des têtes et des jambes de chevaux qui sortaient de l'eau et nos soldats les tiraient comme des canards sauvages » (voilà ce que c'est de lire la Bible...).

Charles XII ne plaisantait pas. Au printemps suivant, quand il fait mouvement, il hésite s'il va s'enfoncer dans les infinités de la Russie ou s'il achèvera le Saxon. Bien sûr, la Russie est un morceau de roi et cet enfant suédois dont la tête est farcie des récits sur Alexandre le Grand dans les Indes, comment ne serait-il pas avide de forcer le Kremlin ? Oui, mais la Russie est informe, immense, et Charles XII, plus avisé que Napoléon et Hitler, connaît que les dangers de ces plaines sont extrêmes.

En outre, les soldats russes sont vraiment trop nuls. Un guerrier absolu, comme Charles XII, ne jouit pas à se colleter avec des chiffonniers. Il préfère défier les soldats bien entraînés, disciplinés, de l'Electeur de Saxe. Au surplus, Charles XII avait un grief particulier contre Frédéric-Auguste qui avait envahi la Livonie en catimini. Il va lui mettre le couteau dans la gorge. Dix-huit mille Suédois foncent sur Riga. Ils obtiennent une victoire un peu confuse et c'est la fin de l'été. Charles XII prend ses quartiers d'hiver en Courlande, puis en Lituanie en attendant, quand le printemps sera revenu, de purger la Livonie de ses Saxons

Auguste II de Pologne est agacé. Il commence à soupçonner que ce roi de Suède est un guerrier abominable et qu'il va croquer, les uns après les autres, tous les Saxons. Fleming, son Premier ministre, en profite pour lui fournir un conseil, peut-être perfide : Aurore de Kœnigsmark est belle, pourquoi ne pas l'extraire de son abbaye pour l'expédier chez le roi de Suède ? Elle saura amollir le cœur glacial du Suédois, plaider la cause de la Saxe, peut-être obtenir un règlement. Aurore, qui a le pied léger et qui aime d'être belle, enfile une robe, se sauve de son monastère, sans doute elle est contente, et court en Lituanie, sous le prétexte de dire un petit bonjour à des officiers suédois de sa fourmillante famille.

Aurore arrive à Bielowice où le roi des Suédois a planté ses bivouacs d'hiver. Quel est son accoutrement ? On dispose de deux versions, au choix : certains chroniqueurs parlent d'une simple tenue d'amazone. D'autres préfèrent le romantisme et le luxe : « Une robe de brocart d'or, couverte de pierreries, un manteau de velours. » A Bielowice, la mère de Maurice de Saxe sollicite une audience royale auprès du Premier ministre de Charles XII, le comte Piper, et elle envoie au jeune roi une lettre démesurément flatteuse. Charles XII n'est pas flatté du tout. Il ne voit aucune raison de recevoir Aurore.

La chanoinesse ne plie pas. Comme elle se sait irrésistible, elle se débrouille pour croiser le roi. Elle saute de sa voiture, s'agenouille dans la boue. Charles XII s'arrête, s'incline courtoisement et s'éloigne au galop.

Cette scène a produit des tonnes de littérature. Voltaire la dit ainsi : « Le Roi la salua, sans lui dire un seul mot, tourna la bride de son cheval et s'en retourna à l'instant. De sorte que la comtesse de Kœnigsmark ne remporta de son voyage que la satisfaction de pouvoir croire que le roi de Suède ne redoutait qu'elle. » Le duc de Castries, déchaîné, en appelle aux Saintes Ecritures : « C'est un passage digne de la Bible, que l'épisode de cette amoureuse délaissée, quittant son monastère pour défendre le destin du roi qui l'a déshonorée. Nouvelle Judith, etc... etc... » Barbey d'Aurevilly est plus épique encore : « Elle avait l'honneur de jeter la " peur d'aimer " dans le cœur de glace polaire de Charles XII. » Les écrivains sont bien bons et pourquoi tant de contorsions ? S'il est vrai que le cœur de Charles XII était en glace polaire, pour le reste, Aurore a simplement fait un bide mais quelle idée, aussi, que de déléguer la féminité en personne, Aurore, auprès d'un prince que la féminité affole, désespère ou dégoûte ?

La vérité est que Charles XII, s'il est fasciné, c'est par Frédéric-Auguste et non par l'ancienne maîtresse de celui-ci. Durant des années, il va le chasser, comme on traque un fauve, dans les marais et les longues plaines de la Pologne puis dans son réduit saxon. Charles XII est en hypnose : il a reçu la mission de châtier ce prince pour sa fourbe, ses tricheries, le viol de ses serments, bref, parce que Frédéric-Auguste malmène les sacrés principes de l'honneur féodal et de la religion auxquels Charles XII a dédié sa vie et sa mort :

« Même si je devais y rester cinquante ans, je ne partirais pas de ce pays, de la Pologne, avant qu'Auguste soit détrôné. »

Le roi de Suède en oublie son ennemi principal, la Russie, avec laquelle il se limite à échanger des horions et, chaque fois qu'il croit qu'il peut vaincre le Saxon, il cogne comme un forgeron, mais Frédéric-Auguste est une anguille, il échappe à la nasse, en glissant dans les monotonies de la Pologne.

Quatre ans d'affûts et de fièvres, de traquenards, de ruses et de blessures, et la Pologne est enfin à genoux, après que Charles XII a emporté la place forte de Thorn (Torun, sur la Vistule). Les nobles de Varsovie commencent à grogner. Ils sont excédés de ce roi saxon qui a fait de leur pays un champ de ruines. La Diète de Varsovie, qui a l'habitude des reniements, décide de changer de souverain, une fois de plus En 1704, Frédéric-Auguste est déposé par la Diète polonaise, il a cessé d'être roi. Charles XII touche à son but et cherche un autre roi pour la Pologne. Il pense au fils du grand Jean Sobieski, Jacques Sobieski, mais où est-il passé celui-là, on ne trouve point de Sobieski car Frédéric-Auguste l'a volé et enfermé à double tour dans une introuvable citadelle saxonne.

Charles XII se rabat sur un jeune noble très aimable dont l'intelligence est molle, Stanislas Leszczynski, un fantoche, que l'on va couronner un an plus tard à Varsovie (et non à Cracovie, comme le veut la tradition) sous le regard sourcilleux de l'armée suédoise. La cérémonie est saugrenue. Le protocole bafouille car Frédéric-Auguste n'a pas confisqué seulement Jacques Sobieski, il a également cambriolé la couronne historique de Pologne, mais qu'à cela ne tienne, on manufacture en vitesse pour Stanislas une jolie panoplie de roi, une couronne, un sceptre et tous les autres ingrédients. On harnache avec tout cela le bon Stanislas et la chose est dite. A Moscou, Pierre le Grand s'emporte contre ce félon de Charles XII. Il se retient à peine de faire couronner roi de Suède, par dérision, le fou, le bouffon de la cour moscovite.

Charles XII jouit d'un répit. Il assène quelques coups aux Russes, histoire de leur rappeler de quel métal sont forgées les épées des soldats du froid mais ses attaques sont mal ajustées et le théâtre est obscur, grouillant de soldats dépareillés car Frédéric-Auguste, même découronné, est toujours à cheval et ne dépose pas les armes. Traqué, éperdu, hirsute, celui qui n'est plus désormais que l'Electeur de Saxe veut rentrer dans la guerre. Il fait un interminable crochet par la Hongrie, déguisé et sous une fausse identité, pour rejoindre les légions de Pierre le Grand, avec l'idée de trahir un petit peu encore, de fausser compagnie à ses alliés russes à la première occasion et de reconquérir Varsovie que Charles XII vient de quitter. Combats incertains à Grodno sur le Niemen et Charles XII est repris par son idée fixe : briser le sacripant de Dresde.

Cette fois, Charles XII, au lieu de s'époumoner dans les immensités de la Pologne, à la poursuite d'une armée de spectres, va frapper la bête dans sa tanière, en Saxe. Le 22 août 1706, il franchit l'Oder et galope vers Dresde. Son approche accable les Saxons qui croient que les guerriers de la guerre de Trente Ans sont sortis de leurs limbes et reprennent le combat suspendu un siècle plus tôt.

A Dresde, c'est la panique : toute la famille de Frédéric-Auguste prend ses jambes à son cou. On entasse les bijoux de la couronne et les trésors de l'Etat dans un château lointain. Le gouvernement saxon, en l'absence de Frédéric-Auguste, qui saute d'une armée à l'autre, et tente d'amadouer ou de trahir Pierre le Grand et Charles XII tour à tour, décide de s'agenouiller : la Saxe a sacrifié trente-six mille hommes, huit cents canons pour maintenir sur la tête frivole de son prince la ridicule couronne de Pologne, la Saxe en a assez, elle lâche son souverain et les Suédois entrent sans résistance à Leipzig puis à Dresde. Les ministres de Frédéric-Auguste signent à Alstranstädt, le 13 octobre 1706, près de Leipzig, une capitulation.

Charles XII est assouvi. Le Saxon est à terre, il a perdu sa couronne de Pologne et à présent, son repaire, la Saxe, est occupé par la Suède. Frédéric-Auguste fait le voyage d'Alstranstädt en novembre et s'incline devant son vainqueur. Les Suédois peuvent reprendre leur marche d'épopée vers la Russie. Sans doute, le sauvage guerrier de Stockholm pense-t-il à la Bactriane tandis qu'il prépare son armée à s'ébranler vers Moscou — mille cinq cents kilomètres de terres sans chemins ni villages, dans des forêts, des marécages, des rivières, dans la fin du monde. Avant de mettre la machine en marche, Charles XII s'offre un plaisir : incognito, il gagne Dresde où Frédéric-Auguste est revenu et se présente sans salamalecs au palais de l'Electeur. Frédéric-Auguste qui n'attendait personne est en robe de chambre. Il aperçoit l'homme infernal, Charles XII, un peu vieilli, glabre et chauve, impassible, presque monacal dans sa vareuse bleu foncé sans fanfreluches, avec sa culotte jaune et ses hautes cuissardes.

Les deux ennemis s'embrassent. Frédéric-Auguste, honteux de son négligé, enfile un manteau et l'on décide de faire une promenade à cheval sur les bords de l'Elbe, avant d'aller visiter ensemble l'étincelante collection de bijoux et d'objets précieux du Caveau vert (ces collections avaient été mises en lieu sûr, sans doute la paix a-t-elle permis de les récupérer). Le comte de Fleming, que Frédéric-Auguste a convoqué, fait, dans le dos du roi de Suède, des signes abracadabrants, un discours de sourd-muet, pour inviter son maître à profiter de la simplicité de Charles XII et à le capturer. Frédéric-Auguste voit ces signes, mais il arrive qu'il ait un peu d'honneur et il ordonne de seller sa propre monture et de raccompagner le roi de Suède chez les siens. Les officiers suédois, quand ils apprennent la témérité de leur roi, lui font des remontrances. Charles XII s'amuse : « Je me suis fié à ma bonne étoile, explique-t-il à son ministre le comte Piper, et à la loyauté du roi Auguste. » A un autre de ses courtisans, c'est le guerrier, l'homme de la mort qui parle : « Il n'y avait pas de danger, l'armée était en marche. »

XV

Le « cher petit mystérieux » n'y comprend rien. Son père est un roi de temps en temps et à d'autres moments un Electeur, se bat avec toutes sortes de peuplades et fait l'invisible. Sa mère est une abbesse luthérienne de Quedlimbourg, elle est toujours par monts et par vaux, elle s'épuise en fêtes, en artifices et en manigances. Elle a collé son moutard à des nourrices, des gouvernantes, des précepteurs. Peut-on appeler cela des parents ? Ce sont des parents de théâtre et d'ombre.

Le peu que possède Maurice de Saxe est un lieu de naissance, Goslar, mais il n'y a pas fait de vieux os et ses premières années, comme son père en découd avec Charles XII de Suède, cahotent sur toutes les routes de l'Europe du Nord. On le signale en Hollande, à Breslau, à Leipzig. Ses maîtres polissent son esprit qui est rocailleux et saugrenu : Maurice est assez calé en histoire et les sciences l'intéressent mais il a des conflits avec les langues vivantes. Un protestant français exilé en Allemagne, M. d'Alençon, lui enseigne le style de Racine, le résultat est décevant. Maurice ne fera jamais de progrès. Son orthographe est comique, restera comique, même après qu'il aura vécu à Paris et qu'il sera maréchal de Louis XV. En voici un échantillon, prélevé dans une de ses lettres de 1730, quand il aura plus de trente ans :

« Je vous aimme trop, mon cher comte, pour ne vous pas faire pars de se qui vien de m'arriver, j'ay etes elus duc suxesseur de Courlande et l'on ma defferres le gouvernement, juscasse le duc Ferdinand pusse aitre einvestis par le Roy, j'ai eu des conqu'rans tout pleins mais les Courlandes ont etes inebranslable, ny les promesse, ny les menasse, n'ont rien peu sur eux et j'ay etes elus unanimement. Vous vaires par lais copi si jointe la situassion, ou je me trouve et les droits des Courlendes, faite moy la grasse de m'écrire si le factoum ait bien resones et sil ait de votre gou, je suis encore n'ovisse en sais sorte d'ouvrage et votre suffrage me flateret baucoup... »

Aurore, depuis son abbaye, depuis ses fêtes, gouverne l'éducation de Maurice. Elle fatigue les précepteurs de ses courriers et, plus tard, Maurice recevra lui aussi beaucoup de lettres maternelles. Aurore, dès que Maurice est un peu grand, fait le siège de son ancien amant, Frédéric-Auguste, qui, de femme lasse, convoque son fils à Dresde afin de lui mettre le pied à l'étrier. L'entrevue a lieu à la fin de 1708, quand Maurice a douze ans. L'Electeur prend deux décisions énergiques.

La première est que le garçon est taillé pour le métier militaire. La deuxième est de le confier au plus brillant général de la Saxe, le comte de Schulembourg. Schulembourg est l'un de ces condottieri qui infestent les anciennes monarchies et dont plusieurs seront illustres. En ces âges, la nation est dans les limbes, elle attend le chambardement de 1789, et la patrie se confond avec l'allégeance au monarque. On change de pays comme on change de prince, comme on franchit une rivière, sans état d'âme. L'Europe est infestée de ces vagabonds luxueux qui se faufilent d'une capitale à l'autre, d'une armée à son ennemie. Bientôt, Maurice de Saxe rejoindra la compagnie de ces étincelants nomades.

Le plus célèbre de ces transfuges essentiels est le prince Eugène de Savoie-Carignan qui naquit à Paris, en 1663. Il est le fils d'Olympe Mancini, la nièce de Mazarin, mais, comme Louis XIV l'énerve, il se range au service de l'empereur : il ferraille contre les Turcs à Mohacs et Zenta et nous le retrouverons bientôt à la tête des légions impériales qui assaillent la France, aux côtés de Marlborough, en Flandre : il vaincra à Oudenaarde en 1708 et surtout à Malplaquet en 1709, avant d'être vaincu par Villars à Denain en 1712, ce qui ne l'empêchera pas de se lancer de nouveau à l'assaut de la France pendant la guerre de Succession de Pologne.

On multiplierait les exemples : le comte de Schauenbourg-Lippe sera le généralissime de l'armée portugaise. Le téméraire Steuben sera le bras droit de La Fayette en Amérique, sans oublier l'Ecossais Gordon qui forme l'armée de Pierre le Grand. Le prince de Ligne, qui naîtra bientôt en Belgique, en 1735, se battra pour Joseph II d'Autriche, pour Catherine de Russie, et sera l'un des meilleurs esprits de Paris. « J'ai six ou sept patries, dira Ligne, Empire, Flandre, Espagne, Autriche, Pologne et presque Hongrie car on est obligé de donner l'indigénat aux généraux qui ont fait la guerre aux Turcs et je l'aurai à la prochaine Diète. »

Le comte de Schulembourg, le précepteur que Frédéric-Auguste donne à son fils Maurice, est fait du même bois : un soldat grandiose, qui peut servir le trône de Pologne ou la République de Venise avec la même indifférence, le même dévouement et un honneur égal.

Maurice de Saxe, dans ses *Mémoires autographes,* se souvient de cette première entrevue avec son père et M. de Schulembourg. Frédéric-Auguste examine son fils, le trouve très bien, très costaud, le félicite et le fait boire. Ces formalités accomplies, il le confie à M. de Schulembourg : « Je veux que vous me secouiez ce drôle comme il le faut et sans aucune considération, cela le rendra dur au mal. Commencez, monsieur, par le faire marcher à pied du rendez-vous jusqu'en Flandre. » (En Flandre, les armées impériales, y compris les saxonnes, sous le commandement du prince Eugène précisément, assaillent les positions françaises.)

Maurice proteste qu'il préférerait trotter à cheval. Son père lui clôt le bec. Maurice ira à pied et Schulembourg ne souffrira pas qu'on porte ses armes : « Il a les épaules assez larges, décrète Frédéric-Auguste, pour les porter lui-même et surtout qu'il ne paye point de garde, à moins qu'il ne soit malade, très malade. » Le jeune Maurice trouve que son père « parle comme un Arabe » et il est soulagé de quitter Dresde.

Schulembourg, lui, n'a rien d'un Arabe. Sans considération pour les ordres de son maître, il fait grimper Maurice dans sa propre voiture et va se recueillir sur le champ de bataille de Lützen, près de Leipzig, où le roi de Suède Gustave-Adolphe était mort superbement en 1632, pendant la guerre de Trente Ans, en infligeant une défaite au commandant des forces impériales, Wallenstein. Le petit Maurice est bouleversé, s'exalte, sa tête fait des bruits de fanfare et il décide de poursuivre sa route à pied, arme sur l'épaule, sac au dos et les pieds en sang dans la campagne glacée, la campagne désespérée.

En Flandre, Schulembourg accorde un sursis à son disciple avant de le lancer dans la fournaise contre les régiments de Louis XIV. Il réussit à l'inscrire dans un collège de jésuites, à Bruxelles et en informe Aurore. La réponse est foudroyante : Aurore de Kœnigsmark, qui avait récemment convaincu son ancien amant, Frédéric-Auguste, de renier sa religion luthérienne afin de débroussailler le chemin du trône de Pologne, est intraitable à propos de son fils. Né luthérien, Maurice restera luthérien, telle est la volonté d'Aurore :

« Obligée, écrit Aurore à Schulembourg, d'éloigner le changement de religion autant qu'il sera en mon pouvoir, j'ose vous supplier, monsieur, de songer à un autre expédient. »

Maurice est privé de jésuites. Que faire? Il fait le soldat. Le soir de Malplaquet, en 1709, Maurice qui a treize ans s'éponge le front avec simplicité tandis que se débandent les troupes françaises de Villars enfoncées par celles de Marlborough et du prince Eugène, jette un coup d'œil majestueux sur le champ de ses exploits, et s'écrie : « Je suis content de ma journée! » Belle image et qui atteste que le futur maréchal de Fontenoy était déjà contenu, comme recroquevillé, dans le petit garçon de Malplaquet — avec le regret toutefois que cette scène splendide n'eut jamais lieu que dans le délire des chroniqueurs du temps et dans la défaillante, vaniteuse, mémoire de Maurice. Le futur maréchal de Saxe ne se mêla pas à Malplaquet.

C'est seulement l'année suivante, en 1710, que Maurice fait le coup de feu contre les Français au siège de Douai, d'Aire et de Béthune. Il y gagne ses galons d'enseigne puis de sous-lieutenant, quelle vélocité! Mais, enfin, il est fils de roi... La chronique dit que le prince Eugène, à la fin de cette première campagne, a prêché la prudence à Maurice: « Jeune homme, apprenez à ne pas confondre la témérité avec la valeur... » Autre légende?

Le sûr est qu'on peut s'amuser des boucles et des nœuds que le destin rocambolesque de Maurice de Saxe s'applique, dès cette époque, à entrecroiser : combattant à quatorze ans dans les bataillons du prince Eugène contre les troupes de Louis XIV, Maurice de Saxe, trente-cinq ans plus tard, commandera dans cette même Flandre les soldats de Louis XV contre les soldats du même prince Eugène.

Entre deux batailles et deux fautes d'orthographe, le sous-lieutenant Maurice de Saxe se consacre à d'autres activités. Il se forme dans un art qu'il pratiquera avec enthousiasme, toute sa vie, l'art d'aimer, et c'est de nouveau sous les auspices du prince Eugène qu'il lance ses premiers assauts. L'épisode a lieu à Lille où le commandant des troupes impériales a convié quelques officiers, dont Maurice. Au dessert, le prince Eugène reçoit des jeunes filles venues vendre des dentelles à la noble société. Une de ces jeunes filles, douze ans à peine, s'appelle Rosette Dubosan, elle est jolie, se dit Maurice, mais le prince Eugène ne veut pas de dentelle, Rosette reprend son panier et file tristement. Le cœur du jeune Maurice palpite.

Les jours suivants, Maurice s'informe. Il apprend que la mère de Rosette vient de mourir, juste après avoir achevé « une garniture de dentelles », celle-là que le prince Eugène avait dédaignée, et dont la vente devait servir à l'établissement de Rosette et de ses deux sœurs. Emu jusques au fond de l'âme, Maurice se débrouille de repérer Rosette, il lui fixe un rendez-vous. Tout de suite il confond, selon le mot incertain du prince Eugène, « la valeur et la témérité », il plante un gros baiser sur les joues de la fille qui rougit à toute allure et ne sait plus que faire après cela. Maurice est interloqué. Il faut avouer qu'il n'a pas l'habitude des femmes, il se les figurait autrement. Après une deuxième charge, Maurice bat en retraite. Les filles sont vraiment bizarres.

Une romance suit, de laquelle M. d'Alençon, l'autre précepteur de Maurice, nous peint les agréments. Après cette première échauffourée, Maurice attaque derechef. Les joues de la jeune fille changent de couleur à plusieurs reprises, elle balbutie, elle est trop frissonnante et se détermine à s'asseoir. L'espoir revient dans Maurice et l'espoir est récompensé. « Ce fut ainsi, dit d'Alençon, qu'ils se firent le mutuel sacrifice de leur innocence. » Tout est pour le mieux dans le meilleur des mondes. Les amours se prolongent trois mois, on fait de la « physique expérimentale » et Rosette est enceinte. Maurice la voit de temps en temps ou bien il lui écrit.

« Que ne suis-je auprès de vous pour essuyer les larmes que je ne verrais couler qu'à regret ! Le papier m'en a rendu fidèlement l'empreinte précieuse et je n'ai pu m'empêcher d'y mêler les miennes ; mais vos beaux yeux ne sont pas faits pour devoir pleurer... »

Maurice a un calendrier chargé. Il doit aller à Dresde et, quand il en revient, il a un cheval tué sous lui au siège de Tournai, un chapeau traversé d'une balle et il fait une entrée triomphale dans la ville délivrée, avec les troupes de Marlborough. Le même soir, un courrier de Bruxelles lui apprend que Rosette vient de mettre au monde une petite fille, une Julie. Maurice la vient embrasser en hâte, la reconnaît, rejoint ses soldats.

Le père de Rosette sent qu'il y a anguille sous roche. C'est un artisan qui est favorable à la chasteté de ses filles. Aussi, il enferme Rosette dans un couvent duquel la malheureuse ne sortira jamais. La petite Julie meurt quand elle a huit mois. Maurice n'est pas même informé et sa vie est tellement fiévreuse qu'il ne fait pas la moindre recherche.

Il n'oubliera pas la dentellière. Trente-cinq ans plus tard, il arpente de nouveau la Flandre, au moment de Fontenoy. Il est maréchal de France, il a fait « pleurer beaucoup de beaux yeux » avec une insouciance parfois odieuse, mais Rosette le hante. Il s'inquiète de sa première amoureuse. On lui dit que sa fille, Julie, est morte et que Rosette fut verrouillée dans un couvent. Si la dentellière est vivante ou bien morte, il ne le saura jamais.

XVI

Mlle de Kœnigsmark n'est pas aimée des chanoinesses. Elle bouge tout le temps, elle a des intelligences à la cour de Dresde, elle pleurniche sur son manque d'argent, elle n'est pas même de famille souveraine et se gaspille en mascarades.

Quand Pierre le Grand, à la fin de sa « Grande Ambassade », en 1698, fait un crochet par Dresde, Mlle de Kœnigsmark est de la fête. Comme Frédéric-Auguste, récemment couronné en Pologne, est à Varsovie, Pierre le Grand, en attendant de le retrouver à Rawa, est reçu, avec beaucoup de faste, par le prince de Fürstenberg. Et Fürstenberg, après avoir montré à son hôte russe le Kunstkammer Museum et le Caveau vert avec ses collections de pendules, d'outils, de livres rares et d'armures, donne un dîner intime en son honneur.

Intime, pour un Russe, même pour un Saxon, cela veut dire chants et brailleries, tintamarre, boustifailles et alcools. Mlle de Kœnigsmark a été conviée à ces intimités avec quatre autres dames. On se pâme à la musique des hautbois et des trompettes. Le Russe manque de crever le tambour sur lequel il tape comme un démon.

A Quedlimbourg, Aurore est plus débridée encore. Elle jette le désordre dans les dames. Son esprit folâtre, elle est friande de cérémonies. Les plus délurées de ses compagnes imitent ses effronteries.

Ces dérèglements consternent les petites cours de l'Allemagne car Aurore en énonce les blandices dans ses correspondances. Quand Alexis, le fils de Pierre le Grand, bien plus tard, en 1710, et comme il s'apprête à épouser la princesse allemande, Charlotte de Wolfenbüttel, que son père lui a choisie, fait escale à Dresde, les dames de Quedlimbourg honorent le tsarévitch, sous la vigilance de la mère abbesse, et c'est Aurore qui anime la soirée. Drapée à l'antique, à la manière d'une muse, elle récite un de ses poèmes. Les révérendes admirent mais ne bronchent pas. Elles n'osent pas applaudir car les madrigaux d'Aurore ont quelque chose de polisson. La chance est que la mère abbesse, qui est sourde comme un pot et dont les besicles sont mal réglées, se persuade qu'Aurore mime sainte Thérèse d'Avila et récite des psaumes. Elle crie son enthousiasme, ce qui permet aux dames de s'enchanter. Après que la mère abbesse a regagné sa chambre, on organise la sarabande. Quant à Alexis, dans quelques années, en 1718, il sera tué à coups de knout ou peut-être décapité à la hache sur l'ordre de son père.

Aurore fait quelques saisons de bains. Loin des yeux de la prieure, elle s'en donne à cœur joie, le plus souvent à Teplitz qui est une station à la mode, farcie de diplomates et de dames du meilleur ton. Aurore frétille, surtout quand elle peut se déguiser en déesse ou en nymphe. Imbattable sur la mythologie, elle « hante les bosquets de Cythère » et, si elle voit un jeune homme à cheval, c'est « Pégase qui passe ». Il lui plaît qu'un peu de dévergondage assaisonne les plaisirs.

« La société de Teplitz s'augmente remarquablement, écrit-elle ; la trompette de la tour nous a, ces jours derniers, signalé encore l'arrivée de divers grands personnages que Prague nous envoie. Vous imaginez si nos belles coquettes sont déjà sous les armes. Nous avons entrepris maintes parties de plaisir qui toutes ont eu la pluie pour dénouement. On a donné quelques dîners mais les convives s'y endormaient et je crains que ce ne soient là de mauvais antidotes contre la paralysie.

« Dernièrement, ces dames organisèrent une partie de bain où nous nous rendîmes couronnées de fleurs et déguisées en nymphes de Diane. Nous convînmes de choisir au sort celle qui ferait Diane. Ce fut Mme de Reisewitz. On avait déployé une tente au-dessus du bassin, et nous nous mîmes au bain deux à deux. A peine les belles ont-elles confié à l'humide élément leurs charmes recouverts d'un léger voile, que soudain une nymphe étrangère et renfrognée se montre à l'autre extrémité du bain. Jugez de la terreur, quand on s'aperçoit que cette vieille nymphe a de la barbe. Diane sonne aussitôt l'alarme et nous reconnaissons le vieux comte Trautmanssdorf, venu là pour surprendre à l'eau les aimables baigneuses et jouer un tour pendable à Mme de Reisewitz qui se mourait de peur.

« Mais nous ne sommes pas au bout. Le comte Isterlé apparaît alors en robe de chambre, en bottes fortes et coiffé d'un énorme bonnet d'astrakan. Nous l'éclaboussons de notre mieux, son bonnet tombe et le voilà changé en Actéon, avec un magnifique bois de cerf à la tête. Cependant, Diane et ses nymphes cherchent à s'enfuir, lorsqu'un nouveau trouble-fête se présente : c'est le comte Zwirbi qui leur barre le passage en les agaçant de mille façons. — N'allez pas prendre au moins ceci pour une fable car ce que je vous raconte est la pure vérité et vous pouvez y croire comme aux sentiments de vos obéissantes et fidèles nymphes. »

Ces lettres disent que la Suédoise, « ce diamant pur dans les ténèbres », « ce pauvre cœur saignant et brisé », ne s'est pas laissé abattre par l'infortune et l'on comprend que les dames vénérables de Quedlimbourg soient exaspérées par la « fraîche rose issue des ruines ». Cette rose est vraiment trop fraîche et de trop de couleurs. Dès qu'on apprend qu'Aurore pose un pied à Quedlimbourg, les galants prennent le chemin de l'abbaye et sans doute ils ne se perdent pas en prières et en génuflexions. Ils préfèrent aider aux divertissements que Mlle de Kœnigsmark favorise. La nuit, les pelouses de l'abbaye en voient de belles. Dans les bosquets, des seigneurs pourchassent des nymphes, des Apollon courent des Minerve, « voient les feuilles à l'envers », avec le concours des rayons bleus et obligatoires d'une lune préromantique. Aurore change d'âme avec ses chemises : elle se grime en druidesse ou en Melponyme, en paysanne de la Dalécarlie ou en Minerve. Travestie en Atalante, elle défie à la course le vieux duc Holstein-Beck.

Le chapitre de Quedlimbourg, outré de douleur, monte une cabale contre la « trop mondaine cénobite » : Aurore ne sera jamais élevée à ce rang d'abbesse qu'on lui avait généreusement promis. Mlle de Kœnigsmark n'en fait pas une fièvre. L'abbaye est un lieu aimable. Elle est commode aussi. Dans ses solitudes, Aurore trame la toile qu'elle tend sur toute l'Europe.

Elle veille sur son fils et sur son ancien amant ensemble. Pour ce dernier, Aurore a appris avec contentement qu'il a pu, grâce au soutien de Pierre le Grand, remonter sur ce trône de Pologne duquel Charles XII l'avait précipité en 1704.

Auguste II ne mène pas une vie édifiante, ni à Varsovie ni à Dresde. En Pologne, il retrouve les maîtresses de son premier règne, il en force de nouvelles : la comtesse de Lubomirsky succède à la fille du grand maréchal Bielinsky, puis la comtesse de Denhoff qui chante bien mais qui est une dévergondée, et la Corel, et la Dieskau, et la Osterhausen.

Quand Auguste II revient à Dresde, il peut compter sur Mme d'Esterlé, la remplaçante d'Aurore, qui n'est pas en peine d'amants cependant, et sur ses compagnes. Les courtisans tiennent l'état de ses plaisirs, ils calculent que leur prince a généralement cinq maîtresses au feu, et plusieurs autres mijotent. Les conseillers d'Auguste II admirent ces débordements.

Le comte de Vitzhtum fait une brillante analyse des liens qui unissent le sexe et la politique : « Comme Votre Majesté a deux maisons dont l'une est en Saxe et l'autre en Pologne, il serait juste aussi, pour que tout fût complet, qu'Elle eût une maîtresse dans chacun de ses Etats. Par là, Elle satisferait ses deux nations. Maintenant, les Polonais crient parce que Votre Majesté a une maîtresse saxonne ; si Vous l'abandonniez, Sire, pour prendre une maîtresse polonaise, les Saxons se plaindraient. Si Vous aimiez six mois en Pologne et six mois en Saxe, les deux nations seraient satisfaites. »

Dans son repaire, Aurore entend des échos. Elle ne frémit pas. Comme elle a elle-même le goût des voluptés et des extravagances, elle ne se froisse pas. A peine redoute-t-elle que les finances de son ancien amant, les siennes par conséquent, et celles du « cher petit mystérieux », ne soient abîmées par les appétits d'Auguste II.

Les Polonaises sont insatiables et Auguste II est nul en économie. Il suffit qu'on l'enchante, qu'on soit intrépide à la boisson et, si l'on est belle au surplus, il ouvre ses coffres. Dans un souper, il offre à sa dernière trouvaille une cassette de vermeil bourrée de bijoux, assortie d'un diplôme, manière de dire que cette personne est princesse de l'Empire. Pour une autre dame, il commande un palais dont les appartements s'accordent aux saisons : pour l'été, du marbre, et pour l'hiver, des planchers de laque de Chine. « Il y mettait pour trois cent mille écus de meubles et ceux qui y entraient croyaient voir un enchantement : ce n'était que vaisselle de vermeil, vases de cristal, lits de brocarts en broderie. »

Un prince pareil, c'est pain bénit pour son entourage : la cour de Varsovie devient une longue orgie. Les débauchés de Dresde font le voyage, ils s'encanaillent comme ils peuvent, mais ils ne rivalisent pas avec les grands fauves de Varsovie. Les dames les mieux nippées, les plus hauts seigneurs tâchent d'attraper quelques miettes du formidable festin. On pille Auguste II. Chacun tente de lui fourguer sa femme, ses filles, et la cassette royale est éternellement vide.

Aurore veut sauver son fils Maurice du naufrage. La noble conduite de celui-ci au feu, les exploits qu'il a accomplis au siège de Béthune ont impressionné le roi, qui finit par céder aux supplications de son ancienne maîtresse. Le 10 mai 1711, Aurore chante victoire. Elle écrit au brave Schulembourg : « Le roi a enfin reconnu le comte de Saxe par une recognition, signée de sa main, à tous les collègues de Dresde, et communiquée au Conseil privé, au Conseil de cabinet et à la Régence. Il lui donne avec cela un comté de dix mille écus de revenus. Jugez, monsieur, combien j'ai eu de bonheur dans mon voyage à Dresde. »

Un bonheur précaire, car les écus n'existent pas et Aurore bondit une fois de plus à Dresde pour accuser le Premier ministre d'Auguste, le vénéneux Fleming, de détourner les fonds à son avantage. Fleming, qui a des oreilles interminables, entre à ce moment-là dans la pièce, comprend, ne montre rien et arme sa vengeance.

Il court chez la nouvelle favorite d'Auguste II à laquelle il conte un roman : Aurore de Kœnigsmark, explique-t-il, a repris son empire sur le faible Auguste II, elle va regagner ses galons de favorite, que devenir ? La maîtresse en titre ne fait ni une ni deux, elle court à sa chambre, s'alite en vitesse et fait connaître son état, qui est tout à fait morbide, au roi. Auguste II la visite après le souper, il s'attendrit, la jeune femme est si faible ! Auguste ordonne la retraite immédiate d'Aurore. Du coup, la favorite d'Auguste va mieux. Elle retrouve des couleurs et, le lendemain, la comtesse de Kœnigsmark regagne son abbaye de Quedlimbourg. La maîtresse d'Auguste va de mieux en mieux.

Le jeune Maurice rejoint sa mère à l'abbaye, il s'y ennuie à mourir, revient à Dresde et accompagne son père aux armées. Il attaque Charles XII en Poméranie. Il est présent au siège de Stralsund avec un tel panache que son père éprouve une sorte d'affection pour son héroïque bâtard et l'autorise à lever en son nom un régiment de cavalerie : colonel à l'âge de quinze ans !

Ce régiment attaque, dès l'année suivante, en 1712, la dernière possession que Charles XII conserve en Allemagne, le duché de Brême dont l'aïeul de Maurice, le légendaire maréchal, le fondateur de la lignée guerrière des Kœnigsmark, avait été le gouverneur. Plus troublant : Maurice de Saxe force la capitale ducale, la cité de Stade, qui avait été créée par cet aïeul : pistolet au poing, Maurice pénètre dans le palais d'Agathenbourg où sa mère Aurore avait passé ses heureuses, mélancoliques, premières années et dont les ombrages obscurs abritent les tombeaux de tous les Kœnigsmark.

Le succès de Maurice est éphémère car Charles XII riposte et chasse les armées saxonnes du duché de Brême, mais Saxe se bat vaillamment. La moitié de ses officiers tombent, deux chevaux meurent sous lui, il sauve son régiment. Le roi de Pologne est si fier de son fils qu'il invite Aurore à revenir à Dresde d'où il venait de la chasser et à y passer l'hiver.

Aurore arrive dare-dare mais elle n'a guère l'occasion de caresser son fils car l'inaction ne réussit pas à celui-ci : sa gloire aidant, il est assailli par toutes les belles femmes de Dresde et il les assaille en retour. Il marche sur les brisées de son père, de sa mère peut-être. Aurore se tourmente : les femmes ont ruiné son ancien amant, voici qu'elles grignotent son fils, il faut mettre un frein à ces excès.

« L'oisiveté du comte de Saxe, écrit-elle au cher Schulembourg, est un état qui le perdra de réputation et de mœurs. Ne pouvant vivre que par emprunts, l'indigence l'expose tous les jours à des choses indignes de lui, dont la fin ne peut être que le désespoir. »

Elle médite de marier Maurice et, dans l'art matrimonial, elle va déployer des dons exceptionnels. Cet épisode nous aidera à enrichir son portrait : nous savons qu'elle était belle, courageuse, suédoise, gentille, voluptueuse, mythologique, ambitieuse, espiègle, calculatrice, snob, généreuse et poétique. Elle fut également féroce.

XVII

MAURICE de Saxe en est toujours à ses plaisirs et à ses bosses, à ses tambours, au corps de ses amoureuses et déjà son père avec sa mère se mettent en campagne, ils lui cherchent une fiancée. Toutes les héritières de la Saxe défilent sous leurs lorgnons : on évalue les jeunes filles, on les expertise et les soupèse, on ausculte leur immoralité, leur généalogie, leurs grâces, on fait tinter leur cassette. Maurice a le double travers d'être pauvre et luxueux, il faut qu'il épouse un trésor.

Le pactole est repéré. C'est une enfant de douze ans, Johanna-Victoria de Loeben, dont les vertus sont éminentes : elle est fille unique, et son père, le comte Ferdinand-Adolphe de Loeben, est le gentilhomme le plus riche de la Saxe, on se perd dans ses terres. Cette enfant est un diamant : pourquoi ne pas l'offrir à ce galopin de Maurice ?

L'ennui est que Maurice n'est pas seul. Autour de Johanna-Victoria de Loeben, il y a des années que les grands de l'Allemagne bourdonnent comme des abeilles devant un pot de miel. Longtemps, le plus opiniâtre fut l'un des premiers seigneurs de la cour de l'Electeur palatin, le comte Henri-Frédéric de Friesen (fils du maréchal comte de Friesen et d'une Française, la marquise de Montbrun) qui révérait Johanna-Victoria, il en était fou.

Cette robuste et naïve passion avait ému le père de la petite Johanna-Victoria de Loeben : en 1706, comme

Johanna-Victoria a huit ans, le comte de Loeben signe un contrat de mariage saugrenu. Il livre sa fille au comte Henri-Frédéric de Friesen, à condition « que le comte de Friesen sache gagner l'affection de l'enfant et la garder jusqu'à l'époque où elle deviendra nubile ».

Le vieux Loeben, maintenant qu'il a assuré l'établissement de sa fille, trépasse. Ce décès donne à sa femme, Mme de Loeben, une idée : elle se remarie. Elle épouse un lieutenant-colonel des armées de l'Electeur de Saxe, M. de Gersdorff. Ce lieutenant-colonel a la bosse des affaires : à présent qu'il possède la luxueuse veuve Loeben, il a envie du fabuleux héritage. Or, ce magot ira fatalement à la petite Johanna-Victoria, donc à son fiancé et futur mari, le comte de Friesen. Gersdorff déteste une pareille perspective. Et il se jure d'arracher la candide enfant aux griffes de ce voyou de Friesen.

Le lieutenant-colonel de Gersdorff se met à l'ouvrage : il commence par faire le siège de sa récente épouse, la veuve Loeben. Il l'assourdit de reproches, il lui fait honte : comment a-t-elle pu, l'année précédente, consentir que sa fille, cette enfant désarmée qui n'a pas même l'âge de raison, soit offerte à l'avidité du comte Henri-Frédéric de Friesen ? Quelle indélicatesse, et quelle violence faite à Johanna-Victoria ! Le lieutenant-colonel de Gersdorff qui est un homme sensible est vraiment peiné.

Gersdorff ajoute que cette promesse de vente matrimoniale est d'autant plus déplacée qu'existe justement, par chance, un autre jeune homme, épatant celui-là, désintéressé, et qui saurait fournir à Johanna-Victoria le bonheur qu'elle mérite. Et voyez, ma chère, précise à sa récente épouse le bon lieutenant-colonel de Gersdorff, voyez comme le hasard manigance bien les choses ! Ce jeune homme propre à donner des félicités à Johanna-Victoria est, par coïncidence, le neveu du lieutenant-colonel de Gersdorff, le lieutenant de cavalerie de Gersdorff, plein d'avenir, on restera en famille !

Mme de Loeben, à présent Mme de Gersdorff, est ébranlée par les éloquences de son nouveau mari, elle produit un peu de repentir et accorde que la précédente promesse de mariage fut extorquée, qu'elle ne vaut rien du tout puisque sa fille avait huit ans à peine, est-ce qu'on connaît son cœur à cet âge ? Elle déchire le premier contrat et la jeune fille perçoit un autre fiancé : le lieutenant de Gersdorff. Le nouveau contrat est signé en 1707 et celui-là est sérieux puisque Johanna-Victoria n'est plus une gamine, elle a neuf ans déjà.

Malgré tout, les Gersdorff craignent un peu les humeurs du comte de Friesen, qui sera bien dépité de voir la fortune de Loeben lui échapper. C'est pourquoi ils ajoutent au contrat quelques sûretés : le lieutenant de Gersdorff enlève Johanna-Victoria, avec la complicité de son oncle le lieutenant-colonel, la transporte en Silésie, dans la ville de Neuendorff. Là réside un ecclésiastique intelligent qui célèbre le mariage religieux. Comme on a de la moralité, on convient que le mariage ne sera consommé que dans quelques années. Tout est en ordre : dès que la demoiselle sera un peu nubile, le mariage sera effectif, et la fortune des Loeben se trouvera bien au chaud, dans le coffre de la maison Gersdorff.

Le comte de Friesen, brutalement écarté, est ulcéré. L'immoralité de la famille Gersdorff l'écœure. Il en appelle à l'Electeur, Frédéric-Auguste, en même temps qu'il introduit devant les tribunaux d'Eglise une action en nullité contre les scandaleuses noces de Silésie, une mariée si jeune, quelle vilenie !

Frédéric-Auguste et Aurore, qui s'escriment à caser leur garnement Maurice de Saxe, compatissent. Ils partagent les amertumes de ce pauvre comte de Friesen, ses indignations, et ils se proposent de dénouer l'imbroglio, d'une manière simple, quoique rude : en renvoyant dos à dos les deux prétendants à la main de Johanna-Victoria. Sonnera ensuite l'heure de Maurice de Saxe.

Pour commencer, Frédéric-Auguste décide qu'un de ses chambellans, M. de Ziegler, sera le tuteur de Johanna-Victoria de Loeben. Premier geste de ce tuteur : Mme de Gersdorff et sa fille Johanna-Victoria sont enlevées, conduites à Dresde, séparées l'une de l'autre, mises au secret et interrogées sans douceur. Un peu plus tard, le verdict tombe : Mme de Gersdorff a permis que sa fille âgée de neuf ans soit livrée au neveu de son second époux et mariée de force par un curé d'opérette et silésien à la fois, dans une cérémonie bouffonne, c'est très mal. Heureux encore que le sacrilège n'ait pas été consommé, ce qui permet au Consistoire de déclarer le mariage nul.

La petite Johanna-Victoria dit qu'elle est bien contente et elle signe de bon cœur un acte dans lequel elle avoue son aversion pour ce voyou de Gersdorff. Frédéric-Auguste achève la besogne : il convoque le lieutenant de Gersdorff, lui fait une scène grandiose et lui extorque la promesse écrite de renoncer à jamais à Mlle de Loeben.

Un marié de moins. Frédéric-Auguste s'attaque à présent au deuxième prétendant, le comte de Friesen. Avec celui-là, l'Electeur de Saxe ne prend pas de gants. Il convoque le jeune homme et lui demande son prix : combien de thalers ou d'écus pour abandonner ses droits sur sa minuscule fiancée ? Le comte de Friesen consulte son cœur, hasarde un chiffre, ce chiffre est accepté, l'affaire est dans le sac.

Le singulier est que le comte de Friesen coupe à la disgrâce. Frédéric-Auguste l'aime bien, il apprécie sa sagesse, son esprit pratique, sa bonne volonté. Dans quelques années, le comte de Friesen aura même le droit d'épouser une des nombreuses filles adultérines de Frédéric-Auguste, de sorte qu'il deviendra le beau-frère du futur maréchal de Saxe, un beau-frère très aimé. Plus tard, Maurice de Saxe s'affectionnera au fils du comte de Friesen et de sa demi-sœur bâtarde, son espèce de neveu en somme, auquel il léguera, à sa mort, le château de Chambord.

Frédéric-Auguste, probablement conseillé par la subtile Aurore, a bien travaillé. En moins de deux, il a fait place nette autour de Johanna-Victoria de Loeben. La petite fille est libre désormais de donner son cœur, en toute liberté, à l'homme qu'elle aimera et, par une nouvelle prévenance des astres, ce troisième fiancé sera le fils bâtard de Frédéric-Auguste de Saxe et d'Aurore de Kœnigsmark, ce Maurice, si brillant au combat, si intrépide dans les alcôves et si constant à se ruiner.

Maurice se fait tirer l'oreille. La fille est bien petite et elle manque d'appas. Frédéric-Auguste fait un peu de publicité, vante Johanna-Victoria et gronde son fils. Maurice se rend, en enveloppant sa défaite d'une piteuse boutade : « Soit, épousons Johanna-Victoria, épousons la victoire ! »

Johanna-Victoria est plus docile. L'enfant avait pris l'habitude des fiancés. Celui-ci n'est jamais que le troisième, un de plus, un de moins... Elle fait même un effort d'enthousiasme et dit qu'elle aime ce beau et fort garçon, ce valeureux soldat dont le père fut un roi et l'est redevenu. Elle écrit une lettre douce et mièvre : Johanna-Victoria sera éternellement attachée à Maurice, elle lui sera fidèle comme tout et ne veut pas même imaginer d'être privée de sa conversation. Quelques vers français complètent l'envoi. Ils sont larmoyants et nuls :

Que notre sort est déplorable
Et que nous souffrons de tourment
Pour nous aimer trop constamment !
Mais c'est en vain qu'on nous accable :
Malgré nos cruels ennemis,
Nos cœurs seront toujours unis.

On accélère les procédures. Le 1er mars 1714, les deux adolescents sont déclarés majeurs par un édit royal. Douze jours plus tard, le mariage est célébré au château de Moritzburg, près de Dresde. Décidément, Maurice de Saxe persiste à placer ses pas dans les pas de ses ancêtres.

Quelques mois plus tôt, il prenait d'assaut, contre les Suédois, le château d'Agathenbourg dans lequel sa mère Aurore de Kœnigsmark était née. A présent, il épouse une fillette sous les beaux ombrages de ce Moritzburg où, dix-huit ans plus tôt, Aurore s'était déguisée en Diane chasseresse pour s'accoupler au dieu Pan, Frédéric-Auguste, en attendant de concevoir un bébé que l'on baptisa Maurice précisément en mémoire de Moritzburg. Mais Aurore de Kœnigsmark n'est pas femme à se blottir dans sa mémoire. Les lettres qu'elle écrit dans ces semaines sont exemptes de mélancolie. Elles ne traitent que d'arrangements pratiques et de l'avenir de son cher fils.

Le jeune ménage, comte et comtesse de Saxe, rallie Dresde. Johanna-Victoria attend un bébé. Malheureusement, à l'exemple de son père Frédéric-Auguste, Maurice préfère les femmes quand elles ne sont pas enceintes. Il soigne son « spleen » avec des prostituées et du vin. Le 21 janvier 1715, la comtesse de Saxe, Johanna-Victoria, dit qu'elle a mal au ventre. Aussitôt, Maurice se souvient qu'il a prévu de faire une partie de traîneau sur l'Elbe, d'autant plus amusante que les glaces du fleuve commencent à fondre, ce qui ajoute du danger à la fête.

Tout se passe bien. Les badauds admirent le spectacle. Les chevaux vont comme le vent et la glace s'ouvre : les bêtes, le traîneau, Maurice de Saxe et ses deux compagnons s'engloutissent, ils se noient, on hurle, mais la tête de Maurice fait surface avec la tête d'un de ses deux amis et les deux garçons regagnent la rive. Le troisième larron est en train de couler. Maurice plonge encore et le sauve. Le temps de se réchauffer, de changer de vêtements et de rentrer à la maison. Johanna-Victoria a donné le jour à un fils, qui va mourir très vite.

Maurice est triste, il se rappelle qu'il y a une guerre contre les Suédois, aussi il rassemble son équipement et rejoint les armées. Avec cinq officiers et douze soldats, il se dirige vers

Sandomierz sur la Vistule où bivouaquent les forces saxonnes, mais il apprend en chemin qu'un armistice vient d'être signé et il décide de faire étape dans le *carthenar* (auberge) d'un petit bourg polonais, Crachnitz (en polonais : Krosniec).

Cet armistice était une ruse : les ennemis, une certaine faction polonaise, avaient tendu ce piège afin de s'emparer du fils d'Auguste, et, comme le gibier était de haute race, ils ont mis le paquet : huit cents cavaliers encerclent le village et convergent vers le carthenar, huit cents contre dix-huit. Maurice est en train de manger avec sa petite troupe, dans la cour, mais il en a vu d'autres et il ne plie pas. Après cinq heures de fusillade, les assaillants forcent le rez-de-chaussée. La cuisse de Maurice reçoit une balle. Trois soldats saxons expirent, Maurice fait crever les planchers et les assaillants sont canardés. Quand les munitions s'épuisent, la bande de Maurice frappe à la baïonnette, de haut en bas. Les ennemis retraitent, encerclent la maison, diffèrent d'attaquer jusqu'à l'aube. Pendant la nuit, les Saxons font une sortie : ils massacrent les sentinelles, bondissent sur leurs chevaux, font un enfer, terrorisent le village, tuent à l'aveugle et rallient l'armée saxonne à Sandomierz.

Cet exploit de « western » exalte la renommée de Maurice, c'est un dieu de la Guerre, mais quand la guerre éteint ses feux, Dieu retombe dans ses désordres. Dresde enregistre ses prouesses de boudoir et de cabaret, après avoir apprécié ses témérités.

Dans son coin, le Premier ministre de Frédéric-Auguste, le comte de Fleming, arme ses pièges : ce garnement de Maurice donne des verges pour se faire fouetter, donc pour fouetter sa mère, cette Aurore qui fut dédaigneuse. Sous le prétexte de difficultés budgétaires, Fleming dissout le régiment du colonel Maurice de Saxe, et agrémente sa résolution de quelques perfidies : « Je crains que par une fâcheuse complaisance vous ne le gâtiez et ne détruisiez ce qu'il y a encore de bon dans son naturel », dit-il à Mme de Lowendal venue à la rescousse du beau Maurice. Celui-ci, qui tient à son régiment comme à ses yeux, sollicite son père de le rétablir dans son grade. L'entrevue est brutale.

« L'insistance, observe Auguste II, conduisit la comtesse, votre mère, à Quedlimbourg.

— Sire, la comtesse ma mère est une femme, elle ne pouvait punir les traîtres et il n'y a pas d'abbayes pour envoyer en exil les colonels de cavalerie.

— Non, monsieur le comte, mais il y a le château de Kœnigstein où sont détenus les prisonniers d'Etat. »

Ulcéré par son père, Maurice pense à sa femme, il la rejoint dans une de ses belles propriétés, languit, constate qu'il préférerait la prison d'Etat au compagnonnage de Johanna-Victoria, après quoi la chronique perd sa trace, s'embrouille dans plusieurs traces. Les uns repèrent le futur maréchal de France en Hongrie, où il marche contre les Turcs sous les ordres de l'inévitable prince Eugène. Maurice lui-même a nourri cette légende puisque, dans le livre qu'il écrira plus tard, *Mes rêveries,* il ne recule pas à donner un récit de la bataille de Belgrade, en août 1717. Mais, le titre de l'ouvrage, *Mes rêveries,* en dit plus que l'ouvrage lui-même. Maurice fut un intrépide, impénitent et innombrable rêveur : sans doute la bataille de Belgrade fut-elle une de ces chimères desquelles il aimait à se bercer.

XVIII

MAURICE est un jeune homme efficace : en quelques années il détruit l'immense fortune de sa jeune femme. Celle-ci est aux abois, elle demande asile à sa belle-mère, Aurore, qui l'abrite à l'abbaye de Quedlimbourg. Entre les deux femmes, c'est lune de miel : « Pour Mme la Comtesse de Saxe, écrit Aurore de Kœnigsmark en février 1719 au roi de Pologne, il y a déjà près de quatre mois qu'elle s'est réfugiée auprès de moi dans l'abbaye, tous ses revenus étant pour les créanciers. Je lui dois trop d'amitié pour ne pas partager avec elle le peu que j'ai. »

Quatre mois de complicité entre Aurore et sa bru, amour, tendresse, effusions et, du jour au lendemain, voilà la haine : la radieuse Johanna-Victoria n'est plus qu'une coquine, une gourgandine ! Les deux femmes se haïssent. Johanna-Victoria décampe de l'abbaye de Quedlimbourg et déverse sur le roi Auguste II ses lamentations. Elle le supplie de lui rendre l'affection de son cher époux, Maurice de Saxe. Mais, surtout, elle recommande que l'on se méfie d'Aurore, qui est une vipère et dont l'esprit est fait d'adresse et de méchanceté. « Votre Majesté connaît l'esprit de la comtesse de Kœnigsmark qui est capable de démêler les secrets les plus mystérieux. Ainsi elle peut juger dans quelle situation je suis, craignant à tout moment d'être découverte. »

Que s'est-il passé entre la belle-mère et sa bru dans la thébaïde de Quedlimbourg ? Rien n'a filtré de cette bataille de femmes, dans ce lieu clos, voué à la prière, à la solitude, et pourtant habitué des plaisirs, des travestis et des fadeurs de la mythologie. On imagine des mots glacés et qui meurtrissent, des bouderies, des flatteries de serpents, des perfidies, des traquenards et qu'on échangeait des pestes, mais ce combat de mort se trame dans le désert, loin des annales, et les paroles en sont allées, et nous entendons des silences.

Des témoignages disent que la jeune Johanna-Victoria, dans l'abbaye de Quedlimbourg, se conduit en souillon : elle se livre à la débauche, elle s'offre impudiquement à des amants infâmes, un peu comme lady Chatterley, dans deux siècles, jouira d'un garde-chasse. Johanna-Victoria est plus perfectionnée que lady Chatterley : elle se spécialise dans les palefreniers et dans les gens de service plutôt que dans les hommes des bois, et puis, lady Chatterley brûlait d'amour pour un seul garde-chasse quand Johanna-Victoria, plus vicieuse, plus goinfre ou plus tourmentée, refuse de trier et se livre à n'importe quel homme pourvu qu'il soit d'extraction vile et que ses exploits soient publiés.

On conçoit mal que ces manières aient indigné Aurore de Kœnigsmark. Ce siècle était dissolu, vaniteux et téméraire. Il était régulier que de grandes dames consolent leur solitude avec des amants de rencontre, des domestiques de préférence, à condition qu'ils fussent beaux et rustiques, et Aurore, nous la devinons peu scrupuleuse en ces matières, complaisante à tous les défis et enfin, si son fils Maurice de Saxe courait les tripots, pourquoi l'épouse délaissée n'eût-elle pas arpenté des chemins cahoteux ?

En revanche, il est apparent qu'Aurore, toujours obsédée par les bonheurs de son fils, redouta les scandales de l'abbaye de Quedlimbourg et qu'ils n'éclaboussent Maurice, ne compromettent une carrière resplendissante. Le mariage avec Johanna-Victoria avait été combiné pour donner à Maurice de Saxe l'argent et la respectabilité sociale qui lui manquaient. Or, l'argent des Loeben, Maurice l'a déjà avalé et sa femme se conduit comme une servante. Pourquoi insister ? Aurore de Kœnigsmark est une tête bien faite et très réaliste, un stratège froid : si une bataille est perdue, on se replie en bon ordre et on porte son attaque sur un autre point. Mieux valait anéantir le détestable ménage. On ne rafistole pas un désastre.

Une autre hypothèse a circulé, plus perverse : Dresde chuchote que, durant les quatre mois fatidiques de Quedlimbourg, les quatre mois de lune de miel, Aurore a elle-même organisé les vertiges de sa bru, elle l'a poussée à la débauche, elle l'a ravitaillée en jeunes mâles.

Le roi de Pologne harcelé par Johanna-Victoria, agit avec mollesse. Il se résigne à provoquer une rencontre entre les époux ennemis et cette rencontre est vaine. Maurice est implacable. A sa femme en pleurs, il dit : « Je sais, Madame, que vous vous plaignez de moi au monde entier. S'il vous plaît que nous nous séparions, j'y consens. Mais, si vous voulez rester avec moi, je vous préviens que vous serez obligée de vous régler selon ma volonté. Votre conduite ne m'agrée en aucune façon et je saurai bien la faire changer. Vous avez jusqu'à demain pour prendre une résolution. »

Johanna-Victoria fait des yeux ronds. Elle soupçonne qu'Aurore est une Parque, plus ou moins jeune, tisse les fils du destin. Son horreur de la chanoinesse en est multipliée : « Plutôt que de me rendre son esclave, j'aimerais mieux me résigner au pain et à l'eau. » On attend la rupture. Or, c'est le contraire qui advient : les relations entre les deux femmes ne sont pas interrompues. Elles se poursuivent. Elles vont s'exaspérer jusqu'au crime.

En ce début de l'année 1720, Aurore de Kœnigsmark s'installe à Dresde, avec une jeune dame de compagnie, Mlle Rosenacker, une beauté de plus. Sa belle-fille, Johanna-Victoria de Saxe, ne reste pas inerte : elle s'ingénie à charmer cette Mlle Rosenacker, avec le projet de posséder ainsi une alliée, une espionne ou une exécutrice des basses œuvres dans la maison de son ennemie Aurore, et elle arme un guet-apens : à Mlle Rosenacker, Johanna-Victoria fait savoir qu'un très grand personnage l'a remarquée et serait flatté de la rencontrer à la promenade, mais qui est-il, ce grand personnage ? Eh bien, il pourrait s'agir du roi en personne... Du roi Auguste ? Oui, du roi Auguste ! Ciel ! La jeune Rosenacker frissonne, elle ne sait pas que faire : ouvrir une liaison avec Auguste II ou bien faut-il s'en défier ? En plein désarroi, Mlle Rosenacker se confie ingénument à sa maîtresse, à Aurore, qui a quelque expérience des dédales du cœur humain et de ceux du roi de Pologne. Le conseil d'Aurore est stupéfiant : « Il faut faire plaisir à ce grand roi, conseille à la Rosenacker l'ancienne maîtresse de Frédéric-Auguste, sans se mettre en peine du reste... » Munie de ce curieux avis, Mlle Rosenacker est aux anges. Elle affûte sa toilette.

Instruite de ces dispositions, Johanna-Victoria de Saxe triomphe : par cette amourette, elle va s'asservir Mlle Rosenacker et l'utiliser ensuite à ses desseins qui sont noirs. Le pétard fait long feu, cependant, car le roi de Pologne ne vient pas au rendez-vous. Mlle Rosenacker est humiliée. Comme elle est convaincue que Johanna-Victoria a monté toute la comédie pour se moquer d'elle, elle va pleurer dans les jupes d'Aurore à laquelle elle livre son secret. Et ce secret est terrible.

Ce que la Rosenacker raconte à Mlle de Kœnigsmark est abject : quelques jours auparavant, Johanna-Victoria de Saxe a remis à Mlle Rosenacker deux boîtes pleines d'une poudre blanche, une poudre composée par un Vénitien qui réside à Vienne. Et Johanna-Victoria avait exposé sa tactique à la dame de compagnie. Une tactique très simple. Mlle Rosenacker n'avait pas grand-chose à faire. Johanna-Victoria lui suggérait à peine de verser le contenu de la première boîte dans le café de Maurice de Saxe, mais aucun danger : le

Vénitien avait dosé le poison de sorte qu'il tue à retardement, dans quatre mois, c'est-à-dire pendant que Maurice de Saxe, qui se prépare à voyager, ferait la jambe fine à Paris, et bien malin qui découvrirait le pot aux roses.

Maurice une fois mort, la deuxième partie du plan s'enclencherait : Aurore de Kœnigsmark serait au désespoir de la mort de son fils, elle dépérirait, et Mlle Rosenacker ferait alors boire à sa maîtresse Aurore la deuxième boîte de poison. Aurore périrait à son tour et chacun mettrait cet autre décès sur le compte du chagrin. Johanna-Victoria de Saxe serait enfin libre. Pour l'heure cependant, Johanna-Victoria est bien embêtée car la dame de compagnie est scandalisée et se cabre : Mlle Rosenacker refuse de prêter la main à ce crime. Johanna-Victoria réplique par une sainte colère et tente d'administrer de force le poison à Mlle Rosenacker, du moins si l'on en croit ce que raconte Mlle Rosenacker à Aurore, bien qu'un doute demeure. Ce groupe de dames est un nid de canailles ! En vérité, si Mlle Rosenacker avait pu se glisser dans la couche d'Auguste II, qui sait si la dame de compagnie n'aurait pas versé le poison ? Qui sait si Maurice et sa mère ne seraient pas morts ? Qui sait si Maurice de Saxe aurait commandé les troupes de la France à Fontenoy ?

Johanna-Victoria a peur. Elle se réduit à une entrevue avec son ennemie, sa belle-mère. Elle explique à Aurore que Mlle Rosenacker est une ordure, une cervelle morbide, capable d'inventer des noirceurs et elle calomnierait les anges. Aurore ne bronche pas. Elle fait mine de croire au mensonge mais elle envoie déjà à son fils Maurice de Saxe, qui vient de partir pour la France, une lettre : « Il faut lâcher la bride à la comtesse de Saxe, dit Aurore à son fils, elle se perdra infailliblement ! » Cette lettre confirme les ragots de Dresde et qu'Aurore aida à l'avilissement de sa bru. Chère Aurore ! Fut-elle jamais cette pure fleur venue des glaces que le XIXe siècle nous a complaisamment décrite ? La fleur est un peu vénéneuse à présent. A cinquante ans, l'abbesse de

Quedlimbourg passe à l'aveu : elle consent qu'elle est de la race des Platen, des abbesses de Castro ou des romantiques éperdues de Barbey d'Aurevilly : une diabolique.

Aurore n'a pas fini son ouvrage. Sans doute, Johanna-Victoria commence à rôtir mais elle respire encore. Il faut pousser les feux et Aurore s'y attache. Il est vrai que Johanna-Victoria lui donne des verges pour se faire fouetter : elle ne trouve rien de mieux que de quitter Dresde, de filer à Leipzig en la compagnie d'un nouvel amant. Cette fois, elle n'a pas choisi un palefrenier mais, par une insolence subtile, un page de son mari Maurice de Saxe, un page déserteur et qui, de surcroît, porte le nom de Iago.

Informée par ses gens, Aurore se frotte ses mains de chanoinesse et se complaît à raconter la nouvelle turpitude de sa bru à son ancien amant, dans un rapport écrit en français et conservé aux archives de Dresde, indubitable par conséquent :

« Sire, on se croit obligé de donner un avis à Votre Majesté en vue de l'intérêt qu'Elle pourrait y prendre, dût-il ne lui servir qu'à titre d'information fidèle. Mme la comtesse de Saxe, après le départ du comte, continuant son train de vie avec d'autant moins de précaution qu'elle espérait ne pas le voir revenir avant plusieurs années, fit un voyage incognito à Leipzig, où elle retrouva le page déserteur du comte son mari, un nommé Iago, qui déserta si mal à propos de chez le comte de Saxe, sans qu'on ait pu en pénétrer la raison. »

Ce Iago n'est pas un personnage sulfureux. C'est un play-boy, un godelureau vaniteux de sa toilette et qui s'affiche beaucoup en effet à Leipzig avec Johanna-Victoria. Les deux tourtereaux font retraite dans une des propriétés de Johanna-Victoria, en Lusace, au scandale des domestiques, prétend Mlle de Kœnigsmark, jusqu'au jour où l'on apprend que le comte de Saxe revient de Paris. Et comme la force et la sauvagerie de Maurice de Saxe sont réputées, Iago, qui est un adepte de la non-violence, boucle son bagage et court chez un des cousins de Johanna-Victoria, en Silésie, où les amants recommencent leurs frasques. La douce Aurore termine sa lettre : « Un voyage si scabreux pour l'honneur du Comte ne peut qu'avoir des suites très fâcheuses. »

Le roi de Pologne, qui en a plein les bottes, demande des explications à la comtesse de Saxe, Johanna-Victoria. Celle-ci fait l'innocente et la martyrisée mais le Premier ministre Fleming a intercepté une lettre dans laquelle Johanna-Victoria fait des confidences maladroites : « Une jeune personne peut bien faire une faute pourvu qu'elle se repente et se corrige. »

Tout le monde est sur les nerfs. Il faut bâcler un dénouement, c'est-à-dire un divorce, bien que la comtesse de Saxe n'y consente point. C'est Maurice qui prend les choses en main : il se fait surprendre en flagrant délit d'adultère avec la femme de chambre de Johanna-Victoria, les domestiques sont vraiment très utiles, dans cette famille. On a même prétendu que Maurice fut ensuite condamné à mort pour adultère mais qu'il trouva un décret de grâce d'Auguste II plié dans sa serviette au cours d'un dîner, ce qui est invraisemblable : la Saxe était galante, pouvait-elle fusiller tous ses libertins ?

L'adultère précipite les opérations. Johanna-Victoria accepte le divorce pourvu que les torts soient imputés à son mari. Séance de conciliation. Johanna-Victoria décline les forfaits de son époux et, comme le juge demande à Maurice s'il a quelque chose à ajouter, « Absolument rien », dit Maurice et, après un silence :

« J'avoue que notre affection mutuelle n'a jamais été bien vive ; mais la comtesse n'a rien exagéré ; les faits dont elle se plaint sont parfaitement exacts. »

Le mariage religieux est dissous. Les torts sont à la charge de Maurice. La jeune femme reçoit le droit de se remarier. Instruite par les périls, elle sera une épouse excellente. Quant à Maurice, son bonheur est au comble : « Un grand homme l'a dit, écrit-il à son père, on n'a que deux bons jours, l'entrée et la sortie ; mais cet honnête homme voulait faire des vers et il fallait trouver un jeu et une cadence, car il m'a paru que la sortie est infiniment meilleure que l'entrée. »

Maurice de Saxe commence à avoir une bonne pratique des choses humaines : il a goûté à la guerre, il l'a aimée et il la fera longtemps. Il a connu des amours contrastées, avec des putains, des soubrettes ou des dames, il les a aimées, et il consommera toute sa vie, en glouton, le corps des femmes. Il a traversé le mariage, comme un météore, il ne l'a pas aimé et il en est guéri, on ne l'y reprendra plus. Dans quelques années, Mme de Pompadour, qui l'adore et qui aime bien marier les gens, s'efforcera de le convertir : « Une femme n'est pas un meuble propre à un soldat », dira-t-il.

XIX

MAURICE a vingt-quatre ans, il est à Paris. Depuis un siècle, les Kœnigsmark sont accoutumés de faire ce pèlerinage. La France illumine l'Europe : toutes les cours de l'Allemagne singent Versailles et Paris n'est-elle pas la ville des philosophes, encore que, à la philosophie, Maurice de Saxe préfère les tambours. Le bretteur de Malplaquet et de Czernitz se penche moins sur *Le Projet de paix perpétuelle* de l'abbé de Saint-Pierre, les *Réflexions sur la critique* de Houdar de La Motte ou sur Lesage avec son *Histoire de Gil Blas de Santillane,* que sur les jeunes femmes dépoitraillées. Il aime mieux le bruit des canons et les « chevaux de trompette » que le recueillement des bibliothèques mais Aurore a voulu que son fils prenne l'air : en cette année 1720, Aurore de Kœnigsmark s'occupe à mettre le couteau dans la gorge de sa bru, Johanna-Victoria, et le plaisir aime la solitude.

Maurice choisit Paris car la France n'est pas seulement terre de poètes et de philosophes, elle est aussi terre de guerriers. Le jeune homme y trouvera un usage à ses chimères. Le père de Maurice, Auguste II, est bien de cet avis : il approuve le voyage de Maurice. La France a toujours une échauffourée en réserve et, quand elle s'assoupit, elle ne dort que d'un œil. Elle peut faire patte de velours en Espagne mais c'est qu'une guerre mitonne, Dieu merci, contre l'Angleterre, la Hollande ou l'Empire.

On craignait que le Premier ministre Fleming, dans sa

rancune, ne se jette à la traverse du projet, mais Fleming est sournois, il pousse à la roue. Il n'est pas fâché d'envoyer Maurice au danger et le fait savoir à son maître, en accommodant son approbation d'une cruauté : « La pensée qui est venue au roi, écrit-il, touchant M. le comte Maurice de Saxe est très bonne et très juste, pourvu qu'il s'y applique ; car, comme il y a bon moyen d'y apprendre quelque chose, il y en a même d'oublier ce que l'on a appris. »

Fleming est obstiné et transparent : il s'attend que Maurice de Saxe perde à Paris le peu de tête qui lui demeure. Son calcul se soutient. La France a bien changé depuis quelques années. Au Versailles perclus, crépusculaire et funèbre de Louis XIV, confit en austérités et en hypocrisies, engourdi comme une cérémonie, a succédé le Paris étincelant, nerveux, de la Régence. La capitale de l'éternité est devenue celle de l'éphémère. Le 25 août 1715, quand Louis XIV sait qu'il va passer, il exige que rien ne soit modifié à l'ordonnance des journées, que les mêmes hautbois et tambours, les mêmes violons fassent les mêmes musiques dans son antichambre. La mort du souverain, même, n'était pas autorisée à détraquer la mécanique des choses.

La Régence est au contraire. Elle est fille du temps, elle s'invente des traditions et les sacrifie à mesure des minutes qui passent, en recueille le sang pour nourrir d'autres jeux. Les modes naissent, scintillent et meurent, comme des phalènes, dans les lueurs d'une autre nuit, dans une aube inattendue. Les jours prennent la place des années. Les rues de Paris, les petits appartements aux soies rose et or, les boudoirs, les sofas et les ottomanes qui ont détrôné les cagibis cendreux de Versailles sont des bonheurs. Les cheveux deviennent courts, on aperçoit des chevilles, les robes en tissus venus des Indes sont souples et miroitantes, elles glissent sur les seins, sur les tailles délivrées.

Paris est une magie : les femmes avec leurs coiffures de diamants et le cliquetis de leurs hauts talons, leurs visages trop fardés et leurs yeux renversés, goûtent au sacrilège, elles tremblent, c'est si bon ! Elles rient, elles provoquent, elles font des enfances. Elles masquent leurs âmes avec les loups de velours noir, avec les dentelles, sous lesquels on s'invente chaque soir une nouvelle mémoire. Elles commettent des péchés. Elles frétillent si les seigneurs, les roués, font des plaisanteries de corps de garde, rivalisent en ordures et se flattent de leurs surnoms, « le Braquemardus », « la Caillette triste » ou « la Caillette gaie ».

On profane les corps, on célèbre des ballets de nymphes et d'éphèbes nus. Les chairs se mélangent : dans le méli-mélo des seins et des lèvres, des épaules et des cuisses, une chatte ne retrouverait plus ses petits et, tout à l'heure, dans la lumière exténuée des bougies, les grands laquais impassibles, les « mirebalais », dépouilleront leurs habits écarlates, s'avanceront vers les sofas pour piller le corps des belles énervées. En somme, avec un peu de cérémonie en outre, les grandes dames et les comédiennes du Palais-Royal ne procèdent pas autrement que Johanna-Victoria sous les palefreniers et les valets de ferme de Quedlimbourg. Paris a choisi le rire, les échelles de soie, le sacrilège et le travesti, le vin de Champagne, le hasard et l'outrage, et Fleming attend avec gourmandise les comptes rendus des agents secrets qu'il entretient à Paris pour y connaître la déchéance du comte de Saxe.

Le comte de Saxe est bien reçu du Régent. Il a plus de succès encore auprès des dames mais le vrai péril n'est pas celui des alcôves dont Maurice connaît déjà les abîmes. Paris lui tend des trappes plus vertigineuses, à cause de ce bel Ecossais, ce Law, qui jongle avec l'or, fabrique un bourgeois avec un faquin, jette sur la paille un financier, attire rue Quincampoix, rue aux Ours, rue Aubry-le-Boucher, des foules hallucinées — prêtres et princes, laquais, marchandes à la toilette marquises, soubrettes ou chevaliers. Paris est un tumulte. Tous les mauvais garçons du royaume, vigiles, freluquets, officiers de police ou compagnons de Cartouche plongent dans la cohue, sous le regard étincelant des banquiers, nichés là-haut, comme des rapaces de nuit, dans leurs cages de fer.

En mars 1720, le comte de Horn, un gandin effronté, parent de la princesse Palatine, attire un agioteur dans la taverne de « L'épée de bois », rue aux Ours, le tue, le dévalise et nargue les policiers qui l'ont arrêté. De Horn est un habitué du scandale : il est illustre et drôle pour avoir pénétré dans une église, au milieu d'un service mortuaire afin de faire boire du vin au cadavre, et cette fois les spadassins lui cherchent noise et le comte de Horn en a du chagrin : un Grand n'a-t-il plus le droit de plaisanter en égorgeant de temps à autre un financier, ce serait le monde renversé, mais le monde, précisément, est renversé et, six jours plus tard, le comte de Horn, apparenté à la famille royale, est rompu en place de Grève.

Dans ces désordres, Maurice allait-il naufrager ? Allait-il s'extasier, courir de la rue Quincampoix à la cour de la Banque, rue de Nevers, puis au bivouac sordide de la place Vendôme où bientôt Paris cuvera ses mauvaises ivresses ?

Maurice est calme. S'il participe au délire, c'est en aimant les femmes plus qu'en spéculant sur les villes du Mississippi, le port de L'Orient et les plumes des Indiens. Pourtant, il ne peut pas faire l'amour sans interruption, et il se donne des récréations. Il sacrifie à une autre marotte parisienne : il joue. C'est un joueur sans fin. Ses ressources s'évaporent et, comme il est en train de perdre sa femme, avec sa dot, il a vite touché le fond de sa bourse. Aurore est accablée de ses demandes de subsides. Le ministre de Saxe en France, le comte de Watzdorf, s'alarme. Il donne à Auguste II le conseil de rapatrier à Dresde ce fils incommode. Auguste II ne veut pas entendre : d'autres informateurs lui ont soufflé que le Régent aime bien le comte de Saxe et, peut-être, une belle carrière militaire se dessine.

L'Electeur ne se trompait pas. Le Régent, qui lui-même fut un homme de guerre, a du flair : il devine un grand soldat. Il invite Maurice à servir en France et, s'il faut convaincre le père de Maurice, le Régent nomme le comte de Saxe maréchal de camp avec un traitement de dix mille livres, en date du 7 août 1720. C'est une décision extravagante : Maurice a tué des soldats français en Flandre, il n'y a guère, sous les bannières du prince Eugène, il est allemand, luthérien par-dessus le marché, et voici qu'on l'enrôle dans les armées de la France.

Les courtisans des Tuileries couinent contre cet étranger et ils couineront très longtemps : la hargne des Grands contre le bâtard, contre le renégat, ne désarmera jamais. Plus tard, en 1745, le coup de tonnerre de Fontenoy, même, n'étouffera pas la jalousie, il l'attisera. Toute sa vie, Maurice sera traqué par les grands de France, et quand il va mourir, dans trente ans, au fond de la forêt de Chambord, qui sait si l'un des plus grands noms de la France, le prince de Conti, Louis-François de Bourbon, ne l'aura pas saigné ? Mais, pour l'heure, Maurice est un insouciant : il a la faveur du Régent, il adore la vie dissolue de Paris et les nuits vacillantes, il est étourdi de succès, les femmes sont caressantes et les jaloux qui aboient à ses basques, il les entend à peine ou bien il s'en distrait. Il empoche le brevet de maréchal de camp pour se faire acclamer à Dresde.

A Dresde, le roi se réjouit des réussites de son fils. Il ne pavoise pas : un brevet de maréchal de camp, c'est très bien mais le titre est honorifique et, si Maurice veut de la gloire, il lui faut un régiment.

Qu'à cela ne tienne : Maurice va chercher un corps de troupe en jachère et celui qu'il guigne est illustre : le régiment de Grader dont le propriétaire — le baron de Spaar, un Suédois — est vorace : il exige un prix fabuleux, 35 000 thalers. Maurice fut toujours désintéressé. Il ne va pas mélanger la gloire avec les sous. Il achète sans marchander, noblesse oblige. La difficulté commence au moment de payer car Maurice n'a pas un écu. Fleming enrage : « A ce prix, nous aurions pu le faire lieutenant-général et lui donner même deux régiments. »

Aurore est sollicitée mais Aurore, dans son monastère, tire le diable par la queue et se retourne vers son ancien amant. Elle s'attache à attendrir Frédéric-Auguste par le rappel de leurs félicités. Cette femme si maîtrisée n'hésite pas à ranimer le souvenir des nuits sorcières de Moritzburg : « J'ai pris la liberté, Sire, de vous donner autrefois les noms de " roi généreux ", " père adorable ". Des expressions plus touchantes ne seraient peut-être pas reçues et siéraient mal à ma bouche ; si pourtant Votre Majesté faisait quelque estime d'un cœur rempli de vénération, attaché sincèrement au mérite de sa seule personne, Elle m'accorderait facilement ce que je viens de Lui demander. »

Frédéric-Auguste accorde. Il donne l'ordre d'acheter le Grader, il le paiera rubis sur l'ongle, avec sa cassette particulière, on ne lésine pas chez les Saxe. On lésine si peu qu'Auguste II découvre tout à coup que sa cassette ne contient pas un seul thaler. Il ne bronche pas : il vend une terre et achète la troupe de Grader.

Maurice peut rallier Paris, avec son beau régiment neuf. Il est heureux et ce paresseux se fixe un monumental programme d'études : certes, il est habile déjà et téméraire au combat, mais, pour commander une troupe, il faut quelque science. Maurice s'exerce aux mathématiques, s'initie aux fortifications, à la construction des ponts, au ravitaillement des troupes.

Reçoit-il également des leçons d'orthographe ? Mystère, car son orthographe demeurera toujours impénétrable, et puis fait-on manœuvrer les soldats avec les imparfaits du subjonctif ? Maurice invite le plus grand stratège du temps, le chevalier de Folard, à une revue. Les soldats sont parfaits, ils exécutent les figures subtiles que Maurice a imaginées et Folard exulte. Folard, comme le Régent, pressent que ce garçon est un soldat inspiré, il le proclame : « ... un des plus beaux génies de la guerre que j'ai connus et l'on verra, à la première guerre, que je ne me trompe pas dans ce que je pense ».

La cour de Saxe ne perd pas le comte de vue. Le voudrait-elle que Maurice se rappellerait à ses caquetages, par les gazettes de potins qui pullulent dans Paris et dont il arrive que Maurice soit le héros. Un de ces ragots distrait beaucoup les commères de Dresde. Il est savoureux car il met en scène cette famille de Conti dont l'histoire entrecroise si fréquemment celle des Saxe.

Voici quelques années, on se rappelle que les Saxe et les Conti se sont affrontés : Frédéric-Auguste avait été élu roi de Pologne, en 1697, avec le soutien de Pierre le Grand, évinçant par conséquence le candidat de Louis XIV, le brillant, le fascinant François-Louis de Conti.

A présent, c'est avec le fils de François-Louis, Louis-Armand de Bourbon, que le fils d'Auguste II, Maurice de Saxe, va avoir maille à partir. Ce Conti-là est bossu, laid et violent. Quand la jalousie l'emporte, il a l'écume aux lèvres et sa femme lui procure souvent une chance d'écumer. Celle-ci est une Condé aussi, Louise-Elisabeth de Bourbon, une sœur de Monsieur le Duc, le prince borgne et livide qui gouvernera la France à la mort du Régent et qui pour l'heure s'en met plein les poches, avec Conti justement, grâce aux spéculations de Law. Belle femme, Louise-Elisabeth est frivole aussi, couche avec plusieurs jeunes gens, dont le comte de Clermont, et sa langue est vénéneuse. A son époux sourcilleux qui lui fait jurer de ne pas le tromper en son absence, Louise-Elisabeth répond : « Rassurez-vous, je n'y pense qu'en vous voyant. »

Dans la nuit de Noël 1721, le prince Louis-Armand de Conti, qui écume de colère une fois de plus, interdit à sa femme d'aller à la messe de minuit. Elle sera privée de réveillon, c'est dit, et le prince quitte son hôtel pour courir jusqu'à sa maison du Marais, spécialisée en bacchanales, et dans laquelle il célèbre son propre réveillon, avec des femmes et des bouteilles. Au milieu de la nuit, un soupçon perce Conti, il se persuade que sa femme est en train de le tromper, il écume un petit coup et veut la surprendre. Il la trouve dans son lit, peut-être seule, peut-être nombreuse. Conti écume encore. Il blesse Louise-Elisabeth de Bourbon en la fouettant avec les cordelières d'or des rideaux de son lit. La princesse le toise : « Pourquoi ce bruit ? Si vous aviez pensé qu'il y eût un homme chez moi, vous vous seriez bien gardé d'y paraître... Sachez que j'ai sept moyens de vous tromper... »

Elle énonce les six premiers moyens mais, pour le septième, bernique, Louis-Armand de Conti devra donner sa langue au chat : « C'est celui que j'emploie actuellement. » La femme s'habille et va se réfugier chez Madame la Princesse qui est en même temps sa grand-mère et celle de son mari.

Paris se délecte. Pour quelques heures, on oublie le désastre dans lequel sombre la France avec la fin du système de Law, on s'interroge sur le « septième moyen » et si la princesse avait un homme dans sa couche, oui ou non. Et cet homme, ne serait-il pas le comte de Saxe, qui fréquente chez les Conti et qui plaît aux femmes ? Les dames spécialisées assurent que le prince de Conti, quand il est revenu chez lui, après ses débauches, a découvert Saxe sur sa femme, que les deux hommes se sont querellés et que le comte de Saxe a été blessé. Aussitôt, les curieux se ruent aux nouvelles : Saxe tient la chambre, en effet, il est éclopé, couché dans son lit et meurtri mais il a un alibi : il a soupé la veille chez le Régent, c'est même en dévalant l'escalier du Palais-Royal qu'il s'est donné une entorse.

Pareil événement, dans le Paris de la Régence, est gigantesque. L'ambassadeur de Saxe à Paris en rend compte à la cour de Dresde, et Dresde est sur des charbons ardents. Dresde grésille. Frédéric-Auguste met en branle l'ensemble de la diplomatie saxonne. Les ambassadeurs, les conseillers, les ministres, les Excellences, chacun est mobilisé sur cette affaire. Auguste II secoue son ministre des Affaires étrangères, qui secoue son chargé d'affaires à Paris, le comte de Hoym, qui secoue ses commis.

Il est urgent, il est impératif que la clarté soit faite sur le mystère : quel est-il donc ce septième moyen employé par la princesse de Conti pour tromper son mari et qu'elle n'a point avoué ? Le pauvre comte de Hoym dépêche ses « mouches » et les mouches ne butinent rien. Il faut se résigner : Auguste II ne connaîtra jamais le septième moyen de la princesse de Conti. « Il serait difficile, déclare piteusement et sans trop d'élégance le comte de Hoym, d'en savoir davantage là-dessus, à moins d'avoir été, comme on dit " dans la bouteille ". »

La diplomatie saxonne et polonaise ne se limite pas cependant à fouiner « dans les bouteilles ». Auguste II veut marier son instable rejeton avec la princesse de Holstein-Sonderburg. « Conduisez-vous bien, explique à son fils le roi de Pologne et électeur de Saxe, et je vous viendrai en aide, je vous ferai prince. » Attendrissante famille : le père de Maurice, Frédéric-Auguste, comme sa mère Aurore n'ont qu'une idée en tête : fourguer une couronne dans la giberne de leur gamin et réparer de la sorte le saugrenu de sa naissance. Après tout, Maurice est fils de prince, fils de roi, mais bâtard, et la couronne de Saxe lui échappera. On va donc faire des pieds et des mains pour lui trouver une souveraineté de remplacement, par mariage s'il le faut.

Maurice est hanté des mêmes obsessions : toute sa vie, il se voudra prince, soit qu'il aime le pouvoir absolu ou bien dans l'espoir que l'accession à la dignité suprême efface la tache de sa naissance. Bientôt, nous allons nous porter à sa suite, dans le royaume nuageux et sans cesse évanoui de la Courlande, là-haut, dans le Nord, nous le verrons aussi courtiser deux futures impératrices de Russie, en vain, car il décourage les deux dames par ses étourderies, et plus tard il convoitera dix royaumes burlesques, les ratera. Le destin lui fera enfin, dans ses derniers jours, l'aumône d'une souveraineté, celle du château de Chambord que lui offre Louis XV, et où il organisera une cour de Lilliput, une cour de conte de fées, pour rire et pour pleurer, oui, Maurice ne perdra jamais l'espoir de se tailler un royaume en ce monde, mais pour l'heure, en ces années 1720, quand son père lui propose la principauté de Holstein-Sonderburg, il ne mord pas à l'hameçon. Peut-être, les pestilences de son premier mariage avec Johanna-Victoria l'infectent encore, ou bien la princesse de Holstein-Sonderburg était un gibier un peu déplumé pour cet ogre.

En attendant, Maurice accomplit quelques missions diplomatiques pour le compte de son père. En décembre 1723, il arrive à Dresde, on lui confie une démarche auprès du Régent, mission obscure qui lui mérite des louanges : « Vous vous êtes conduit, lui écrit son père, avec toute l'adresse et toute l'habileté imaginables... »

Quelques semaines plus tard, Maurice débarque à Londres. Cette mission est une autre énigme. Que va-t-il donc fabriquer, Maurice, en Angleterre ? Dans une de ses lettres, il prétend qu'il est allé acheter des chevaux. Mais dans une autre lettre, adressée à M. Lecoq, ministre de Saxe en Angleterre, il chante une autre chanson : il passait à Amiens et, d'un seul coup, il a eu l'envie de faire un saut à Londres, du reste, il n'a d'autre costume que ses habits de voyage, ce qui ne l'empêche pas d'être reçu en mai 1724 par le roi d'Angleterre, George Ier, et invité aux chasses de Windsor.

Nous sommes dans un roman. Quel est-il, en effet, ce roi d'Angleterre, George Ier ? Tout simplement, notre vieille connaissance, Georges de Hanovre, le gros Georges, l'ex-mari de Sophie-Dorothée de Celle, devenu souverain d'Angleterre en 1714 à la mort de la reine Anne, et que nous avons déjà croisé, trente ans plus tôt, à Hanovre, quand son ignoble maîtresse, Elisabeth von Platen, assassinait Philippe-Christophe de Kœnigsmark, l'oncle de Maurice, et dissipait son cadavre dans la chaux vive.

Or, Maurice connaissait la tragédie de son oncle, il en parle dans ses *Mémoires*. Le séduisant Philippe-Christophe, sa mort féroce, son corps anéanti ont fasciné Saxe et comment en eût-il été autrement puisque le meurtre de Philippe de Kœnigsmark par Elisabeth von Platen fut la cause des amours d'Aurore et de Frédéric-Auguste, donc, de la venue au monde de Maurice ?

Certes, Georges de Hanovre ne fut pour rien dans le meurtre de Philippe de Kœnigsmark qui avait été organisé par la seule Elisabeth von Platen, il n'empêche, Maurice a de malsaines curiosités, ou bien le destin continue à s'embrouiller dans ses trames, à entrelacer par désœuvrement les itinéraires de Maurice de Saxe et ceux de ses parents : voici Maurice face à George Ier d'Angleterre et deux fantômes hantent la pièce : Philippe de Kœnigsmark, l'oncle tragique, et sa tueuse, la belle Elisabeth von Platen.

Les chroniques du temps dépeignent souvent Maurice de Saxe comme un jeune chien un peu écervelé, brutal, charmeur, spontané et impropre à dissimuler ses sentiments. L'épisode de Londres contredit à cette image : à Londres, le jeune homme saxon a un maintien irréprochable : « On lui a trouvé une politesse infinie, écrit Lecoq à ses chefs, jointe à un naturel admirable, une figure aimable, un sens juste, une conversation déliée sans affectation et sans envie marquée de plaire. Ceux qui connaissent le roi notre maître ne pouvaient se lasser d'indiquer des ressemblances. » (Quelle phrase bizarre ! George Ier aurait-il été frappé par une ressemblance entre Maurice de Saxe et l'oncle assassiné et en aurait-il fait confidence ?)

De son côté, M. de Fabrice, représentant du Hanovre à Londres, écrit : « Je puis dire que tout le monde, hommes et femmes, s'est empressé de lui faire honnêteté, les uns à cause de sa naissance et des agréments de sa personne, les autres sur sa réputation. » Voilà de beaux éloges. Sur le secret des conversations entre Maurice et George Ier, nous ne saurons pourtant rien. La diplomatie saxonne est ainsi : sur les manières amoureuses de la princesse de Conti, et sur le « septième moyen », les archives de Dresde regorgent de détails, mais sur le tête-à-tête du roi d'Angleterre et du fils d'Auguste le Fort, rien.

XX

MARÉCHAL de camp de Louis XV et propriétaire d'un régiment de luxe, désigné par Folard comme un génie de la guerre, aimé de toutes et proche à nouveau de son père, Maurice de Saxe a conjuré les astres qui infectaient son enfance. En ces années 1725, une carrière grandiose s'ouvre devant lui. On s'attend qu'il s'illustre sur les champs de bataille de la France, mais cet homme ne tient pas en place. Il peuple l'Europe entière. Toujours en peine d'un voyage, il ne se pose à Paris que par distraction, on le perd, on le retrouve, il est à Londres, il est à Dresde, à Varsovie, il aime ici, il brise là, il revient à Paris, attrape une dame, l'oublie, se sauve et rejaillit sans crier gare dans le bout du monde, en Courlande, entre Lituanie et Pologne, plein nord. La Courlande ? Drôle d'idée !

Quelle mouche a piqué Maurice ? Et pourquoi va-t-il dilapider tant de forces, tant d'années, à ramasser le trône de la Courlande, là-haut, aux confins du monde et de l'Hyperborée, « patrie de l'ombre et des tourbillons » ? La Courlande : moins un royaume qu'un marécage, avec des bouleaux et des pins, des fièvres et des maisons de bois, une mer verte, une mer rébarbative, des sables gris, des mélancolies, des abeilles et du miel, de l'ambre aussi, et, pour sujets, des paysans, des guenilles, des loups et des millions de moustiques. Pauvre couronne, couronne d'embruns et de vents, couronne en tout cas. Et puisque la Courlande est à prendre...

La Courlande est le résidu du territoire que les chevaliers Teutoniques, au XIIIe siècle, se sont taillé, aux marches de la Chrétienté, pour servir de bouclier à l'Europe, face aux barbares slaves, aux païens de l'Est.

Quatre siècles de supplices ont succédé. Les Teutoniques, après les chevaliers Porte-Glaive, ont fait des pieds et des mains pour dégoûter leur propre Dieu : ils ont tué les villages, noyé les Slaves dans les marais, étripé les hommes, chassé les femmes, fracassé les enfants, constellé de gibets les châteaux qu'ils édifiaient, incendié les forêts, y compris la forêt sacrée de Romova, exterminé, pendu, torturé.

Ces moines de fer avaient des mœurs, ce qui a permis au bon Dieu de pardonner à leurs péchés : le triomphe du Dieu de l'amour valait bien quelques charniers. Les Teutoniques étaient chastes, obéissants et pauvres, ils donnaient à leurs forteresses des noms paisibles : Marienburg, qui est le « château de Marie », ou Vogelsang, le « chant de l'oiseau ». Ils étaient si dédiés à la cause du « Beau Dieu », du Dieu de la tendresse, qu'à l'exemple de leurs modèles, les soldats de Sparte, ils voulaient bien ne pas dormir, ou si peu. On les comprend : ils avaient hâte de faire du peuple des païens un peuple de sépultures, hâte que règne l'égalité grise de la mort, hâte de donner aux sauvages de l'Orient la civilisation. Et, comme leur apostolat dure quatre siècles, il était fatal que la civilisation triomphât.

Au milieu du XVIe siècle, les choses se gâtent. Dieu est peut-être rassasié : le fief des chevaliers Teutoniques se décompose, mais l'un des derniers grands maîtres de l'Ordre, le hochmeister Gotthard de Kettler, en ramasse les morceaux, les colle ensemble et forme la Courlande (un bout de Lituanie, un bout de Livonie, un bout d'Estonie et le duché de Semigalle). En 1562, par le pacte de Mittau, « *pacta conventa* », la Pologne se porte garante du duché de Courlande et de Semigalle.

Deux siècles plus tard, une crise dynastique ébranle le pays. Pierre le Grand, qui a envie du duché de Courlande, comme tous les princes de l'Europe du Nord, avait décidé de marier sa nièce, Anna Ivanovna, la fille de son demi-frère Ivan, âgée de dix-sept ans, avec le très jeune duc de Courlande, Frédéric-Guillaume de Kettler, qui est aussi le neveu de Frédéric Ier de Prusse. Pierre le Grand fait un joli coup. Par cette alliance conjugale, la Courlande, depuis toujours écartelée entre la Suède, la Russie et la Pologne, devient cliente et protégée de la Russie.

Pierre le Grand a le vent en poupe : il y a quelques mois, en juillet, il renversait la guerre contre les Suédois par la victoire de Poltava, qui effaçait la précédente déconfiture russe de Narva. A présent, le tsar pose sa griffe sur la Courlande, triste proie, un peu morne, mais les ports du duché sont en eau profonde, libres de glaces et Pierre le Grand aime les ports. Le tsar entend que les noces de sa nièce Anna Ivanovna et de Frédéric-Guillaume de Courlande soient mirobolantes : elles annonceront à toute l'Europe que le tsar n'est plus un despote asiatique et qu'il penche sa grande silhouette à la fenêtre de l'Occident. Dans Saint-Pétersbourg, la ville neuve, aux peintures à peine sèches, qui a surgi des marais de la Neva il y a six ans, le tsar préside des fêtes majestueuses.

Sur la table du festin règnent deux pâtés monumentaux. Pierre le Grand les découpe. Deux nains vêtus en bouffons bondissent comme des flammes. Ils dansent la gigue au milieu des vaisselles d'or, ils sautent et ils crient, ils font leurs pirouettes. Ces bouffonneries étaient ordinaires à la cour de Russie qui avait toujours de confortables stocks de nains, bossus, grotesques, muets, géants ou difformes, mais, en ce jour d'automne 1710, le tsar a fait le miracle de multiplier les nains : ils sont soixante-douze, dans leurs jolis costumes allemands car Pierre le Grand a décidé de célébrer deux mariages le même jour : celui de sa nièce, Anna Ivanovna, avec le duc de Courlande Frédéric-Guillaume de Kettler, et celui de son nain favori, Ekime Volkov. Le tsar, après avoir tenu la couronne de mariage sur la tête d'Anna Ivanovna, incline son interminable corps au-dessus des deux miniatures, dépose sur leurs petites têtes des couronnes de bébé.

Huit jours de déraison : dans les rues de Saint-Pétersbourg passent des chariots pleins de Lapons, de Bachkirs, de fermières et de boyards, tirés par des ours, des chiens, des loups. Les nuits scintillent, on boit, on danse à mourir, on fait l'amour. Le jeune marié, l'héritier de Courlande, Frédéric-Guillaume, froisse un tas de jupons et ne dessaoule pas de la semaine, pour oublier peut-être que sa jeune épouse a une drôle de bobine car Anna Ivanovna est extrêmement décourageante : grande, ignare et blondasse, d'une paresse de lémure, les sourcils teints en noir, elle use ses après-midi en rêvassant sur une peau d'ours. Son jeune époux est plus actif : avant de regagner son sinistre palais de Mittau, il s'en donne à cœur joie, il boit, il copule, en suite de quoi le nouveau ménage appareille pour la Courlande mais sans doute Frédéric-Guillaume avait trop bu ou trop joui : deux jours plus tard, le cortège arrive dans le village de Doderhof et le jeune duc meurt.

Catastrophe ! La couronne de Courlande vacille sur les cheveux filasse d'Anna Ivanovna car la loi de succession du duché donne la préférence à un héritier mâle, en l'occurrence à l'oncle du jeune mort, le duc Ferdinand, dernier des Kettler. Pauvre mâle, en vérité. Le duc Ferdinand est un vieux monsieur mélancolique et sans postérité, malingre et qui se consacre à mourir. Le trône va lui revenir cependant et Anna Ivanovna, qui devra se contenter d'être duchesse douairière, a bien envie de rebrousser chemin et de plaquer la Courlande. Mais Pierre Ier, quand il forme un rêve, donne chance à ce rêve : il ordonne à sa nièce de courir jusqu'à Mittau car le duc Ferdinand n'est qu'une potiche : le vrai maître du pays est le ministre résident russe, le comte Alexeï Petrovitch Bestoujev.

A Mittau, Anna Ivanovna s'enfouit dans son palais et somnole sur ses peaux d'ours. Entre deux siestes, elle devient la maîtresse de ce Bestoujev qui représente la Russie, bien que celui-ci couche également avec une autre femme, une Westphalienne de basse origine. Cette Westphalienne a l'esprit de tribu : auprès du ministre russe, elle introduit son frère, un géant superbe, charmeur et ambitieux, Ernest Buhrein, qui change son nom contre celui de Biron, pour cause de distinction, et se faufile à son tour dans le lit d'Anna Ivanovna, ce qui lui permettra de succéder comme ministre résident à Bestoujev quand celui-ci sera rappelé à Moscou.

Anna Ivanovna a le respect des convenances, de l'étiquette, des bonnes manières. Non seulement elle prend Biron pour nouvel amant mais encore elle marie celui-ci à une de ses dames d'honneur, Benigne Gottlieb von Trotta-Trédeau. Benigne est une naine et une bossue. Le beau Biron s'en accommode : il vit dans le palais de Courlande à la fois avec la blonde filasse et la bossue, carrière oblige. Les trois créatures habitent des appartements contigus, prennent leurs repas ensemble, jusqu'au moment où surgit un quatrième larron, un enfant, Pierre, qui vient peut-être de la blondasse, peut-être de la bossue, mais qui est très cajolé, qui aura même le droit de tirer au mousquet, quand il a des états d'âme, par les fenêtres du palais d'été de Mittau, à Peterhof.

Toute l'Europe attend que s'éteigne le vieux duc Ferdinand de Kettler et que s'ouvre la succession de Courlande. Dans cette course à l'héritage, c'est la Saxe qui prend d'abord la tête : dès l'année 1711, au lendemain même de la mort du jeune duc Frédéric-Guillaume de Kettler, l'Electeur de Saxe, Frédéric-Auguste, qui est le protecteur de la Courlande au titre de roi de Pologne, pointe son nez, ou bien c'est le nez de son ancienne maîtresse Aurore. La chanoinesse de Quedlimbourg se dit que cette couronne de Courlande serait convenable à la tête effervescente de Maurice, mais Maurice n'a que quinze ans, c'est un âge tendre et la haine de Fleming casse net le projet. Comme, en outre, la précipitation de Frédéric-Auguste froisse les âmes sensibles de Saint-Pétersbourg et de Vienne, on convient que ce départ fulgurant fut un faux départ et l'on rentre précipitamment le comte de Saxe, on l'emmagasine dans les coulisses, on le mariera dans quelques années avec la désastreuse Johanna-Victoria de Loeben, et puis on l'enverra un peu à Paris, en attendant une embellie.

Dans les années suivantes, les convoitises se déchaînent. Tous les princes de l'Europe découvrent avec ravissement qu'ils sont amoureux de la veuve de Frédéric-Guillaume, Anna Ivanovna, c'est un miracle. En 1717, Auguste II de Pologne et Pierre le Grand lancent la candidature du prince de Saxe-Weissenfels. Un plan rigoureux est forgé. Première phase : les Etats de Courlande feront connaître au roi de Pologne, protecteur du duché, qu'ils ne peuvent plus supporter le vieux Ferdinand. Auguste II prononcera tout de suite sa déchéance, lui assurera une bonne rente viagère, après quoi le duc de Saxe-Weissenfels sera nommé duc de Courlande et épousera Anna Ivanovna. L'accord précise que le mariage ne sera célébré qu'après que le duc de Saxe-Weissenfels aura perçu la couronne de Courlande : ce serait trop triste, vraiment, si ce pauvre Saxe-Weissenfels épousait Anna Ivanovna, ses cheveux blondasses et ses peaux d'ours, avant d'en avoir reçu le prix, la mirifique couronne de Courlande.

Ce plan était parfait. Il échouera cependant car, trois mois plus tard, le tsar a une foucade. Il déchire sa promesse et, avec l'accord du roi de Prusse, substitue au duc de Saxe-Weissenfels un autre concurrent, le margrave Frédéric-Guillaume de Brunswick-Schwedt, encore un neveu du roi de Prusse, qui aura droit lui aussi, le pauvre homme, à Anna Ivanovna. Mais la mort de Charles XII de Suède, le

30 novembre 1718, au combat de Fredrikshall, détruit ce nouveau projet : la Russie, délivrée de la grande guerre du Nord, perd soudain l'envie de soutenir un neveu du roi de Prusse et la couronne de Courlande de nouveau est en jachère.

Le Premier ministre d'Auguste II, Fleming, croit son heure venue : il bouscule tout le monde, trahit son maître et se jette sur la main d'Anna Ivanovna en 1720 mais, comme cette main est molle, Fleming cesse de trahir et rentre en Saxe, bredouille. D'autres prétendants sortent de leurs trous, des ducs et des princes, des margraves et des ministres, des ducs, c'est une cohue autour d'Anna Ivanovna qui s'émerveille, ils déboulent de toute l'Europe, on ne peut les énumérer. Le plus redoutable est cet Alexandre Danilovitch Menchikoff, un ancien pâtissier, puis garçon d'écurie mais copain d'enfance de Pierre le Grand et prince en conséquence, du reste, bon général, Poltava c'était lui. Le cabinet de Berlin soutient le prince Charles de Prusse. Le prince Charles Alexandre de Wurtemberg tente sa chance, et aussi le jeune landgrave de Hesse-Hombourg, mais ils échouent ensemble (ce landgrave de Hesse-Hombourg est amusant : il aime toutes les jeunes filles russes quand elles sont un peu princières et, dans deux ans, nous le retrouverons à Saint-Pétersbourg où il vient faire sa cour à une fille de Pierre le Grand, Anna Petrovna. Il passera devant le tsar un test et sera collé).

En 1724, voici un nouveau concurrent : le prince d'Anhalt-Zerbst, Jean-Frédéric, est à son tour subjugué par Anna Ivanovna. Il cherche un appui, se tourne vers le roi de Pologne, Auguste II, et fait buisson creux. Auguste II n'est pas enthousiaste du tout et pour cause : l'année suivante, en 1725, comme tous les amoureux d'Anna Ivanovna commencent à se faner, on sort Maurice de Saxe de ses coulisses, on le lance sur la Courlande.

Pierre le Grand qui a pris froid en inspectant les fortifications du lac Ladoga meurt, le 8 février 1725. Quelques mois plus tard, l'ambassadeur d'Auguste II à la cour de Russie, le Suisse Lefort, lance un appel à Maurice de Saxe : que Maurice se présente en Courlande, dit Lefort, et le trône est à lui. Lefort savait de quoi il parlait. Il avait appris par ses agents que la duchesse douairière de Courlande, Anna Ivanovna, était enfin décidée à se marier. Plus romantique encore : le cœur d'Anna Ivanovna était à ce Maurice de Saxe qu'elle n'avait jamais vu mais duquel elle était ensorcelée.

Les informations de Lefort étaient exactes. Quelques semaines plus tôt, Anna Ivanovna avait confié à une de ses amies que le prince de Brandebourg qu'on lui promettait l'assommait. « Plutôt que d'épouser un prince de Brandebourg, disait Anna Ivanovna, elle aimerait mieux s'enfermer dans un cloître. » Mais, plutôt que le cloître, elle préférerait un prince de la maison de Saxe : « Ou je recevrai un mari des mains du roi Auguste, ou bien je ne me remarierai jamais. » Et l'ambassadeur Lefort, dans une dépêche du 29 septembre 1725, fournit des détails à Auguste II : « Des princes de Saxe, avait dit à Anna Ivanovna une de ses suivantes, je ne sais pas qui peut vous convenir, mais des comtes de Saxe, j'en sais un qui serait votre fait à tous égards ; il ne serait pas difficile d'en faire un prince de l'Empire. » Et l'ambassadeur Lefort conclut sa dépêche : « Anna Ivanovna a déjà son *Jawort* (oui) tout prêt. »

Maurice dresse l'oreille et agit : dès le mois de décembre 1725, il est à Varsovie. Par chance, quatre délégués de la noblesse courlandaise (MM. de Makel, de Karp, de Korff et de Keyserling) passaient par là et promettent à Maurice la couronne. Maurice s'enflamme : il bravera tous les périls pour ne pas décevoir ces braves aristocrates de la Courlande.

Cette fois, l'affaire est brillamment engagée mais l'ambassadeur Lefort fait une gaffe incompréhensible : il change de fiancée en cours de négociations, comme on change de cheval, à la volée. Il oublie soudain Anna Ivanovna de

Courlande dont il s'était fait le fougueux avocat et sert à Maurice un trésor plus chatoyant encore : la propre fille du tsar, Elisabeth, une jeunesse, celle-ci, seize ans, qu'on avait tenté déjà de fiancer à Louis XV, mais on sait que Marie Leszczynska a eu la préférence et se marie en cette année 1725 justement. On comprend le brutal changement de tactique de l'ambassadeur Lefort : si Maurice réussit à décrocher Elisabeth à la place d'Anna Ivanovna, ce n'est plus sur le grelottant trône de Courlande qu'il grimpera mais peut-être, à la mort de Pierre Ier, sur le trône de Russie.

Lefort écrit à Maurice de Saxe : « Elisabeth est une blonde qui n'est pas aussi grande que sa sœur (Anna Petrovna) et qui incline à devenir plus puissante. Elle est d'ailleurs bien faite et d'une belle moyenne taille : un visage rond, fort gracieux, des yeux remplis de jus de moineau, le teint beau et belle gorge. Pour l'humeur et les inclinations, elles sont bien différentes de son aînée ; c'est un esprit extrêmement enjoué, qui se soucie peu de la pluie et du beau temps, d'une grande vivacité qui tire assez sur l'étourderie, toujours un pied en l'air, et ne songeant à rien de solide, ayant d'ailleurs l'admirable talent de savoir contrefaire la démarche et les traits d'un chacun. Elle n'épargne même pas ses proches, par exemple le duc (le duc Charles-Frédéric D. de Holstein-Gottorp, mari de sa sœur Anna Petrovna). Possédant très bien le français, l'allemand passablement, il semble qu'elle soit née pour la France, n'aimant que le brillant. Certain malicieux disait un jour qu'elle n'aurait jamais le cœur de se poignarder, si elle donnait par occasion un coup de canif au parchemin conjugal. »

Lefort pousse son intrigue. On dira peut-être que son langage est polisson mais les diplomates de ce temps savaient que toutes les combinaisons politiques passaient par la chambre des dames. « Elisabeth, disait par exemple Lefort, attend Maurice avec démangeaison », et voici quelques paroles d'Elisabeth, rapportées par l'ambassadeur : « Je ne veux pas imiter les princesses qui d'ordinaire sont victimes des raisons d'Etat. Je veux me marier suivant mon goût et épouser celui qui me plaira. Je serai pourtant toujours qui je suis et aurai la satisfaction d'aimer celui que j'épouserai. »

Nous savions déjà que la séduction de Maurice était extrême : à Bruxelles, à Dresde, à Paris, nous avons énoncé ses bonheurs. Il séduit à sa guise et sans discernement. Tout ce qui tombe dans son lit est bon pour ce soldat. Il est sans préférence et jamais ne rencontre de cruelles. Sa beauté brutale et fière, la simplicité de ses manières, sa générosité, son rire, une rusticité charmante aux dames mignardes, tout cela explique ses infatigables succès.

En Courlande, il ajoute une nouvelle corde à son arc de séducteur : que ce soit la duchesse douairière de Courlande Anna Ivanovna ou bien Elisabeth, la fille de Pierre Ier, le comte Maurice de Saxe ne les connaît pas même, ne les a jamais vues. Il invente de séduire à distance. Il n'a même plus la nécessité de se montrer. Les femmes se pâment par procuration, sur la renommée de ses exploits guerriers et peut-être sur la liste et la disparate de ses maîtresses.

Les deux poissons qui viennent d'entrer dans sa nasse sont de belle taille : deux personnes du plus haut rang, deux princesses russes qui occuperont l'une et l'autre le trône de Russie, dans un avenir encore indiscernable et proche cependant, deux occasions, pour ce Maurice dévoré d'ambition et sponsorisé par sa mère Aurore, plus ambitieuse encore, de devenir, lui le bâtard de Goslar, tsar de toutes les Russies.

La première, Anna Ivanovna de Courlande, régnera sur la Russie à partir de 1730 (après Catherine Ire et le malheureux Pierre II, l'un et l'autre éphémères). Son règne sera grisaille. Elle est dans la main d'une bande d'Allemands, Munnich, Ostermann et surtout ce Biron, son amant qui recevra pour prix de ses bienfaits la Courlande d'abord, la réalité du pouvoir en Russie par la suite.

La cousine d'Anna Ivanovna, Elisabeth, a plus de relief. Cette fille de Pierre le Grand et de Catherine Ire que Lefort avait décrite comme enjouée, toujours un pied en l'air et du charme, contient en réalité une virago. Quand elle accédera au trône de Russie, en 1741, elle sera une impératrice odieuse : poissarde et criarde, pleine de vin, malade de jalousie, avide et jouisseuse, bigote et méchante. La future impératrice Catherine la Grande ne l'a pas épargnée dans ses Mémoires : « Pendant le dîner, racontera Catherine, l'impératrice Elisabeth demanda qui était cette personne si maigre et laide et à cou de grue qu'elle voyait. On lui dit que c'était Mlle Marthe Schavirov. Elisabeth éclata de rire et me dit que cela la faisait souvenir d'un proverbe russe qui disait : " Cou long n'est bon que pour la pendaison. " »

Maurice de Saxe n'a pas le cou long mais il l'aura échappé belle : entre la blonde à la peau d'ours et la forcenée de Saint-Pétersbourg, il eût chèrement acheté le trône de Russie. Comment deviner ces choses, en l'année 1725, alors que les deux futures tsarines ne sont rien encore ? En vérité, si Maurice ne pousse pas à terme les deux intrigues ourdies par l'ambassadeur saxon Lefort, ce n'est point qu'il tremble, il est inconstant, écervelé et parfois maladroit. Et puis, son mariage avec Johanna-Victoria lui a laissé la bouche amère, il n'a pas envie d'un autre calvaire.

On peut imaginer quelques autres motifs : désir de conquérir la Courlande à la pointe de l'épée ou par manœuvre politique plutôt que par les femmes, impuissance à choisir entre les deux fiancées russes fabriquées et livrées clefs en main par Lefort, crainte enfin qu'en faisant son choix pour l'une il ne blessât l'autre si durement que toutes ses espérances s'en trouveraient forcloses.

Le sûr est qu'en cette année 1725, et comme son père et sa mère le jettent en Courlande, Maurice ne donne suite à aucun des deux mariages. Il n'est pas délivré pour autant des deux dames : avec la nièce de Pierre le Grand, Anna Ivanovna de Courlande, nous allons le voir se dandiner pendant quelques mois, là-haut, dans ces marécages hyperboréens, se résigner presque aux épousailles pour commettre à la fin une bourde si burlesque que la couronne de Courlande s'envolera.

Avec l'autre, Elisabeth, la fille de Pierre le Grand, les choses traîneront plus longtemps et aboutiront aussi peu. Il ne la rencontrera que quinze ans plus tard mais sans beaucoup de panache et le trône de Russie lui échappera de même.

Il est vrai que le comte de Saxe, s'il excelle à séduire, est un amant compliqué. Il est volage et léger, il oublie qu'il aime et qui il aime, il est cruel, vulnérable, vindicatif et il ne peut s'empêcher de conduire, comme le faisait son père Auguste II, trois ou quatre intrigues ensemble. Comme il est sans mémoire, il mélange ses fils au point de se ligoter et de perdre le souffle. C'était le cas dans ces années : en même temps qu'il tournicotait paresseusement autour de deux futures impératrices de Russie, il était aimé de quelques autres femmes dont l'une fut émouvante.

XXI

ADRIENNE Lecouvreur n'est pas belle, elle a le nez grand, des membres sans finesse et ses doigts sont courts. Son père, Robert Couvreur, confectionne des chapeaux, deviendra fou dans quelques lustres, et Adrienne sera blanchisseuse mais elle aime mieux la poésie que les chemises et se compose en secret une petite société des héroïnes blessées de Racine. Bientôt, elle jette les plastrons et les jabots par-dessus les moulins pour ménager un peu de place à la tragédie.

A treize ans, elle fait le mur de son collège, les Filles de l'instruction chrétienne, court jusqu'à l'arrière-boutique d'une commerçante de la rue Férou et représente *Polyeucte* avec quelques camarades. La Comédie-Française s'indigne, voit des rivaux pernicieux dans ces gamins. Quelques archers sont dépêchés pour arrêter Polyeucte, Pauline, leurs alexandrins, leurs stances, et leurs confidents. L'ordre d'arrestation est suspendu au dernier instant, mais le théâtre de la rue Férou est fermé.

Le doyen de la Comédie-Française, Le Grand, a repéré la fillette. Il l'instruit et, quatre ans plus tard, en 1709, Adrienne débute au Grand Théâtre de Lille pendant que les armées impériales assiègent la ville. On se rappelle que, dans les légions du prince Eugène, s'agitait alors un petit bonhomme, un certain Maurice de Saxe, qui faisait ses premières armes contre la France, encore une entourloupette du destin. Et que l'année suivante, à Bruxelles, Maurice de Saxe fait un enfant, une petite Julie bientôt morte, à une douce dentellière, Rosette Dubosan. Or, à quelques encablures de là, mais séparée de Maurice par la ligne de front, Adrienne Lecouvreur devient la maîtresse d'un acteur pas très reluisant, Clavel.

Adrienne est précoce : actrice à dix-sept ans, elle a son premier amant l'année suivante et comment concilier tant de fougue avec l'image qui nous a été léguée d'une femme languissante et tendre, en larmes à perpétuité, chaste et effarouchée, incessamment pâmée pour un même homme et que la postérité a chargée de sauver, à elle toute seule, la dignité d'un siècle impudique ?

La comédienne n'est pas seulement une jeune fille très ardente. Encore, elle a des goûts de luxe si démesurés que son amant, le pauvre Clavel, en est découragé. Il fait engager son amoureuse au théâtre de Lunéville, qui dépend du duc de Lorraine, et puis il tire pays. Adrienne riposte. Elle séduit incontinent un officier de la garnison, Philippe Le Roy, y gagne une petite fille, Elisabeth-Adrienne, baptisée le 3 septembre 1710, et aime déjà un deuxième officier, le baron de Danne, qui meurt au combat.

La triste Adrienne se console tant bien que mal avec le comte de Klinglin qui lui procure une autre petite fille, Françoise-Ursule-Catherine en 1716, et la plante là pour se marier ailleurs. Adrienne est de plus en plus affligée : les hommes sont incertains et l'amour est plus fatigant dans la réalité que dans les stances. « Je suis excédée de l'amour, écrit-elle, et tentée de rompre pour toujours avec lui car je ne veux ni mourir ni devenir folle. »

Elle ne devient pas folle, la vie débridée continue. Présentée comme « la nouvelle Champmeslé », elle débute à la Comédie-Française en 1717 dans l'*Electre* de Crébillon, devant le Régent et Pierre le Grand. Elle triomphe et joue 139 fois, en une seule année, Monime et Bérénice, Pauline, Iphigénie et Phèdre. Quelques années plus tard, elle créera *L'Indiscret,* de Voltaire qui l'aima peut-être : « Moi qui fus son admirateur, son ami, son amant », écrit Arouet à Thierot.

Ses goûts de luxe peuvent se déployer. Installée rue des Marais-Saint-Germain, aujourd'hui rue Visconti, où Racine vécut et mourut, elle tient salon dans un décor un peu chargé, avec des damas cramoisis, des tapisseries de Flandre, un Bernard Le Bovier de Fontenelle, des glaces et des pendules, un grand lit-tombeau, un lit de repos à la duchesse, un comte Anne-Claude de Tubières de Caylus, un clavecin un peu chinois, un Louis François Armand de Vignerot du Plessis, duc de Richelieu, des bergères, des chandeliers d'argent, un abbé, M. d'Anfreville, vingt-huit robes de chambre, des paravents, des robes à la romaine, à la turque, à la française, un Voltaire, des vêtements de damas blanc à fleurs d'or, de satin jaune garni d'un point d'Espagne, une grande pendule sonnante, un grammairien nommé César Chesneau Du Marsais, une petite pendule à répétition, un M. Rochemore, une poignée de comédiennes, des broderies d'or, des velours de feu brodés d'argent...

Si l'on ajoute à ce bric-à-brac qu'Adrienne se donne un nouvel amant, un parfait jeune homme, très poli, M. d'Argental (neveu de Mme de Tencin) on acceptera que la grande prêtresse de la pudeur et des sentiments élevés a commencé par explorer des voies, ordinaires en ce siècle, et scabreuses.

Adrienne trouve son chemin de Damas en 1720. Le cocasse est que sa conversion à la chasteté s'opère grâce à l'homme le moins chaste, Maurice de Saxe. Le jeune comte arrive à Paris en avril 1720, c'est-à-dire au moment où sa mère Aurore de Kœnigsmark s'emploie à anéantir le mariage de Maurice avec la regrettable Johanna-Victoria.

Maurice va à la Comédie-Française, on joue *Phèdre* et Phèdre est Adrienne. Quelques jours plus tard, comme il va faire le joli cœur chez Mme Anne-Thérèse de Lambert, qui distillait, dit-on, à Adrienne, des « leçons d'amour vertueux ou épuré », Phèdre est là. Les deux jeunes gens tremblent comme deux feuilles, le guerrier surtout :

« Pardonnez-moi ma lâcheté, dit Maurice. Après vous avoir admirée sur le théâtre, j'appréhendais de vous connaître. »

Adrienne ouvre de grands yeux : le voilà donc, cet intrépide, dont les exploits enflamment l'Europe, l'homme que toutes les femmes se disputent et qui les aime toutes, le barbare au beau sourire ! Adrienne balbutie mais Maurice a déjà sonné le boute-selle, il attaque, fait le galant, demande un rendez-vous et, comme on hésite, il brise : il va partir. On le retient. La chronique se tait ensuite : Maurice a-t-il envahi la place sans coup férir ou bien Adrienne a-t-elle su appliquer ses nouveaux principes de pudeur, de chasteté et d'amour fou durant quelques mois ?

Un an plus tard, en mars 1721, elle aura rompu avec son amant régulier, le brave petit d'Argental, qui en reste bouche bée mais demeure poli. Adrienne est libre et cette fois, au rebours de ses précédents périples, sa liberté sera sa prison. Elle s'enchaîne à un seul être et tout le reste sera dépeuplé. Elle est enchantée : enfin, elle a une occasion de connaître une de ces passions éperdues dont elle a si souvent envié les plaies et les émois sur la scène de la Comédie-Française. Peut-être la jeune fille enjouée s'est-elle lentement, rigoureusement, laissé contaminer par les héroïnes pantelantes de Racine ou de Corneille et se bornera-t-elle à jouer, ou à être, jusqu'à sa mort, le fantôme d'une de ces amantes maudites ?

Les lumineuses, futiles et luxueuses années de l'adolescence s'éloignent. Tout est en place pour la tragédie. On peut frapper les trois coups de l'infini et du tourment. Et l'un des ingrédients les plus nécessaires à la tragédie lui est fourni, à pleines brassées, par l'homme qu'elle vient d'élire, comme on cède à un gouffre : généreux et brillant, le magnifique comte de Saxe est aussi un dépravé et un violent. Le petit dieu de la vertu et de la souffrance connaît son métier : si Adrienne a le goût du malheur, du chagrin, ce comte de Saxe est bien désigné car, pour sa part, il n'a pas été effleuré du tout par la lumière divine de la chasteté, il préfère les drôleries de la débauche. Peut-être, il aime Adrienne, mais il aime toutes les femmes, voilà l'écueil, et la vie d'Adrienne va devenir un délicieux enfer.

Ces grandes amoureuses ont une manie : elles aiment les hommes les plus contraires à leur projet, des libertins et des linottes, des égoïstes, des sensuels, des indifférents. C'est pourquoi les soldats sont d'un excellent commerce. Ces femmes éperdues leur offrent un rôle à leur mesure : séduisants et mondains, intrépides dans leurs batailles, ils suscitent des passions extrêmes et, comme ils aiment partout à la fois, ils infligent des souffrances inespérées.

La « religieuse portugaise », c'est pour un soldat grossier, pour un bellâtre qu'elle se déchire le cœur. Mlle de Lespinasse saigne et devient frénétique pour un guerrier dispersé, l'un des plus grands stratèges de son siècle, le comte de Guibert, et Adrienne Lecouvreur, c'est à un mercenaire implacable, volcanique et dévergondé qu'elle donne son cœur, comme une carmélite voue son supplice à la cruauté langoureuse du Christ.

(A défaut de soldats, les prêtres sont également d'un bon rapport. Ils sont impitoyables car ils ont le bon Dieu dans leur giberne : au Moyen Age, la tendre Héloïse a la riche inspiration d'aimer Abélard, philosophique et génial, mais propre à massacrer toute femme un peu délicate, ce qui nous vaut les émouvantes lettres d'Héloïse : « Je veux être ta putain... »)

Adrienne, dès 1721, est la servante effarée et ravie de Maurice. Nul homme ne saura la distraire de cette inclination alors que Maurice, toutes les femmes lui agréent, il papillonne, se fait, dit-on, meurtrir une jambe en décembre 1721 par le prince de Conti pour en avoir apprécié l'épouse, court le bal de l'Opéra, farfouille dans les coulisses de théâtre à la recherche d'une cuisse ou d'un sein, aime ici et là, au hasard, aime en gros et passera bientôt du corps de la Gogo à celui de la Chantilly, à celui de la Verrières, à celui de la Navarre, à dix autres, peut-être à cent autres car enfin, comment tenir pareille comptabilité ?

Pour comble, ces soldats, surtout quand ils sont fils de prince, et plus ambitieux que des Alexandre, ont un autre avantage : ils ne se satisfont pas de réduire les femmes, il faut aussi qu'ils envahissent des villes, qu'ils manipulent des armées, qu'ils nouent des intrigues politiques, qu'ils voyagent comme l'orage, qu'ils soient des absences, ce qui permet à leurs amoureuses de pleurer incessamment. Maurice est un itinérant, un nomade, il sillonne l'Europe, il brûle la route, il court à Dresde et à Londres, à La Haye, à Varsovie, il se livre à des besognes obscures et l'infortunée Adrienne, dans ses décors et ses falbalas, ne sait rien, espère et gémit, jouit de son infortune, saigne et croit qu'elle meurt.

En attendant de mourir, elle écrit. C'est une enragée de l'écritoire. On dit communément que ses lettres sont admirables, elles sont assommantes. Tout de suite, dès 1720, elle entreprend de souffrir par lettres et ne se laissera jamais distraire de cette mission. Elle se consacre à son chagrin. Elle bichonne son infortune, la surveille, la ranime quand elle s'étiole, la farde, la nourrit au biberon. Il lui faut un bon gros malheur avec de belles joues rebondies et luisantes, un malheur dodu et indubitable, irrémédiable, historique et propre à traverser les siècles des siècles.

Sa petite entreprise de chagrin se présente sous d'heureux auspices car Adrienne a des dons exceptionnels et des monceaux de prétextes : Maurice n'est jamais là, il joue avec la Courlande, il est la coqueluche des salons et la malheureuse Adrienne pleure, pleure à qui mieux mieux. Elle se répand en reproches, en récriminations, elle a des vapeurs à n'en savoir que faire, des tonnes de vapeurs, elle gémit, elle pleurniche, elle est aux abois, elle bat à plate couture ses grands modèles, les Andromaque et les Bérénice, elle se dit offensée, elle boude, elle succombe, elle s'ennuie : « C'est une chose bien insupportable que d'aimer quelqu'un qui est toujours absent, qui n'écrit point et à qui on ne peut écrire à son gré. »

La lecture de ces lettres, si on surmonte leur monotonie, fascine. Elles sont toutes semblables et ne disent rien : des événements de la cour de France, ou même des succès de la Comédie-Française, rien ne transpire. Et pour le reste, Adrienne tient le discours d'une ensorcelée, Adrienne est une femme hantée, Adrienne est une hypnose, les années ne la changent point. La dévotion à Saxe a installé la comédienne dans une zone vague, le soleil ne s'y lève pas, ni la lune, il n'y a rien, il n'y a que la lumière blafarde et fixe de la passion et tous les jours sont identiques et le chagrin est son pôle nord, elle a planté son petit bivouac d'amour dans les limbes du temps.

Adrienne a sa vanité. Elle est un athlète complet de la passion. Personne ne saurait lui en remontrer sur ce chapitre, c'est une professionnelle, un expert, une spécialiste de l'amour fou et des inconvénients qui suivent les amours folles, douleurs et céphalées, palpitations, insomnies, incommodités, résignations et révoltes. Surdouée dans sa discipline, et bien résolue à humilier toutes ses concurrentes, elle laisse sur place ses rivales en malheur, elle les bat régulièrement de quelques longueurs : si elle a des maux de tête, ils sont monstrueux, ils sont historiques.

On songe à ces autres athlètes de l'amour que sont les grandes, les très grandes mystiques, jalouses de leurs jouissances, infatuées de leur martyre, elles aussi, et peu partageuses, égoïstes comme des poux, dédaigneuses des mystiques de catégories subalternes, oui, on pense à ces femmes qui s'intronisent elles-mêmes dans le club très chic, très restreint des vraies amoureuses du Christ et qui annonceraient tout à trac à leurs compagnes moins musclées, sans crainte de les vexer, et avec suavité : « Ça y est, j'ai des stigmates ! »

Adrienne est ainsi : sa modestie est son orgueil. Elle tient que jamais femme ne connut de telles épreuves, de pareils malheurs, elle considère sans haine, avec condescendance, tous les autres amoureux, ils n'y connaissent rien du tout, des amateurs, des besogneux, des tâcherons, des gagne-petit, dans le meilleur des cas des forts en thème mais sûrement pas des inspirés...

En même temps, et comme son âme est bonne, elle distribuerait volontiers des conseils, elle pourrait même ouvrir un cours de formation accélérée pour les infirmes de l'amour fou. « Je vous aime, rappelle-t-elle à Saxe, mille fois mieux qu'on n'a jamais aimé » ou encore : « Je sais bien trop aimer pour ne pas m'y connaître », et : « L'augmentation de ma tendresse me fait trembler » et : « Ma sensibilité a été mille fois au-dessus de la vôtre. »

Cher Maurice, il fait piètre figure en face de ce champion du monde de la peine d'amour. Il a beau faire des pieds et des mains, réviser ses leçons et utiliser des antisèches, il ne retient rien, il rate tout, il fait des pâtés sur sa feuille de copie, il barbote et il reçoit les verges plus souvent qu'à son tour : rares sont les courriers d'Adrienne qui ne s'exhalent en gronderies et en humeurs. Adrienne est douce mais c'est une douceur de panthère. Elle met au piquet son cancre d'élève, elle lui tape sur les doigts :

« Et vous dites que vous m'aimez ! Quelle folie à moi de l'avoir cru !... Peut-être ne pensez-vous pas seulement que j'existe... Je hais toute tromperie... Je ne puis souffrir d'aimer toute seule... Votre goût est près de finir pour moi... Je vous ai désiré tout le jour et puis je me suis dit : " Il s'occupe à faire courre des chevaux et ne pense point à moi... " La variété de vos sentiments me fait trembler... Quand j'aurais besoin de consolations, vous vous occupez à chasser, peut-être à faire pis... Vous n'avez nulle impatience de me revoir... On ne vous a pas assez aimé jusqu'à présent, vos victoires ont été plus complètes par le nombre que par leur espèce... Vous êtes à portée de plaire aux plus aimables... Oh, mon

Dieu, que je suis éloignée de vous manquer... Pourquoi jouer une passion que vous n'avez pas ?... Le sérail que vous allez retrouver effacera bien vite mon idée et, comme vous le dites élégamment, quand vous ne m'aurez plus, vous en prendrez une autre. »

(Toutes ces phrases sont prélevées au hasard de deux cents lettres, et sur plusieurs années, sans la nécessité d'y ajouter les dates car Adrienne radote sans fin, n'ajoute jamais rien, c'est la beauté paralysée de sa démence.)

Pourtant, Adrienne a tort de morigéner Maurice de Saxe. Celui-ci accomplit consciencieusement la tâche qu'Adrienne lui assigne : il la fait souffrir sans trêve, il lui permet de refaire éternellement, mais dans la vie et non sur une scène, le parcours fatidique des héroïnes de Racine ou de Corneille et de rabâcher comme l'amour prescrit de le faire. Confessons que Maurice n'a pas à forcer son zèle pour obtenir cet effet : celui qu'on appelle « le sanglier », il lui suffit d'obéir à son génie et la femme qui l'aime se sent mourir.

Ces lettres sont d'autant plus impressionnantes qu'on ne possède pas les réponses de Saxe, du moins dans les premiers stades de leur liaison. On jurerait qu'Adrienne ne les adresse à personne, ou bien à un invisible, à un absent, à Dieu peut-être. C'est le coup de génie d'Adrienne que d'aimer un néant, rien de tel pour souffrir sans mesure.

Saxe cependant écrivait aussi, moins souvent qu'Adrienne, c'est entendu, il se réduisait à le faire puisque les missives d'Adrienne font allusion aux réponses de Saxe. Même, il faut imaginer que Maurice savait, dans son langage baroque et avec son français de Sarmate, exprimer de temps à autre un cri d'amour, oh, un tout petit cri, un couinement de souris à peine, enfin, un cri. Adrienne l'en remercie, l'en félicite, comme on donne un bon point à un mauvais élève : « Vous êtes sur la bonne voie... peut mieux faire. » Adrienne est très bonne, très indulgente, elle encourage Maurice, il est en progrès mais que de distractions et d'étourderie :

« Je baise vos lettres, dit-elle une ou deux fois, je vous trouve en vérité bien adorable. »

Comment ne pas admirer le comte de Saxe, d'abord d'avoir eu l'énergie de lire ces inépuisables bégaiements, ensuite d'avoir essayé de se hisser à leur niveau ? A de certains moments, il est même tenté de copier sur la feuille de sa voisine : la comédienne avait coutume de dire : « Quel grand maître que l'amour », et Saxe, qui n'en pense pas un mot, enrôle aussitôt cette formule dans son minuscule vocabulaire et répond en écho que « l'amour est un grand maître ».

Saxe se débat comme il peut, il fait flèche de tout bois, quitte à user d'un peu de ruse : par exemple, durant un temps, il se débrouille pour éprouver à son tour de la jalousie à l'égard de la pudique, et morale et irréprochable femme. Adrienne pousse les hauts cris et elle se justifie aisément. Non, elle ne sort jamais. Les hommes, elle ne distingue même pas leur forme et, du reste, elle est si mélancolique qu'elle maigrit, elle est très laide, elle n'a plus de forces, et comment ferait-elle la fête avec un pareil corps ?

« Il n'appartient qu'à vous de m'engraisser », dit-elle diététiquement et, parfois, elle est plus sournoise, elle ne craint pas d'accuser Saxe de la faire mourir à petit feu : « Vous seriez complice de ma mort... je suis dans un état où la tristesse m'est mortelle. »

Maurice de Saxe a-t-il jamais éprouvé à l'égard de sa maîtresse la jalousie qu'il dit qui le torture ? On en doute. Tout suggère que Saxe, épuisé par cette effrayante passion, a choisi de contre-attaquer et de « faire le jaloux » quand il savait que la sublime comédienne, hélas, n'avait point la tête à le tromper.

Dans une lettre assez tardive, Adrienne fournit la clef de cette énigme : une fois, la cousine de Maurice de Saxe, une Mlle de Kœnigsmark, fille d'un oncle de Maurice, et qui demeurait à Paris, parle d'Adrienne avec le comte de Saxe, l'entreprend dans son particulier sur la jalousie dont il fait si grand étalage dans ses lettres, aux dires d'Adrienne : « Moi, explique Saxe à sa cousine, je ne suis point jaloux ! Je me soucie bien de ce qu'elle peut faire, c'est uniquement pour me divertir. » Et Saxe avait éclaté de rire. Mlle de Kœnigsmark va aussitôt rapporter dévotement cet affreux rire à Adrienne.

Pareille cruauté ne surprend pas. Saxe sera implacable avec certaines femmes. Avec Adrienne, pourtant, il n'est jamais méchant. On peut alors proposer que Saxe veut opposer sa jalousie fictive et injustifiable à la jalousie bien réelle et motivée de sa maîtresse.

On soupçonne que Saxe, dans d'autres épisodes, use d'un stratagème plus subtil encore. Quand il se défend de tromper son adorable maîtresse, en effet, il utilise des arguments si mous qu'on croirait qu'il se déclare coupable. Cruauté de nouveau ou bien délicatesse au contraire ? Saxe est un profond connaisseur du cœur humain, quoi qu'en dise Adrienne. Il sait bien qu'à une femme jalouse, le meilleur service que l'on puisse rendre est de fournir de l'aliment, des victuailles, des provisions, de la matière première, du combustible, pour empêcher que cette jalousie ne tourne à vide ou ne maigrisse et ne devienne honteuse à celle-là qui l'éprouve, pour aider cette exquise jalousie à devenir obèse, gigantesque de manière à porter le contentement désespéré de la femme jalouse à son comble.

Qu'Adrienne ait parlé de Saxe avec la cousine Kœnigsmark n'étonne pas : Adrienne fait profiter toutes ses amies et tous ses amis de ses détresses. Elle est d'une générosité sans bornes, elle proclame ses infortunes, ses palpitations, ses malaises. Elle tient banquet de malheur. Chacun a le droit de venir picorer dans le cœur saignant de cette femme ineffable et dolente à périr. Presque, elle distribuerait des tickets à ceux qui font la queue pour gagner le droit d'être informés sur son infortune.

Adrienne est une possédée : cette femme tendre et compatissante finit par ne plus connaître, des choses de ce monde, que sa blessure et par verser dans l'égoïsme : deux de ses servantes sont malades, elles vont mourir, Adrienne qui est si sensible relate la chose, on croirait d'un rapport de police et elle conclut avec simplicité : « Ainsi je suis toute dérangée dans mon domestique. »

Si elle s'éveille au milieu de la nuit, elle sonne ses gens, secoue ses bonnes, pourquoi se retiendrait-elle de le faire, elle est malheureuse, oui ou non, elle est la femme la plus amoureuse de tous les temps, oui ou non, et que ça saute, qu'on lui apporte l'écritoire, des chandelles avec, et qu'on ne se rendorme pas avant qu'Adrienne ait eu le temps de se torturer à loisir.

Comment la cour de Paris ou la vertueuse ruelle de Mme de Lambert reçurent-elles cette passion dévoratrice ? Peu de commentaires, mais, ici et là, des ébahissements. Il est vrai que le Paris de la Régence, celui de Louis XV, n'étaient pas portés aux passions démesurées et cette femme qui faisait métier de malheur, qui humait des grottes fétides et délectables, surprenait. « Je trouve, dit Adrienne, que ceux qui disent que mon amour est pis que celui qu'on a pour Dieu n'ont pas grand tort. J'aimerais cent fois mieux être dévote, et plût à Dieu que je pusse le devenir... On dit que je suis un prodige, et que je suis attachée à une chimère. »

Il y eut à Paris des malveillants pour colporter des rumeurs sur l'inconduite d'Adrienne. Nous en trouvons écho dans le livre scintillant de Michel Chaillou, *Rêve de Saxe*. « Un jour, dit Chaillou, Saxe doute de la fidélité d'Adrienne Lecouvreur. C'était au début de leur liaison. Que fait-il ? Il colle un cheveu avec de la cire sur la porte d'entrée de la comédienne, revient une heure après, frappe. Le cheveu a disparu. Il fouille, trouve l'amant caché, un bailli d'une jolie figure. Il pardonne, l'heure suivante se passe en grondements qui vont s'apaisant. »

Je me demande en quel grimoire Chaillou, qui connaît son

XVIIIe siècle au point qu'il croit qu'il y vécut, a rencontré cette histoire, mais Saint-René Taillandier lui-même, le grand, le remarquable historien de Maurice de Saxe, fait des allusions analogues : « Est-il vrai, dit Saint-René Taillandier, que Maurice, à son retour de Courlande, allant chercher des consolations chez sa belle institutrice, y ait trouvé le comte d'Argental établi sur le pied de la plus parfaite intimité ? Comment croire ensuite à la réconciliation qui aurait suivi cette scène ? »

J'aimerais accepter ces romances : elles diraient qu'Adrienne avait su ouvrir quelques clairières dans son enfer, par calcul probablement, et pour en éprouver plus vivement les flammes. Quoi de plus pardonnable quand on s'est entiché d'un coquin tel que Maurice de Saxe ? Ces romances diraient aussi que la grande prêtresse de la pudeur a, par inadvertance, succombé à un maître plus exigeant que la pudeur, succombé au plaisir, à la volupté, à l'impudeur. Il n'est point de mystique un peu sérieux qui n'ait quelque débat avec Satan et ne s'abîme à l'occasion, ne serait-ce que pour ajouter à l'amour qu'il porte au Christ. Pourtant, j'ai scrupule à suivre ces pistes : la sincérité d'Adrienne illumine ses lamentations. Je gagerais qu'après 1720 et jusqu'à sa mort, en 1730, Adrienne fut d'une fidélité éblouie envers son inconfortable amant. Ce fut sa grandeur. Adrienne est folle et sa folie, plus que sa célébrité de comédienne, fut sa gloire.

XXII

LA chaste Adrienne pâtit, tance ses bonnes, dépérit et défaille, écrit des bibliothèques de lettres et pendant ce temps Maurice se dépense. Toutes les chimères qui passent à sa portée, il leur bondit dessus et tente de leur assujettir le mors : nous avons repéré sa trace à travers toute l'Europe, nous l'avons vu explorer les boudoirs de Paris et bientôt il sautera sur la plus fougueuse de ses cavales, la Courlande. Mais, avant même que l'opération Courlande soit déclenchée, Adrienne a de quoi palpiter dans sa rue Visconti.

Dans les premiers jours de 1725, Maurice fait étape à Dresde, Adrienne se casse une fois de plus en mille morceaux : elle se hâte d'être « pénétrée de douleurs ». Son intuition lui dit que, cette fois, l'absence de son amant sera longue, peut-être sans fin. Adrienne voit que son Maurice est à cinq cents lieues, près de son père, dans une ville dépravée, et tout peut advenir. Elle prend la plume et prophétise : « L'ambition sous le nom de gloire va nous séparer. »

La comédienne, experte en mauvais pressentiments, ne se trompait pas. Un gros orage se forme : le duc de Bourbon, M. le Duc, le cyclope hargneux et rapace qui dirige la France depuis la mort du Régent en 1723, en compagnie de sa maîtresse, la très belle, très vicieuse, Mme de Prie, réexpédie dans son Espagne natale l'infante Marie-Anne-Victoire (la fille de Philippe V, âgée de cinq ans) qui était promise au roi Louix XV. L'Espagne enrage mais M. le Duc ne plie pas. Il cherche une remplaçante à l'infante espagnole.

Or, cette remplaçante sera la fille de l'ancien roi de Pologne, Stanislas Leszczynski, ce prince débonnaire et lunaire qui avait été détrôné de Pologne en 1709, précisément par le père de Maurice de Saxe, Auguste II, et qui pour l'heure végète dans une pauvre maison de Wissembourg, après avoir engagé ses bijoux chez un usurier de Francfort.

On comprend les craintes et les tremblements d'Adrienne. Ce mariage du roi de France avec une ennemie héréditaire de la famille de Maurice de Saxe l'épouvante. Elle se dispose au pire : Marie Leszczynska reine à Paris, comment Maurice de Saxe ne serait-il pas tenu pour fâcheux par la cour de France, peut-être même interdit de séjour et refoulé de la France, donc à jamais séparé d'Adrienne ? « Qui eût dit, se lamente-t-elle le 12 avril 1725, que des arrangements dont je suis si éloignée feraient tant d'effet sur mon âme et que le choix d'une reine pourrait faire le malheur de ma vie ? »

Et Maurice, qui est rusé, se garde de contredire aux angoisses de son exténuante maîtresse. C'est vrai, explique-t-il dans ses lettres à Adrienne (car, désormais, nous possédons non seulement les courriers d'Adrienne mais aussi ceux de son amant), c'est vrai, je suis coincé dans la Saxe, je ne peux pas m'amuser à venir défier en France ce Leszczynski, cet ancien roi de Pologne détrôné par mon propre père, voyons, ce ne serait pas poli, et Maurice, le cœur en deuil, explique qu'il doit raison garder, acquiescer à l'éloignement, mais enfin, il pense à sa chère Adrienne, il y pense sans discontinuer, qu'elle soit tranquille, il en est malade.

Adrienne est fine, habile à déceler les vérités sous leur mensonge et elle flaire que Maurice a pris ce texte pour faire le galopin à Dresde ou à Varsovie tandis qu'elle gémit de plus en plus fort dans sa ruelle. Tout s'arrange malgré tout. Maurice reçoit le droit de revenir à Paris. Mieux encore : il est dépêché pour représenter le roi de Pologne, son père, aux fêtes du mariage de Louis XV, à Fontainebleau, le 5 septembre 1725, ce qui permet aux deux amants de passer quelques émouvantes journées dans le pavillon de Dammartin, près de Paris.

Saxe adore Adrienne, le bonheur est au rendez-vous mais le jeune comte a des fourmis dans les jambes, ne tient pas en place. Il est navré, les affaires le réclament, l'ambition, la gloire, le dévouement, toutes ces choses-là, et surtout, une autre rêverie le sollicite, cette Courlande dont on sait que l'ambassadeur de Saxe en Russie, Lefort, l'entretient depuis quelques semaines déjà en faisant luire un possible mariage de Maurice avec la duchesse douairière de Courlande, Anna Ivanovna. Le 10 décembre 1725, Maurice a rallié Varsovie. Adrienne est triste.

L'épopée commence, c'est-à-dire la conquête de la Courlande et de sa capitale, Mittau. La machinerie montée par Lefort entre en action. Certes, jusqu'ici, Maurice a fait un peu la moue à l'idée d'épouser la blonde Anna Ivanovna et ses peaux d'ours mais il n'entend pas pour autant différer de saisir le trône de Mittau.

Au début, le roi Auguste II, protecteur de la Courlande en sa qualité de roi de Pologne, est favorable à la lubie de son rejeton : le 25 avril 1726, le Conseil des ministres de Varsovie approuve le plan de Maurice, avec le souci toutefois de ménager les puissances qui surveillent la Courlande d'un œil torve (la Russie surtout où Catherine Ire, par les manigances de Menchikoff, est montée sur le trône) et qu'elles ne prennent pas ombrage. C'est pourquoi Maurice, soucieux de désarmer les haines, consent que le vieux duc de Courlande, Ferdinand de Kettler, conservera sa couronne. Maurice ne briguera qu'un titre modeste, celui de prince coadjuteur de Ferdinand de Kettler, avec droit de succession à la mort attendue de Ferdinand.

Ayant ainsi tranquillisé les puissances, Maurice met le cap sur la Courlande. Il a un prétexte excellent car sa mère, Aurore de Kœnigsmark, a une botte secrète : elle s'est souvenue qu'un de ses oncles, Otto-Wilhelm dit Conismarco (décidément, la parentèle d'Aurore, que ce soit le malheureux Philippe-Christophe ou bien Otto-Wilhelm continuent d'être très efficaces après leur mort et s'évertuent à éclairer le destin de leur sœur ou nièce, comme celui de leur neveu ou petit-neveu Maurice), possédait des biens, encore sous séquestre, au large de la Courlande, les îles Moën. Aurore transmet à son fils les droits sur ces îles et le tour est joué. Maurice boucle ses cantines et pousse vers la Baltique, vers la Courlande.

Malheureusement ce projet s'effondre car le père de Maurice, Auguste II, adopte soudain une nouvelle stratégie, soit que la tsarine Catherine Ire, catéchisée par Menchikoff, l'ait réprimandé, soit que le Premier ministre de Saxe, Fleming, qui convoite toujours la Courlande, ait obtenu que son maître se dédie, soit enfin que les nobles de Pologne, avides de dépecer la Courlande, aient intimidé leur roi de papier. Et comme Auguste II n'a jamais reculé devant une trahison ou une indignité, Maurice est interdit de Courlande... par son propre père.

Le 21 mai 1726, à Varsovie, Maurice est habillé de pied en cap, bottes, éperons et cravache, il a mis sa figure de guerrier implacable et s'apprête à prendre la route, direction Courlande, quand le ministre des Affaires étrangères d'Auguste II, le comte de Manteuffel, lui défend, au nom du roi, de quitter la Pologne.

Le comte de Saxe rugit. Son père le trahit ! Eh bien, ce sera la guerre ! « Je n'aurais garde de désobéir au roi en toute autre chose, jette-t-il à Manteuffel ; mais si je ne pars pas, tout est perdu pour moi et je songerai à ce que je dois faire. »

La porte a claqué, Maurice n'est plus là. Manteuffel est estomaqué : où a-t-il bien pu passer, cet effronté de Maurice ? Dans un salon voisin, des dames papotent, elles ont vu Maurice qui a disparu après avoir hurlé : « Ce sera un bon coureur celui qui me rattrapera ! »

Manteuffel est en transe. Le raisonnable serait d'alerter le roi Auguste II mais le roi vient de se coucher et une dame dort avec le roi, sans doute il est en cérémonie, comment l'incommoder ? Manteuffel préfère annoncer la rébellion de Maurice au demi-frère de celui-ci, le prince royal, aimable et jouffu, une bonne pâte, le futur Auguste III, qui écrit un billet pour supplier Maurice de réfléchir un petit peu, ce qui n'est pas sa spécialité.

En même temps, on cherche à repérer Maurice : où a-t-il filé ? A-t-il vraiment pris le chemin du nord, au mépris des décisions de son père ? Les heures passent et c'est au milieu de la nuit qu'une « mouche » de Fleming, le major Glasenapp, confirme le départ de Saxe :

« Il est parti au galop, dit Glasenapp, avec sa bande de flibustiers. »

Le mot est féroce et sent son Fleming à plein nez, d'autant plus que les « flibustiers » dont parle Glasenapp étaient de très distingués gentilshommes lituaniens au service du maréchal Pociey, personnage prestigieux et duquel dépendait l'élection de quiconque au trône de Courlande.

Maurice ignore ces vétilles. Ivre de joie, ravi d'avoir échangé la vie brillante et mondaine de Paris, de Dresde ou de Varsovie contre les orages et les incertitudes de l'aventure, impatient d'en découdre et de tirer des coups de feu, il fonce dans la nuit, la nuit du destin, et arrive avec ses « flibustiers » au fleuve Duna, qui marque la frontière entre la Pologne et la Courlande.

Peut-être prononce-t-il un mot historique ? Maurice adore les phrases clinquantes et il en possède une riche collection, généralement glanées dans les pièces de théâtre qu'Adrienne jouait à Paris mais peu importe : bavard ou bien silencieux, invoquant le Rubicon ou pas, Maurice de Saxe franchit le pont. Il fonce sur Mittau, sur la couronne.

Un mois plus tard, le 26 juin 1726, la Diète de Courlande tiendra sa séance solennelle afin de se choisir un duc. Maurice prépare son élection. Il n'a pas les deux pieds dans le même sabot. Toujours sur la brèche, il se dispose au combat et, pour emporter la victoire, il prend des précautions de général en chef, sur un triple plan : le financier, le sentimental et le militaire.

Le financier : les Russes ne sont pas pingres de leur or, ils corrompent les électeurs si bien que Maurice est acculé à la surenchère, mais où trouver des écus ? Il s'adresse à sa mère, Aurore, qui réunit des fonds insignifiants et les lui envoie. Adrienne Lecouvreur est d'un meilleur rapport, et comment ne pas l'admirer ? Cette femme folle de son amour, et qui redoute avant tout l'écart de son amant et ses frasques, elle n'hésite pas à vendre ses bijoux pour permettre que Maurice s'établisse sur ce trône abracadabrant et qu'elle déteste, ce trône du bord de la Baltique, dans un pays barbare et neigeux où grouillent sûrement les femmes. Mais Adrienne est douée pour les sacrifices : elle vend ses bijoux et dégage la somme énorme de quarante mille livres. « Adrienne, dit Maurice avec simplicité, je vous rendrai votre argent. »

Le cœur ensuite : toute sa vie, Maurice fut vaniteux de sa séduction et il en fit un usage intensif. Dans sa panoplie de guerre et de politique, le charme invraisemblable de ce sauvage constituera toujours un puissant allié.

A Mittau, il fait donner sa beauté et se contraint à visiter la grande-duchesse douairière Anna Ivanovna, celle à qui Lefort l'avait fiancé et que Maurice avait dans les premiers temps plutôt dédaignée : mais à présent, la chimère courlandaise est à portée de main, une chimère splendide, caracolante, et Maurice ne va plus faire le délicat. S'il faut en passer par Anna Ivanovna, eh bien, en avant ! Et Anna Ivanovna fond :

« J'ai le bonheur, clame Maurice à sa mère, de ne pas lui déplaire. Elle a exprimé à la tsarine elle-même le désir de devenir duchesse de Courlande en partageant mon sort. »

(Le projet de mariage avec Anna Ivanovna, ourdi par Lefort, est-il renfloué ? En apparence, mais Maurice fait la chattemitte et du reste, durant ce temps, on se souvient que cet écervelé de Lefort, qui a toujours deux fers au feu, s'est mis en tête de nouer d'autres fils, par précaution, de donner à Maurice une fiancée de rechange, une autre princesse russe, cette Elisabeth qui est la fille de Pierre le Grand et de Catherine Ire, la tsarine régnante. Lefort avait si bien présenté sa petite affaire que Catherine Ire se laisse séduire et envisage de fourguer sa fille Elisabeth au beau Saxon.)

Enfin, le militaire. Etrangement, Maurice est moins actif en ce domaine, qui est le sien cependant. Dans les jours qui précèdent la Diète, il ne s'en fait guère. On dirait qu'il rêve. Sans doute, il se flatte que ses manières, avec son habileté, sauront ensorceler la Courlande et lui ouvrir par des voies civiles et légales le chemin du trône.

Il ne mesure pas que sa position est précaire : tout seul et tout nu, là-haut, et des fauves rôdent dans les déserts de Courlande, des fauves de toutes couleurs, prussiens et russiens, polonais et suédois, peut-être danois — russiens surtout car en dépit des tendresses que portent à Maurice la tsarine Catherine, sa nièce Anna Ivanovna et sa fille Elisabeth, le parti russe se prépare à faire feu sur le Saxon. Chef du complot : le propre gendre de Catherine, le duc de Holstein-Gottorp, mari d'une autre fille de Pierre le Grand, Anna Petrovna, et futur beau-père de la Grande Catherine, qui entend arracher la Courlande à Maurice de Saxe pour la livrer au redoutable prince Menchikoff.

Par chance, le puissant comte lituanien Pociey a plus de tête que Maurice. Il connaît bien ses Russes et s'attend qu'ils mordent. Aussi Pociey rassemble à Kovno, sur la frontière, plusieurs centaines de gentilshommes de Lituanie qui entreront en Courlande à la première alerte. En Courlande même, l'aristocratie est enthousiaste. « Ma physionomie leur a plu », écrit Maurice et c'est vrai que la capitale, Mittau, est en extase : avec un paladin pareil, la Courlande va revivre les grands jours des chevaliers Teutoniques.

Maurice s'emploie de son côté à rameuter une troupe de mercenaires, mais sans beaucoup de réussite. Un de ses agents établi à Liège lui promet trois mille soldats, n'en recrute que dix-huit cents et la plupart désertent, si bien que huit cents d'entre eux, une misère, arrivent en Courlande avant l'élection du 26 juin. Maigre troupe, mais Maurice se console en se disant qu'il est soutenu d'une légion de femmes : en tête de cette légion, la chère Adrienne Lecouvreur flanquée d'Aurore Kœnigsmark qui distribue des ordres du fond de son monastère, et trois sœurs de Maurice : la comtesse de Cosel, mariée au comte de Friesen, la comtesse Orzelika qui épousera en 1730 le prince de Holstein, et la comtesse Ruthsanka. A Saint-Pétersbourg, Elisabeth, future impératrice, réunit des espèces sonnantes, et à Mittau Anna Ivanovna, une autre future impératrice, fait de même. Ajoutons une ribambelle de beautés aristocratiques, entre autres la maréchale Viélinska, à Varsovie, et, à Riga, tout près de Mittau, la superbe comtesse Pociey (Agnès-Eremantine Sharbek-Warfzyck) qui tire les ficelles de son mari. « Le comte Pociey, dit aigrement Fleming, s'est engagé dans cette affaire comme Adam dans le péché, séduit par sa femme. »

Le grand jour, le 26 juin, est là. La Diète de Mittau va se réunir pour désigner le duc. La victoire paraît acquise à Maurice mais le père de Maurice, Auguste II, fait encore des siennes. Il interdit solennellement à la Diète de Courlande de procéder à l'élection. Maurice s'en moque, la Diète aussi et le 28 juin Maurice de Saxe est élu à l'unanimité. L'unanimité moins une voix toutefois, celle du maréchal de Courlande, Eberhard de Bruggen, homme lige du duc régnant Ferdinand de Kettler. Mais ce maréchal n'est pas une âme forte : quand il connaît que Maurice triomphe, il bredouille, explique qu'il s'est bêtement trompé dans ses concepts et qu'en vérité, il voulait voter pour Maurice, quelle étourderie ! Le comte de Saxe est élu à l'unanimité. Joie, joie, pleurs de joie... Et le désastre se rapproche.

XXIII

Les fauves rugissent. Un général russe annonce que le prince Menchikoff se dirige vers Mittau avec douze mille soldats. La Pologne gronde. Le roi de Prusse, Frédéric-Guillaume Ier, ce souverain apoplectique et tatillon qui a épousé Sophie-Dorothée de Hanovre, fulmine. Maurice de Saxe est cerné.

A Saint-Pétersbourg, l'ambassadeur Lefort tente de détourner la foudre. Il met en batterie ses armes favorites, les femmes. Il ne cache pas à son roi, Auguste II, que la cour de Saint-Pétersbourg est très hostile aux ambitions courlandaises de Maurice, mais, par bonheur, il y a en Russie « les femelles », dit Lefort avec distinction. « Nos amis, précise Lefort, et surtout les femelles n'en dorment pas de joie. S'il ne vient pas bientôt (Maurice), j'appréhende qu'elles ne lui courent au-devant. Autant de mille écus que notre héros va faire d'Actéon m'accommoderait fort. »

En vérité, les Actéon russes se soucient peu des « femelles ». Ils aiguisent leurs dagues. Avant d'égorger Maurice, cependant, ils essaient de chasser le trublion par des voies civilisées : comme Maurice est légalement tenu de soumettre une charte à ceux qui l'ont élu, les Russes conseillent vivement à la Diète de Courlande de rejeter cette charte. Ils font un peu de tumulte pour intimider les notables courlandais. Des patrouilles de soldats russes rôdent, ou prétendent qu'elles rôdent, dans les bois proches de la petite capitale. Maurice est alerté. Il réplique en lançant un ultimatum à ses électeurs : si la Diète n'adopte pas la charte le 5 juillet, il se retirera sous sa tente, à Paris, laissera les Courlandais à leur infortune. Le coup de force réussit : la charte est signée. Maurice de Saxe récompense royalement la Diète : il la dissout le 6 juillet. Il se donne les pleins pouvoirs.

Exaspérés, les Russes se résignent à la guerre. Un soi-disant ambassadeur extraordinaire de la tsarine Catherine Ire, le prince Dolgorouki, se présente à Mittau, informe la Diète dissoute que, si l'élection de Maurice n'est pas cassée au bénéfice du prétendant russe, le prince Menchikoff, alors la Russie cognera, la Courlande sera rayée du monde et dépecée entre ses voisins.

La grande-duchesse de Courlande Anna Ivanovna est mécontente : après tout, c'est son corps, son âme qu'on est en train de brader puisque le futur grand-duc de Courlande, qu'il s'appelle Maurice de Saxe ou Menchikoff, aura droit, en prime, à Anna Ivanovna. Il est conséquent que la nièce de Pierre le Grand veuille juger sur pièces et puisqu'elle connaît déjà Maurice de Saxe, qui l'a émue, elle fait atteler pour Riga où piaffe le rival de Saxe, le prince Menchikoff. Elle entend comparer les deux hommes.

A Riga, Anna Ivanovna ausculte le prince russe, le regarde avec un soin extrême, détermine que Maurice a la figure plus jolie et retourne dare-dare à Mittau pour servir de rempart à Saxe.

Menchikoff est impassible. Il ne modifie pas ses dispositions. Dès le 10 juillet, il entre dans Mittau avec trois cents cavaliers et dispose ses douze mille soldats autour de la capitale. Maurice entend battre les tambours de la guerre, ces musiques l'excitent et l'engagent aux insolences : précédé de douze carrosses de gala, il se présente chez l'ambassadeur russe à Mittau, M. Bestoujev, et déboule dans les appartements de Menchikoff. L'entrevue est bruyante : « Menchikoff, dira Maurice, a paru ici comme l'arbitre des humains.

Il a été très surpris que de chétives créatures (les électeurs courlandais) fussent assez inconsidérées et connussent assez peu leurs intérêts pour refuser l'honneur qu'il leur veut faire de les régir et de réparer par là la honte de leur choix. »

A l'implacable Menchikoff, Maurice fait une proposition clownesque : si le Russe déguerpit, Saxe lui fera cadeau de cent mille roubles. Dans le cas contraire, si les Russes réussissent à faire casser l'élection de Saxe par la Diète, alors, c'est Menchikoff qui versera cent mille roubles à Maurice, voilà comme le siècle des Lumières déchiquette les terres, les patries, les peuples. Saxe relate ce marchandage bouffon et conclut laconiquement : « Menchikoff a topé. »

Anna Ivanovna se porte au secours de Maurice. Elle vole à Saint-Pétersbourg et plaide pour le Saxon. Avec succès. Qu'a-t-elle raconté à la tsarine Catherine Ire, on l'ignore, mais le résultat est foudroyant : Menchikoff se replie sur Saint-Pétersbourg tandis que l'ambassadeur de Russie à Mittau, Bestoujev, est expédié en droiture en Sibérie.

Une fois de plus, Maurice de Saxe a été sauvé par une femme, Anna Ivanovna. A Saint-Pétersbourg, il y a une autre femme, qui s'impatiente, cette Elisabeth, fille de Pierre le Grand et cousine d'Anna Ivanovna de Courlande, que l'ambassadeur saxon Lefort a étourdiment ajoutée à la liste des fiancées de Maurice de Saxe. Or, Lefort a été convaincant. Il a si bien vanté les attraits de Maurice de Saxe qu'Elisabeth est captivée, et puis elle ne détesterait pas de jouer un mauvais tour à sa cousine Anna Ivanovna. Lefort, qui ne sait plus que faire avec toutes ces fiancées russes, envoie un appel au secours à Auguste II, explique qu'il serait séant que Maurice de Saxe se montre un peu à Saint-Pétersbourg :

« Que le comte de Saxe vienne au plus tôt, dit Lefort. Il faut qu'il fasse belle figure, grande table, fêtes, cadeaux, car les femelles aiment la joie et le parti russien demande cela. »

Maurice de Saxe est trop empêtré dans sa Courlande pour aller faire le gandin à Saint-Pétersbourg. Qu'à cela ne tienne, rétorque Lefort, à défaut de l'original, qu'on livre la copie, une miniature du comte de Saxe, et Elisabeth aura déjà succombé. Auguste II remue ciel et terre pour découvrir une miniature de son garnement, il n'en existe point et le roi fait décrocher le monumental portrait de Maurice qui ornait son cabinet de travail, le fait acheminer vers la Russie.

Lefort accuse réception et ajoute qu'un peu d'argent serait le bienvenu. Combien d'argent ? Mon Dieu, avec vingt mille écus, on pourrait conclure, dit Lefort, oui, vingt mille écus, et Maurice épousera une femelle, l'une ou bien l'autre, quelle importance, Anna Ivanovna ou Elisabeth.

Le roi de Pologne et Electeur de Saxe, Auguste II, n'est pas une âme forte. Il soutient son fils par passades et le trahit par intervalles. Il est vrai que sa couronne est précaire et ne pèse pas lourd. Auguste II est un roi de poussière à la traîne des magnats polonais qui détestent Maurice et voudraient bien que la Courlande échoue à se donner un prince. En effet, le pacte fondateur de 1562 avait prévu que, si la dynastie des Kettler devait s'éteindre, la Courlande ferait aussitôt retour à Varsovie et serait éparpillée entre les chefs de l'aristocratie. Comment, dans ces conditions, ne pas prier pour l'échec de Maurice de Saxe ? Les magnats polonais aiguisent leurs grandes dents, s'apprêtent à déchirer la Courlande en cent palatinats et à en avaler les dépouilles.

Auguste II fait une charge ou deux, des charges molles, en faveur de son fils, expédie le portrait demandé par Lefort et puis se couche : le 11 octobre 1726, il signe un rescrit ordonnant à son fils de quitter la Courlande. Le jeune homme est effaré et grandiose : « Sire, répond-il, je vois avec une douleur extrême la nécessité de vous obéir ou de me déshonorer mais je ne suis plus à moi-même et ne puis rien faire sans le consentement des Etats de Courlande. » Le tortueux Fleming monte en ligne. Le 9 novembre, la Diète polonaise annule l'élection faite à Mittau le 28 juin, bannit Maurice de la Courlande et met sa tête à prix !

Maurice raconte ces œdipiennes horreurs à son ami, le comte de Friesen : « Me voilà proscrit, ma tête mise à prix... Je crois qu'on ne me fera pas plus de quartier qu'à un loup. Ah, Messieurs du Sénat et de la République, vous me paierez la sottise que le Fleming vous a fait faire et vous allez voir un beau train ! On veut que je prenne les armes ? Soit ! Je les prends ; mais tant que je pourrai tenir mon épée dans mes mains, je m'en servirai pour vous détruire... C'est ici, mon cher Comte, où il faut vivre ou mourir, n'eussé-je que cent hommes et quand ils seront tués, j'en chercherai d'autres et cela tant que je respirerai... »

Saxe pète le feu. C'est une bête de guerre, le danger l'illumine. A Fleming, son ennemi acharné, il confirme qu'il se défendra les armes à la main. (« Les Courlandais périront tous... ») A sa mère, Aurore de Kœnigsmark, il débite de la poésie, des souvenirs de famille et de l'histoire romaine : « Vous verrez revivre sous vos yeux le vieux Kœnigsmark, celui qui tenait en échec les armées de l'Allemagne... Qui sait si le monde ne reverra pas en moi un nouveau Coriolan ? »

Maurice qui est si souvent brouillon sait choisir ses modèles historiques. Son destin rappelle en effet celui de Coriolan : le Romain, après qu'il avait été exilé de Rome, se mit à la tête d'une peuplade ennemie, les Volsques, pour assiéger Rome. Mieux encore : autour de Coriolan, on voit également s'agiter deux femmes, sa mère et son épouse, avec la différence toutefois que ces deux « femelles », comme dirait Lefort, au lieu d'encourager Coriolan à la trahison, se mirent au contraire à pleurer pour affadir ses résolutions, alors que la mère de Maurice, elle, le pousse à tenir tête aux Polonais.

Le nouveau Coriolan, en attendant de lancer ses légions sur Rome (une centaine de soldats, ces légions, dont quarante sont sur le point de déserter), écrit à sa maîtresse de Paris, Adrienne Lecouvreur. Ces lettres sont touchantes, fiévreuses, angoissées, nobles, avec de la tendresse. Il dit ses craintes, ses décisions, assure qu'il va bientôt revenir à Paris mais, attention, Adrienne risque d'être un peu décontenancée :

« Je suis devenu sauvage, et il s'est répandu une férocité sur toutes mes actions dont je suis honteux quelquefois quand je songe qu'il faudra que je paraisse devant vous... Je suis maigri et j'ai l'air d'un corsaire qui depuis longtemps a toujours la mèche à la main pour se faire sauter. Mais, je ne veux pas vous effrayer davantage, je vous ferai assez de peur quand vous me verrez... Adieu, adieu, je vous embrasse un million de fois... »

L'inénarrable Lefort s'alarme. Fidèle à sa diplomatie conjugale, il tire de son chapeau une troisième fiancée russe, Sophia-Carlowa, la fille de Menchikoff (d'autres textes disent : la future bru de Menchikoff), première demoiselle de la tsarine, mais, reconnaît loyalement Lefort, « peu jolie, espiègle, raisonnablement têtue mais spirituelle ». La jeune fille échappe cependant à Maurice car la cour de Saint-Pétersbourg la marie précipitamment, et d'ailleurs le comte de Saxe en a vraiment assez du fastueux sérail de Lefort.

A Mittau, Maurice de Saxe a d'autres chats à fouetter, mais il ne les fouette guère. Cette espèce d'apathie, presque une catalepsie, qui l'envahira si souvent dans les passages les plus dangereux de sa vie (sa plus grande victoire militaire, Fontenoy en 1745, il la gagnera en rêve, il se battra comme se battent les spectres) lui fait négliger le gouvernement de son minuscule Etat. Il y a des femmes à Mittau, Saxe s'en repaît. Et fait une bourde.

Son plus solide soutien, la duchesse douairière de Courlande Anna Ivanovna, qui pétille de désir pour Saxe, compte, parmi ses filles d'honneur, une personne de beaucoup de grâce, qui plaît au jeune homme et que Maurice séduit en un tournemain. Un roman se développe : chaque soir, Maurice vient extraire la jeune fille de sa chambre, qui se trouve au rez-de-chaussée du palais, l'emmène chez lui, l'aime. Le lendemain, il la reconduit chez elle avant que le soleil se lève.

Un matin de janvier 1727, au moment où Maurice rapporte sa maîtresse, le jardin du palais est couvert de neige. Saxe est chevaleresque, il a peur que la jeune fille ne s'enrhume, elle a des pieds si jolis, et il la charge sur ses épaules pour la rapatrier chez elle. C'est la nuit encore, on n'y voit goutte et une vieille servante qui traversait le parc avec sa lanterne aperçoit cette drôle de machine composée de Saxe et de son insolite fardeau. La vieille femme pense à un fantôme, elle a peur, elle vocifère. Saxe a peur aussi. Dans la crainte d'être reconnu, il envoie un coup de pied dans la lanterne de la vieille, perd l'équilibre et les deux amants gesticulent dans la neige pendant que la servante hurle à la mort.

Le corps de garde accourt, apprécie le spectacle et se montre très gai. Saxe, lui, se montre en colère. Il menace, exige le silence mais il y aura un traître, l'aventure nocturne va transpirer et le Tout-Mittau rigole. L'histoire revient aux oreilles d'Anna Ivanovna qui apprend à la fois son infortune et son humiliation neigeuse, nocturne et publique. Elle s'étrangle de colère, comprend qu'elle ne se mariera jamais avec le beau guerrier, lui retire sur-le-champ son appui et cherche ses amants ailleurs.

Tel est le comte de Saxe et, certes, il est malséant de faire l'amour à une jeune fille quand on est, paraît-il, fiancé à une autre, pourtant cet homme qui échange le trône de Courlande contre les seins d'une demoiselle roturière, son insouciance est belle. Et perdre le trône de Courlande, comme il le fit dans cette nuit glaciale, n'est rien encore. En réalité, il a perdu beaucoup plus : dans quelques années, cette Anna Ivanovna qu'il vient de bafouer et de ranger à ses ennemis, elle sera impératrice de Russie.

Et si Maurice n'avait pas désiré une jeune fille ? Et s'il n'avait pas neigé à Mittau dans la nuit du 20 janvier 1727 ?

Et si une vieille servante n'avait pas renversé sa lanterne? Ces questions ne concernent pas Maurice : elles interrogent la malice de son malicieux destin.

Il fait froid. Le palais de Mittau est un courant d'air. Saxe somnole tout le jour. La resplendissante épopée de la Courlande tourne en eau de boudin : quelques troupiers, un château sombre, dépeuplé, deux grandes puissances aux trousses, un père plutôt félon, une duchesse douairière irritée et ce pays sans boussole, ce pays de sable, de misère... Coriolan roupille. Coriolan s'acagnarde dans sa chambre, lit, lit toujours le même livre : *Don Quichotte.*

Auguste II se manifeste encore. Il conseille à Maurice de se mettre au vert en France et Saxe, pour une fois, lui obéit. Il arrive à Paris en avril 1727. Adrienne, qui se soucie des trônes comme d'une guigne, est au septième ciel, chère Adrienne... Entre deux nuits de frénésie, Saxe intrigue. Il s'est fourré dans la tête que la France pourrait lui porter secours, c'était bien mal connaître le cardinal de Fleury, qui a remplacé M. le Duc (Bourbon) en 1726 et tient les commandes de la France. Ce vieillard sec et crochu, lâche et qui déteste les tribulations, n'avait pas envie de chatouiller les Russes, les Prussiens et les Polonais ensemble. Du reste, il avait raison.

Au bout d'un mois d'amour, Saxe reprend la route de Courlande, plus démuni qu'à son départ. En Russie, la tsarine Catherine Ire qui avait des indulgences pour Saxe est morte le 17 mai 1727. Et voici le pire : la Russie se choisit pour régent cette brute de Menchikoff, l'ennemi le plus venimeux de Maurice.

L'entreprise de Courlande s'achève. Ses derniers feux sont mélancoliques et très beaux. Saxe fait fortifier une petite île, il se persuade qu'il y pourra résister aux envahisseurs, l'île d'Umaïs, qu'il rebaptise île Maurice ou encore île des Proscrits. Il envoie à Adrienne des lettres touchantes, courageuses, amoureuses et presque fleur bleue. « Il y aura dans l'île Maurice un fort qui s'appellera Fort-Adrien. Vous voulez bien que je vous fasse cette galanterie, elle me portera bonheur... »

Et il remplace Coriolan par une autre figure plus modeste, Sancho Pança :

« Me voici dans mon île comme Sancho Pança. Dieu veuille que mon gouvernement dure plus longtemps que le sien. L'avantage de l'île des Proscrits est qu'elle n'est pas en terre ferme comme celle de Barataria, ce qui pourrait bien mener les choses jusqu'à la gelée... Ce matin, en faisant mes dispositions militaires, je jetai les yeux sur une petite île charmante. Tout d'un coup toutes mes idées se changèrent en idées galantes. Je répondis à mes officiers de travers. Je m'assis. Je pensai à vous plus d'une heure et je fis le projet d'une habitation charmante. (...) Je voulais faire abattre tous les arbres de cette île mais, en votre faveur, je leur fis grâce, me flattant qu'un jour vous pourriez l'habiter... Les événements ne sont rien, et vous m'êtes tout. »

Gageons qu'Adrienne n'était pas impatiente de déménager pour le caillou de la Baltique sur lequel son amant fait le lyrique. La comédienne préférait ses brocarts et ses chinoiseries de la rue Visconti à Paris mais l'intrépide femme se fût pourtant résignée à mettre cap au nord, si l'amour était à ce prix, et pourvu qu'elle pût se gorger du cher Maurice.

Les Russes avancent, huit mille hommes, soutenus par une armée polonaise qu'Auguste II, le couteau russe sur la gorge, a dû dépêcher en Courlande. Le 17 août, Saxe attend l'assaut. Il écrit à Adrienne :

« Je n'ai que le temps de vous écrire, mon cher enfant, pour une petite raison : je serai attaqué ce soir par un corps de huit mille Russes ; je ne juge pas la partie tenable parce qu'ils sont suivis de plusieurs autres et que cette queue ne finira point. Ces Messieurs ont les reins trop forts pour moi. »

Et un post-scriptum déchirant : « Il n'est plus temps. Les

Russes sont à portée du canon. Je suis sans armes et il faut bien quitter la partie. Demain, je ferai une bonne sortie et percerai au travers s'ils se trouvent dans mon chemin ; je les éviterai pourtant si je puis... Adieu, aimez-moi. Si je péris, vous perdrez quelqu'un qui vous a bien sincèrement aimée. »

Le général russe Lascy lance un ultimatum : dans quarante-huit heures, il attaquera. Saxe se terre dans son île des Proscrits. Il rassemble ses braves, la revue est vite faite : douze officiers, cent quatre fantassins, quatre-vingt-dix-huit dragons et trente-trois domestiques pour contenir l'Empire russe ! Maurice refuse d'envoyer ces malheureux à la mort. Ils négocieront leur reddition mais Maurice, lui, ne se rendra pas. Il va s'échapper.

Le 19 août, avec dix soldats, il gagne le continent, à Windau, « tantôt nageant avec sa monture, tantôt en traversant à gué les points où la mer est basse ». Les cosaques de Lascy prennent en chasse les rogatons de l'armée de Courlande, les canardent pendant dix heures. Sept soldats de Maurice sont tués. Maurice file vers Memel mais il abandonne ses bagages aux mains des Russes. Le proscrit est un paria à présent, trempé comme un barbet et presque nu, « pareil à Nicomède vaincu », expliquera-t-il à Aurore. Tout est consommé, et tant de fièvres et d'audaces, tant de désirs et de promesses, peut-être toute l'aventure ne fut-elle qu'un rêve ?

Le poète anglais Coleridge était très fort en rêves : « Si un homme traversait le Paradis en songe, dit-il dans une de ses notes, qu'il reçût une fleur comme une trace de son passage et qu'au réveil il trouvât cette fleur dans ses mains... que dire alors ? »

Maurice de Saxe est cet homme : s'il revient de l'enfer plutôt que du paradis, il reçoit néanmoins, quand il quitte le pays des brumes, un pétale de fleur pour attester que la Courlande ne fut pas un songe, qu'elle fut une géographie et non un délire, que Maurice fut bien le souverain de ces solitudes et non l'objet d'une hallucination car, pendant la déroute, le fidèle serviteur de Saxe, un certain Beauvais, a réussi à soustraire aux Russes du général Lascy la cassette contenant le diplôme de l'élection de Maurice de Saxe au trône de Courlande.

XXIV

ADRIENNE ne pleure pas la Courlande. A son cœur défendant, elle avait fourni quarante mille livres à son tumultueux amant mais le ciel fut plus dégourdi que le malheur : il s'est débrouillé pour que ces quarante mille livres soient jetées aux moineaux, merci mon Dieu, merci Menchikoff et Lascy, merci tous les vilains, merci Fleming et Auguste II et Manteuffel ! La Courlande demeure un lieu imaginaire, une légende ou une neige, et Saxe, enfin chassé de son royaume de Thulé, va célébrer des cérémonies plus domestiques, plus voluptueuses. Ses dernières lettres, dans l'île aux Proscrits, étaient pleines d'usage et raison, et si tendres, le temps du bonheur est là. Ulysse rentre à Ithaque. Dans sa rue Visconti, Pénélope danse de joie.

Ulysse n'est pas pressé. La moindre sirène, la plus modeste crique, un bal ou un feu d'artifice, une putain, il faut qu'il y consente. Il sacrifie à sa vocation ambulatoire. Il baguenaude dans toute l'Europe, il fait relâche à Francfort, à Breslau, en Hollande, à Dresde, il ne peut pas s'empêcher de fureter du côté de Dantzig, la tête emmitouflée dans ses rêves.

En février 1728, comme il est en Hollande, il reçoit une nouvelle tragique : Aurore de Kœnigsmark se meurt, elle est morte, mais Maurice, s'il souffre, nous n'en saurons rien, cet homme est le tombeau de ses tourments. Il ne fait pas même un crochet par l'abbaye de Quedlimbourg où agonisa sa mère.

Pis encore : il dépêche à Quedlimbourg un messager avec la charge de dresser pour lui le compte de l'imposant héritage des Kœnigsmark mais cet héritage, le peu qui en subsiste après tant de dissipations, Aurore l'ensevelit avec elle : vêtue d'une fastueuse robe de damas bleu, Mlle de Kœnigsmark enferme dans son cercueil de verre tous les bijoux dont Frédéric-Auguste, trente ans plus tôt, sous les frondaisons du château de Moritzburg, avait couvert le corps splendide. Et pour le reste ? Pour le numéraire ? Les religieuses de Quedlimbourg consultent leurs livres : l'héritage s'élève à cinquante-deux écus, cela ne mérite pas le détour et, pour comble, Maurice a déjà une autre mort sur les bras. Le 30 avril 1728 disparaît l'homme qui voulut le détruire avec sa mère, le ministre absolu de Frédéric-Auguste, le comte de Fleming.

Le comte de Fleming laisse une veuve, la princesse de Radziwill, une très jeune femme, sa richesse est sans limite et Adrienne apprend de loin qu'on envisage de marier son Maurice avec la veuve de Fleming. La comédienne bondit sur son écritoire. Cette femme si douce, si mièvre, vocifère :

« Je crois que j'ai enfin deviné la personne qu'on vous destine : c'est la veuve du F. Ce serait bien là le dernier trait de sa haine et le plus dangereux de tous les coups qu'il a pu vous porter. Elle a beau avoir sept millions, elle en aurait dix et cent mille que je ne pourrais m'empêcher de frémir à y penser. »

Et Adrienne, dans sa hargne, rapporte à Saxe, qui les connaissait déjà, les dépravations de cette femme : dès que Fleming a trépassé, la princesse de Radziwill a pris des dispositions funéraires. Mais le comte de Fleming était grand sans doute, ou bien le menuisier incompétent, si bien que le sarcophage se trouva court. La princesse de Radziwill est une femme ardente, elle n'a pas de temps à perdre et, plutôt que de commander un nouveau cercueil, elle choisit une solution tranchante : on casse les jambes du mort et on entasse les morceaux, tant bien que mal, dans le petit cercueil. Adrienne Lecouvreur fournit d'autres détails ignobles :

« Elle (la princesse de Radziwill) n'a cessé de donner des fêtes, d'avoir de la musique et de tenir des propos abominables, il faut que ce soit un monstre... Je vous aime trop pour ne pas me révolter à cette seule idée... Cette méprisable créature n'est point faite pour être honorée du titre de votre épouse. Non, mon cher Comte, je n'y consentirai jamais », et Adrienne fait à la suite une recension des principales dames auxquelles Saxe a échappé depuis ces deux ans : « Ce ne serait pas la peine d'éviter avec tant de soin la princesse de Russie (Elisabeth), d'avoir négligé la duchesse de Courlande (Anna Ivanovna) et refusé la fille du Menchikoff. Je l'aurais mieux aimée qu'une telle écervelée. Rien ne peut colorer un pareil projet.

« Mais mon Dieu, le désir des richesses doit-il tout faire oublier ?... Je ne suis point Reine, il s'en faut bien, mais mon âme ne se démentira jamais sur la réputation que je désire que vous conserviez. Je suis plus jalouse de votre gloire que je le suis de votre personne, quoique assurément je l'aime bien tendrement. Vous êtes en si bon chemin, l'estime et la vénération que l'on sent pour vous est si flatteuse et si bien établie... »

Jalousie, et rancune, et vaticinations, ou bien générosité, vertu, les phrases d'Adrienne, si molles quand elle aime, sont belles dans l'imprécation. Et la princesse de Radziwill ne sera jamais la comtesse de Saxe.

Adrienne n'a pas fini de palpiter car Lefort, l'envoyé extraordinaire d'Auguste II en Russie, renfloue une fois de plus un projet matrimonial : Anna Ivanovna, la duchesse de Courlande humiliée par Saxe, c'est fini. Pour sa part, la Menchikoff s'est mariée. Reste la troisième fiancée, Elisabeth, la fille de Pierre le Grand, et Lefort lance une nouvelle campagne de publicité : il explique qu'Elisabeth est toujours intéressée par le produit qu'on lui vante mais elle veut au préalable « voir celui qui devait la posséder », car le grand portrait qu'Auguste II lui avait expédié ne suffit pas à la future tsarine.

Elisabeth désire « voir la marchandise ». La « marchandise » renâcle. Maurice de Saxe prétend qu'il craint un échec mais sans doute il redoute un succès plutôt. Lefort s'opiniâtre, creuse ses sapes, éparpille ses projets au point qu'Auguste II finit par en avoir assez : le 7 février 1729, il fait savoir à Lefort son mécontentement, « Sa Majesté ne pouvant consentir à ce que le comte de Saxe fasse encore, comme ci-devant, le galopin et l'aventurier ». Pour la deuxième fois, Maurice rate le trône de Russie... pftt... il s'en aperçoit à peine.

Maurice était déjà réinstallé à Paris depuis trois mois. Adrienne avait clamé la bonne nouvelle à tout son monde : « Une personne, attendue depuis très longtemps, écrit-elle avec gourmandise le 23 octobre 1728 à un de ses amis, arrive enfin ce soir, selon les apparences en assez bonne santé. Un courrier vient de le devancer car la berline est cassée à trente lieues. On a fait partir une chaise de poste et on sera ce soir ici. » Un petit bout de volupté mais ce bout est très petit car Maurice de Saxe, il n'a pas si fort rêvé, il n'a pas commandé tant de soldats, il n'est pas allé faire le bateleur sur la Baltique pour se pâmer d'amour infini dans un salon un peu mignard de la rue Visconti, auprès d'une femme géniale, languide et musicale. A Maurice, il faut de la chair toujours fraîche : les ogres sont peut-être des hommes bons, comme le fut à coup sûr Saxe, et compatissants, mais voilà, il faut toujours qu'ils croquent des bébés, c'est leur industrie.

Adrienne est bonne fille : alors qu'elle fut révulsée quand on avait parlé de la Fleming, elle ne bronche pas, ne gémit point si Maurice va passer beaucoup de nuits avec la Carton, une chanteuse de l'Opéra, un charme, une langue à malices, une fille ronde et fraîche, une croupe à damner les saints et les saints sont innombrables : le duc de Quinston, Le Noir de Condré, dix autres en ont relevé les fossettes et les spécialités. Le flegme d'Adrienne s'entend : Maurice a le privilège des grands appétits. Il contente la Carton ou ses petites camarades et ne s'interdit pas de dormir avec la Lecouvreur. Adrienne comprend, elle se dit que son « sanglier » est comme ça, de temps en temps elle écrit de belles phrases tristes : « Je suis faible et délicate. Mes beaux jours s'avancent. »

Maurice est de bonne humeur car il a une nouvelle lubie : il a conçu une galère sans voiles, sans rames, qui devrait joindre Rouen avec Paris, en vingt-quatre heures. Adrienne a beau racler les derniers écus de sa bourse, c'est raté, la galère ne veut pas bouger.

Adrienne est consternée car Maurice, à présent que la galère reste au port, a beaucoup de loisirs. Il charme une autre femme, et ce n'est pas rien, celle-là, ce n'est pas une simple Carton, c'est du très beau linge, Louise-Henriette-Françoise d'Harcourt-Lorraine qui est l'une des femmes les plus titrées de France, très belle en outre, « plus grande que petite », et qui couche à tort et à travers, peut-être avec son mari, sait-on jamais, le duc de Bouillon, chef de la maison de La Tour d'Auvergne et petit-neveu du grand Turenne, mais il est si vieux, et sûrement avec le comte de Clermont, qui est de sang royal ou bien avec Tribou qui chante à l'Opéra et avec le comédien Quinault-Dufresne.

« Mme de Bouillon, dit Mlle Aïssé qui n'est pas une femme méchante, est capricieuse, violente, emportée, excessivement galante; ses goûts s'étendent depuis le prince jusqu'aux comédiens. »

Les choses se compliquent car Tribou, ce chanteur que la duchesse de Bouillon câline, aime ailleurs et qui aime-t-il ? Adrienne Lecouvreur ! Or, Mme de Bouillon ne se formalise pas de cette foucade car elle aussi, son cœur orageux bat déjà pour une autre personne, et quelle personne ? Le comte de Saxe, le héros, ce type qu'aime la Lecouvreur et qui vient d'arriver à Paris, tout crotté encore de la poussière et de la boue et de la gloire de la Courlande.

On jurerait que toute l'affaire a été ourdie par un structuraliste du XXe siècle, ou bien par Racine dont on sait qu'il fut clandestinement affilié à cette école de pensée. On résume le scénario : la duchesse de Bouillon, délaissée du chanteur Tribou, aime le maréchal de Saxe qui est aimé d'Adrienne Lecouvreur. De son côté, Tribou aime la Lecouvreur qui aime Saxe. Si l'on est en manque d'une tragédie, on a tout ce qu'il faut pour en composer une, le pain et le couteau, ou peut-être le poison. Le destin a fait du joli et Adrienne est à son affaire. Elle va pouvoir jeter de beaux cris.

Saxe est d'abord distrait : aux œillades de la princesse de Bouillon, il répond à peine et la Bouillon, « outrée de voir ses charmes méprisés », maudit la Lecouvreur que cet idiot de Saxe lui préfère. Mme de Bouillon se raidit, lance une OPA sur Saxe : pendant les vacances de Pâques 1729, elle invite Adrienne dans son château de Pontoise. Elle l'embrasse énormément et lui dit qu' « elle est une reine ». Mme de Bouillon avait aussi eu la politesse d'inviter l'amant d'Adrienne, ce Maurice de Saxe, et c'est sans doute là-bas, à Pontoise, que Saxe couche, commence à coucher avec Mme de Bouillon.

Adrienne Lecouvreur souffre. Et elle mord. Racine lui donne un coup de main. Adrienne en effet joue *Phèdre* et, un soir, elle repère que le comte de Saxe, si volatil depuis quelques moments, est dans la salle. Ça tombe à pic, car Phèdre déclame : « A défaut de ton bras, prête-moi ton épée », et, si l'on en croit une lettre de M. Bastide à Jean-Jacques Rousseau, Adrienne saisit le glaive qui pend au flanc d'Hippolyte, le « jette dans l'estomac du comte, à la vue de trois mille spectateurs ».

Adrienne prend goût à ces distractions : une autre nuit,

c'est encore Phèdre. Dans une loge de l'avant-scène, la duchesse de Bouillon froufroute avec sa bande. Dans l'ombre, Maurice de Saxe se dissimule. Adrienne a tout vu. Et quand elle devrait s'adresser, sur la scène, à sa confidente Œnone, elle se dresse devant la loge de la Bouillon et gifle celle-ci des vers de Racine :

> « *Je ne suis point de ces femmes hardies*
> *Qui goûtant dans le crime une tranquille paix*
> *Ont su se faire un front qui ne rougit jamais.* »

La salle glousse mais qu'importe à la Bouillon, elle a triomphé puisque le comte de Saxe lui accorde ses faveurs et que la romance est publiée par la femme bafouée elle-même, Adrienne Lecouvreur, sur la scène de la Comédie-Française au surplus : le comble de la réussite. Pourtant, une femme a-t-elle jamais triomphé de Saxe ? Celui-ci est une grosse anguille, on ne l'attrape point : il aime Adrienne, il couche avec Mme de Bouillon, mais il y a la Carton et quelques autres, et Mme de Bouillon est ulcérée, elle fait des scènes monumentales dont Saxe profite à sa manière, en y gagnant des jouissances inattendues. Et la haine de Mme de Bouillon pour Adrienne Lecouvreur augmente.

Adrienne, quand elle n'envoie pas une épée dans le ventre de son amant, écrit et grince. Même rabâcheuses, ses plaintes sont élégantes, bouleversent. « Je vieillis mais c'est pour vous... J'aime vous aimer... Je vous aime comme un amant, et quel amant, et comme j'aimerais un héros... Adieu, adieu, quand vous dirai-je bonjour ? » (1727). « Je suis douce, je suis sincère et simple, je ne cherche ni à vous éloigner des compagnies qu'il convient que vous voyiez, ni à vous arracher aux exercices qui peuvent vous plaire... » (1728). « Je ne veux point vous accabler de plaintes et j'aimerais bien mieux ranimer votre tendresse que d'exciter votre pitié. Mais, peut-être en est-ce fait, et que votre âme n'est plus susceptible d'aucun sentiment tendre pour moi. Achevez donc de me désespérer, j'aime autant mourir que de vivre plus longtemps dans l'état où je suis » (1728).

La santé d'Adrienne est mauvaise. Peut-on aimer sans se défaire ? A moins que Mme de Bouillon n'ait aidé à la mort. On nous sert depuis deux siècles une histoire d'empoisonnement, avec tous les ingrédients nécessaires : des pastilles empestées, des rencontres furtives dans le parc du Luxembourg, des messagers de l'ombre, un petit abbé bossu et vicieux, serait-ce une fable ? Mais ce siècle était friand de poison. Johanna-Victoria, il n'y a guère, n'avait-elle pas invité sa dame de compagnie à donner des pilules mortelles à Aurore de Kœnigsmark et à son fils Maurice ? En France même, ne murmurait-on pas quelques années plus tôt que Philippe d'Orléans, le Régent, se livrait à des études d'alchimie pour mieux distiller du poison à quelques personnes, dont le petit Louis XV ? Et bientôt, la Pompadour se persuadera que le ministre de la Marine, Maurepas, avait en tête de l'empoisonner, Maurepas dont Paris dira qu'il était cause du décès de la maîtresse de Louis XV, Mme de Châteauroux.

C'est pourquoi on s'avance sur ces pistes à pas de loup et l'on ne décide point. A peine remarque-t-on que les versions de l'horreur sont contradictoires. Ainsi, du moyen que la Bouillon aurait utilisé pour assassiner Adrienne, nous connaissons trois romans : le premier est classique, fonctionnel, des pilules. Le deuxième est romantique, un bouquet de fleurs empoisonné. Le troisième est psychanalytique, un lavement vénéneux.

Une seule certitude : Adrienne est à la mort. Elle lutte. Elle s'oblige à paraître au théâtre. Le 14 mars 1730, elle joue *La Surprise de l'amour* à Versailles ; le 15 mars, elle tient le rôle de Jocaste dans *Œdipe* et Mlle Aïssé « a pitié de l'abattement et de la faiblesse dont elle était ». Cinq jours plus tard, le lundi 20 mars, à onze heures du matin, elle s'éteint « comme une chandelle ». Un abbé la visite : « Je sais ce qui vous amène, monsieur l'abbé, mais soyez tranquille, je n'ai point négligé vos pauvres dans mon testament. » Elle fixe le buste de Maurice, sur sa cheminée : « Voilà, dit-elle, mon univers, mon espoir et mes dieux. » Détails inventés ? Déclarations bien littéraires ? Mais Adrienne, à force de réciter de l'alexandrin, était devenue une tragédie et pourquoi n'eût-elle pas employé, au moment de passer, le langage qui lui fût naturel ?

Elle meurt dans les bras de Maurice. Voltaire, qui est là aussi et qui déteste l'idée du poison, fait ouvrir le corps de la comédienne et nulle trace de chimie. Est-ce une preuve suffisante pour que l'on puisse procéder aux funérailles ?

Intervient un personnage méprisable, l'abbé Languet de Gergy, le curé de Saint-Sulpice, qui interdit son église au cadavre de la comédienne. Le lieutenant-général de police, alerté, se lave les mains de ce protocole, la sépulture d'Adrienne étant du ressort des prêtres : « S'ils persistent à la lui refuser, comme il y a apparence, dit Maurepas, il faudra la faire enlever de nuit et enterrer avec le moins de scandale que faire se pourra. » Maurepas avait vu juste : quand les amis d'Adrienne se présentent pour les obsèques, au matin, la porte de la maison est fermée. Le cadavre a été enlevé par les policiers et balancé dans un terrain vague, sur un lit de chaux vive, probablement à l'angle de la rue de Grenelle et de la rue de Bourgogne.

Maurice de Saxe fut-il oublieux de sa maîtresse ? Il a coutume de taire ses douleurs et son silence, on propose qu'il nous égare. Même beaucoup trompée, Adrienne fut la seule femme qu'il aima et il la regretta. Dans les années cahotiques qui vont s'ouvrir, il ne perdra jamais les lettres de la tendre femme, on dit qu'il les relisait et, par ses dernières volontés qu'il consigne en 1748, il demandera que son corps ne soit pas enseveli, que son corps soit dissous dans la chaux vive, comme si les deux amants malheureux avaient pu enfin se blottir ensemble dans un seul néant.

XXV

Il galope, il galope et nous perdons le souffle à trotter dans ses traces. Il est à Munich et de nouveau en Saxe car il n'eût pas manqué, pour un boulet de canon, le « camp de paix » de Muhlberg que son père Auguste II ouvre le 30 mai 1730, deux mois après que le corps d'Adrienne a été jeté à la décharge publique. La Carton, peut-être, l'y accompagne.

Pour recevoir à Muhlberg, à deux pas de Dresde, tous les princes de l'Empire, le roi de Pologne a mis les petits plats dans les grands. Ce camp de paix, qui va durer un mois, coûte les yeux de la tête d'Auguste II : trente mille hommes de troupes manœuvrent. Le futur roi de Prusse, Frédéric, est estomaqué. Il s'inquiète sur le luxe de la cérémonie. Auguste II sourit, tire un ducat de sa poche et fait un cours d'économie politique : « Si vous aviez ce ducat, vous le garderiez et moi je le donne, il revient cinq ou six cents fois dans ma poche », séduisante théorie monétaire, un peu macroéconomique, et qui a parfois des pannes : à force de donner des ducats, Auguste II aura ruiné deux pays, la Saxe et la Pologne.

Maurice est plein d'ardeur : il aime tellement les soldats, les canons, les figures militaires, et il a sous la main Frédéric de Prusse, qu'il avait déjà brièvement aperçu à Berlin ! Les deux jeunes gens confrontent leurs savoirs, opposent leurs stratégies, se régalent, ils seront les deux plus grands chefs de guerre de ce siècle, avant Napoléon.

Paris, de nouveau, et une jolie danseuse, Mlle Sallé qu'il cajole. Il aimerait bien qu'elle chante à Dresde dans un opéra de Hasse, mais Mlle Sallé boude et Maurice gagne Dantzig. Il a toujours la Courlande dans la tête, moins peut-être dans l'espérance de reprendre sa couronne fracassée que pour le plaisir de faire le conjuré avec quelques personnages sombres et probablement barbus. Par eux, il reçoit des nouvelles de Courlande : Anna Ivanovna a décampé, elle est devenue impératrice de Russie, le palefrenier Biron, son amant, est régent du duché. Cette élévation merveilleuse exaspère le duc de Courlande, Ferdinand de Kettler : le vieillard s'arrache soudain à son hébétude, courroucé que le fief des fracassants chevaliers Teutoniques échoie à un ancien domestique. Pour conjurer cette profanation, il se marie avec une jeune fille de vingt-quatre ans et prend des risques : il s'escrime à lui faire un enfant. Ça ne marche pas.

Saxe revient à Paris pour essayer de séduire Mlle Aïssé, la fille d'un chef circassien, enlevée par les Turcs, rachetée par un ambassadeur de France, fêtée à Paris, mais vertueuse, après quoi il tombe dangereusement malade à la fin de 1732 et se confine dans sa chambre. En treize nuits d'insomnie et de cauchemar, il écrit un livre, *Mes rêveries,* titre burlesque pour un manuel de stratégie, mais il s'accommode au génie du personnage : Saxe connaît que la guerre, comme toute chose, est un songe.

Dans son Journal, le marquis d'Argenson, qui n'aimait pas Maurice de Saxe, le dit comme un idiot : « Il a peu d'esprit, il n'aime que la guerre, le mécanisme et les beautés faciles. Otez-le de ces trois articles, vous n'y trouverez qu'un soldat allemand, désœuvré et sans propos. »

D'Argenson — que l'on a surnommé « d'Argenson la bête » — reflète la Cour : c'est le divertissement des marquis et des péronnelles que de brocarder ce prétorien sans orthographe, ses biceps d'Hercule et sa cervelle de moineau, mais Adrienne Lecouvreur, Louis XV, le chevalier de Folard, Frédéric II, Mme de Pompadour et Voltaire, qui ne sont pas des sots, ne sont point de cette opinion. Les apparences rugueuses et fantasques du bonhomme masquaient un vrai génie militaire, de la sensibilité et de la finesse, une astuce infernale. Pour Voltaire, Saxe n'est pas seulement « un mondain très aimable » mais aussi « un guerrier très philosophe qui sait tantôt faire un souper de Lucullus, tantôt un souper de housard ».

Mes Rêveries donne raison à Voltaire : de même que les lettres de Saxe, loin d'être médiocres, ont du brillant, de la force, de l'originalité, de même le texte des *Rêveries,* s'il est en loques, farci d'incohérences et gâté de bêtises, est un texte prophétique. Certaines de ses formules sont décisives.

« La guerre, commence-t-il magnifiquement, est une science couverte de ténèbres dans l'obscurité desquelles on ne marche point d'un pas assuré ; la routine et les préjugés en sont la base, suite naturelle de l'ignorance. »

Voilà annoncé le propos, qui est polémique et scientifique : « Toutes les sciences ont des principes et des règles ; la guerre seule n'en a point. »

Cible privilégiée de Saxe : les chefs, les généraux, les Grands de ce monde, tous ces courtisans emplumés, bouffis de puérilités, de dorures et de prétentions qui malmènent les armées et dévorent les peuples :

« Quel spectacle nous présentent aujourd'hui les nations ? On voit quelques hommes riches, oisifs et voluptueux qui font leur bonheur aux dépens d'une multitude qui les flatte et qui ne peut subsister qu'en leur préparant sans cesse de nouvelles voluptés. » (On croirait du Vauban, ces indignations sont exceptionnelles à l'époque, du moins chez les personnages officiels, elles montrent du courage et du cœur et vaudront à Saxe de belles haines.) A la guerre, ajoute Saxe, cet essaim de nobles qui bourdonnent autour des soldats est un fléau :

« En France, un jeune homme de naissance regarde comme un mépris que la Cour fait de sa naissance si on ne lui confie pas un régiment à l'âge de dix-huit ou vingt ans... Le premier fat venu réclame un régiment. »

Saxe toujours préféra ses troupiers aux officiers multicolores qui font la guerre comme on danse. Un jour, un général conseille à Saxe d'attaquer une position exposée et représente que l'affaire ne coûtera pas plus de douze soldats. Et Saxe : « Douze soldats ! Vous n'y pensez pas ! Passe encore si c'étaient douze lieutenants-généraux ! »

Dans le fouillis des principes que distribue le futur maréchal, on en prélève ici quelques-uns :

— Inutile de disposer de masses énormes de soldats. Le nécessaire est que ces soldats, même en petit nombre, soient audacieux, formés et disciplinés : « Ce ne sont point les grandes armées qui gagnent les batailles, ce sont les bonnes » car « sans la discipline, les armées ne sont qu'une vile populace, plus dangereuse à l'Etat que l'ennemi même ».

— Corollaire : Saxe pourrait anéantir l'immense Pologne (il garde une dent contre ce pays, peut-être aussi contre son père Auguste II, la Courlande, toujours) avec quarante mille bons soldats : « La conquête de toute la Pologne demanderait deux campagnes et ne coûterait pas un sou. » Il est vrai, reconnaît Saxe, que l'Europe ne resterait pas inerte : elle accablerait le pays conquis de toutes ses légions.

Et alors ? L'Europe ? Mon Dieu... Saxe n'est pas un trembleur. Dès qu'il aurait conquis la Pologne, il enrôlerait dans ses armées soixante mille nouveaux soldats, soixante mille Polonais. « On me dira peut-être : “ Mais ce sont des Polonais ! ”, comme si un homme n'était pas un homme ? » Le comte de Saxe prend en main ces ilotes. En un tournemain, il en fait des soldats d'élite et il met knock-out les armées de la France, de l'Angleterre et de la Hollande.

— La grande arme, ce n'est pas la poudre et le plomb, c'est la baïonnette : « En tirant, on fait plus de bruit que de mal et on est toujours battu. La poudre n'est pas si terrible qu'on le croit... J'ai vu des salves entières tuer quatre hommes et je n'en ai jamais vu... qui aient causé un dommage assez considérable pour empêcher d'aller en avant et de s'en venger à grands coups de baïonnettes et de fusils tirés à brûle-pourpoint. C'est là où il se tue du monde et c'est le victorieux qui tue. » (A Fontenoy, bientôt, il mesurera à ses dépens que cet apophtegme-là était absurde.)

— Préférence pour la guerre de mouvement contre la guerre de positions : camper, décaniller, bouger, se mouvoir, attaquer le point vulnérable — action, vitesse, exécution... On jurerait que Napoléon parle et Napoléon aurait-il écarté ce principe énoncé par Maurice : « Tout le secret de la guerre est dans les jambes des soldats » ?

La formule sur les jambes des soldats connaîtra une riche postérité. Napoléon la confirmera. Cent cinquante ans plus tard, un général français, Léon Poilloüe de Saint Mars, bras droit du général Boulanger, l'améliorera à la jubilation d'Alphonse Allais : « Le pied est un organe des plus utiles au fonctionnement du fantassin. » Le général Poilloüe de Saint Mars, il est vrai, n'était pas chiche en formules ingénieuses. Il est l'auteur de celle-ci : « La guérite est l'écrin de la sentinelle. »

— Saxe aime les soldats, encore une rencontre avec Bonaparte. Il les connaît. Sans doute il adore les femmes mais il aime mieux les soldats qui sont moins compliqués : les soldats doivent être respectés et non méprisés, préservés et non massacrés, nourris et bien chaussés car leurs pieds sont précieux, et il faut leur offrir des divertissements, leur fournir des bibliothèques, des théâtres, des femmes.

— Et voici le plus beau trait de génie militaire de Saxe, le plus mystérieux. Il tient qu'un général habile pourrait faire la guerre toute sa vie, sans être contraint de livrer une seule bataille. Cette intuition est d'un artiste de la guerre, non de la brute que les perruques parisiennes moquent. Maurice de Saxe pourrait être un très vieux maréchal chinois : « L'art suprême de la guerre, avait écrit il y a bien longtemps le plus grand stratège de Chine, Sun Tzu, est de soumettre l'ennemi sans combats. »

Voilà pour le problème de l'égorgement, de la poudre, des fusils. Mais les insomnies de Saxe furent également visitées d'images moins atroces : à ses yeux, la guerre n'est que le prélude à la paix. Il souhaite de construire après avoir détruit et qu'à la souffrance succède le bonheur. Saxe est un as : il sait tout faire. On l'a vu tout à l'heure casser la Pologne en douze morceaux et voilà qu'il ramasse ces morceaux, les ajuste et nous bricole, avec les débris, un Etat reluisant. Rien d'étonnant : le comte de Saxe ne doute pas qu'il montera un jour sur un trône, même s'il a raté celui de Courlande, et il doit se préparer à l'administrer, si bien qu'il fait comme Platon. Le Grec était allé soumettre à Denys II, le tyran de Syracuse, sans résultat d'ailleurs, une Constitution miraculeuse, celle de *La République,* avec bonheur garanti pour tous les citoyens. Saxe est comme Platon. Ses *Rêveries* contiennent une utopie baroque.

Son programme est imbécile mais connaît-on une utopie sans grotesque ? C'est le ressort de cet exercice philosophique : Thomas More et ses couveuses artificielles, Campanella et ses matrones désignées pour contrôler la copulation des jeunes mariés, Cabet et ses vêtements en tissus élastiques qui conviendront à la fois aux grands et aux petits, aux gros et aux maigres, Fourier et ses vapeurs aromales, ses antigirafes, son amour pivotal et sa passion papillonne, oui, chaque utopiste est un génie fourré d'un imbécile. A ce double titre, Saxe mérite une place d'honneur dans l'affligeante et redoutable corporation.

Saxe souffre d'une angoisse : il est convaincu que l'humanité se dépeuple. Que sont-elles devenues, les multitudes de la Grèce et de la Scythie, de la Germanie et des Gaules ? Le temps les a décimées et rabougries. La planète est à l'abandon. Il faut reconstituer le cheptel et Saxe fournit la recette. (L'ethnologue américaine Margaret Mead reprendra, sans le savoir, ses suggestions, dans des vues différentes il est vrai.)

« Il faudrait, dit Saxe, établir par des lois qu'aucun mariage à l'avenir ne se ferait que pour cinq années, et qu'il ne pourrait se renouveler sans dispense s'il n'était né aucun enfant pendant ce temps... Tous les théologiens du monde ne pourraient prouver l'impiété de ce système... » Avec ce truc très simple, on fonderait « une monarchie redoutable à toute la terre ».

Le comte de Saxe s'est même donné la peine de calculer le nombre de bébés que l'on pourrait ainsi manufacturer (sans doute, dans ses fiévreuses insomnies comptait-il des nourrissons, comme d'autres comptent des moutons pour s'endormir). Supposons, expose-t-il, un million de femmes qui, grâce au mariage à tempérament, pourrait produire six enfants chacune, on obtiendrait en cent quatre-vingts ans un peuple de neuf cent soixante-dix-huit millions d'habitants, c'est irréfutable. Le comte de Saxe, bon prince, accepte qu'il prévoit un peu large et qu'il néglige les échecs et les déchets mais enfin, « lors même qu'on en retrancherait les trois quarts, il serait encore prodigieux ».

Maurice de Saxe guérit, il est fier de ses treize nuits de fièvre et de littérature. Il prend ses *Rêveries* sous le bras et rallie Dresde en janvier 1733 pour jouir de l'admiration de son père, c'est-à-dire du roi de cette Pologne que Saxe se flattait dans ses *Rêveries* de pulvériser en deux campagnes.

A Dresde, Maurice fait chou blanc car Auguste II est parti pour Varsovie. C'est un hiver glacial, le roi de Pologne a déjà soixante-trois ans, ses médecins lui déconseillent le voyage, Auguste II ne fléchit pas. Comme il partage avec son fils la coquetterie des formules inoubliables, il se drape dans son devoir de prince : « Je sens tout le danger, mais je me dois à mes peuples plus qu'à moi-même ! » Les médecins opinent, même si « les peuples » qui réclament la présence de leur roi, chacun connaît qu'ils sont composés des courtisanes polonaises que consomme à la chaîne le prince qu'on disait le plus débauché de l'Europe (c'est une flagornerie, les prétendants au titre sont légion et comment élire un lauréat dans cette cohue de rois dépravés ?).

Auguste II arrive à Varsovie, se casse le pied en descendant de son carrosse, saigne, s'évanouit, contracte la gangrène, meurt le 2 février à deux heures du matin et la guerre de Succession de Pologne éclate. Deux champions se défient : l'un est le fils légitime d'Auguste II, le demi-frère de Maurice, né en même temps que lui, encore un Auguste, qui est déjà Electeur de Saxe par droit du sang mais qui guigne la Pologne par élection. L'autre concurrent est l'ancien roi éphémère, déjà chassé du trône de Pologne une première fois, en 1709, par Auguste II précisément, le mélancolique et morose Stanislas Leszczynski, qui se morfond dans le château de Chambord mis à sa disposition par son gendre Louis XV, y attrape la colique à cause de l'humidité de la noble bâtisse et se perd en dévotions.

Chacun des deux champions a son équipe de groupies : le fils d'Auguste II, Auguste, a le soutien de l'empereur Charles VI d'Autriche car il en est devenu, par son mariage avec la nièce de Charles VI, Marie-Josèphe, le neveu. Auguste peut compter également sur la Russie qui ne peut pas voir en peinture le pauvre Leszczynski, vrai cheval de Troie de la France.

Que Leszczynski soit le candidat de Paris, la chose va de soi. Sa fille, Marie Leszczynska, a épousé Louis XV en 1725. Ce n'est pas une épouse très rigolote, elle est surtout douée pour se bourrer de confitures et de pâtés, pour le jeu de cartes, les jérémiades, les vêtements de deuil, la confection de futurs rois inaboutis et les génuflexions, mais la France serait fort aise que le père de la reine retrouve son trône polonais. Les plus enthousiastes souhaitent que des troupes françaises imposent Leszczynski au fil de l'épée. Le cardinal Fleury n'est pas chaud mais Leszczynski lui force la main : le roi débonnaire se réveille tout d'un coup, lève une paupière, jaillit de Chambord comme une fusée et prend le mors aux dents. Il arrive à Varsovie. Le 12 septembre 1733, il est élu, pour la deuxième fois, roi de Pologne et grand-duc de Lituanie par soixante mille nobles polonais.

La Russie s'ébroue, menace, forme une Diète polonaise à sa botte, casse l'élection de Leszczynski et fait élire Auguste roi de Pologne. Leszczynski qui n'est pas un intrépide ramasse à toute vitesse son petit fourniment de roi, abandonne Varsovie et se terre à Dantzig sans bouger pied ni patte car le généralissime des Russes, le maréchal de Munnich, a mis sa tête à prix. Ainsi la Pologne a deux rois, l'un comme l'autre élus par la loyale Diète de Varsovie.

Tout ce tintamarre déplaît à Maurice de Saxe qui se trouve écartelé entre deux devoirs : celui d'épouser la cause de son frère Auguste et celui de rester fidèle à la France, donc à Leszczynski, dans le cas probable d'un conflit. Il choisit Leszczynski et la France. Le 28 juillet 1733, avant même le retour de Stanislas à Varsovie, Maurice avait quitté Dresde pour Paris, occasion rêvée pour faire une déclaration noble : « J'ai moins consulté les devoirs du sang et ceux de mes intérêts, avait-il jeté, que ceux de l'honneur qui m'attachent au service du Roi. » De la part d'un hâbleur comme Saxe, on peut s'interroger sur la vérité de ses raisons. Reste que désormais l'attachement de Maurice à la France ne se démentira pas jusqu'à sa mort, en dépit de certaines tentations.

Deux rois pour une seule Pologne, il faut que l'un d'eux s'efface. La France fait semblant d'aider son protégé, Leszczynski. Elle expédie une escadre et mille cinq cents soldats à Dantzig mais, à la vue du port, les bateaux ont peur et virent de bord. Un diplomate français en poste au Danemark, le comte de Plelo, prend de son propre chef le commandement de l'escadre en déroute, la ramène sur Dantzig, débarque et tombe mort. Tous les soldats français sont capturés par les Russes. Le roi de Pologne, Stanislas, se déguise en matelot et file comme un pet.

La Pologne n'a plus qu'un seul roi, Auguste III, fils d'Auguste II et frère de Maurice. Stanislas Leszczynski, lui, recevra une jolie compensation. Avant même le traité de Vienne, 1738, le duc François de Lorraine, récent époux de Marie-Thérèse d'Autriche, cède le duché à Stanislas, qui le conservera à titre personnel jusqu'à sa mort (1766) après quoi la Lorraine fera définitivement retour à la France. Stanislas s'établit à Lunéville, puis à Nancy. Les Lorrains jouissent d'un roi philosophique, urbaniste et bienfaisant.

La France, fait son deuil de la Pologne et attaque l'Autriche. Une armée grignote le Milanais autrichien, une autre passe le Rhin et pousse droit. Maurice de Saxe combat en Allemagne. En 1733, sous Berwick, il participe au siège victorieux de Kehl. L'année suivante, sous le comte de Belle-Isle, puis sous le duc de Noailles, il affronte son ancien chef de Malplaquet (1709), le soldat le plus redouté de l'Europe, le prince Eugène, un des plus vieux aussi puisque Eugène de Savoie-Carignan est âgé de soixante et onze ans : sous ses cheveux blancs, le vainqueur de tant de combats se souvient de son génie et enfonce un coin entre les deux ailes des armées françaises, en avançant sur Mayence. Il va disloquer les Français mais Maurice de Saxe se déchaîne, s'empare du camp du prince Eugène, au nord de Rastadt et rétablit la liaison entre les deux moignons de l'armée française, jolie victoire !

« Monsieur, écrit Saxe au duc de Noailles, dans son style facétieux, je me suis accommodé comme dans une boîte et je me crois imprenable. » Cinq jours plus tard, bien installé dans le camp d'Eugène, Saxe reprend la plume mais la lettre qu'il adresse au même Noailles est d'un autre ton : elle est rogue, altière et amère. Il y réclame sa troisième étoile : « Je n'ai ni parents ni amis à la Cour... Le prince Eugène fuit et tout cède à la gloire de vos armes. C'est moi qui vous en ai frayé le chemin... en m'exposant à des périls qui font encore frémir ceux qui en ont été les témoins... Il y a quatorze ans que j'ai l'honneur d'être au service du roi en qualité de maréchal de camp. J'en ai près de quarante et je ne suis pas d'espèce à être assujetti aux règles et à vieillir pour parvenir aux grades... » Quatre mois plus tard, Louis XV nomme le Saxon lieutenant-général des armées du roi.

Maurice prend part à la campagne suivante en 1735 et se plaint au duc de Noailles de la sottise de certains chefs français, spécialement le maréchal d'Asfeld : « Je vous entretiendrais, Monsieur, du nombre de fautes que nous avons faites, s'il était nécessaire de démontrer la misère de notre conduite. »

Finie la guerre ! Un peu de Paris, un peu de Dresde, où Maurice règle quelques malentendus avec son frère Auguste III, et Paris encore.

Il essaie d'un nouveau petit métier tout à fait inattendu, il se fait échotier : « Mon chroniqueur est mort, lui avait expliqué son frère Auguste III, veuillez m'en trouver un parmi les lettrés de Paris. » Saxe n'est pas un très grand lettré, mais pour ce qui est des racontars qui circulent dans les ruelles, les boudoirs et les cafés, il est sans rival. « Eh ! répond-il à son frère, vive Dieu ! Ce sera moi ! »

Il annonce ses projets au nouveau Premier ministre, le comte Bruhl : « Mes nouvelles seront adressées au Roi mais elles seront sans signature. Ainsi il n'y aura pas de réponses à me faire. Je veux que le Roi les lise, et après lui la Reine, après quoi Votre Excellence les livrera à qui lui plaira. La Reine en tiendra le cas secret et ne fera que s'en confesser une fois l'an, à Pâques. Je mettrai cependant un manteau aux choses, qui à la vérité pourrait bien n'être qu'un manteau d'été, c'est-à-dire de gaze ; mais d'envoyer des nouvelles de Paris et de ne pas dire des folies, autant vaudrait-il se taire. »

Cette lettre met l'eau à la bouche car un libertin aussi constant que Saxe a dû inonder la cour de Dresde de ragots charmeurs et « le manteau de gaze » dont il dit qu'il les enveloppe, sans doute il fut transparent. Or, nous sommes privés de ce trésor qui est resserré dans les archives de Dresde (à moins qu'il n'ait brûlé sous les bombes de la dernière guerre), mais Dresde répugne à le publier, crainte d'offenser les mœurs. Il faut le déplorer car on gage que Saxe ne s'est point borné à énumérer les frasques des dames. Saxe nous trompe souvent. Comme il fut une « grande gueule », un homme impétueux et tout de premier mouvement, on le croit asservi aux soldats et aux femmes. Il fut aussi un politique avisé, profond et obscur : ses missions à Londres, à La Haye nous ont instruits sur ce point. Il aimait l'intrigue, les complots et la nuit, les actions dissimulées et le clandestin. Pourquoi n'eût-il pas procuré à son frère, en marge des anecdotes galantes, une ténébreuse chronique de la vie politique ?

XXVI

Le XVIIIe siècle empile les guerres de Succession : en ce temps-là, la politique est réglée par la naissance, le mariage et le décès des princes. La vie des peuples s'accorde aux complications sentimentales et sexuelles des Grands : de la complicité ou des luxures nées dans un boudoir ou dans une chambre, de l'accouchement d'une reine, d'un divorce ou d'un trépas, suivent des égorgements de hordes hébétées, des déménagements de souveraineté : un fleuve va être annexé parce qu'une demoiselle s'est amourachée d'un jeune homme, une montagne s'en va au loin quand une dispute conjugale éclate entre la poire et le fromage, dix millions d'hommes et de femmes changent de pays ou de religion si un vieillard casse sa pipe, si un bébé s'étouffe dans ses langes.

Trois guerres de Succession donc, tour à tour : celle d'Espagne, 1701-1714, après l'avènement du petit-fils de Louis XIV, Philippe V d'Anjou, au trône d'Espagne et c'est Malplaquet, Denain, les traités d'Utrecht et de Rastadt en 1713 et 1714; celle de Pologne, 1733-1738, à la mort d'Auguste II, et voici celle d'Autriche, 1740-1748, provoquée par le décès de l'empereur Charles VI.

L'empereur d'Autriche, Charles VI, prend froid à la chasse, mange des champignons et le dernier des Habsbourg disparaît le 20 octobre 1740 puisque Charles VI n'avait pas de fils. Mais l'empereur avait prévu un tel épilogue. Dès

1713, il avait promulgué la Pragmatique Sanction, disposant que les femmes étaient aptes à la couronne en l'absence d'héritiers mâles. L'Europe avait garanti cette Pragmatique Sanction si bien que la succession de Charles VI eût dû s'effectuer sans grincements de dents et la couronne revenir à l'aînée des deux filles du défunt, Marie-Thérèse, mariée à François III de Lorraine, grand-duc de Toscane.

Or l'Europe triche, renverse la table de jeu. La mort de Charles VI aiguise les cupidités. Les princes oublient qu'ils ont entériné la Pragmatique Sanction. Ils disputent à Marie-Thérèse non seulement la couronne impériale que celle-ci veut donner à son époux, mais même certains territoires des Habsbourg.

Il faut comprendre l'Europe : les Etats autrichiens sont beaux, bien situés, opulents. Surtout, ils sont disparates et rien n'est plus tentant que d'en détacher des bouts ici et là. Espagne et Prusse, Saxe, Bavière, Sardaigne, chacun veut planter ses crocs dans la bête et se gaver d'une portion du domaine des Habsbourg. Toutes les capitales gigotent. Dans les chancelleries, les tabellions chaussent leurs lunettes, font des heures supplémentaires, ils farfouillent dans des montagnes de papiers vermoulus pour exhumer le traité englouti, la promesse de poussière, la convention en charpie qui justifiera leur brigandage.

Parmi ces princes, il en est un qui ne se soucie guère d'habiller ses forfaits d'arguments juridiques : c'est le Grand Frédéric de Prusse (1712-1786), dont le père Frédéric-Guillaume, le Roi-Sergent, était mort peu de temps avant en disant : « O vanité ! » Le 26 octobre 1740, le jeune Frédéric II reçoit la nouvelle de la mort de Charles VI d'Autriche. Dans l'instant, il écrit à son ami Voltaire. Sa lettre montre de la rapacité, du cynisme et que le regard de Frédéric est vif.

« Cette mort dérange toutes mes idées pacifiques, dit-il, et je crois qu'il s'agira plutôt de poudre à canon, de soldats, de tranchées que d'actrices, de ballets et de théâtre... C'est le moment du changement total de l'ancien système de politique. C'est ce rocher détaché qui roule sur les figures des quatre métaux que vit Nabuchodonosor et qui les détruisit tous... Je vais faire passer ma fièvre car j'ai besoin de ma machine et il en faut tirer tout le parti possible. »

La machine de Frédéric II se met en marche sans perdre une seconde : les Prussiens envahissent la Silésie (victoire de Mollwitz le 9 avril 1741) au grand contentement de ceux qui, en France, composent le parti de la guerre (le comte et le chevalier de Belle-Isle et bien entendu Maurice de Saxe). Ils y voient prétexte à occuper les Pays-Bas. Les Bourbons (France, Espagne et Sicile) font des conciliabules avec la Prusse, contre l'Autriche, et soutiennent les prétentions impériales de l'Electeur Charles-Albert de Bavière. Le cardinal de Fleury, toujours grelottant et qui a peur de la guerre, s'efforce de calmer les loups, y parvient en partie en rassurant l'Angleterre mais ne peut empêcher que les armées françaises, avec la Prusse et la Bavière, prennent part à la curée.

Les accords et les traités signés un peu partout ne doivent pas faire illusion : en réalité, depuis le coup de force de Frédéric II sur la Silésie, l'Europe est hystérique, une fois de plus : chaque pays tire sur un morceau d'Autriche. Certes, on ne descend pas dans les bas-fonds où l'on s'était déshonoré, un siècle plus tôt, au moment de la guerre de Trente Ans, mais le désordre est presque égal (avec, Dieu soit béni, la passion religieuse en moins).

Chaque acteur est aux aguets, s'acoquine avec le coquin qui veut bien de lui, sans s'interdire de rompre avec ce coquin si un troisième coquin, plus costaud ou plus canaille, lui fait les yeux doux. On tue l'allié de la veille, on embrasse l'ennemi d'avant-hier. Maurice de Saxe ne déteste pas ces hypocrisies, ces confusions, ces trahisons instantanées car il se dit que son destin a quelque chance de fleurir sur tant de pourriture :

« Je ne me fais pas d'illusions, cher comte, écrit-il au comte de Bruhl, premier ministre de son frère Auguste III, roi de Pologne, mais le brouillamini général qui s'apprête peut bien, après tout, m'apporter quelque bonne chance. » (Et pourquoi pas ce Graal qui s'appelle la Courlande ?)

La guerre. Toute l'Europe marche au canon et nous voici embarrassés. Le regrettable dans les guerres, c'est que les généraux donnent tout le temps des batailles, et une bataille, déjà désagréable aux soldats qui la livrent, est un vrai pensum à ceux qui en lisent la relation, deux siècles plus tard surtout, comme à ceux qui en énoncent les mouvements. Comment peindre de couleurs fraîches une vieille bataille, une bataille aussi décolorée qu'une reine-marguerite dans l'herbier d'une arrière-grand-mère ? Il y faudrait un matériel compliqué : des cartes d'état-major, des figurines permettant de distinguer les emblèmes des bataillons, des odeurs de forêts et de cendres, de poudre, des bruits de canon et de souffrance, des souvenirs de pluie ou de soleil, des couleurs de toutes couleurs, des milliers de petits faits vrais et l'on serait infini à les rapporter tous. Même Tolstoï et même Stendhal ne savent pas nous dire le ventre éperdu des bidasses, le tumulte des canons, l'hébétude des chevaux massacrés et le parfum des printemps en débandade. Saxe voudra peut-être nous pardonner si nous courons pour une fois plus vite que lui et si, ces batailles qu'il livre avec sa fougue et les pieds de ses soldats, nous les contemplons d'un peu loin, dans nos jumelles.

Maurice s'ouvre l'Allemagne. « J'ai passé le Rhin à Shreck, écrit-il à Bruhl le 21 août 1741, nous n'avons pas perdu un chiffon et je suis en pleine marche sur la Bavière. » Il est aux côtés de l'allié de la France, Charles-Albert de Bavière (1697-1745) qui sera bientôt empereur (Charles VII). Pas mauvais bougre, ce Charles-Albert, mais bougre bizarre, souvent contraire avec lui-même, irrésolu et qui s'épouvante de sa propre ambition. Un pareil allié n'est pas déplorable à un Saxe qui aime en faire à sa tête, et qui s'enfonce en

Autriche. Une victoire à Waldsee et la route de Vienne est déblayée. On peut cueillir Vienne comme une fleur mais, bizarrement, on ne la cueille pas. La raison? Charles-Albert de Bavière est persuadé que ses alliés saxons, qui se sont mis en campagne de leur côté, veulent lui piquer Prague et cette Bohême qu'il convoite pour lui. Il choisit de sacrifier la capitale de l'Autriche et de gagner Prague à marches forcées.

Saxe n'objecte pas : Prague ou Vienne, il s'en balance si la gloire l'éclaire. Et la gloire est là. Saxe fait des prouesses : il a conscience qu'il doit agir sans coup férir car les troupes de l'Autriche, en ce début de l'hiver 1741, peuvent à tout moment déverrouiller la ville de Prague assiégée. Les autres généraux, et Charles-Albert de Bavière, ne sont pas flambards car Prague, ce n'est pas rien, ils préféreraient attendre et que la ville pourrisse mais Saxe tient à sa bataille : il bouscule les autres généraux dans un dernier conseil de guerre et obtient l'ordre d'attaquer.

Son plan est amusant : il a repéré parmi ses officiers un spécialiste du travesti, M. de Gouru. On déguise M. de Gouru en paysanne bohémienne, on lui confie un panier plein de légumes et l'officier, après s'être faufilé dans la ville, dresse son éventaire sur le marché, vend des oignons et des carottes, recense les défenses de la cité. Ce stratagème permet à Saxe de frapper à coup sûr : dans la nuit du 25 au 26 novembre 1741, deux de ses officiers (l'admirable Chevert et le comte de Broglie) avec quelques soldats déploient des échelles, escaladent les murs et sont dans la ville.

Les remparts de Prague ouvrent le feu mais Saxe, qui a massé devant la porte de Neu-Thor un millier d'hommes, soutient ses francs-tireurs, force le pont-levis et déboule comme un troupeau de buffles avec ses braves. La ville est à Saxe qui est ravi de placer ses pas dans les pas de l'aïeul mythique, le vieux maréchal de Kœnigsmark, le reître de la guerre de Trente Ans. Le cocasse est que Maurice n'est pas le seul représentant de sa famille à cet assourdissant rendez-vous du temps perdu. L'intense activité sexuelle de son père, Frédéric-Auguste, avait en effet produit toutes sortes de bâtards et deux de ceux-ci, deux frères de Maurice par conséquent, figurent dans les contingents saxons dépêchés à Prague. Maurice n'est pas trop étonné mais il prévient rudement : « Je suis entré ici avant vous, et c'était bien mon droit ; je vous montrerai toujours que je suis votre aîné. »

Le vieux maréchal de Kœnigsmark avait pris Prague, pour s'y conduire en massacreur et en pillard sans vergogne. Son arrière-petit-fils est plus délicat. Maurice qui n'est pas un homme cruel met son honneur à épargner la capitale de la Bohême. Rarement, dans ces âges brutaux, une ville conquise fut si soigneusement respectée. Les échevins de Prague le savent, qui offrent à leur vainqueur un diamant de quarante mille écus et une inscription : « La ville de Prague offre cette marque de reconnaissance de la bonne police que le comte de Saxe a tenue la nuit qu'elle fut prise. »

Dans une grande liesse populaire, Maurice de Saxe remet un peu plus tard les clefs de Prague à Charles-Albert, assiste à un Te deum et peut faire couronner l'Electeur de Bavière roi de Bohême. (« Roi de Bohême, dit Charles-Albert qui montre par éclairs un brin de malice, comme vous êtes duc de Courlande. ») Saxe ne se vexe pas ; même, il va abandonner ses soldats, non sans avoir auparavant administré une leçon à François de Lorraine, l'époux de Marie-Thérèse, aux frontières de la Moravie. Il confie ses soldats à Belle-Isle (bientôt remplacé par de Broglie) pour accompagner Charles-Albert de Bavière qui s'occupe de se faire élire empereur romain germanique. Le voyage ne fut pas inutile : Charles-Albert est empereur le 27 janvier 1742 et couronné à Francfort le 12 février.

A son retour de Francfort, Saxe voit ses armées en peine. De Broglie n'a fait que des bêtises, Prague est coupée de ses routes, mais Maurice de Saxe a la science de renverser le sort des guerres, il malmène les Autrichiens à Egra, au printemps, de manière à nourrir un peu sa gloire et à protéger les communications de Prague avec la Bavière.

Tout soudain, Saxe s'ennuie et néglige le trésor sur lequel il vient de mettre la main. Son insouciance lui joue un nouveau tour. Il décide de prendre une récréation, récréation farfelue en telle occurrence, mais c'est que la chimère de Courlande bouge encore : Saxe bondit à Moscou.

XXVII

Elle est lointaine, cette nuit de l'hiver 1727 où le comte de Saxe perdit le trône de Mittau parce qu'il était tombé dans la neige en compagnie d'une jeune suivante de la duchesse douairière Anna Ivanovna, nièce de Pierre le Grand et veuve du jeune duc Frédéric-Guillaume de Courlande.

Depuis ce temps, le trône de Russie a la bougeotte. Quand Pierre le Grand est mort, en 1725, sa femme, Catherine Ire, est devenue tsarine, avec la complicité de son ancien amant Menchikoff et au détriment de Pierre, le petit-fils de Pierre le Grand (Catherine avait épousé Pierre le Grand secrètement en 1707 et publiquement en 1712). Mais Catherine s'oblige à bénir les eaux glacées de la Neva, ce qui lui procure un rhume et une mort, en 1727.

C'est alors le tour de Pierre II, fils de ce pauvre Alexis que son père Pierre le Grand avait tué en 1718. Pierre II subit la tutelle de l'inévitable Menchikoff, est fiancé de force avec Marie, la fille de Menchikoff, fait exiler Menchikoff en Sibérie, à Bérézov, réinstalle sa capitale à Moscou car il déplorait que Saint-Pétersbourg n'ait que de l'eau salée et meurt de la petite vérole le 11 janvier 1730.

C'est à ce moment-là qu'en désespoir de cause, on va prélever en Courlande Anna Ivanovna, l'ancienne amoureuse de Maurice de Saxe, qui rapatrie sa capitale à Saint-Pétersbourg et confie la réalité du pouvoir à trois Allemands,

Biron, le premier ministre de la Courlande, Ostermann et le maréchal Munnich.

Anna Ivanovna règne dix ans. Elle meurt, le 27 octobre 1740 (sale temps, pour les princes : l'Autrichien Charles VI, le prussien Frédéric-Guillaume, la Russe Anna Ivanovna, ils meurent en gros). Le nouveau tsar, Ivan VI, petit-neveu d'Anna Ivanovna, est un bébé de deux mois, mais il a une mère, Anne de Brunswick-Wolfenbüttel, qui est à demi écartée du pouvoir et qui enrage. Sonne l'heure du Biron de la Courlande, qui avait été désigné par Anna Ivanovna dans son testament comme corégent auprès d'Anne. Anne ne l'entend pas de cette oreille : le 28 novembre 1740, après un mois de régence à peine, les soldats du maréchal Munnich réveillent Biron en pleine nuit, le frappent à coups de crosse, le garrottent de l'écharpe d'un officier et le traînent dans une voiture, direction Sibérie. La femme de Biron court derrière l'attelage, elle est en chemise, un soldat la jette à terre. On la retrouve dans la neige à demi morte.

« Période étrange, écrit Alexandre Herzen à propos du long tumulte dynastique qui suit la mort de Pierre le Grand. Le trône impérial ressemblait au lit de Cléopâtre. Un tas d'oligarques, d'étrangers, de pandours, de mignons conduisaient nuitamment un inconnu, un enfant, une Allemande ; l'élevaient au trône, l'adoraient et distribuaient, en son nom, des coups de knout à ceux qui trouvaient à y redire. A peine l'élu avait-il eu le temps de s'enivrer de toutes les jouissances d'un pouvoir exorbitant et absurde, et d'envoyer ses ennemis aux travaux forcés ou à la torture, que la vague suivante apportait déjà un autre prétendant, et entraînait l'élu d'hier, avec tout son entourage, dans l'abîme. Les ministres et les généraux du jour s'en allaient le lendemain, chargés de fers, en Sibérie. »

Un an après le coup de force de la duchesse Anne de Brunswick, la Russie rejoue la même pièce, avec d'autres acteurs : le 6 décembre 1741, la seconde fille de Pierre le

Grand, Elisabeth (que Lefort, naguère, avait également voulu marier avec Saxe) chasse les Brunswick, se pose sur le trône, tue ou déporte en Sibérie tous ceux qui ne sont pas contents, spécialement la clique des Allemands mise en place par Anna Ivanovna et inaugure un règne de vingt années.

L'impératrice a de jolies jambes, aussi elle s'habille volontiers en homme. Par respect de l'équilibre ou par bizarrerie, elle oblige que les hommes, certains soirs, s'habillent en femmes et cela la fait rire. Entre-temps, elle tue, elle emprisonne ou bien elle fait l'amour, ce qui ne l'empêche pas de gouverner avec assez de sagesse. Elle favorise la noblesse, encourage l'industrialisation de l'Oural et poursuit le dessein de son père Pierre le Grand en ouvrant son pays sur les mers, Baltique et Noire.

Parmi ses amants, figure un aventurier français d'envergure qui va s'intéresser à Maurice de Saxe, probablement avec les encouragements du Premier ministre de Louis XV, le cardinal de Fleury. Cet aventurier est l'ambassadeur de France, marquis de la Chétardie, grand fourbe, conspirateur inspiré, causeur vénéneux. Les cours de l'Europe en raffolent. « Le marquis de la Chétardie viendra la semaine prochaine, écrit Frédéric II de Prusse à un de ses amis, c'est du bonbon pour nous. »

Ce « bonbon », qui ne manque pas d'allure, perfectionne ses attraits naturels en menant une vie de maharadjah : douze secrétaires, huit chapelains, six cuisiniers, cinquante pages et valets de chambre de grande livrée, des habits des Mille et Une Nuits. (Il y a plus fastueux que La Chétardie : à Dresde, le comte de Bruhl, qui a succédé à Fleming, bien plus gentil que celui-ci mais plus bête, n'a obtenu son titre que grâce à sa garde-robe : 500 habits, 47 fourrures, 12 manchons, 75 sabres, 102 montres, 87 bagues et 103 flacons de parfum.)

La Chétardie, qui a aidé Elisabeth Petrovna à réduire les Brunswick le 6 décembre 1741, cherche le coup d'éclat : pourquoi ne pas renflouer le vieux plan de Lefort, cet ancien représentant de la Saxe auprès de la cour de Russie, qui jadis avait voulu marier Maurice de Saxe soit à Anna Ivanovna de Courlande soit à Elisabeth ? Il profite des prochaines fêtes du couronnement d'Elisabeth : comme un illusionniste extrait un lapin de son haut-de-forme, l'ambassadeur dandy prétend exhiber, dans Moscou stupéfaite, le héros de Prague. Il envoie un courrier à Saxe qui ferraille en Bohême et qui dresse l'oreille. Le projet de La Chétardie l'inquiète, l'excite. Le mariage avec Elisabeth, il fait la moue mais enfin la Courlande... Maurice de Saxe est ainsi : pour un trône, il donnerait son âme, son corps. Il plaque ses armées, obtient une permission et gagne la Russie.

Le 10 juin 1742, à onze heures du soir, Maurice se présente à l'ambassade de France à Moscou et c'est gala. La Chétardie a invité le prince Kourakine, grand écuyer de la tsarine, le baron de Mardefeld, le ministre du Holstein, et son frère, le médecin Lestacq, les ambassadeurs de Prusse et de Hollande, toute la légation de Saxe. A trois heures du matin, tout cela est plein de vin.

Le lendemain matin à onze heures, Saxe comparaît devant la tsarine Elisabeth, cette « femelle », comme disait Lefort quinze ans plus tôt, qui le désirait « avec démangeaison » et qu'il avait manqué d'épouser. Le soir, bal masqué. Elisabeth accorde la seconde contredanse à Maurice et la Cour gazouille, Saxe est irrésistible. Au dîner du 13 juin, chez La Chétardie encore, la tsarine est en habit d'homme, elle roucoule. Dieu, que ce comte de Saxe est séduisant !

Le 18 juin, le chancelier Woronzow offre un déjeuner qui dure jusqu'à la nuit. Un peu de gymnastique ensuite : la tsarine, vêtue en amazone, monte à cheval et emmène une cavalcade frénétique dans les rues illuminées de Moscou. Sous un orage torrentiel, Elisabeth prend le chemin du Kremlin, demande que l'on ouvre la salle du Trésor, présente à Saxe tout le fourbi du couronnement (allusion ? perfidie ?), le diadème, le sceptre, les brillants, la couronne, et l'on remonte en selle pour joindre l'ambassade de France où La Chétardie a fait préparer un souper. Deux fontaines débitent des vins rouge et blanc. On boit, on mange, on boit, on mange et, à six heures du matin « Sa Majesté, faisant honte au soleil par sa beauté se retira très satisfaite ».

Saxe a charmé l'impératrice et pourtant le coup a raté : si La Chétardie, en connivence avec le vieux premier ministre de Louis XV, le cardinal de Fleury, avait machiné de marier Saxe à la tsarine, il a perdu son temps car Saxe n'est pas enthousiaste, la tsarine non plus qui n'est pas femme à partager le pouvoir. Si elle a la nécessité d'un homme, elle prend un amant, et puis elle s'en lasse, elle évacue cet amant, en désigne un autre et le tour est joué. La Chétardie qui lui sert d'amant pour le moment en sait quelque chose : il commence à fatiguer Elisabeth qui médite de le déloger de son lit et se retient à peine de l'expédier en Sibérie. Quant à la Courlande, c'est un autre échec : Elisabeth a choisi que le duché reste au landgrave de Hesse. Le 4 juillet 1742, le comte de Saxe reprend la route, Gros-Jean comme devant. La Courlande, c'est vraiment fini.

En Europe centrale, les armées françaises se sont défaites. Frédéric de Prusse, après avoir croqué la Silésie, est entré à son tour dans cette Bohême où piétinent les Français. Versailles lui demande son soutien. Frédéric II ne soutient rien du tout. Pire, il a la malice de signer un traité avec Marie-Thérèse d'Autriche, à Breslau, par lequel il abandonne la Bohême pour empocher la Silésie. La France hurle que Frédéric II est un félon, un mal-élevé, crée l'expression « travailler pour le roi de Prusse » mais Frédéric s'en moque.

Ecœuré, le cardinal de Fleury écrit à Marie-Thérèse d'Autriche une lettre gorgée de fiel contre la Prusse, de larmes sur ses propres infortunes et innocences. Le cardinal, qui va bientôt mourir, est gâteux. Il croit que la diplomatie consiste à attendrir l'adversaire. La jeune souveraine autrichienne qui est retorse publie cette lettre dans les gazettes. L'Europe s'esclaffe.

Maurice de Saxe, retour de Moscou, aurait peut-être rétabli la situation militaire en Bohême. Il donne ici et là un coup de boutoir, à Donanstaut, à Weiden, à Elnbogen, mais il se tient à distance du désastre et laisse les généraux désemparés solder leurs fautes, il « frotte » quelques pandours, histoire de rappeler son génie : « Je n'ai jamais vu une armée aussi mal gouvernée que celle-ci, écrit le comte Poniatowski. Si on nous ôtait le comte de Saxe, je ne sais pas où nous en serions. »

Or, justement, la plupart des généraux français conspirent à « ôter le comte de Saxe », cet apatride qui jouit à la Cour d'une faveur insultante. Les d'Harcourt, les Maillebois, tous les freluquets à particule, se soucient moins de battre leurs ennemis que de défaire le comte de Saxe Et Prague, malgré une brillante action du maréchal de Belle-Isle et de Chevert, tombe, et la Bohême est perdue et l'armée française, en guenilles, repasse le Rhin.

Le peuple de Paris brocarde les généraux poussifs qui ont présidé à la déroute. Le seul Saxe, qui rentre à Paris le 16 février 1743, tire son épingle du jeu. Il sort sans déshonneur de la catastrophe. Les soldats préfèrent ce chef héroïque, généreux et romanesque aux culottes de peau de la Cour et Louis XV accueille avec considération le comte de Saxe. Maurice a son bâton de maréchal dans sa giberne. En attendant de le recevoir, il faut bien se dégourdir un peu. Le marquis de Mirabeau, qui sera « l'ami des hommes », a une maîtresse qu'on dit délicieuse, une comédienne, Mlle Dangeville. Saxe la lui emprunte.

Le vieux cardinal de Fleury meurt. Louis XV, après s'être réfugié dans sa garde-robe pour pleurer son vieux mentor, se détermine à gouverner lui-même avec un Conseil. Toute l'Europe se jette à la curée de la France : l'Angleterre renforce ses troupes au Hanovre et noue des alliances avec l'Autriche, la Hollande, la Saxe, la Sardaigne. Le maréchal de Noailles reçoit une volée à Dettingen, près de Francfort, le 27 juin 1743, et cette fois, c'est la frontière française qui est sous la menace des coalisés.

Saxe a rejoint les armées du Rhin en avril, il commande les réserves mais le prince de Conti demande sa place et l'obtient. Cet homme est le fils de la belle princesse de Conti, souvenons-nous, que Saxe avait aimée jadis, ce qui lui avait valu quelques ecchymoses, la réputation d'un séducteur et la haine du jeune Conti. Maurice, la rage au cœur, doit lui céder son commandement et Conti ne perd pas son temps : en un clin d'œil, il se fait battre, et à plate couture, par les Autrichiens. On devine que Maurice trouva plaisante la déconfiture du prince présomptueux. Il est malavisé de se réjouir : la rancune du prince de Conti poursuivra Maurice de Saxe toute sa vie, et peut-être sera sa mort.

Le maréchal de Noailles, qui est assez gentil et plutôt nul, charge Maurice de protéger les frontières françaises en Alsace. Mission accomplie : Maurice bloque l'ennemi, sauve le territoire français mais combien de temps durera le sursis ? Toute l'Europe, galvanisée par l'Angleterre, attend l'effondrement de la France.

C'est Frédéric II qui va sauver Louis XV : le roi de Prusse, en effet, qui a trahi une première fois, deux ans plus tôt, en faisant amitié avec l'Autriche, trahit encore, dans le sens inverse, et s'allie à la France. Pourquoi cette palinodie ? Sans doute Frédéric II soupçonne-t-il que Marie-Thérèse, si elle devient trop puissante, va lui reprendre la Silésie, et Voltaire, qui lui a été dépêché par Louis XV, plaide dans ce sens. Au surplus, Frédéric II connaît bien Maurice de Saxe, en apprécie le génie. Frédéric n'a pas envie de se mesurer un jour avec un tel champion : le 5 juin 1744, une alliance franco-prussienne desserre l'étau, met fin à la solitude de la France.

Quelques semaines avant, Maurice de Saxe avait reçu une curieuse mission : opérer un débarquement en Angleterre, dans la vue de renverser la dynastie de Hanovre et de réinstaller sur le trône de Londres Charles-Edouard Stuart, que l'on appelle le Prétendant, qui a juré à la maîtresse de Louis XV, la duchesse de Châteauroux, qu'un débarquement français en Ecosse mettrait le feu à l'Angleterre et les Hanovre seraient rôtis. Maurice dirigera l'opération : le 1er mars 1744, les troupes françaises commencent à embarquer sur une flotte de guerre, à Dunkerque. Le vent se lève, les bateaux sont drossés à la côte et le départ est remis au 4 mars. On embarque de nouveau. Le ciel est bleu, le ciel est calme, les Anglais n'ont qu'à bien se tenir mais ce ciel est un leurre, la tornade mugit, et les soldats doivent redescendre à terre. Fin de l'invasion car les Anglais sont en alerte et leur flotte patrouille dans l'entrée de la Tamise : « Les vents ne sont pas jacobites », dit Maurice de Saxe. Napoléon connaîtra la même déconvenue, Hitler se cassera les dents. Guillaume, celui de Hastings, n'a pas volé le nom de Conquérant.

Louis XV se met à déclarer des guerres à tort et à travers : à l'Angleterre d'abord, le 15 mars 1744, à la reine de Bohême et de Hongrie le 29 avril (alors qu'on se battait depuis trois ans déjà). Entre-temps, le comte de Saxe est nommé maréchal de France. La Cour enrage, lâche du venin en quantité. Ainsi, le roi de France a osé élever à la dignité suprême le bâtard, l'Allemand, le luthérien... un crime ! Les ruelles de la Cour bavent. « Encore heureux, ma chère, que le nouveau maréchal ne jouisse pas de la totalité des privilèges de son rang : protestant, il n'aura pas le droit d'assister aux lits de justice et au tribunal des maréchaux.

— Certes, ma chère, certes, mais enfin on l'appellera pourtant le maréchal Maurice et le roi le traitera de mon cousin. »

Louis XV peut agir : en trois mois, il a déclaré deux guerres et il a nommé maréchal son meilleur soldat. Le roi va prendre en personne la tête des armées françaises (au contraire de Louis XIV qui ne fut pas un homme de guerre). Il se porte vers les Pays-Bas (actuelle Belgique) où l'attendent le maréchal de Noailles qui dirige le corps de bataille et Maurice de Saxe qui organise une réserve de quarante mille hommes, la groupe autour du camp de Courtrai et empêche que les Anglais ne débarquent et ne prêtent main-forte aux Autrichiens. Saxe verrouille le pays : pas un Anglais en Flandre et Louis XV ramasse les villes de Belgique, Menin, Ypres, Furnes, comme on abat des noix.

La promenade militaire de Louis XV est soudain stoppée : c'est qu'une armée autrichienne, sous les ordres du prince Charles, hussards hongrois et pandours serbo-croates, entre dans la danse et atteint Saverne. Louis XV confie la Belgique à Saxe et va installer son quartier général à Metz où le retrouve sa maîtresse, Mme de Châteauroux.

Marie Leszczynska, la reine de France, n'est pas amusante, une odeur de renfermé, de funèbre. Une de ses activités consiste à aller à tout instant contempler une tête de mort, la Belle Mignonne, ornée de rubans et de lampions. Dans les intervalles, elle joue surtout de la vielle, lit le père Malebranche ou fait une partie de cavagnole. Louis XV, comme tous les Bourbons, aime les femmes. Il est très beau. Sa voix enrouée, ses timidités pataudes séduisent. Il fait collection de maîtresses. Après Mme de Charolais, la fille du duc de Bourbon, il se spécialise dans une seule famille, les Nesle, et cabote de sœur en sœur : Louise-Julie (Mme de Mailly), une espèce de grenadier, qui couche avec Louis XV grâce à une jarretière défaite ; Mme de Vintimille, la seconde, une autruche, une géante, point de grâce mais elle donne au roi un fils, le « demi-louis », et elle meurt en 1741 ; la troisième, Mme de Châteauroux, la plus belle, un peu grasse et très chaude. La quatrième est Mme Lauraguais, une langue dangereuse qui appelait son sexe : le Céleste Empire. La cinquième Mme Flavacourt. A Metz, c'est Mme de Châteauroux qui accompagne son royal amant.

En août, Louis est malade, on craint pour sa vie. Les dévots, qui n'ont jamais accepté les frasques du souverain, se déchaînent : voilà la punition de Dieu, il faut que la Châteauroux quitte Metz, de façon que la mort pénètre dans une chambre purifiée. « Il faudra peut-être nous séparer », dit Louis à Mme de Châteauroux et la jeune femme fuit Metz sous les quolibets de la haine, tandis que la reine de son côté quitte Paris et gagne Metz, aux acclamations du bon peuple paysan.

Louis XV demande pardon à son épouse mais ce n'est pas assez encore car le premier aumônier, l'évêque de Soissons, le duc de Fitz-James, entend que le souverain fasse une confession publique honteuse. Il faut du reste avouer que les médications de l'Eglise sont efficaces car la maladie recule rapidement. Louis XV échappe à la mort, va dire bonjour à son beau-père Leszczynski à Lunéville et reprend la tête de ses armées qui assiègent Fribourg-en-Brisgau. Par une curieuse permutation de destins, c'est Mme de Châteauroux la maîtresse humiliée qui va mourir très vite, et la Pompadour ronronne dans les antichambres.

Louis XV forcera aisément Fribourg-en-Brigsau, avec l'aide d'un autre chef de guerre aussi bizarre, aussi débridé que Saxe, Ulrich-Frédéric-Valdemar comte de Lowendal. Celui-là est un Danois, de sang royal comme Maurice, petit-fils du roi Frédéric III de Danemark. Il fait le soldat dès l'âge de treize ans, combat la France, comme le faisait Maurice de son côté, dans les armées impériales. Lowendal est de l'espèce grand prédateur, modèle Kœnigsmark : souverain à la bataille, pas scrupuleux pour deux sous, brutal, avide, il accomplit une carrière de condottiere, on dirait aujourd'hui de mercenaire, qui le conduit dans les armées les plus contraires, chez les Saxons, chez la tsarine Anna Ivanovna, chez le roi de France enfin : ces deux fauves, ces deux machines de guerre, Saxe et Lowendal, s'aiment et parfois réalisent ensemble de détestables prouesses (Bergen op Zoom, bientôt, un charnier). Saxe, jusqu'à ses derniers jours, à Chambord, comptera sur la fraternité du Danois.

Pour l'heure, le maréchal de Saxe continue de guerroyer en Belgique. Il conserve les villes gagnées et interdit les ports. Pour la troisième fois, il patrouille dans cette Belgique qui avait vu, en l'année 1709 ses premiers combats et son premier amour, la petite dentellière, Rosette Dubosan. C'est à cette occasion que le maréchal, entre deux batailles, remue vainement ciel et terre, avec l'aide de ses services de renseignement, pour retrouver la trace de cette femme. Peut-être il l'avait aimée, ou bien la douceur des choses anciennes ?

XXVIII

Sur nos cahiers d'écolier, nous avons tous écrit son nom, mais qu'est-elle devenue, la jolie bataille de Fontenoy, depuis le temps que nous la récitions devant nos tableaux noirs ? Nous l'avons égarée, elle nous a brûlé la politesse pour aller se musser on ne sait où, dans un lieu-dit, un lieu non dit, dans l'interminable nécropole où somnolent d'autres cadavres de bataille, Bouvines et Crécy, Rocroi et Azincourt, Sedan, Montcornet, Monte Cassino, Port-Arthur, Wounded Knee et Bir Hakeim, à croire que ces querelles des limbes, ces histoires de grand-mères sanglantes ont fini par former une même échauffourée dans laquelle ils se canardent tous en même temps, sans souci de l'heure ni des siècles, sans souci du Malet et Isaac, les soldats de l'an II, et les soldats de l'an 1215, et les soldats de l'an 1917, dans la boue et le sable de Verdun ou de Pavie, de Stalingrad et de Diên Biên Phu, dans les fleurs et les orages, tous les pioupious déchiquetés et les Dormeurs du val, un trou rouge à la poitrine, avec leurs visages inconsolés et leurs culottes d'ombre, les zouaves du Vatican et les prétoriens de l'Illyrie, les arbalétriers de Philippe Auguste qui canardent les archers anglais de Crécy à un siècle de distance, par-dessus la tête des tirailleurs marocains, tandis que les gros cavaliers de Bouvines et les troupiers bleus de la Marne pourchassent à la mort les uniformes rouges de Cumberland dans la plaine de Fontenoy en 1745, là-haut, entre la mer du Nord et les monts de l'Alsace, et que les grognards de la Grande Armée sautent à la gorge des derniers débris d'Attila dans les champs Catalauniques, à deux pas de Borodino et de Wagram, tous, leurs dépouilles galopent dans nos incompréhensibles souvenirs, dans la cendre et le tumulte des canonnades, dans le bruit de forge des cavaleries cuirassées, et qu'importe si les uns brandissent la massue de Khasé Khemoui et d'autres la rondache de Don Quichotte, le poignard d'or des guerriers de Mycènes ou les arcs de corne d'antilope de Crécy, les fusils à baïonnette et les grenades et les membres mutilés du Chemin des Dames, oui, qu'importe si les hommes appellent cela l' « Histoire » et non pas le « méli-mélo », la ratatouille ou le vomi ou la lamentation, et c'est pourquoi les seuls historiens militaires un peu rigoureux, un peu respectables, sont les enfants effarés que nous fûmes, les enfants éblouis, parce que nous savions que les guerres s'accumulent les unes sur les autres, s'enchevêtrent comme des crabes et nous aimions d'aligner dans un seul charnier, au hasard de nos enfers, au hasard des boîtes de soldats de plomb que nos oncles, nos grands-pères nous avaient offertes au matin de Noël, dans nos minuscules souliers, les piques des lansquenets germaniques et les sagaies de Neandertal, les arbalètes à moufle et les arbalètes à cric, les armures de maille des Templiers et les chapels de fer et les sabres de samouraï et les pistolets d'arçon et les couleuvrines ou les haquebutes et les chéchias des Turcos, oui, les enfants séduits, les enfants extasiés que nous fûmes, et nous tenions compte que toute bataille est un souvenir et une annonciation ensemble, un palimpseste, un parchemin sur lequel s'entrelacent dix grimoires indéchiffrés, cent batailles en allées, amoncelées les unes sur les autres, comme s'ajoutent aux ossuaires de Fontenoy, ceux de Rocroi, du Chemin des Dames et de Villersexel, même si ce livre sur les Kœnigsmark se doit d'extraire, de ce magma de tueries monotones, de ces cueillettes de chairs fraîches, décomposées, la cuvette rouge de Fontenoy, et l'on fera l'effort, même, de lui accorder un respect particulier, de lui reconnaître une singularité, par exemple d'être l'une des dernières grandes empoignades des anciens temps, une des ultimes cérémonies sépulcrales des déclinantes monarchies.

Dans l'hiver 1744-1745, la Bavière, qui soutenait la France, a changé de camp parce que son roi, qui est aussi l'empereur Charles VII, a trépassé un peu trop tôt, à Munich, le 20 janvier 1745, et il est remplacé par son fils, Maximilien-Joseph, dix-sept ans à peine, qui tremble comme une feuille devant Marie-Thérèse d'Autriche, se prosterne devant elle à Fussen en avril 1745, et promet de donner sa voix à l'époux de Marie-Thérèse, François III de Lorraine, pour l'élection impériale. De son côté, Auguste III de Pologne (le frère de Maurice), Electeur de Saxe, dont la couronne polonaise tangue toujours un peu, imite le Bavarois ; il câline Marie-Thérèse et apportera aussi sa voix à François de Lorraine. Frédéric de Prusse, qui ne veut pas lâcher sa Silésie, fait de même, de sorte que, pour la campagne du prochain printemps, la France se retrouvera seule, face à trois puissants ennemis : les Autrichiens, les Anglais et les Hollandais, et les Russes grinchent.

Dès la fin de 1744, le maréchal de Saxe reçoit le commandement suprême des armées des Pays-Bas et il trace ses plans, il inspecte les troupes, il repère les positions, imprime dans sa tête les géographies — l'Escaut, les thalwegs, les villes, Bruges et Tournai, Gand, Bruxelles, et les forêts et les chemins et les nuages crémeux, et les parfums de mer de ce plat pays dans lequel les soldats français vont bientôt courir. Il organise les approvisionnements, il entasse le matériel, il instruit les soldats. Il instruit aussi une brigade de femmes car les courtisanes fourmillent dans le camp d'hiver de Saxe et cet homme superbe, mais ralenti à présent, gonflé d'une mauvaise eau, se flatte de piller les corps sans trêve ni repos — cinq fois de suite, disent ses soldats avec vénération.

Quand il fait relâche à Paris, dans le riche hôtel baroque du quai Conti, il consomme des friandises plus exquises avec une fougue égale. Saxe ne se gorgea jamais d'une seule maîtresse, il se compose des réserves de femmes, comme on prend soin, au combat, de disposer de troupes fraîches toujours prêtes à relever les régiments décimés de la ligne de front, comme aussi un goinfre accumule les victuailles dans son cellier, crainte de disette.

Mlle Dangeville, celle de Mirabeau, est inégale à sa tâche. Saxe lorgne sur Mlle Navarre, tout en se débattant avec une Mlle Gelin, encore une actrice de la Comédie-Française, qui lui tient la bride courte : « ... une petite Gelan (Gelin) me joue des mauvais tours. J'ai été deux fois tenté de la noyer ».

Il caresse Mme de La Popelinière, fille de l'actrice Mimi Drancourt, et qui a bifurqué dans la galanterie et le dérèglement. Longtemps, elle avait été la maîtresse du fermier général Riche de La Popelinière pour l'épouser à la fin, avec la bénédiction du cardinal de Fleury. La voilà établie, la voilà somptueuse, adulée, admirée, jalousée mais elle n'est pas rassasiée et elle se procure Richelieu pour amant (Armand de Vignerot du Plessis, petit-neveu du cardinal.

Les rencontres entre les deux amoureux sont ingénieuses : Richelieu a loué une maison adossée à l'un des hôtels que La Popelinière possède à Paris, rue de Clichy. Quand la jeune femme désire Richelieu, elle appuie sur un bouton invisible, une cheminée pivote et Mme de La Popelinière est nue dans les bras de Richelieu, « de l'amant musqué », jusqu'au jour où l'époux, Riche de La Popelinière, effleure par inadvertance le bouton perfide, voit que la cheminée bouge, découvre le miracle, s'empourpre de rage et renvoie sa femme. Une histoire pareille, c'est un délice pour les salons parisiens et Michel Chaillou nous débite l'une des chansons dont le fermier général est assaisonné.

> « *Sa moitié pour voir son amant,*
> *Traversait une cheminée*
> *Close par-devant*
> *Par-derrière percée.* »

Que faire ? s'interroge Mme de La Popelinière quand elle a reçu son congé. Elle ouvre un salon que fréquentera une société mélangée qu'elle nomme sa « ménagerie ». Saxe fait partie de cette ménagerie, loup, lion, buffle ou sanglier, vautour selon les heures.

Tout cela fait beaucoup d'occupations pour un homme de cinquante ans, usé par les combats et par la Courlande, quelquefois blessé par balles ou par accidents vénériens, et souffrant d'hydropisie (de l'eau, des quantités d'eau stagnent dans son corps). C'est dans son lit, en hurlant de souffrances, qu'il règle les derniers dispositifs de Fontenoy. En mars 1745, comme il va prendre la route de Flandre, nouvelle crise. Le maréchal souffre. Voltaire, qui l'aime beaucoup, même s'il le tient pour « très chimérique », lui conseille de retarder son départ.

(Et s'il l'avait retardé en effet ? Le monde ne serait-il pas soulagé de quelques détresses si les généraux en chef consentaient à suspendre une guerre quand ils sont dolents ? Pourquoi ne pas créer un corps de médecins spécialisés en généraux en chef, avec la mission, non point de guérir leurs patients mais de leur inoculer des fièvres, beaucoup de fièvres. C'est une utopie cela, car les généraux en chef ont une conscience professionnelle abominable. Ils ressemblent en cela aux comédiens et aux animateurs de la télévision : il faudrait qu'ils soient au cimetière pour accepter de remettre la mort des autres au lendemain et, du reste, personne n'est irremplaçable, on a toujours un nouveau général sous la main, aussi consciencieux que le précédent, une nouvelle comédienne ou un autre présentateur de TV.)

Saxe est extrêmement touché des conseils de Voltaire. Il ne les écoute pas, il y trouve matière à l'un de ces mots épiques qui font son plaisir : « Il ne s'agit pas de vivre, jette-t-il à Voltaire, mais de partir », et c'est en litière qu'il rejoint Maubeuge pour sauver la France avec soixante mille soldats ou peut-être quatre-vingt mille. Le chirurgien Sénac, assisté de M. Roth, chirurgien des uhlans, pratique des ponctions, pourtant le maréchal, dès qu'une crise a passé, se procure une femme et se met en besogne.

Louis XV, alerté par ses agents, pique une colère : non qu'il soit choqué par l'inconduite du maréchal, et comment le serait-il, ce roi de France qui, au carnaval de 1745, ayant fini de décliner les sœurs de Nesle (à la réserve de la dernière), rencontre la Pompadour à l'occasion des fêtes de mariage du dauphin Louis avec l'infante Marie-Thérèse-Raphaèle d'Espagne ? Non, les mœurs du maréchal n'offensent point le souverain. Si Louis XV est inquiet, c'est que la position du pays s'abîme et la France ne peut pas s'offrir le luxe de perdre son maréchal ! D'ordre du roi, des guetteurs sont postés jour et nuit devant la porte de Saxe et toutes les femmes qui se présenteraient, les princesses du sang même, sont refoulées sans ménagements. Un blocus ? Maurice de Saxe en a forcé d'autres et il parvient à introduire une femme dans sa chambre. Sénac fait doubler la garde.

Mme de Pompadour est un chat, elle flaire, elle ondule et elle miaule, elle bat en retraite ou elle bondit mais elle ne pose jamais sa patte de velours sur un terrain friable. Les déconvenues de la Châteauroux, l'année précédente à Metz, l'ont instruite. Elle n'accompagnera pas son amant aux armées. Elle ronge son frein à Etioles, auprès de sa mère, chez qui fréquente Voltaire mais aussi de Bernis, cet abbé du petit collet, joufflu, drôle et rose, pas très beau, la séduction même, et qui sera plus tard ministre des Affaires étrangères, ambassadeur de France tout en aimant une religieuse perverse parfois prêtée à Casanova. (Il avait « l'art de dorloter l'amour », dira Casanova.)

De telles sociétés sont distrayantes mais la Pompadour garde un œil sur la Flandre et le mouvement des armées. Sa famille a toujours vécu de la guerre et la Pompadour aime les revues et les trompettes, la tactique, les sièges. Elle aime surtout le problème des approvisionnements qui fut la spécialité de sa famille. Valfons, le comte de Clermont, bien d'autres, recevront ses conseils militaires. Dans quelques années, pendant la guerre de Sept Ans, elle se procurera à Strasbourg une grande carte de l'Allemagne et elle enverra au maréchal d'Estrées un projet de campagne qu'elle dessine elle-même : les positions des armées y sont indiquées grâce à des « mouches » collées de sa main.

Cette scène fait rêver. Quelles mouches pique-t-elle, la Pompadour, sur son beau papier à lettres satiné bordé de turquoise ? Est-ce la « passionnée », qui siège au bord de l'œil, ou bien « la discrète », sur le menton, ou la « majestueuse », en plein front, est-ce l' « enjouée », près des fossettes, la « coquette », sur la bouche, la « gaillarde » sur le nez ou encore la « baiseuse », on ne sait où, à croire que le visage fardé d'une coquette n'est que le champ d'une autre bataille ? Cette femme belle, un peu mignarde et qui constelle les cartes d'état-major de ses artifices de beauté, est-il image plus baroque de la « guerre en dentelles », avec la nuance cependant que les dentelles de la campagne de Flandre seront pleines de sang, de poussière et de boue et que les guerres des anciennes monarchies, même délicates, et constellées de jolis uniformes d'officiers, amoncelaient laborieusement, comme toute guerre, de hideux tas de cadavres.

Louis XV accompagné du dauphin Louis, qui n'a que seize ans n'est pas encore tombé dans la dévotion à la bienheureuse Marguerite-Marie Alacoque, arrive au quartier général de Saxe le 8 mai, près du village de Fontenoy, à Antoing, non loin de l'Escaut. Il est de bonne humeur, il aime la chasse et l'exercice physique et il est fier car c'est la première fois, depuis Saint Louis, qu'un roi de France en personne va vaincre les Anglais, c'est également la première fois depuis Jean le Bon à Poitiers qu'un dauphin de France s'apprête à combattre aux côtés de son père.

Les inquiétudes ne manquent pas : l'armée des coalisés est nombreuse et aguerrie sous les ordres du duc de Cumberland, fils cadet de George II et beau chef de guerre. Au surplus, le général en chef des Français, Maurice de Saxe, est piteux : gonflé comme un œuf, crispé de douleurs, forcé de remplacer son armure par un gilet pare-balles, au point que ses soldats pensent voir un nourrisson monstrueux emmailloté dans ses superpampers ou bien une des énormes poupées de Niki de Saint-Phalle. Il a fait hisser son corps gourd dans une carriole d'osier et on le promène, de position en position, couché sur le dos comme une larve de Franz Kafka. Chez les courtisans, la maladie du maréchal n'est pas tombée dans l'oreille d'un sourd, il est temps de sonner l'hallali : « Le maréchal est au plus mal susurrera-t-on demain matin après les premiers revers, sa tête le trahit, sa cervelle est retournée. » Louis XV surprendra les caquets. Il regardera les envieux et, de sa voix enrouée mais distincte, il dira à Saxe : « Monsieur le Maréchal, en vous donnant le commandement de mon armée, j'ai entendu que tout le monde vous obéît. Je serai le premier à donner l'exemple. »

« Rien n'était si beau, si leste, si brillant, si ordonné que les deux armées. Les trompettes, les fifres, les hautbois, les tambours et les canons formaient une harmonie telle qu'il n'y en eut jamais en enfer. Les canons renversèrent d'abord à peu près six mille hommes de chaque côté ; ensuite, la mousqueterie ôta du meilleur des mondes environ neuf à dix mille coquins qui en infectaient la surface. La baïonnette fut aussi la raison suffisante de la mort de quelques milliers d'hommes. Le tout pouvait bien se monter à une trentaine de mille âmes. Candide, qui tremblait comme un philosophe, se cacha du mieux qu'il put pendant cette boucherie héroïque.

« Enfin, tandis que les deux rois faisaient chacun chanter des Te deum chacun dans son camp, il prit le parti d'aller raisonner ailleurs des effets et des causes. Il passa par-dessus des tas de morts et de mourants et gagna d'abord un village voisin : il était en cendres. C'était un village abare que les Bulgares avaient brûlé selon les lois du droit public. Ici des vieillards criblés de coups regardaient mourir leurs femmes égorgées qui tenaient leurs enfants à leurs mamelles sanglantes ; là des filles éventrées après avoir assouvi les besoins naturels de quelques héros rendaient les derniers soupirs. D'autres, à demi brûlées, criaient qu'on achevât de leur donner la mort. Des cervelles étaient répandues sur la terre à côté de bras et de jambes coupés. »

Cette peinture de guerre, Voltaire n'a pas utilisé la bataille de Fontenoy pour l'écrire mais sans doute celle de Rossbach, contre le roi de Prusse Frédéric II, qui sera donnée par Soubise dans douze ans, en 1757. Pourtant, si l'on troque un roi contre un autre, ou quelques milliers de morts prussiens, bulgares ou français contre d'autres milliers de charognes hollandaises, anglaises, autrichiennes ou françaises, la différence est si mince qu'on pourrait se contenter de modifier quelques noms propres et l'on apercevrait le charnier de Fontenoy.

Sur la rive droite de l'Escaut, Fontenoy, au sud-est de Tournai qu'occupent les coalisés, marque le centre d'une sorte de plaine bordée à l'est de forêts (le bois de Barry), de marais et de collines, et à l'ouest d'une rivière, l'Escaut. L'armée française, disposée comme une équerre, touche l'Escaut par ses deux extrémités. Maurice de Saxe a préparé un piège, au centre de son dispositif, un vide : il a ménagé un couloir dans lequel les coalisés seront tentés de s'engouffrer, entre Fontenoy et le bois de Barry, onze cents mètres à peu près, surveillés par les feux croisés des Français : au nord, ceux du bois de Barry, au sud, ceux de deux redoutes édifiées autour de Fontenoy.

8 mai, 9 mai, 10 mai, 11 mai : les deux armées aménagent leurs marques. Le 12 mai, dans la fin de la nuit, c'est le combat — cinquante et un mille hommes chez les alliés, quarante-sept mille chez Saxe. A cinq heures du matin, le duc de Gramont, colonel des Gardes françaises, est fauché par un boulet et sa troupe perd pied. Le comte de Saxe voudrait grimper sur un cheval, il échoue. Le gros monsieur, à qui Sénac a tiré cinq litres de liquide l'avant-veille, va vivre toute la bataille dans sa litière : « Je demande au Dieu des batailles de vivre encore un jour et de mourir vainqueur », prétend-on qu'il a dit.

On ne peut s'épargner, à ce point, le : « Messieurs des Gardes françaises, tirez les premiers » que crie milord Charles Hai et la réponse du comte d'Anterroches qui a l'accent méridional : « Messieurs, nous ne tirons jamais les premiers, tirez vous-mêmes ! », héroïque réplique que nous interprétions, devant nos tableaux noirs, à l'envers, comme un signe de témérité, d'honneur et de *furia francese,* quand il ne s'agissait que d'une précaution ordinaire en ces stratégies, mais, ce matin-là, le sage précepte tourne au malheur des Français car les Anglais, en quatre salves implacables, tuent deux cents Français, dont trente officiers. (Sans doute ces Anglais étaient-ils des ignorants et n'avaient-ils pas bien lu *Mes rêveries,* le livre dans lequel le maréchal de Saxe démontrait naguère et étourdiment que le fusil ne sert à rien dans la guerre et ne tue que quelques soldats distraits.)

Après ce massacre, le reste de la troupe se débande. Le roi et l'état-major, piqués sur une butte près de l'Escaut, observent le drame. Le maréchal de Noailles songe à la retraite. Louis XV s'alarme. « Est-ce vrai, monsieur le Maréchal, que la bataille est perdue ? » demande Louis XV à Saxe qui navigue dans son berceau d'osier. « Perdue ? Quel est le jean-foutre qui a dit cela ? » Et, comme les boulets anglais roulent aux pieds de Louis XV et du dauphin, Saxe invite les princes à reculer.

Le duc de Cumberland exploite ce premier choc : il lance hardiment, dans la brèche manigancée par Saxe entre Fontenoy et le bois de Barry, une colonne de soldats, il a mordu au piège mais la colonne anglaise est plus grosse, plus résolue que prévu : plusieurs milliers d'hommes — les habits rouges des fantassins, entourés des escadrons bleus des life guards — une masse compacte, indestructible, comme indifférente et qui s'avance avec une atroce lenteur. Cette parade de fin du monde va durer six heures, de huit heures du matin à deux heures. Les charges françaises sont des piqûres d'insectes.

Comment connaître une bataille ? Dès le dernier coup de canon de Fontenoy, cinquante colonels brevetés de l'Ecole de guerre se sont jetés sur leurs encriers pour déposer sur la bataille réelle leurs propres batailles, si bien que nul n'est plus en mesure de dévider l'écheveau, de déchiffrer, sous les gribouillis des écrivains militaires, le texte qui fut en effet écrit dans la plaine de Fontenoy.

Le maréchal de Saxe fut-il cet homme tragique, ce héros solitaire qui rameuta les courages abandonnés comme l'assure Grimm, ou bien faut-il se fier à d'Argenson plutôt, ou même à Voltaire si ami de Saxe pourtant, qui accordent la victoire à Louis XV et non à son maréchal ? Saxe fit-il face au défi ? Se laissa-t-il au contraire drosser par les vagues, ballotter de-ci de-là comme un navire démâté et fut-il à peine un vieil homme absent et désintéressé, un vieil homme léthargique, un gros somnambule insoucieux et occupé de ses seuls mystères ?

La seule certitude est que le coup de boutoir qui permit après des heures de désarroi de faire jouer le piège préparé par Saxe et de broyer l'armée anglaise fut assené par la Maison du Roi : un officier d'artillerie repère quatre canons abandonnés à proximité des lignes anglaises, le duc de Richelieu bondit, peut-être avec l'accord de Louis XV et de

Biron, prend sur lui de les faire avancer et pilonne les troupes adverses. La Maison du Roi, conduite par de Montesson, de Soubise, de Chaulnes, de Grille et de Genouillac, se déploie. La brigade irlandaise et catholique de Dillon, qui a la haine des anglicans de Cumberland et des Hanovre, charge. Dillon est mort.

L'épaisse colonne anglaise explose et Saxe sort de son hypnose, le voilà magnifique. Il jaillit de son berceau d'osier, gravit son cheval, et les troupes médusées voient brusquement ce cavalier, semblable à un énorme cadavre, galoper à travers les lignes. On croirait l'une de ces légendes orientales et que le corps défunt a été ligoté par ses lieutenants sur sa selle et lancé au galop, pour renverser le destin et ses adversaires épouvantés. « Il ressemblait plus à un mort qu'à un vivant », dit le duc de Croÿ, et les mauvaises langues de Paris sifflent mais elles ont beau siffler, c'est bien Saxe qui a vaincu à Fontenoy, même s'il fut obligé de déléguer ses pouvoirs et son bâton de commandement à son propre fantôme.

Dans le soir venu, Louis XV promène son Dauphin. Le souverain est philosophique, c'est de règle pour les chefs d'Etat bien élevés, après une bonne tuerie : « Voyez-vous, dit-il, le sang que coûte un triomphe. Le sang de nos ennemis est toujours le sang des hommes ; la vraie gloire, c'est de l'épargner. » Charmant précepte que tous les chefs d'Etat se remémorent au bout de dix mille morts. Et Louis XV commande au marquis de Valfons et au chirurgien La Peyronnie de transporter tous les blessés, quelle que soit leur nation, dans les hôpitaux de la région.

Est-ce pour économiser le sang des ennemis que le maréchal de Saxe, maintenant que l'ennemi se défait, retient ses troupes ? On jurerait que l'ennui l'a repris, le doute, ce sentiment du néant qui l'envahit par moments et il refuse de traiter de ces vanités, alors même qu'il eût liquidé aisément Cumberland, mais il advient que les conquérants les plus farouches aient de ces absences : on continue de s'interroger pourquoi Napoléon, au soir de Wagram, n'a pas brisé les troupes en désordre de l'archiduc Charles.

Voltaire attrape sa plume d'un coup sec et bâcle en huit jours le poème de Fontenoy, qui est nul et devient un best-seller. Louis XV rend hommage au maréchal de Saxe dans une lettre à l'archevêque de Paris et ordonne un Te deum à Notre-Dame. Pour le roi de France, comme pour le peuple parisien, nul doute que le Saxon est le véritable vainqueur de Fontenoy. Il fut le plus courageux aussi : « Durant la bataille de Fontenoy, dit le peuple de Paris, le duc de Biron changea trois fois de cheval, le maréchal de Saxe trois fois de chemise et le maréchal de Noailles trois fois de culotte. »

Cette victoire a des effets miraculeux : le corps de Saxe se dégonfle (« le maréchal de Saxe, dit Noailles, est le premier homme que la gloire ait désenflé »), un merveilleux été commence, les places fortes de la Flandre s'éboulent les unes sur les autres : Tournai en mai, Gand en juillet par Lowendal et Grammont et encore Ninove et Alos, Bruges le 18 juillet et Oudenarde le 21, puis en août Dendermonde, Ostende, Nieuport enfin, le 5 septembre, malgré ses impressionnantes écluses. Louis XV est rentré à Paris le 1er septembre 1745 et il fait connaître les honneurs accordés au maréchal de Saxe : une pension annuelle de quarante mille livres, le gouvernement de l'Alsace avec cent vingt mille livres de traitement, le droit d'entrer au Louvre en carrosse, privilège exorbitant pour un étranger, le droit de séance sur un tabouret devant Leurs Majestés et les Enfants de France. En prime, le château, le château de François Ier, Chambord avec son domaine.

Les courtisans ricanent. Les courtisans crachent. Ils cabalent sous la férule du marquis d'Argenson, ministre des Affaires étrangères. Maurice entend-il ces chuchotements et ces cris ? Il ne daigne même pas faire le voyage de Paris et s'acagnarde à Gand sous le prétexte de sa maladie quand on sait qu'il se porte, depuis Fontenoy, comme un charme et les roués insinuent : le maréchal de Saxe ralentit à dessein les opérations, refuse de vaincre d'un seul coup, à la fois pour spéculer sur les fournitures, pour s'en mettre plein les poches, augmenter son illustration et faire le jeune homme avec les femmes. Le plus grand fournisseur de ces malveillances est le prince de Conti, qui ne laissera plus reposer sa haine.

Le prétendant Stuart au trône d'Angleterre, Charles Edouard, à qui Saxe avait voulu donner un coup de main l'année précédente en combinant un débarquement qui fut ruiné par des vents contraires, applaudit à Fontenoy et reprend audace : en juillet 1745, il débarque aux Hébrides, force Edimbourg, exalte les montagnes, dit que son père est le roi d'Ecosse, donne à Holyrood un grand bal que Walter Scott utilisera beaucoup dans ses romans. Manchester, Derby tombent à la suite, si bien que le roi George II rappelle dare-dare son fils, le duc de Cumberland, pour protéger Londres. Londres est sauvée. Le Stuart retraite. A la Noël, il est revenu à Glasgow. Dans quelques mois, le 16 avril 1746, il sera vaincu à Culloden. Les Anglais en profiteront pour débarquer dans le Morbihan. Ils prendront un peu L'Orient, le 5 octobre 1746.

Pour Saxe, l'équipée de Stuart, même absurde, est une chance : les armées anglaises de Flandre, privées de Cumberland, bafouillent et le maréchal a les coudées franches. S'il enlève Bruxelles, l'Autriche sera contrainte à la paix. Maurice se flatterait d'offrir Bruxelles comme cadeau de jour de l'an à Louis XV mais le temps est à la pluie et comment manœuvrer dans les marécages qui séparent Gand de Bruxelles ? Saxe, comme tous les grands chefs de guerre, fait alors le météorologue, il scrute les ciels. Dès que la Belgique gèle, le 15 janvier 1746, il attaque.

L'Autrichien Kaunitz, qui commande à Bruxelles, prétend incendier les faubourgs de la ville. Maurice envoie à Kaunitz une lettre menaçante le 28 janvier. Kaunitz, qui espère des renforts autrichiens venus d'Anvers, lanterne et Saxe lui écrit une deuxième lettre le 11 février qui est un chef-d'œuvre de la littérature militaire et humoristique : les soldats français, Saxe préfère l'avouer à l'Autrichien, sont « comme des fourmis », voilà le vrai et ces fourmis sont incontrôlables. « Votre Excellence ne saurait croire jusqu'où le soldat français pousse l'industrie et la hardiesse. J'ai vu plusieurs fois, à la reddition des villes..., toute la ville se remplir de soldats sans savoir par où ils étaient entrés... »

Kaunitz, qui sera un grand diplomate mais n'est point un homme de guerre, est terrifié par le proche grouillement de ces milliers de fourmis. Bruxelles capitule le 20 février, elle est intacte. On célèbre un Te deum à la gloire des fourmis.

XXIX

APRÈS qu'il a lâché ses fourmis sur Bruxelles, le maréchal s'occupe à Gand d'un autre animal, le coq. Grâce à quelques volatiles acheminés d'Angleterre, il organise des combats. Tout ce qu'il aime est là, dans ces guerres rabougries : le panache et le tumulte, la beauté et la cruauté, l'écarlate, l'or et l'arc-en-ciel, la mort enfin, la poussière, la gloire. Et la loyauté : ces tueurs emplumés et lyriques valent mieux que les doucereux assassins qui minaudent là-bas, à Paris, dans les salons de Germain Boffrand et de Watteau.

Une première intrigue contre Saxe se déploie comme il piaffe encore devant Bruxelles, en janvier 1746 : le château de Chambord que Louis XV vient d'offrir à Saxe va être amputé d'une parcelle. C'est une vilenie du comte de Maurepas, secrétaire du roi et ministre de la Marine, sous prétexte que cette parcelle appartient héréditairement au marquis de Saumery.

Le maréchal beugle. Il démissionne et puis non, il ne démissionne pas mais il affûte son orthographe et il frotte Maurepas : « L'idée que j'ai du peu de cas que l'on peut faire d'un général en France, quand on n'en a plus besoin ne me laisse que peu de choses à espérer », écrit-il au ministre. Cette fureur est exagérée. Saxe est un homme de sang-froid. Il en a vu d'autres et l'accroc dans la capitainerie de

Chambord est dérisoire... mais Saxe a l'oreille fine : il connaît que l'affaire a été ourdie par l'envie.

C'est qu'il est enviable : vainqueur à Fontenoy, à Tournai, à Gand, à Bruxelles, sauveur de la France, aimé du peuple et révéré de ses soldats, câliné du roi et de la Pompadour, célèbre dans l'Europe, admiré et craint de Frédéric II, opulent comme un Crésus ou comme un maréchal suédois de la guerre de Trente Ans, Maurice a l'insolence superflue de capturer les femmes, malgré son eau dans le corps, son écriture de fou, ses articulations coincées et son langage de la halle. C'est énervant à la fin : ce charretier, ce type des Orients et des marécages, avec sa dégaine de Wisigoth, il n'a qu'à poser ses gros pieds dans un salon et les plus fragiles pécores sont à lui, quelle injustice ! Il déboule de ses Allemagnes, avec ses manières d'ouragan, dans les galeries de Versailles, il sent le bivouac et le crottin de cheval, ou même le bison ou le rhinocéros, il parle français comme une vache allemande et, voyez-vous ça, les cœurs de porcelaine se brisent, les corps se renversent, c'est un monde cela, et à quoi servent alors le parfum, le beau langage et les élégances ?

En Flandre, le maréchal qui veille à distraire les braves soldats quand les soldats ne meurent pas invente le théâtre aux armées. Les comédiens jouent devant les troupiers français, mais voici la surprise : après que le rideau s'est abaissé, les acteurs passent, avec fards et bagages, à l'ennemi et présentent les mêmes spectacles, Molière ou Quinault, aux pandours serbo-croates.

Le maréchal n'est pas sectaire : soldat de fortune, les pays, le patriotisme même ne sont pas son fort. Nations et générations, royaumes, frontières et dominations, toutes ces vanités défilent dans ses gros yeux bleus comme des nuées dans les frissons d'un lac. Il suffit de franchir une rivière-borne et l'Histoire vacille. Pour un rien, une vexation, la rebuffade d'une demoiselle, il pourrait bien singer ses comédiens, planter là son bon roi Louis XV et sauter quelques frontières.

S'il aime la France, la France n'est pas son seul amour. (« Le jour où les envieux m'auront enlevé la confiance du roi, menace-t-il Louis XV un soir de colère, pense-t-on qu'il y ait un pays en Europe qui refuse le secours de mon épée ? »)

De l'Histoire, de la politique, de la guerre, Saxe se forme une idée modeste et ironique : il en aime les fatalités et les inepties, les tristesses, les fêtes et l'absurde, il les lit comme une immense loterie, un hasard à perpétuité, un chaos qui favorisera peut-être, un beau jour, son seul désir, et lui plantera une couronne sur la tête. Pour le reste, s'il éventre ses ennemis, il n'a point de haine : c'est une vertu de certains sceptiques et des hommes sans espérance : ils n'ont pas le don de la haine. Bénies soient les âmes impures ! Elles laissent aux ascètes, aux prophètes, aux idéologues et aux poux les besognes de la méchanceté et du meurtre. Alors, au nom de quoi les troupiers serbo-croates seraient-ils privés des comédiennes de Saxe ou interdits de Molière ?

Le plaisant, dans une troupe de théâtre, c'est qu'elle est composée de comédiennes : cela forme un vivier dans lequel le maréchal barbote. A chaque coup d'épuisette il en pêche une et ses prises sont si frétillantes, si précipitées qu'on perd le compte. Au surplus, comme le maréchal se contente rarement d'une seule personne et que les documents de l'époque bégayent, on abandonne de ranger ses foucades dans leur ordre chronologique.

A l'aveuglette, on peut citer, pour la période de la Flandre, la Beauménard, qu'on appelle Gogo, une voix criarde mais ses seins sont ronds, nacrés et insouciants, ils erreront plus tard de caresses en caresses, dont celles d'un jeune écrivain, ancien élève des jésuites de Mauriac, ancien prêtre et de beaucoup d'esprit, Marmontel.

A la même époque, Saxe ouvre la tranchée pour emporter une autre place, Mlle Navarre, encore une comédienne, et très brillante, qui le plumera tel un coq de combat à la retraite, lui soutirera des diamants et des falbalas et le trompera à qui mieux mieux, nous le verrons dans quelques batailles, avec le même Marmontel. (Le cas de la Navarre est incertain et nous la croiserons de nouveau. Selon certains, elle aurait déjà été embauchée, débauchée, par Saxe deux saisons plus tôt.)

C'est également vers 1746 que Saxe a ouvert un petit commerce avec Marie Rinteau, dite la Verrières, une curieuse personne et qui le trompera elle aussi avec enthousiasme, en commençant par qui ? Par l'excellent Marmontel... décidément, Marmontel rabâche. Cependant, d'autres chroniques assurent que la Verrières n'a pas encore pointé le nez en 1746, à l'époque de Gand, si bien que nous la cantonnons pour l'heure dans la coulisse. A Gand, elle ferait seulement partie de l'équipe des remplaçantes mais quand elle aura reçu le droit de pénétrer sur le terrain, Dieu ! elle saura rattraper son retard.

En revanche, c'est bien à la fin de 1745 que Saxe s'éprend d'une jeune femme qui le tourmentera et qu'il suppliciera indignement, Justine Duronceray, fille d'un des musiciens de Stanislas Leszczynski. Maurice l'avait admirée quelques mois plus tôt, en 1744, à Paris, quand elle avait débuté à l'Opéra-Comique sous le nom de la Chantilly. Sans perdre un instant, il est éperdu d'admiration et sa cervelle congestionnée forge un plan : il va confier son théâtre de soldats à un certain Favart, un petit pâtissier, qui a le triple mérite d'être très gentil, d'être comédien-auteur (*La Chercheuse d'esprit,* entre autres) et de connaître un peu cette Chantilly.

Le difficile est d'obtenir que Favart serre dans ses bagages la Chantilly. Aussi Saxe délègue-t-il auprès du comédien un messager très habile, M. de Bercaville, qui se présente le 31 décembre 1745, dans la maison de Favart, rue de la Verrerie. L'acteur se voit proposer la direction du théâtre aux armées, il dresse l'oreille et c'est alors que le messager de Saxe insinue que Favart serait bien inspiré d'employer dans sa troupe cette petite..., comment se nomme-t-elle, déjà, oui, cette Chantilly qui joue tellement bien. Favart est très fier. En même temps il rigole en douce car la Chantilly, que Saxe souhaite voir à Bruxelles, Favart l'a justement épousée, en secret, quinze jours auparavant, ce que Saxe ignore bien sûr. Favart saute de joie. Aussitôt que le ministre de Saxe a tourné les talons, Favart appelle la Chantilly : « C'est la fortune et c'est la gloire ! » dit-il, et comment aurait-il deviné, le candide Favart, que cette gloire va tourner à malheur ? Et que dans quelques années le vieux maréchal amoureux va torturer le couple ?

Les Favart joignent la Flandre. Avant d'affronter le « sanglier », ils bénéficient cependant d'un sursis car Louis XV réclame son maréchal avec les cinquante-deux drapeaux enlevés à l'ennemi. Le voyage de Bruxelles à Paris est un triomphe, presque une échauffourée, si denses, débridées sont les foules sur le cortège de Saxe. Dans chaque village, des vierges, habillées en vierges, couvrent de fleurs blanches le vainqueur de Bruxelles, chantent ses louanges. Arrivé à Versailles le 11 mars 1746, Saxe est annoncé. Le roi fait quelques pas vers lui, l'embrasse sur les deux joues. De nouvelles faveurs pleuvent : Saxe jouira des « grandes entrées » et recevra ses « lettres de naturalité ». Les courtisans se pressent autour du souverain. Ils sont blancs de haine.

Quelques jours plus tard, Maurice se rend à l'Opéra, où se joue *Armide,* de Quinault et Lully. Il est flanqué de ses aides de camp, le duc de Biron, colonel des Gardes et le duc de Villeroy. Le parterre mugit, acclame, applaudit. La pièce commence par un prologue en l'honneur de Louis XIV dans lequel la Gloire, incarnée ce jour-là par Mlle Demetz, tient une couronne de lauriers à la main et chante : « Tout doit céder dans l'univers à l'auguste héros que j'aime. » Ayant dit, Mlle Demetz s'avance vers le bord de la scène et tend la couronne au duc de Biron qui la passe au bras gauche du maréchal. La salle exulte et l'avocat Barbier, qui raconte dans son journal, conclut avec simplicité : « Il faut convenir qu'un honneur aussi éclatant vaut un triomphe des Romains. » Mlle Demetz, elle, fait une bonne opération : le lendemain, le maréchal lui fait tenir une paire de boucles d'oreilles en diamants d'une valeur de dix mille livres.

Le maréchal ne s'attarde pas à Paris. Les courtisans lui chauffent les oreilles et il est impatient d'occuper sa nouvelle résidence, ce fantastique château de Chambord qui va lui fournir ce qu'il a vainement, grotesquement, courageusement poursuivi en Courlande : un royaume. Le fils bâtard du roi de Pologne va enfin régner sur une terre, à la manière de ces ducs ou margraves, de ces princes-évêques qui régentent en Allemagne (ou, plus tard, dans l'Italie du Nord, le duché de Parme par exemple) des principautés naines à peine plus vastes que l'immense domaine de Chambord. On va bien s'amuser, bien jouir, seulement Saxe n'a pas le loisir de défaire son fourniment que le roi le rappelle : l'Autriche est blessée après la prise de Bruxelles mais elle bouge encore. Il faut lui donner le coup de grâce.

Aux Pays-Bas, Saxe se bat sur deux fronts : contre les Autrichiens et contre les Français, certains Français, princes du sang de préférence.

Il attaque d'abord le comte de Clermont, Louis de Bourbon-Condé, frère du terrible Charolais et petit-fils de Louis XIV. Clermont a fait une gaffe : à table, il s'est permis de plaisanter sur les prouesses sexuelles du maréchal de Saxe à Bruxelles et Maurice s'encolère, on croirait d'un coq. Cette querelle est idiote : Saxe n'a jamais dissimulé son appétit pour les femmes, il en aurait vanité plutôt et le comte de Clermont, de son côté, tout ancien abbé qu'il soit, est un paillard renommé (il s'en passe de belles, dans la retraite que le comte de Clermont achète au savant Réaumur, celui du thermomètre, rue de la Roquette).

Affrontement saugrenu : deux libertins saisis par la vertu.

Saxe, qui est capable de mesquinerie, se venge. Il dépouille le comte de Clermont, lui enlève soldats, canons et matériels, ne lui concède qu'un régiment de dragons et un autre d'infanterie. Rancune dérisoire mais peut-être un bâtard éprouve-t-il de mystérieuses jouissances à humilier le petit-fils d'un Roi-Soleil ? L'armée, pour une fois, désapprouve Saxe car Clermont est un beau et brave militaire. Voilà Saxe dans l'embarras et il est bien soulagé quand un de ses amis, le marquis de Valfons, son ancien aide de camp devenu major-général de Clermont, lui tend une perche et le sort du trou. Valfons combine un souper impromptu entre les deux hommes. Saxe est de bonne humeur, Clermont aussi. Quelques jours plus tard, Clermont reçoit douze mille hommes, vingt pièces de canon et trois cents artilleurs.

Le prince de Conti, Louis-François de Bourbon, est bien plus venimeux que le comte de Clermont. D'Argenson le peint comme un « ambitieux misanthrope... avec beaucoup d'idées qui se croisent et toute incapacité à les lier ensemble ». Ce n'est pas un homme sans qualités, il est courageux mais son « mérite est rivé par la présomption... et son savoir et son mérite valent moins que l'ignorance et la faiblesse », tel est l'homme que Saxe va provoquer.

Il y a longtemps que Conti mordillait les mollets du maréchal et, dans quelques années, il lui sautera à la gorge. Pour l'heure, c'est Saxe qui ouvre les hostilités : dressant les plans de campagne de l'année 1746, Saxe démontre au ministre de la Guerre, le comte d'Argenson, que l'armée de Conti, c'est-à-dire l'armée du Rhin, est sans usage car les princes rhénans sont très calmes. Le vrai danger se situera, de nouveau, en Flandre. Il serait donc raisonnable que l'armée du Rhin, celle du prince de Conti, soit diminuée au profit de l'armée de Flandre, celle de Maurice de Saxe. Conti pourrait alors, dans la nouvelle structure, recevoir le commandement des opérations en Alsace, en accord avec la

« grande armée » (celle de Saxe), tout en gardant un œil sur d'éventuelles escarmouches dans la région du Rhin.

Ce plan se soutenait mais il avait l'effet pervers de placer Conti en position subalterne, sous la coupe de Maurice de Saxe. Conti, prince du sang, n'avale pas cette couleuvre. Il dit des horreurs. Il « fait des niches ». Pire encore, il boude et il ira jusqu'à refuser d'engager ses troupes dans une bataille à la rescousse de Saxe, au risque d'un désastre militaire. La félonie de Conti revient aux oreilles de Louis XV qui s'indigne. Le roi rappelle le prince et intègre son armée à celle de Saxe. Louis XV « permettait au prince de revenir auprès de lui et réunissait les deux armées sous le commandement du comte de Saxe ». Le prince de Conti ne pardonnera jamais.

Le maréchal fait la guerre. Comme il a cent quatre-vingt mille hommes sous ses ordres, il cogne à tour de bras, occupe Anvers, Huy, Mons, Charleroi, Namur.

Un mois après Namur, le 10 octobre 1746, séance de théâtre aux armées, chez Favart. A la fin de la pièce, l'épouse de Favart, cette Justine Duronceray dite la Chantilly qui excite tellement le maréchal mais qui barricade sa vertu fait quelques pas sur le devant de la scène et chante les vers les plus mirlitonesques de toute l'histoire militaire :

Nous avons rempli notre tâche
Demain nous donnerons relâche
Sans que notre public s'en fâche.
Demain, bataille, jour de gloire :
Que dans les fastes de l'Histoire
Triomphe encore le nom français !
Dignes d'éternelle mémoire
Revenez après ce succès
Jouir des fruits de votre victoire !

Et comme les soldats sont ébahis, Mlle Chantilly fournit une explication : « Demain, relâche à cause de la victoire. Après-demain, nous aurons l'honneur de vous donner *Les Amours grivoises* et *Cythère assiégée.* »

C'est de la sorte, par une annonce de théâtre, que les soldats du comte de Saxe apprirent qu'ils allaient livrer bataille à Raucoux, afin d'en déloger l'armée autrichienne du prince Charles qui venait de dresser son camp, très imprudemment, sur la rive gauche de la Meuse. Le 11 octobre, la brume matinale embarrasse le combat mais, à deux heures de l'après-midi, Saxe fait sonner la charge. En deux heures d'une mêlée affreuse, il dissipe l'armée autrichienne. Bizarrement, comme au soir de Fontenoy, comme bientôt à Lawfeld, il ne donne pas la chasse à l'ennemi et permet que le prince Charles se reconstitue non loin de là, sur la rive droite de la Meuse qui est plus confortable.

Le lendemain du carnage, les soldats assistent comme prévu aux *Amours grivoises* et le marquis de Valfons se met en chemin pour Versailles avec les onze étendards gagnés à Raucoux.

— Le maréchal, lui dit Mme de Pompadour, doit être très content. Qu'il doit être beau à la tête d'une armée, sur un champ de bataille !

— Oui, madame, il y fait l'impossible pour se rendre encore plus digne de votre amitié.

— Vous pouvez lui écrire que je l'aime bien.

Mme de Pompadour aime bien Maurice mais les courtisans s'exaspèrent : « On sait, écrit Barbier, que le maréchal de Saxe a presque toute la Cour pour ennemie, par basse jalousie. » Le comte Loss, ambassadeur de la Saxe en France, conseille au maréchal de faire un saut à Versailles pour décontenancer les envieux. Le 11 novembre, le comte de Saxe est à Fontainebleau. Louis XV et Mme de Pompadour le câlinent. Le maréchal portera le titre d'Altesse Sérénissime, et reçoit, comme Vauban jadis à Philippsburg ou Villars à Denain, six pièces de canon prises à l'ennemi avec le privilège de les disposer à l'entrée du château de Chambord, Saxe se frotte les mains.

Son bonheur est bref car il apprend déjà une nouvelle contraire : le prince de Conti a si bien comploté qu'il a su transformer sa récente disgrâce en succès : le roi, cerné par le clan des Conti, chapitré au surplus par la Pompadour (alliée de Saxe, la Pompadour, mais elle a une dette à l'égard de la mère du prince de Conti, la princesse douairière, qui avait accepté de la présenter à la Cour), le roi a eu la faiblesse de nommer le prince de Conti généralissime de ses armées. Etonnant, non ? Saxe, sidéré, se découvre subalterne de son subalterne, quel désordre, et il s'exhale en amertume : « J'ai de belles paroles, dit-il à son ami Valfons, et M. le Prince (de Conti) est généralissime... Qu'ils ne cherchent pas à m'humilier et à me chicaner ! Je ne suis pas né leur sujet et je leur ferais suer de l'encre si je suivais le projet que m'inspirent leur injustice et mon mécontentement ! » (Encore une allusion à sa possible désertion.)

Est-ce l'habileté de Valfons ou bien le flegme de Saxe ? Maurice avale sa fureur mais il place une ruade dans ses sabots et, quand il la lâchera, on verra des étincelles. En attendant, Valfons se décarcasse en faveur de Maurice. Il obtient du comte d'Argenson, pivot de la cabale contre Saxe, mais grand sournois et grand tricheur, que le comte de Saxe reçoive le titre de maréchal des camps et des armées du roi, honneur exceptionnel décerné avant lui aux seuls Turenne et Villars et qui fait peut-être rétrograder Conti à la deuxième place, on n'y comprend plus grand-chose à vrai dire.

Le 10 janvier 1747, au château de Choisy, le roi annonce la nouvelle en présence de toute la Cour. Et un Te deum de plus à Notre-Dame de Paris en l'honneur de Saxe ! Alexis Piron ricane. Il s'amuse que ce libertin, cet athée, soit devenu par ses Te deum le plus grand pourvoyeur des églises de France : « Les Te deum n'en finissent pas ; j'y trouve mille gens que je n'avais jamais vus à nos grand-messes et que je ne connaissais que par leurs assiduités à l'Opéra... »

Pouvait-il rêver récompense de plus d'éclat le corsaire saxon ? Le voici égalé à Turenne. Rien d'insolite en cette distinction. Les deux hommes ont fait course semblable : Henri de La Tour d'Auvergne, vicomte de Turenne, procédait, comme Maurice de Saxe, d'une lignée héroïque et exotique. Il était par sa mère le petit-fils de Guillaume le Taciturne et c'est par hasard ou par fatalité qu'il choisit de servir en France pour s'illustrer singulièrement dans cette Flandre où Maurice ferraillera si longtemps.

Les deux hommes avaient aussi en commun un goût infini des femmes. Un livre libertin de la fin du XVIIIe siècle, *Belles têtes et belles couilles ou Tous les biens en abondance,* leur rend un seul hommage :

« Tous les généraux français ont fait de même en campagne. Le fameux maréchal de Saxe n'avait-il pas un essaim de courtisanes pour ses menus plaisirs, qu'il logeait à l'arrière-garde ? Ne prenait-il pas le cul des femmes de troupe ? Ne se faisait-il pas branler son vit monstrueux par des vivandières ? Et le vicomte de Turenne, en capitulant avec les gouverneurs des places ennemies, ne mettait-il pas le plus souvent le con de Mme la Gouvernante au nombre des articles secrets de la capitulation ? Pourquoi donc s'étonnerait-on de voir Stanislas de Clermont-Tonnerre foutant à droite et à gauche et s'occupant des plaisirs de la couille dans les moments de relâche que lui laissent la guerre et les affaires ? »

Un brin de bouffonnerie : le clan de Saxe médite de le faire élire à l'Académie française. Le maréchal se tord de rire et la lettre qu'il envoie à son supporter, le maréchal de Noailles, âme de ce complot, atteste deux choses : d'abord que Maurice de Saxe est un esprit fin, drôle et de beaucoup de tact. Ensuite, qu'il n'a fait aucun progrès en orthographe depuis son précepteur, M. d'Alençon, et malgré les leçons particulières que lui a distribuées Adrienne Lecouvreur.

« On ma proposez, mon maître, d'aître de lacademye française. J'ay repondus que je savez pas seulement l'ortograffe et se la malet comme un bage à un chat. On ma répondu que le maréchal de Vilar ne savet pas écrire et qu'il en etet bien. Sait une persequution : vous n'en êtes pas, mon maître, sela rend la défence que je fais plus belle ; personne n'a plus d'esprit que vous, ne parle et necrit mieux, pourcoi n'en êtes-vous pas ? Sela mambarrasse : je ne voudrès pas choquer personne bien moins un corps où il y a des jans de mérite ; d'un autre coté, je crains le ridicule et celui-ci me paret bien conditionné ; aiei la bonté de me répondre un petit mot. »

(On s'est moqué de cette lettre et c'est inutile : le maréchal de Saxe a du style : brio, images, cocasseries, lucidité, charme et l'on ose proposer que le Saxon est un précurseur : il a inventé un genre littéraire qui végétera quelque temps mais que Raymond Queneau et les plus doués des adeptes de l'Oulipo porteront au zénith deux siècles plus tard.)

La dauphine de France, Marie-Thérèse de Bourbon, est morte le 22 juillet 1746 en accouchant d'une fille, il faut une autre épouse au fils de Louis XV qui n'a que dix-sept ans encore. Les « harpies de Cour », les dévotes, les courtisanes, les courtisans se mettent en campagne. Le marquis d'Argenson, qui commande à la diplomatie, tend ses trames. On passe la revue des troupes : six demoiselles européennes sont portées candidates : les deux filles du duc de Modène, la fille du roi de Danemark, la princesse de Savoie, la sœur du roi de Prusse et enfin la dernière fille du roi de Pologne, Marie-Josèphe de Saxe qui est la nièce du maréchal de Saxe puisque son père, Auguste III, roi de Pologne, est le frère de Maurice, le fils du même père.

Aux éliminatoires, quatre candidates sont collées. Restent en course la princesse de Savoie et Marie-Josèphe de Saxe. Maurice de Saxe aimerait bien que sa nièce gagne le saladier et il plaide auprès de la Pompadour. La Pompadour, qui veut se faire pardonner par Saxe les complaisances qu'elle a eues pour le prince de Conti, plaide à son tour auprès de Louis XV et emporte ce morceau de reine, un tout petit morceau à vrai dire car Marie-Josèphe de Saxe n'a que quinze ans et manque de grâce. La petite fille a des dents gâtées, elle est un peu raide et salue à l'allemande, mais elle est fraîche, avec des taches de rousseur. « Que votre princesse, écrit Louis XV à Saxe, sache bien qu'il ne tiendra qu'à elle de faire notre bonheur et la félicité de notre peuple. »

Saxe se dandine. Il se flatte auprès de son frère, le roi de Pologne Auguste III, qu'il a manigancé la chose. Plus exquis encore : le marquis d'Argenson qui a manœuvré comme une pelle au point de rouvrir la guerre avec un Piémont vexé, est jeté aux oubliettes, un ennemi de moins pour Maurice de Saxe.

Marie-Josèphe de Saxe ne proteste pas. Elle épousera le dauphin Louis de France. Le maréchal ronronne de contentement. Il donne des avis à la mère de Marie-Josèphe, règle le trousseau, les parures, les linges. Sa lettre est comique, elle pourrait être de Chanel ou de Saint Laurent. Maurice de Saxe connaît mieux encore les dessous des demoiselles que les bretelles de ses soldats. Il veut des « pièces de Hollande, fond satin et or, dans le goût des étoffes des Indes ou de Perse », une « belle palatine doublée de martre zibeline, comme on les porte en Russie... des tours de robe et des corsets baleine », comme on les fait à Dresde et surtout, « que la taille ne soit pas trop longue ».

Le 9 février 1747, mariage à Versailles (un prémariage par procuration avait été célébré à Dresde), Marie-Josèphe de Saxe est très digne. Sa jupe pèse trente kilos, « plus lourde qu'une cuirasse », dit Saxe. On fait la fête, on fait le bal, et le bal est rigolo car on y remarque un personnage, sous domino jaune, qui passe son temps au buffet où il engloutit liqueurs, petits pâtés et vins, s'éclipse, revient et chaparde de nouvelles victuailles. Voilà une affaire d'Etat ! Qui peut-il bien être, ce pique-assiette surdoué ? Le roi fait diligenter une enquête et l'on apprend que le domino jaune a été loué par les cent-suisses de garde qui ont un appétit pharamineux et se goinfrent à tour de rôle.

La nuit de noces suit. Maurice de Saxe, qui est curieux de ces circonstances, en fait un compte rendu scrupuleux à son frère le roi de Pologne. Il n'a pas les yeux dans sa poche, surtout quand on fourre les époux dans le lit en présence de toute la Cour — les prêtres, les bougies, le roi, la reine, la pompe, plus de cent femmes scintillantes. On tremble pour la pudeur de la jeune fille. Eh bien, c'est le gros dauphin Louis qui est nigaud, il relève la couverture sur son visage alors que Marie-Josèphe, elle, est en pleine forme, elle babille, elle plaisante, adresse un mot à chacun, elle est à l'aise il faut voir comme, on jurerait qu'elle a passé sa vie à se marier et à coucher avec un homme devant cent personnes. Saxe apprécie. Cette nièce chasse de race.

La fin de la nuit est moins triomphale. Quand tout le monde a vidé les lieux, le Dauphin a pleuré comme une madeleine parce qu'il pensait à sa première épouse morte. Du coup, la Dauphine, compassion ou colère, a pleuré aussi et le matin, les matrones ont beau examiner le drap nuptial, elles ne décèlent rien du tout. Maurice est alerté, il n'en fait pas un tambour.

Le Dauphin finira par se remettre en cérémonie et il fera des bébés, dont trois seront tragiques et royaux : Louis XVI, Louis XVIII et Charles X. Décidément, les couronnes continuent de faire leur danse de phalènes autour de Maurice de Saxe : son père fut roi à deux reprises, son frère est roi de Pologne, le ventre de sa nièce est plein de petits rois, et deux femmes qui ont aimé Maurice, Anna Ivanovna et Elisabeth, auront été impératrices de Russie, oui, les trônes tourbillonnent mais Maurice a beau se démener et sauter comme une puce pour en attraper un, ses mains sont vides.

XXX

Raucoux n'a pas conclu la guerre. La Hollande, qui a senti le vent du boulet, se donne un remède de cheval pour faire barrage à la France : comme dans la Rome antique, on place la république en veilleuse et l'on rétablit le stathoudérat, la dictature, mais à qui confier le rôle de Cincinnatus ? Les Hollandais ont bien envie de faire appel à Frédéric II, la face de l'Europe en eût été changée. Ils reculent et offrent la dictature à l'illustre maison des Orange-Nassau.

Maurice de Saxe, qui a regagné son quartier général de Bruxelles dès le mois de mars 1747, accepte à présent d'attaquer la Hollande mais il l'attaquera avec délicatesse, paresseusement, en traînant les pieds. Il musarde, il fait la guerre buissonnière. La Belgique est un beau joyau, Maurice de Saxe ne va pas le briser en gagnant bêtement une nouvelle bataille qui risquerait de clore les hostilités. Aussi, Bruxelles, cette saison, fait l'amour, non la guerre. On y préfère les falbalas aux canons. Du coup, Louis XV est excédé, son maréchal est un lambin et le roi débarque à Bruxelles pour lui secouer les puces. Ordre est donné de saigner la Hollande, en accablant les deux villes charnières, Maëstricht et Bergen op Zoom. Exécution !

Maurice de Saxe exécute. Il attaque, le 2 juillet, le village de Lawfeld qui couvre Maëstricht. Le ciel est rébarbatif et puis un déluge. Les Français mouillés comme des soupes forcent Lawfeld, après quatre charges frénétiques. Cumberland contre-attaque. Le maréchal se porte à la tête du régiment du roi, ce qui est saugrenu pour un maréchal. « Comme au fourrage, mes enfants ! » hurle-t-il, et Cumberland détale. La plaine est un charnier : six mille Français et dix mille Anglais sont morts.

Louis XV se balade dans le soir et refait le coup du roi philosophique qu'il avait rôdé à Fontenoy. Il avise un général anglais captif et lui confie douloureusement : « Ne vaudrait-il pas mieux songer sérieusement à la paix plutôt que de faire tuer tant de braves gens ? »

On propose que Louis XV est sincère, la hâte qu'il a de faire la paix, puis les clauses très douces de cette paix en attestent. Louis XV était un souverain pour femmes, chasses à courre, petites farces, longs silences et grosses timidités. Comme Louis XIII enfant qui conjurait la mort en faisant des grimaces de cadavres, comme tous les Bourbons, Louis XV est hostile au néant. Quand il longe un cimetière, il fait de longues haltes paralysées parmi les tombes. S'il goûtait assez les batailles, il souhaitait que celles-ci ne fussent pas trop assassines, qu'elles ressemblassent à une revue multicolore, à une autre chasse à courre, à une espèce d'opéra. L'Histoire, ce roi affable et bien élevé n'aimait pas qu'elle fût tragique, ce fut sa tragédie. Les vrais chefs d'Etat savent que l'Histoire est semblable au-dedans de leurs âmes : de la nuit, de l'horreur, de la mort.

Au Dauphin, Louis XV écrit : « Mon fils, je viens de gagner une grande victoire et jamais notre grand maréchal n'a été plus grand qu'aujourd'hui. Ne lui en faites pas compliment mais dites à la Dauphine de le gronder pour s'être trop exposé comme un grenadier. »

Saxe s'était trop exposé en effet mais, une fois la victoire gagnée, il avait pris soin de répéter la sottise qu'il avait commise déjà, à Fontenoy puis à Raucoux, il n'avait pas tué la bête blessée : si les Anglais de Cumberland étaient brisés, les vingt-sept mille Autrichiens du comte Batthyany s'étaient tirés en douce et paisiblement réfugiés dans Maëstricht. Maurice de Saxe avait raté Maëstricht, délibérément. La guerre, comme il en avait encore besoin, il faisait semblant d'en précipiter l'issue, mais, en réalité, il la soignait en tapinois, il l'avait placée sous perfusion pour en prolonger l'agonie. Il ne voulait pas qu'elle périsse.

Ainsi Saxe est-il voué à donner de nouveaux combats, d'autant plus qu'en Italie Belle-Isle chancelle devant Turin et doit replier les lambeaux de ses bataillons sur le Dauphiné. En Flandre, le prochain objectif est plus rude encore que Maëstricht, c'est la citadelle de Bergen op Zoom, cette citadelle que Louis XIV même n'avait pas osé forcer et qui était défendue à la fois par son surnom (« la Pucelle »), par des fortifications massives et un réseau inextricable de canaux et d'écluses. Saxe tergiverse à son habitude. Louis XV le gronde. Saxe confie alors à son ami Lowendal, grand homme de guerre et voyou plus grand encore, la mission de prendre Bergen. Lowendal s'y connaît en pucelles. Il éventre celle-là après deux mois de siège, le 16 septembre, et pousse ses soldats dans la ville, des loups.

Les Français massacrent et font main basse sur des trésors. Lowendal est ainsi, il se soigne à l'or et au sang. La France, au lieu de festoyer, est écœurée. « Le pays fut assommé, écrit le marquis d'Argenson... Des gens qui viennent de Flandre m'ont conté une partie des friponneries exercées par le maréchal de Saxe et le comte de Lowendal dans cette conquête. Cartouche n'en aurait pas fait davantage ni plus imprudemment... Sous M. de Louvois, les conquêtes furent ménagées ; cette fois, on a cru devoir tout abandonner au pillage le plus affreux. »

Ces atrocités surprennent : Maurice de Saxe ne s'est jamais donné pour cruel ou sanguinaire. Plutôt, il a pris des risques, à Bruxelles, à Prague, pour ménager les civils. Comment entendre ce retour aux abjections que son aïeul, le maréchal de Kœnigsmark, avait élevées à la hauteur d'un des beaux-arts durant la guerre de Trente Ans ? Faut-il dire l'irritation devant les cabales dont Versailles et Paris le harcèlent ? Ou bien l'influence délétère de son copain Lowendal ? Ou bien la fatigue, les nerfs, l'âge ? Ou encore ceci : Saxe sent bien qu'en dépit de ses efforts pour ralentir les opérations, la guerre va sur sa fin, la guerre va mourir et Saxe se presse de faire main basse sur quelques trésors. Le sûr est que Saxe, en cet épisode à peu près unique, se conduit en brigand et cette vipère de marquis d'Argenson n'a pas tort de comparer Maurice à Verrès et la Flandre à la Sicile.

Le prince de Conti donne de la voix. La chance est là : il peut déshonorer Saxe, le perdre dans l'esprit du roi et lui chiper sa place aux armées. Le marquis d'Argenson encore, le 24 août 1747 : « On avance beaucoup au projet de perdre le comte de Saxe dans l'esprit du roi. Ainsi le courtisan chemine à son but pour planter à la tête de la grande armée du Brabant M. le prince de Conti. J'ai vu des lettres d'un courtisan qui mande à Paris que les affaires de M. le comte d'Argenson (le frère du marquis) vont bien, le roi commençant à connaître *le peu que c'est que le maréchal de Saxe*... Son Lowendal envié par toute l'armée est absolument discrédité aujourd'hui par les petits maîtres à talons rouges et l'effet répond au dessein... »

Maurice de Saxe ne plie pas : il sait que les péronnelles de Cour et les talons rouges, et même ses chers soldats, lui cherchent des poux mais pourquoi baisser la tête, il est mieux doué pour mordre.

« Si la guerre tient de l'inspiration, dit-il magnifiquement, *il ne faut pas troubler le devin* » et il brandit son arme favorite, la menace, le chantage : qu'adviendrait-il si Maurice de Saxe et Lowendal décidaient ensemble de vendre leur épée au diable, à l'Angleterre par exemple ou à l'Autriche ? Au lieu d'écouter des avis visqueux, Louis XV serait mieux inspiré de donner aux vainqueurs de Bergen op Zoom les médailles qu'ils méritent : pour Lowendal, le bâton de maréchal et pour Saxe le gouvernement des Pays-Bas.

Louis XV convoque le maréchal, il va lui dire sa colère mais le maréchal est inflexible et le roi très flexible. Résultat : le comte de Lowendal devient maréchal de France et le comte de Saxe est nommé gouverneur des Pays-Bas. Maurice a enfin réussi à chevaucher sa chimère, il est roi, et cette chimère ne vaut pas un liard : c'est une Rossinante maigre, on lui compte les côtes, capricieuse, cagneuse, phtisique. Maurice est souverain, quel contentement ! Mais à titre précaire, le temps de la guerre, quelle déception !

Dès que la paix reviendra, l'intérim royal de Saxe sera fini et Saxe ne l'ignore pas. Cette guerre est sa petite cabane, son refuge, sa niche et il fera tout pour la prolonger, quitte à endormir ses propres soldats. Louis XV, au contraire, écœuré de sang, veut la paix. Il la veut au plus tôt car la tsarine Elisabeth prétend se porter au secours de l'Angleterre — peut-être par rancune contre ce Saxe qui l'a ignorée jadis.

Maintenant c'est l'hiver et Maurice va se reposer dans le château de Chambord. Dans les grands bois qui enfermeront bientôt le secret de sa mort, il fait de longues chasses en compagnie d'un de ses voisins : ce voisin est Lowendal, le maréchal de Lowendal, qui vient de s'offrir le château de La Ferté-Saint-Aubin, sans doute avec ses rapines de Bergen op Zoom.

Le 18 mars 1748, le comte de Saxe quitte Chambord et va faire le roi à Bruxelles. Sa première mission : prendre cette ville de Maëstricht qu'il avait bêtement, c'est-à-dire ingénieusement, manquée l'année précédente. Louis XV en a vraiment assez et Saxe ne peut plus surseoir. Le 7 mai, Maëstricht s'effondre. La victoire française était si prévisible, du reste, que la semaine précédente, déjà, l'Angleterre avait accepté d'ouvrir des pourparlers de paix auxquels l'Autriche se joindra le 23 mai. Le piège calculé par Louis XV contre Saxe a bien fonctionné et ses griffes broient le maréchal : c'est Saxe lui-même, en gagnant la victoire de Maëstricht, qui force la paix et fait choir de sa propre tête sa couronne de gouverneur des Pays-Bas.

Le congrès de paix se tient à Aix-la-Chapelle. Louis XV a donné de nobles consignes, si nobles que la France est révulsée. Louis XV veut se conduire « non en marchand mais en roi ». S'est-il souvenu de Saint Louis ? A-t-il redouté que le maréchal de Saxe, dans sa volonté morbide d'être roi, ne constitue la Belgique en Etat indépendant et ne fasse un tas de bêtises ? Toujours est-il que Louis XV bâcle la paix et restitue tout ce que Saxe a engrangé. Il va plus loin encore : le port de Dunkerque restera déclassé comme l'avaient enjoint les traités d'Utrecht, en 1713-1715, à la fin de la guerre de Succession d'Espagne.

Le roi ne recule même pas à retirer son soutien aux Stuart. Il promet d'expulser de France le Prétendant, ce Charles Edouard que naguère il encourageait à batailler en Angleterre pour jeter à terre les Hanovre. Charles Edouard était réfugié en France en effet : après le désastre de Culloden, il avait réussi à échapper aux Anglais grâce à une personne fort romanesque, Flora Mac Donald. Déguisé, il s'était introduit en France où la protection de Louis XV lui était promise. Mais les rois changent d'amour de temps à autre et les argousins de Louis XV attrapent le Prétendant à la sortie de l'Opéra, le garrotent de rubans de soie et l'enferment dans le donjon de Vincennes avant de l'expulser en Avignon. La France est indignée.

La paix d'Aix-la-Chapelle écœure le peuple : « Bête comme la paix », disent les harengères : tant de sacrifices et tant d'intrépidité, la mort de tous ces soldats et le roi efface, rend ce qu'il a conquis, il n'y a pas eu de guerre et pas de victoire : Louis XV qui déteste l'Histoire, abolit le temps, anéantit l'Histoire, dissipe les traces et les effets de la guerre gagnée, et Maurice de Saxe fulmine : « La France en rendant ses conquêtes s'est fait la guerre à elle-même. Ses ennemis ont conservé le même degré de puissance, elle seule s'est affaiblie. Elle a un million de sujets en moins et presque plus de finances. »

Le comte de Saxe est raisonnable : comment consentir que ces villes enlevées par son art soient redistribuées aux ennemis ? Pourtant, Saxe gaze la vérité. La France n'est pas son souci ; Saxe se préfère à la France et, s'il maudit la paix d'Aix-la-Chapelle, c'est qu'elle le dépouille de ses oripeaux monarchiques : sa royauté fut imaginaire et la Flandre un misérable mirage.

Maurice de Saxe est un homme désenchanté et malade : dans les matins maintenant reposés de la Flandre, il aperçoit sa mort : « Allons, la paix est faite, il faut nous résigner à l'oubli. Nous ressemblons aux manteaux, nous autres, on ne songe à nous que les jours de pluie. »

XXXI

Malgré Raucoux, Lawfeld, Bergen op Zoom et Maëstricht, le maréchal s'oblige à courre les femmes encore qu'il gambade moins vite que jadis, avec ses jambes enflées, ses rhumatismes, ses souffles courts. Déjà en 1745 sa séduction avait des pannes : « Ma santé est bonne mais je ne sais comment cela se fait, mes maîtresses me deviennent toutes infidèles. » Infidèles, elles ne cesseront plus de l'être : Gogo, la Beauménard, ne fait plus que des haltes ensommeillées dans le lit du maréchal. Mme Favart (Justine Duronceray, appelée la Chantilly) qui est caparaçonnée de vertu rabroue son vieux militaire amoureux. Maurice de Saxe console son chagrin grâce au théâtre aux armées qui lui fournit des femmes. Les jours de disette, il se fait livrer une Flamande bien grasse, bien blonde : « Elles me donnent plus de tourments que les hussards de la reine de Hollande. »

La Navarre, cette danseuse de la troupe Favart, s'est glissée dans le lit du maréchal, à quel moment, on s'interroge, peut-être vers Fontenoy, peut-être vers Raucoux. Cette jeune femme est assez accommodante, elle accommode le maréchal à sa sauce : elle le plume, ce qui n'est pas malaisé car le maréchal est un prodigue. La favorite jouit d'une haute position, reçoit des perles, des flopées de bijoux, des vêtements des Mille et Une Nuits mais les nuits de Mlle Navarre ne sont pas enchantées car le maréchal roupille et ses bombardes font long feu. Mlle Navarre, qui songe à son état plus qu'à ses plaisirs s'en alarme : elle médite de ressusciter les sens engourdis de Maurice par le pauvre stratagème de la privation, de la jalousie : elle va passer quelques semaines à Paris, on va bien voir si ça le remue un peu !

A Paris la Navarre commence par être sage mais elle a l'insouciance d'assister à la Comédie-Française à la pièce *Denys le Tyran,* d'un jeune auteur inconnu, Jean-François Marmontel. Ce Marmontel, qui a déjà bénéficié d'une autre maîtresse de Saxe, Gogo, sent sa province, il a l'air inspiré, avec des yeux d'extase et un grand corps maigre, comme bosselé, il plaît aux femmes et sa pièce est un triomphe, le public trépigne. Mlle Navarre est une rapide : en un clin d'œil, elle connaît que Marmontel est le nouveau roi de Paris, c'est l'homme à abattre, elle le fourrera dans son lit.

Pas de salamalecs, chaque seconde compte, tous les grands stratèges le disent. Le directeur de l'Opéra-Comique, sollicité avec force, organise un dîner en la présence de Marmontel. Mlle Navarre fait dans le grandiose : un costume de Polonaise, une tunique de drap bleu ornée de zibeline (offerte par Saxe ?), des décolletés très bien, des jambes et de l'impudeur. Le provincial clignote. La Navarre ne clignote pas mais elle se dit qu'un Marmontel, pour la conversation, c'est tout de même plus attrayant qu'un maréchal. Pour le lit aussi.

Elle traite Marmontel dans une maison de campagne qu'elle possède près de Reims, à Avenay, pleine de victuailles et de vins que l'aimable bourse du maréchal y a emmagasinés, cinquante mille bouteilles de champagne. Les amants boivent, le maréchal trinque.

Un qui est empoisonné, c'est le père de la Navarre, un commerçant champenois établi à Bruxelles qui craint de perdre ses marchés militaires par l'inconduite de sa fille. Et comme ce père est indigne deux fois, après avoir vendu sa fille, il la trahit, de sorte que le maréchal de Saxe, depuis Bruxelles, entend les explosions de tous ces bouchons de champagne et n'est pas content.

Mlle Navarre s'inquiète. Elle fait son baluchon et se met en chemin pour Bruxelles à la reconquête de son orageux militaire mais elle ne touchera jamais à Bruxelles car elle croise un Provençal dans sa route. Ce Provençal est très beau. Il est d'une famille excellente, encore que fiévreuse, les Mirabeau, et son frère, qu'on appelle « l'ami des hommes », aura pour fils le Mirabeau de la « force des baïonnettes » et le « Mirabeau tonneau ». Mlle Navarre ne se souvient plus de Marmontel ni de Saxe : elle se marie avec le vicomte Louis-Alexandre de Mirabeau mais la famille Mirabeau aime les généalogies pures et refuse la mésalliance. Les Mirabeau obtiennent une lettre de cachet. (C'est une habitude de ces gens-là. Dans quelques années, le Mirabeau de la force des baïonnettes sera de la même manière, et pour libertinage carabiné, expédié par son père à Vincennes, où il croisera un autre impudique, le marquis de Sade, qui le détestera.) Donc, une lettre de cachet contre la Navarre et la lettre tue : la jeune femme, qui est enceinte, est épouvantée par la tête des sbires qui viennent l'appréhender à Avignon. Elle meurt.

Les amours du maréchal de Saxe avec Marie Rinteau ou Marie de Verrières seront plus longues, plus romanesques et engendreront, trois générations plus tard, George Sand.

C'est en 1746 ou en 1747, selon les sources, que Rinteau connaît le maréchal de Saxe. Rinteau est un petit-bourgeois de Paris. Il n'a pas de mœurs mais il a deux filles, deux ravissantes théâtreuses, Marie, dix-sept ans, et Geneviève, quinze ans. Le père Rinteau livre les deux enfants à Saxe, on tope, Rinteau est nommé garde-magasin, avec droit de regard sur les bénéfices de la guerre.

Le comte de Saxe essaie de la petite, Geneviève, qui n'est pas un as, il la rétrocède à un camarade. L'aînée, Marie, a plus de dons : deux yeux clairs, des boucles blondes, une peau lumineuse et des tendresses de chat. Saxe est à ses pieds. Dès que la guerre fait relâche, il emmène Marie à Paris et l'établit au Marais, rue du Parc-Royal.

C'est là que, le 20 septembre 1748, Marie Rinteau (qui se donne un nom de guerre plus reluisant, Marie de Verrières) a une petite fille qui sera baptisée à l'église Saint-Gervais-et-Saint-Protais de Paris, le 19 octobre, sous le nom de Marie-Aurore, fille de Jean-Baptiste de la Rivière, bourgeois de Paris et de Marie Rinteau, son épouse.

Ce Jean-Baptiste de la Rivière n'existe pas ou bien c'est Saxe. Certes, il n'est pas dans le génie du maréchal de reconnaître les bébés qu'il confectionne, un peu à tâtons, si bien qu'il n'avoue pas sa paternité. Celle-ci est pourtant au-dessus de tout soupçon. Dix-huit ans plus tard, quand la petite Marie-Aurore épousera un fils naturel de Louis XV, le comte de Horn, les notaires comme le Parlement mettent le nez dans leurs dossiers et le verdict de la Cour, en 1766, est sans équivoque : « Marie-Aurore, fille naturelle de Maurice, comte de Saxe, maréchal des camps et armées de France et de Marie Rinteau. » Dès ce moment, Marie-Aurore s'appellera Aurore de Saxe et nous disposons d'une autre preuve en paternité : le maréchal, s'il a omis de reconnaître sa fille, a pourtant apposé sa signature, dans un coin de son tableau, comme le faisaient les artistes du Moyen Age en esquissant leurs bobines entre deux gargouilles : il a donné à sa fille le nom de sa mère, Aurore de Kœnigsmark.

Les amours de Maurice de Saxe et de Mlle de Verrières ne s'achèvent pas avec cette naissance. Maurice a un double travers : il est chef des armées donc souvent convoqué en Flandre et passionnément infidèle. Sur un point, Marie de Verrières est semblable, elle n'est point constante. C'est pourquoi elle ne déteste pas que Maurice de Saxe fasse parfois la guerre : chaque bataille procure à Marie de Verrières la chance d'une romance : elle séduit un jeune homme de vingt-deux ans déjà marié, le comte d'Epinay, « l'affabilité même », selon Diderot, ce qui signifie sans doute dépourvu du moindre sens moral, intelligent et étourdi, mais bon cœur.

La femme du comte d'Epinay pressent son infortune, pleure et se soigne en fréquentant des gens de lettres (dont Jean-Jacques Rousseau) et des financiers (dont l'excellent Dupin de Francueil, qui fut son amant, avant de devenir, plus tard, celui de Geneviève Rinteau). De son côté, le maréchal de Saxe n'est pas tranquille. Il se doute que la Verrières fait des frasques. Une nuit, à Paris, il est à deux doigts de découvrir le pot aux roses et que la chère Marie aime ailleurs mais le comte d'Epinay, averti par ses guetteurs, se sauve par la fenêtre de la chambre en habit de nuit. Ces manières-là ne passent pas inaperçues, les soupçons de Saxe augmentent.

Marie de Verrières, qui entend endormir le maréchal, multiplie les prudences. Elle éloigne le comte d'Epinay, mais bientôt elle n'y tient plus, il faut qu'elle le consomme encore un coup et elle a un plan : on va profiter d'un gala officiel à Versailles auquel le comte de Saxe est tenu d'assister. Durant le temps de ce gala, Marie de Verrières rejoindra d'Epinay. Pour déjouer l'ennemi, elle s'habillera en homme.

Le maréchal se méfiait. Il se fait excuser à Versailles et se promène à Paris, non loin de l'Opéra. Au bout d'un moment, il aperçoit, dans la pénombre, deux hommes bras dessus dessous. Un de ces hommes est de taille médiocre avec des formes dodues. Un exempt de police passait par là.

— Voyez-vous ces deux hommes, dit le comte de Saxe, l'un est une fille déguisée, arrêtez-la.

On arrête les deux amants car il est mal considéré, en ces âges, de changer de sexe. Le père du jeune d'Epinay, M. de Bellegarde, fait libérer son garnement. Marie de Verrières est également relâchée. La voici nommée « fille galante ». Un moment, elle se tient coite. Puis elle invente un stratagème saugrenu et ingénieux qu'elle a dû trouver dans Feydeau : pour entretenir le feu de son amant d'Epinay et que celui-ci n'ait pas le désir de courir ailleurs, Marie fait coucher sa jeune sœur Geneviève, celle qui est jolie et bête, avec lui : cette malice avait plusieurs avantages. D'abord, la bonne Geneviève soutire un tas d'écus à d'Epinay et ces écus arrivent dans la poche de sa sœur Marie de Verrières. En deuxième lieu, la romance de Marie avec d'Epinay devait dédouaner Marie de Verrières aux yeux du maréchal, et Marie, qui est habile, futée et charmeuse, l'exploite, elle en fait des gorges chaudes, elle raconte à Maurice en pouffant de rire que d'Epinay, cet ahuri de d'Epinay, est l'amant de sa sœur.

Maurice de Saxe ne pouffe pas. Il flaire la tactique des deux sœurs et il se venge : d'Epinay reçoit une lettre de cachet qui l'exile à Poitiers. Pareille bassesse n'apaise pas le maréchal. Cet homme de rancune choisit de blesser aussi, et bien sottement, bien vainement, l'épouse d'Epinay en envoyant à celle-ci des lettres que son mari avait naguère écrites à Marie de Verrières. De sorte que tout le monde est bien malheureux, M. le comte d'Epinay, Mme d'Epinay et Marie de Verrières, à la réserve du maréchal, qui est bien content. Le pauvre homme...

Saxe n'emportera pas sa vilenie en Paradis : Marie de Verrières est démangée du besoin de jouer la tragédie. Elle s'en ouvre à une amie comédienne, la Darimont, qui lui trouve incontinent un professeur de diction, l'inévitable Marmontel, qui a fait relation de l'épisode.

— Voulez-vous (m'a dit la Darimont) que je vous donne une jeune et jolie actrice à former ? Elle aspire à débuter dans le tragique et vaut la peine que vous lui donniez des leçons : c'est Mlle de Verrières, une protégée du maréchal de Saxe. Elle est votre voisine, elle est sage et vit fort décemment avec sa mère et sa sœur. Le maréchal, comme vous le savez, est allé voir le roi de Prusse et nous voulons à son retour lui donner le plaisir de trouver sa pupille au théâtre jouant Zaïre et Iphigénie mieux que Mlle Gaussin. Si vous voulez vous charger de l'instruire, demain, je vous installerai : nous déjeunerons chez elle ensemble. »

Nous sommes en 1749. Maurice de Saxe s'est installé à Chambord l'année précédente après la bataille de Maëstricht mais il fait des escapades, il va humer l'air du bon vieux temps, l'air de la guerre. C'est le cas en 1749 : tandis que Marie de Verrières s'initie à la comédie avec Marmontel, Saxe est à Berlin, il s'entretient de tactique et de stratégie, de canons et de manœuvres, de conversions et d'attaques en ligne avec son ami Frédéric II.

Marmontel enseigne Marie, qui est une élève studieuse : « Sa figure, sa voix, son air de candeur et de modestie, dit Marmontel, s'accordaient trop parfaitement avec son rôle et, dans le mien, je ne mis que trop de véhémence et de chaleur. » Au début, ça marchait assez bien cependant. Marmontel se réduisait à donner la réplique à Marie. Malheureusement, dès la seconde leçon, le livret lui enjoint de dire : « Zaïre, vous pleurez ! » Marmontel dit : « Zaïre vous pleurez ! », se jette aux pieds de la jeune femme et c'est la débandade : on pleure, on rit, on s'embrasse, on couche et comme les nouvelles érotiques vont vite dans l'Europe des Lumières, le maréchal de Saxe, dans sa Prusse, est déjà alerté sur son infortune. Il tonitrue. Il maudit sa maîtresse volage Marie, et sa fille, Marie-Aurore, qui n'y est pas pour grand-chose. Colère et mesquin, Maurice de Saxe supprime les cinquante louis que Mlle de Verrières recevait chaque mois. Le brave Marmontel se dévoue, il prend en charge la fille du maréchal qu'il place dans un couvent.

Dès son retour à Paris, Maurice va pleurnicher chez Louis XV et répand qu'il va provoquer « ce petit insolent de poète ». La mauvaise humeur du maréchal se comprend. Marmontel, à peine débarqué à Paris, s'est donné le luxe de coucher avec deux et peut-être trois maîtresses du maréchal : Gogo, la Navarre et la Verrières. Marmontel est un écervelé : tant qu'à énerver un rival, pourquoi ne pas choisir un gringalet ? Le poète a très peur. Il s'efforce de diminuer sa faute : « Je n'avais que celles qu'il abandonnait », explique-t-il platement car la perspective du duel avec un tel gladiateur lui ôte le sommeil : « J'étais dans des transes d'autant plus cruelles que j'étais résolu, au péril de ma vie, de me venger de lui s'il m'eût fait insulter. »

Marmontel est sauvé par le maréchal de Lowendal, l'ami de Maurice, qui représente à celui-ci le ridicule de son état et plaide contre le duel. Maurice de Saxe acquiesce. Quelques jours plus tard, à la première d'une nouvelle pièce de Marmontel, *Cléopâtre* (qui fait un four), Maurice de Saxe avise le poète au foyer de la Comédie-Française : « Fort bien, marmonne-t-il, fort bien ! »

Marie de Verrières va vivre de longues années. Marmontel, échaudé, rompt avec elle mais, comme son cœur est bon, il s'occupe de la placer, comme il l'avait fait naguère pour la petite Marie-Aurore de Saxe. Il la pilote vers un homme considérable, le duc de Bouillon, prince de Turenne, qui donnera à Marie un autre enfant, le futur abbé de Beaumont. Marie de Verrières est heureuse, elle aime son duc de Bouillon, pas trop longtemps toutefois, elle est ainsi, la chère fille, il lui faut toujours de la chair fraîche, et Marmontel, explique cette boulimie avec indulgence :

« Elle semblait se reposer sur sa beauté du soin de plaire, sans y contribuer d'ailleurs que par l'égalité d'un caractère aimable et par son indolence à se laisser aimer. »

Le comte d'Epinay, qui a purgé sa pénitence à Poitiers est de nouveau à Paris, très riche car il est fermier général. Il court chez Marie de Verrières, lui achète un immense hôtel, chaussée d'Antin, donne des bals, des soupers, fait construire un théâtre de cinq cents places, décoré de rose et d'argent et muni de beaucoup d'escaliers dérobés et de ces loges grillagées qui font fureur car les dames peuvent assister au spectacle incognito, en déshabillé, au milieu de leurs greluchons, de leurs épagneuls, de leurs évêques, de leurs académiciens et de leurs abbés.

Marie aime la campagne que Jean-Jacques Rousseau a mise à la mode. D'Epinay lui en achète une à la Chevrette puis une autre à Auteuil, il se ruine et l'amour s'en va. Mais la propriété d'Auteuil est donnée aux deux sœurs Rinteau, Marie et Geneviève, qui brillent comme de l'or, possèdent deux petits chiens nommés Chiffonnette et Lili, attirent des écrivains, des philosophes, des gandins. Marie attrape un nouveau poète, Colardeau, elle est trop « indolente », comme dit Marmontel gracieusement pour décourager ce jeune homme. La vie est belle. On rit, on s'amuse, on boit et d'Epinay reprend ses habitudes : même ruiné, il fréquente sans jalousie la maison de son successeur Colardeau avec lequel il fait des parties de billard tandis que Marie, accompagnée de Geneviève au pianoforte, chante des romances.

Quand la petite Marie-Aurore, la fille de Saxe et de la Verrières, aura grandi, elle quittera le couvent de Saint-Cyr où elle a reçu une éducation distinguée et sa mère, qui remplacera bientôt Colardeau par La Harpe, sans doute à cause d'une nouvelle « indolence », accueille sa fille dans des transports. C'est alors que Marie-Aurore inaugure sa carrière matrimoniale, en épousant le comte de Horn, lieutenant du roi, qui meurt après quelques mois. Plus tard, Marie-Aurore sera séduite par l'un des familiers de la maison d'Auteuil, ce M. Dupin de Francueil qui avait déjà eu pour maîtresse, on se le rappelle, Mme d'Epinay puis Geneviève Rinteau. M. Dupin de Francueil est un peu âgé certes mais très doux et très riche.

M. Dupin de Francueil et Marie-Aurore de Saxe auront un fils, Maurice Dupin, qui aura lui-même une fille, Aurore Dupin, ou encore George Sand, de sorte que le maréchal de Saxe se trouve être, par la fille qu'il eut avec Marie de Verrières, l'arrière-grand-père d'une des grandes romancières du XIXe siècle.

En 1775, Marie de Verrières meurt doucement, presque sans s'en apercevoir, elle était aussi indolente avec la maladie qu'avec l'amour. L'adorable femme, qui n'avait jamais su repousser les hommes, n'est pas plus farouche avec la mort, elle la laisse entrer sans sommations, sans cris ni chichis, au premier coup de sonnette : un soir, Marie de Verrières a très froid, elle est morte.

En 1781 d'Epinay meurt. Geneviève est seule. Elle entre au couvent des Ursulines de la rue Saint-Avoye.

XXXII

La guerre est finie. Le maréchal a beau scruter tous les horizons de l'Europe et la moindre de ses coutures, il ne voit pas que le brasier se rallume : où est-il allé s'enfouir, le bon vieux temps, le temps pétaradant des Kœnigsmark, dans quel abîme du temps ? L'Histoire est entrée en hibernation, elle pionce et les reverra-t-on jamais, ces feux et ces carnages, ces villes de cendres, ces armées d'écorchés qui faisaient si belle l'Europe ? L'Eden a refermé ses portes d'ivoire et de bronze.

Le siècle est aux Lumières. Les nuits incendiées de Charles XII, les nuits sauvages des Ottomans et des chevaliers Teutoniques en sont allées. De l'âge d'or ne perdurent que des broutilles, des queues de guerre, des brins de guerre. Il ne demeure qu'une poignée de disputes besogneuses et étriquées, des batailles maigres comme des clous, à ne pas toucher avec des pincettes quand on est un Kœnigsmark et un Saxe à la fois. Et certes, si le maréchal avait eu le don de prophétie, il aurait pu attendre que la guerre de Sept Ans éclate mais Maurice n'a pas discerné, dans sa lorgnette, que l'Histoire est à peine en syncope et qu'elle se dispose à rallumer ses quinquets.

Faute de combats, le maréchal cède à ses hantises. Puisque les champs de bataille sont en jachère et que, partout, on commence à démonter la guerre, Maurice renfloue son inusable rêve monarchique. Sans doute il possède Chambord mais Chambord est un peu étroit, un peu mesquin pour une pareille mâchoire, de quoi se boucher une dent creuse, une poire pour la soif, rien de plus.

« *Quelle grandeur, dit Sancho Pança, est-ce là de commander sur un grain de moutarde? Quelle dignité, quel Empire, de gouverner une demi-douzaine d'hommes gros comme des noisettes?* »

Maurice ne se contente pas d'un grain de moutarde. Il cherche les clefs d'un vrai royaume, avec un drapeau et une devise, avec une longue histoire et des espaces où lancer ses légions. Sous ses doigts, il fait tourner le globe terrestre dans l'espoir de repérer une géographie, n'importe laquelle et n'importe où, pourvu que ses grenouilles demandent un roi.

Don Quichotte dit : « Si vous goûtez une fois au gouvernement, Sancho, vous vous mangerez les doigts après car c'est une chose bien douce que de commander et d'être obéi. » Sancho Panza dit : « Seigneur, j'imagine qu'il est bon de commander, ne serait-ce qu'à un troupeau de moutons. »

Dès les conversations d'Aix-la-Chapelle, une cabale s'était nouée pour offrir un troupeau de moutons à l'encombrant Saxon. Son ennemi favori, le prince de Conti, suggère à Louis XV de caser Maurice dans ce duché de Courlande qui le tourmente depuis vingt ans. La Russie n'a qu'un mot à dire et Maurice sera en Courlande mais la Russie, c'est encore Elisabeth et la tsarine déteste Maurice pour l'avoir peut-être aimé.

Le globe tourne comme une toupie : là-bas, dans l'océan Indien, entre Le Cap et les Indes, s'étend une grande île inexplorée, Madagascar, qui est baignée d'une mer bleue, bordée de cocotiers, plantée de vanilliers, peuplée d'indigènes et de cochons noirs. Les flibustiers, jusqu'au début du siècle, y avaient installé leurs repaires et Maurice n'est-il pas une espèce évoluée de flibustier? Au XVIIe siècle, un de ces pirates, du nom de Misson, un ancien lieutenant de vaisseau de Louis XIV, un homme très philosophique, avait construit un royaume d'utopie à Madagascar et Maurice n'est-il pas un utopiste un peu plus turbulent que les autres ? Du reste, dans les premières années du XVIIIe siècle, quelques aventuriers, déjà, avaient voulu soumettre la belle île, en particulier deux gentilhommes, le marquis de Langallerie et le comte de Linange, mais ils avaient échoué, bien que le marquis de Langallerie se fût décoré du titre de « roi de Madagascar, grand général, maréchal et généralissime de la théocratie du Verbe Incarné ».

Voilà une fameuse chimère. Maurice gribouille un plan et le soumet au roi Louis XV. « Le maréchal de Saxe, note d'Argenson, a demandé au roi le don et la souveraineté de l'île de Madagascar pour la faire habiter par des familles allemandes qu'il sait pauvres et qui iraient bien s'y établir. »

Quoi de plus séduisant ? Dans cette île des mers du Sud de laquelle on ne connaît pas même l'étendue ni la physionomie (les premières cartes sont récentes et mirobolantes), Maurice ferait un joli monarque. Il se confectionnerait une cour tropicale, avec de grosses dames presque nues, noires, voluptueuses, pleine de plumes, et des notables indigènes. Il rendrait la justice sous les palmes, comme Saint Louis, avec le concours des perroquets, il confectionnerait un Versailles des antipodes, il élaborerait un code civil, des règlements matrimoniaux très modernes, il créerait un théâtre de verdure et d'ombres plein de comédiennes, sans que les grands pays de l'Europe, ces pestes, la Russie, la Pologne, l'Autriche y viennent pointer leur nez, comme ils l'avaient fait en Courlande. Mais Maurice, même sous les tropiques, voit un peu large. Il réclame au roi de France tellement d'écus pour s'établir et tant de bateaux de la Compagnie des Indes que le projet naufrage.

Alors ? Maurice songe aux Antilles, encore un lieu cher aux flibustiers et, dans cette nuée d'îles, celle de Tabago qui a appartenu naguère à toutes sortes de nations, aux Espagnols puis aux Anglais, aux Hollandais avant de revenir à la France. Parfait. L'île n'est pas très grande, elle est même microscopique mais le climat y est douillet et, quand on aura défriché les forêts, on plantera des fruits et des légumes, des orangers et des ananas, des cannes à sucre, on confectionnera une armée avec de beaux uniformes, des canons de bronze, et Maurice, dans ses *Rêveries*, n'a-t-il pas démontré que les petites armées, si elles sont bien entraînées, valent mieux que les gros bataillons désordonnés, si bien que Tabago, on ne sait jamais, Tabago peut devenir le point de départ d'une épopée exotique, une base à partir de laquelle conquérir la Courlande, la Russie, l'Empire ottoman, la Mongolie extérieure, la Patagonie qui est pleine d'œufs d'oiseaux de mer, et la Lune ? « Le maréchal, commente aigrement d'Argenson, s'est réduit à l'île de Tabago en Amérique dont nous ne faisons plus d'usage et on la lui accorda comme souveraineté indépendante et tributaire de notre couronne. »

Maurice est comblé. Enfin une chimère obligeante et qui se laisse caresser mais la Hollande, quand elle est informée, se cabre : le roi de France, avec tous ses diplomates, est une cervelle percée. En effet, Louis XV, quand il signe le traité d'Aix-la-Chapelle, tient beaucoup à se conduire « non en marchand mais en roi », de sorte qu'il restitue toutes les conquêtes de la France à ses premiers occupants. C'est le cas de Tabago qui revient par conséquent à la Hollande et Louis XV, même pour complaire aux fatrasies du maréchal, n'a aucune envie de se compliquer la vie en vexant la Hollande.

Maurice fourbit un autre projet. Pourquoi ne se ferait-il pas tout simplement roi de Corse, encore une île, et l'on pourrait s'interroger sur le retour de l'île parmi les chimères du maréchal. Madagascar est une île, la Corse est une île et, si la Courlande est en terre ferme, le seul morceau de ce duché congelé sur lequel il régna un bref instant fut l'île des Proscrits (avec le « Fort-Adrien ») à croire que l'île, pour des rêveurs de cette étoffe, forme un lieu incomparable : coupée du monde, elle autorise, bien mieux qu'un territoire enclavé dans les terres, une souveraineté absolue et la création d'une société inédite, une société rationnelle et sans péché, une société de cristal dans laquelle il est loisible de corriger les brouillons griffonnés par le bon Dieu à la va-vite. Ce n'est pas un hasard si tous les grands utopistes, de Thomas More à Bacon ou au Platon de l'Atlantide, ont déposé leurs sociétés imaginaires, leurs villes heureuses dans des îles, comme si, là-bas, sous la protection de la mer purificatrice, on pouvait recommencer l'histoire humaine et sauter à pieds joints dans le temps perdu, le temps radieux de la Genèse. Du reste, Maurice de Saxe se souvient que Sancho Pança, quand il reçoit un gouvernement, c'est le gouvernement d'une île, une île s'étendant dans la terre ferme, remarqueront les grincheux, les tatillons, mais enfin personne n'est parfait.

La Corse qui a la délicatesse, elle, de résider dans la mer, séduit Saxe. Quelques années plus tôt, un citoyen gentilhomme de Westphalie avait déjà régné sur la Corse sous le nom enviable de Théodore Ier mais il n'y avait pas fait de vieux os. Maurice de Saxe sera encore plus instantané que Théodore Ier puisque le projet corse, comme tant d'autres, capotera. Ce qui nous prive d'une superbe image d'Epinal car, dans une vingtaine d'années, naîtra en Corse Napoléon Bonaparte de sorte que nous voici en deuil d'un des rares rêves que n'a su faire le maréchal : le plus grand guerrier du XVIIIe siècle, souverain du plus grand guerrier de l'Histoire.

Faute de Corse, le cœur effervescent du comte de Saxe caresse un projet plus audacieux : il constate que les juifs pullulent en Europe, et que ces gens-là sont industrieux, efficaces et malheureux. Ils nomadisent depuis des siècles, on les maltraite, on les bat, on les humilie, quel dommage, et ils cherchent une terre promise, une Jérusalem terrestre où se rassembler et Maurice de Saxe qui n'est pas juif, mais il a beaucoup nomadisé lui aussi et il a été chassé de sa terre promise, de sa petite Jérusalem qui porte le nom de Dresde ou de Goslar, Maurice se verrait bien roi des juifs et il n'a pas de scrupule puisque Freud démontrera un jour ou l'autre que Moïse n'était pas juif mais égyptien. Chacun gagnerait à l'opération : les juifs une patrie et Maurice ce sceptre qu'il a égaré dans ses langes. Le maréchal consulte son globe terrestre et remarque que l'Amérique contient des solitudes interminables, rien de plus simple que d'y entasser des juifs.

Il faut avouer que Maurice fut, en cette occasion comme en quelques autres, un fort visionnaire. Le XXe siècle n'a-t-il pas enfin donné au peuple de la diaspora un territoire, avec la nuance que la Palestine a pris la place de l'Amérique du Nord ? L'Amérique n'a pas pour autant été ignorée des juifs : aujourd'hui, mis à part Israël, les Etats-Unis sont probablement le pays auquel les juifs se sont le mieux adaptés.

Le maréchal est enchanté par son idée : là, dans cette île monumentale qu'est l'Amérique, prendra racine la nouvelle Canaan, mais Dieu, qui souffle sur les projets des hommes, disperse dédaigneusement le songe.

Le 29 novembre 1748, le maréchal de Saxe offre un cadeau aux populations de Paris. Il fait défiler les troupes de la victoire dans la plaine des Sablons (entre Chaillot, Passy et le bois de Boulogne). Le roi est présent avec la reine et le Dauphin. Mme de Pompadour arrive en calèche, elle porte sa toilette la plus tapageuse pour applaudir son cher maréchal. (Est-ce ce jour-là qu'un malicieux, apercevant la Pompadour et le maréchal de Saxe, murmure : « Voilà l'épée du roi et son fourreau » ?)

Dans le brouillard et dans la pluie, quinze mille badauds jubilent. Maurice ouvre la cavalcade, en colonel de uhlans, uniforme rouge et vert, à parements d'or, suivi du Saxe-Volontaires, à commencer par des uhlans nègres montés sur des chevaux blancs, des Tartares et des Valaques, des Polonais et des Allemands, tous coiffés d'un casque doré à crinière blanche et vêtus d'une veste festonnée d'écarlate et d'une culotte vert sombre. A la suite défilent les dragons, qui manœuvrent « à la muette », à pied, puis l'artillerie volante, des petits canons appelés « amusettes » montés sur de légers affûts et que l'on tire à la main, comme des fusils.

Le peuple fait bombance. Les chevaux et les soldats saccagent les vignes. Les gardes suisses et françaises chargent la foule indisciplinée, baïonnette au canon. Un bonhomme est embroché, tué net. Le maréchal a réussi sa sortie. Il jouit d'un triomphe même si les courtisans voient dans le défilé des nègres et des Tartares une ultime arrogance de Saxe, même si Saxe connaît la tristesse de cet adieu bariolé et qu'il va à la mort.

Puisque toutes les îles ont échappé à ses gros doigts, Saxe se résigne. Faute de trouver un pays à louer, à conquérir ou à acheter, il se résigne à régner sur le « grain de moutarde » de Sancho Pança, sur une « poignée d'hommes gros comme des noisettes », sur cette île « de terre ferme » que Louis XV lui a allouée, à Chambord.

Deux jours après la revue des Sablons, le Saxe-Volontaires quitte ses cantonnements de Saint-Denis pour rejoindre Chambord. Au début de décembre, le maréchal de Saxe arrive au château, dans une voiture à six chevaux, conduite par le maître de postes de Nouans, M. Moreau. L'attelage franchit la porte royale au galop, traverse la cour et s'arrête au seuil de la salle des gardes. Les deux premiers chevaux posent leurs sabots sur les plus basses marches de l'escalier.

« Où me conduis-tu ? hurle le maréchal.

— A votre appartement, Monseigneur. »

XXXIII

C'est un château à l'abandon que Maurice de Saxe a découvert, deux ans plus tôt, quand il est venu avec Le Normant de Tournehem, le directeur général des Bâtiments du roi, jeter un œil sur le joyau que lui a offert Louis XV. C'est un joyau fatigué. Il offre du silence et des solitudes. Sur la petite rivière du Cosson flottent de mauvaises odeurs. Des brouillards moirent l'eau des douves. Est-ce demeure des hommes ou bien résidence des sorcières et des démons ? L'énorme édifice somnole dans un écart du temps, avec ses parterres défleuris et ses chambres à n'en plus finir, leur parfum de vieilles choses, leur parfum de sépulcre, avec l'escalier double que nul ne gravit plus jamais ou bien ce sont des spectres qui se croisent sans se connaître, comme des automates de verre et de poussière, les dames évanouies de François Ier, les demoiselles du temps jadis, les noirs convives de Louis XIII et partout règnent les flétrissures du chagrin, du malheur ou des glorioles, oui, le beau château blotti dans ses siècles n'était qu'une demeure cataleptique, le reposoir des choses qui finissent.

Au XVIIIe siècle, les courtisans de Louis XV, quand ils étaient bien fatigués et qu'ils délaissaient les frivolités de Versailles pour regagner leurs terres de province, « J'entends mettre un intervalle entre la vie et la mort », disaient-ils magnifiquement, et comment le maréchal n'eût-il pas songé à ces hautes sagesses quand, au lendemain de la scintillante revue de la plaine des Sablons, il se résigne aux forêts obscures de Chambord ?

Seulement, le maréchal de Saxe, la sagesse n'est pas son fort et, s'il accepte Chambord, il n'y voit pas l'annonciation de sa tombe. En six jours, lors de cette première visite, il a dicté un programme de grands travaux à Le Normant de Tournehem : redessiner les canaux, restaurer six pavillons de chasse, tracer des étoiles de routes pour permettre la chasse à courre et, comme Louis XV a mis à la charge du Trésor royal toutes les réparations que désirera le maréchal, qu'il lui a permis en outre de puiser dans le garde-meuble de la Couronne, Maurice de Saxe, expert en luxe et parfois en pillage, n'a pas été timide. Un somptueux bazar roulera pendant des mois vers Chambord : des tentures flamandes et des tapisseries des Gobelins, des miroirs de Venise, des velours d'Utrecht, des broderies de l'Orient extrême, des tableaux, des sculptures, des meubles.

Comme dans un dessin animé ou dans un conte de Grimm, le château se réveille. Une armée d'ouvriers bourdonne dans les salles démeublées. Des menuisiers et des charpentiers, des serruriers, des terrassiers, des maçons et des peintres, des vitriers, des marbriers, des jardiniers, tout un petit peuple s'affaire à conjurer la mort qui semble avoir fait son nid dans le chef-d'œuvre de François Ier.

« Le château est frappé de malédiction », dira bientôt Chateaubriand, volontiers friand d'outre-tombe. Il disait vrai : dès le moment de sa construction (mille huit cents ouvriers pendant douze ans) interrompue par la captivité de François Ier en Espagne, la magique merveille, qui paraît bâtisse de songe et qui grouille de lutins et de licornes, de dragons, de damoiseaux et de dames du temps jadis, est frappée d'un charme.

François Ier ne s'y plaira jamais, il s'y posait une fois ou l'autre, à l'improviste, après qu'une troupe de fourriers et de tapissiers l'avaient ranimée et fardée ou bien assombrie :

quand le roi de France reçoit Charles Quint, un décor est spécialement accommodé aux humeurs macabres de l'illustre visiteur : une chambre de damas noir, une autre de taffetas noir enrichi d'or, un lit portatif de velours noir orné de fils d'or et, partout, des tentures noires frappées d'aigles couronnés. Ce décor de catafalque sera démonté après le départ de l'empereur mais jamais il ne cessera d'ensorceler la vaste demeure, comme si les brocarts nocturnes de Charles Quint s'obstinaient à luire, dans l'or du temps.

Stanislas Leszczinski, le dernier occupant de Chambord avant Saxe, n'avait pas fait grand-chose pour réveiller l'édifice aux bois dormants. Le prince malheureux (par une espièglerie des circonstances, celui-là même qui avait évincé le père de Maurice, Auguste II, de son trône de Pologne en 1704 pour en être à son tour chassé en 1709 et plus tard y revenir, en 1733, le temps d'un clin d'œil avant de le céder de nouveau et à qui ? au frère de Maurice, Auguste III de Pologne) avait vivoté quelques années, dans le monument foudroyé.

Il y campait plus qu'il ne l'habitait. A son arrivée, à peine avait-il admiré les donjons et la forêt de cheminées, leurs fétiches de marbre, les fleurs de lys et les salamandres éparpillées sur les plafonds vermoulus, les animaux fantastiques des escaliers, les myriades d'angelots et de faunes débarqués du Moyen Age, déjà il devait se rendre à l'évidence : c'est une demeure dolente qui lui était prêtée par son gendre, vide au surplus comme un œuf gobé. Les quatre cent quarante chambres contenaient trois fauteuils, une centaine de pliants, trente chaises, dix-huit tabourets, un lit de repos, des chandeliers brisés, quelques échelles, six bassins et quatre pots de chambre. Allez faire le roi avec quatre pots de chambre !

Mais Stanislas Leszczinski entendait-il faire le roi ? Avec sa taille courte, sa bedaine, sa gentillesse apathique, une épouse toujours à genoux et quelques courtisans dépareillés, il figurait plutôt un bourgeois pacifique soudain précipité, par un destin coquin, dans le palais insomniaque des Mille et Une Nuits. Comme il n'aime pas la chasse, il vend la moitié de ses chevaux. Il préfère méditer ou lire dans un pauvre oratoire qu'il fait élever dans le parc. Et à neuf heures, chaque soir, au lit !

Louis XV avait fait un effort, cependant, en faveur de son beau-père : des travaux d'irrigation et d'assèchement, mais l'humidité collait aux vieux murs. Un jour, Stanislas secoue sa léthargie. Il donne une fête de mardi gras, en l'honneur des hobereaux du coin. Les convives tombent comme des mouches, rhumes, bronchites et coliques d'un mauvais printemps. Toute la compagnie s'enfuit. On se réfugie à Blois pour ne revenir qu'aux premiers jours de l'automne.

Le maréchal de Saxe est au contraire. Il veut faire le roi : à défaut d'être le monarque des juifs en Amérique, le prince des Malgaches, le souverain de Tabago, l'empereur des Aztèques ou le roi des Eskimos, il régnera sur Chambord. Ça ne vaut pas la Courlande mais c'est une souveraineté et qu'importe l'échelle pourvu que la sacralité du pouvoir absolu la nimbe : Maurice de Saxe se veut roi dans un sens très élevé, presque métaphysique. Il est prince, comme le seront les Pléiades de Gobineau, un roi essentiel, une idée ou un concept de roi, un peu comme Platon nous dit qu'au-delà des tables ou des chaises que façonnent les menuisiers, réside quelque part une idée immarcescible de la table ou des chaises, ce qui suggère une connivence inespérée entre le philosophe de l'Académie et le soudard crépitant de Fontenoy.

Napoléon, quand les rancunes du destin le coincent dans l'île d'Elbe, change le programme de ses journées mais ses hantises perdurent : il continue de faire ce qu'il a toujours fait, comme a fait Dieu au moment d'extraire le cosmos du néant, il refabrique l'île, il la redessine, il lui impose une géographie. Chateaubriand en fut frappé : « Vaille que vaille (Napoléon) entreprit cinq ou six toises de grands chemins et traça l'emplacement de quatre grandes villes, de même que Didon dessina les limites de Carthage... Mais en gravissant un morne qui domine Porto Ferrajo, ces mots lui échappaient : " Diable, il faut avouer que mon île est très petite. " Dans quelques heures, il eut visité son domaine, il y voulut joindre un rocher appelé Pianosa : " L'Europe va m'accuser, dit-il en riant, d'avoir déjà fait une conquête. " »

Maurice de Saxe percera cent quatorze routes dans la forêt pour faciliter la chasse. Il complète ou corrige les épures crayonnées par le bon Dieu : il rectifie les rivières, il élague les arbres et, s'il ne redessine pas les nuages, c'est que ceux-ci bougent tout le temps. Dans le bâtiment, il rechampit les appartements. Il imprime partout la marque de sa souveraineté, comme un chien marque son territoire de ses excrétions : au faîte de la lanterne, il fait hisser son fanion. Cinquante uhlans montent la garde à la porte Royale. Sur la terrasse, en bordure de la rivière, il dispose les six canons aux armes d'Angleterre et de Hesse qu'il avait pris à Raucoux et que Louis XV, par délicatesse exorbitante, lui avait offerts.

Il désire d'avoir une sentinelle qui veille jour et nuit à la porte de ses appartements. La chose lui tient à honneur car seul le roi, avec les condamnés à mort, jouit d'un tel privilège, comment s'y prendre sans humilier la dignité de Louis XV ? Maurice de Saxe est un habile. Au-dessus de sa porte, il installe une pancarte : « Caisse militaire » et, comme l'argent doit être protégé jour et nuit, Saxe a le droit de placer une sentinelle et un fusil devant son seuil... Pauvre stratagème et dérisoire vanité mais, après tout, le maréchal de Saxe ne se considérait-il pas lui-même comme une sorte de trésor ?

Saxe à Louis XV : « Le comte Maurice de Saxe... représente très humblement à Sa Majesté qu'il a l'honneur d'être fils d'un grand roi, chef d'une des plus illustres maisons souveraines de l'Europe et qu'il a eu celui d'être légitimement élu duc de Courlande... Le comte Maurice de Saxe ne demande pas que Sa Majesté le reconnaisse duc de Courlande ; cette justice qui lui serait rendue pourrait avoir des inconvénients par rapport aux intérêts politiques de l'Etat, qu'il préférera toujours à tout ce qui lui est personnel. Mais, s'il a eu le bonheur de servir utilement Sa Majesté, ainsi qu'Elle a daigné l'en assurer en des termes trop flatteurs et trop glorieux pour lui pour qu'il ose les répéter, il croit pouvoir espérer de sa bonté qu'Elle voudra bien lui accorder le traitement, rangs et faveurs dont jouissent les princes de maisons souveraines établis dans le royaume. Cette distinction doit être d'autant moins enviée au comte Maurice de Saxe qu'il a l'honneur d'être oncle de Mme la Dauphine. »

Michelet trouve que le château de Chambord signe la fin du temps des châteaux forts, serrés et étranglés dans leur cuirasse. Il voit Chambord comme une abbaye de Thélème dont les géométries acrobatiques furent calculées pour les amours libres et généreuses, le chant et la danse, le sourire, la gaieté et l'âge d'or : « Au-dehors, dit Michelet, l'unité, l'harmonie solennelle des tours, avec leurs clochetons et cheminées en minarets orientaux, sous un majestueux donjon central ; au-dedans, la diversité, toutes les circulations faciles, et les réunions, les “ a parte ”, toutes les libertés du plaisir. »

Chateaubriand, pour cette occasion, a l'oreille plus fine que Michelet. S'il ne néglige pas Thélème, il devine que Chambord s'accorde aussi à la guerre et à la mort : « Tout y est fait, écrit-il, pour les mystères de la guerre et de l'amour. » Maurice de Saxe précède Chateaubriand : dans le château ressuscité, il se consacrera aux seules passions qu'il aura pratiquées toute sa vie : la royauté, l'armée et les femmes.

Tout est ensemble : imagine-t-on un roi sans armée, à la fois pour le faste des revues militaires et pour défendre le territoire contre les ennemis ? Saxe est toujours sur le qui-vive : qu'adviendrait-il si les janissaires de la Turquie ou les lansquenets westphaliens, appuyés par les mercenaires de l'empereur de Trébizonde et de la reine de Saba, les prétoriens de Bulgarie et de Valachie, augmentés de zouaves et de guerriers zoulous, paraguayens ou picrocholins, avec quelques sikhs en serre-files, se piquaient d'envahir les terres de Chambord ?

Maurice de Saxe, roi de Chambord, a envisagé de tels cas de figure et préparé de terrifiantes ripostes. Il eût tôt fait « d'entrer en courroux furieux et sans plus oultre se interroguer quoy ne comment ferait crier par son ban et arrière-ban, et que un chacun, sur peine de la harst, convinst en armes en la grand place devant le chasteau, a l'heure de midy ». Ensuite, il eût envoyé « sonner le tambourin à l'entour de la ville. Luy-Mesmes, cependant qu'on aprestoit son disner, alla faire affuter son artillerie, desployer son enseigne et oriflant, et charger force munitions, tans de harnoys d'armes que de gueules ». Il est vrai que les escopettes ne manquaient pas au maréchal de Chambord : « Grosses pièces de bronze en canons, doubles canons, baselicz, serpentines, couleuvrines, bombardes, faulcons, passevolans, spiroles et aultres pièces. »

En attendant que se déchaînent les légions de Picrochole, le palais de Diane de Poitiers revêt l'allure d'un camp retranché. Au cœur d'une des régions les plus douces de France, protégé de toute nation étrangère ou belliqueuse par les immensités de la France, le château de Chambord est en branle-bas de combat perpétuel. Il en devient grotesque, on croirait du cauchemar d'un vieil enfant en retraite et qui jouerait aux soldats de plomb.

Les fées ont déserté Chambord pour céder la place aux militaires : du matin au soir, les ordres claquent, les clairons sonnent et, sur les remparts, les sentinelles se répondent.

Déployés aux murs de l'antichambre, règnent seize drapeaux pris à l'ennemi et le maréchal, levé à l'aube, chaque jour, ne se lasse pas de faire courir ses chevaux et ses soldats.

Les mille hommes du Saxe-Volontaires composent six brigades de cent soixante hommes, uhlans ou dragons, recrutés dans toute l'Europe centrale avec quelques suppléments turcs et tartares. Ces Tartares venaient de Pologne et Saxe aime bien que ces gens-là soient des mahométans, ce qui mérite une promotion exceptionnelle au capitaine Babash, un géant dalmate aux énormes moustaches rousses que Saxe nomme lieutenant-colonel, innovation remarquable dans les armées de Sa Majesté très chrétienne.

Plus encore qu'à ses mahométans, Maurice s'affectionne aux nègres, dont le chef est le fils d'un roi africain, un certain Jean Hitton : Congolais et Sénégalais, Guinéens et Malgaches, Indiens et Caraïbes, ils bombent le torse sur leurs chevaux blancs et Saxe rêve sans doute, quand il les passe en revue, à ces royaumes du bout du monde, Tabago, Madagascar ou Amérique sur lesquels il avait voulu planter ses oriflammes et distribuer ses bonheurs. Charles-Armand Klein nous dit, dans son plaisant ouvrage, *Chambord, écrin des folies du maréchal de Saxe,* que Maurice a même tenté d'extraire onze nègres des prisons de Bayonne pour en faire des musiciens-soldats.

Amoureux des couleurs, des fêtes et des excès, du panache aussi, Saxe désigne chaque brigade par ses fanions, une brigade rouge, une verte, une jaune, une bleue et une noire. Les uniformes ont fait l'objet de longs conciliabules, ils ne rappellent pas ceux des armées françaises. Ce sont des uniformes tout à la fois d'utopie, qui veut dire « nulle part » et d'uchronie qui veut dire « en aucun temps », des puzzles composés de couleurs et de formes prélevées dans toutes les armées du monde, des uniformes supra- ou infranationaux, qui flottent capricieusement sur la géographie et l'histoire ensemble. Les uhlans sont coiffés d'un turban rouge et vert et d'un cimier à queue de crin, revêtus d'une veste verte et rouge, les bras nus et une culotte verte aussi, tartare.

L'armement arrive en droiture de la Renaissance : une cotte de mailles, une lance de trois mètres agrémentée d'une bannière, un sabre turc, pas de carabine mais un énorme pistolet. Les dragons ont plutôt été fournis par les magasins des légions de Rome : un casque à l'antique enveloppé d'une peau de phoque, le cimier à queue de crin, une veste en peau, couleur ventre-de-biche, à double galon écarlate, et tout cela grimpé sur des chevaux venus de la Bessarabie ou de la Lituanie.

Le matin, quand le jour éclaire la forêt, des spectacles magnifiques se déploient sous le regard interloqué des paysans solognots qui n'ont jamais vu tant de bigarrures. Le dimanche, toute l'armée du maréchal se rend à l'église pour entendre la messe, les nègres et les Tartares, les Suisses et les Autrichiens, de sorte que Maurice de Saxe, à sa manière, combat pour la réconciliation des religions : le curé catholique de Chambord, M. Cousin, dit sa messe pour un maréchal luthérien et athée, devant des païens, des mahométans et des chrétiens. Peut-être Saxe a-t-il un sourire ? Peut-être il lutine les jeunes paysannes qui se pressent aux étranges offices pour admirer ces soldats d'histoire-fiction.

Les intérieurs du château ont été restaurés, ils sont fastueux : brocarts et miroirs, tables sculptées, treize tapisseries de Flandre ou des Gobelins, boiseries blanc et or, lustres de cuivre, de cristal, girandoles et torchères et le soir, et la nuit, le château s'embrase comme s'embraseront dans un siècle les châteaux du roi fou, Louis II de Bavière : mais ses inaccessibles demeures, le roi fou, le roi que ses sujets bavarois, tendrement, appelaient « le roi malheureux », les maquillait de flammes pour le plaisir amer de ses nuits et pour consoler sa solitude, son long chagrin, alors que Saxe veut du monde, sans cesse plus de monde autour de lui, un théâtre ininterrompu où s'enivrer, s'assommer, conjurer le déclin.

Saxe, qui eut toujours la passion du théâtre, des théâtreuses, a créé une salle de spectacle au deuxième étage, plus vaste que celle de la Pompadour à Versailles, plus belle aussi puisqu'il s'est adressé au meilleur architecte du temps, Servandoni, et y a englouti six cent mille livres. Au centre de la salle de mille places, un dais tendu d'or dont le marchepied est couvert d'un tapis de Turquie marque la place du souverain. Et sur le rideau de scène, une devise : « *Ludum in armis.* »

Les nègres, les Tartares, les Hongrois sont soumis à la discipline tatillonne que le maréchal a toujours exigée de ses troupes. Mais, quand le service est achevé, Saxe ferme les yeux sur leurs fredaines. Il en use avec les soldats comme avec les chevaux : les quatre cents bêtes de bonne race, les soixante-douze chevaux que le maréchal a réservés à son propre usage, toutes ces bêtes, quand elles ne sont pas de revue, sont libres et galopent dans le parc.

Les soldats gambadent aussi, dans le parc ou dans les fermes, et le curé Cousin ne sait plus où donner de la tête : il a dû célébrer, le même jour, trois mariages entre des soldats venus des îles et des négresses, toutes trois, il est vrai, nommées Marie. M. Cousin a du pain sur la planche car on naît beaucoup à Chambord. Des bébés tout noirs, tout blancs ou bien métis passent devant les fonts baptismaux de l'église catholique. Saxe sait toutes ces choses-là mais il fut jadis le créateur des « tentes d'amour » pour ses soldats de la Flandre, il n'est pas homme à se formaliser et il ne déteste pas que la vie ait soudain jailli dans le château agonisant, après dix ans de moisissure et de macabre, et que les filles soient fécondes.

Il s'ennuie : ces chevaux, ces femmes, ces chasses, ces nègres et ces Tartares, ces revues militaires et ces fracas de trompettes, c'est bien joli mais l'odeur de la poudre était plus jolie encore et délicieuse à son nez. Il fait des moulinets, il maintient ses ardeurs, tout cela est dérisoire : tout de même que les comédiennes venues de Paris jouent Molière ou Quinault et miment la réalité, le maréchal de Saxe mime la guerre, fait semblant d'être un roi, s'accoutre des dépouilles de sa mémoire et de la splendeur de ses hallucinations. Faute de trouver une guerre pour de vrai, le maréchal s'aigrit, tourne en rond et de temps à autre, il va humer l'odeur du bon vieux temps en visitant Dresde, Berlin ou Paris, où gisent ses beaux souvenirs.

Il va rendre visite à l'autre génie militaire de son siècle, le grand Frédéric. Il arrive à Dresde, où règne son frère, Auguste III, le 20 juin 1749. Le comte de Bruhl, celui des cinq cents costumes, l'invite à assister à la Diète saxonne.

« A très haut, très illustre seigneur, notre cher et fidèle Maurice, comte de Saxe, de Tautenbourg et de Frauenpriessnitz », dit l'invitation.

Quelques jours plus tard, Maurice est à Potsdam, résidence de Sans-Souci. Frédéric II l'interroge, l'admire, le harcèle, le fait veiller trop tard dans la nuit, les deux hommes disputent sur la stratégie. Quand le maréchal sera parti, Frédéric II rend compte de l'entrevue à Voltaire : « J'ai vu ici le héros de la France, ce Turenne du siècle de Louis XV. Je suis instruit par ses discours, non pas dans la langue française, mais l'art de la guerre. Ce maréchal pourrait être le professeur de tous les généraux de l'Europe. »

Depuis des années maintenant Maurice de Saxe fait le siège de Justine de Ronceray, épouse du bon Favart, et en est rabroué avec persévérance. C'est un monde, cela ! Cet homme a sauvé la France à Fontenoy, il a forcé Raucoux et Lawfeld, il a fait exploser et il a saigné « la Pucelle », cette imprenable citadelle de Bergen op Zoom, il a anéanti les Autrichiens à Maëstricht et précipité, à son cœur défendant d'ailleurs, la paix d'Aix-la-Chapelle, mais cette mijaurée de

Mme Favart, elle, a résisté à toutes les simagrées séniles du maréchal. Et Maurice ne s'en accommode point. Et Maurice sera atroce.

Nous avons vu naguère Justine Duronceray débarquer à Bruxelles en 1746 avec la troupe de théâtre que Saxe avait demandé à Favart de former pour maintenir le moral des troupes. Le piège façonné par Saxe pour capturer la comédienne était bien ajusté, avec un détail regrettable toutefois : Justine Duronceray, la comédienne qu'il convoitait, on sait qu'elle s'était mariée clandestinement quelques jours avant d'être embauchée par Saxe, et mariée, par malencontre, avec ce petit Favart, précisément, quelle imprévoyance ! Pire encore : Justine aimait son Favart et lui était fidèle. Saxe dans les commencements, à Bruxelles, ne s'était pas arrêté à pareilles fariboles. S'il fallait qu'une femme soit célibataire pour coucher avec elle, le monde serait bien décevant et Saxe délire, c'est tout, il aime son délire, il veut mettre Justine dans son lit et tout le reste n'est rien.

Justine méritait-elle de provoquer un tel amour et de si grands malheurs ? Elle ne passe pas pour belle : « Petite, dit un témoin, mal faite, sèche, les cheveux bruns, le nez écrasé, les yeux vifs, la peau assez blanche, enjouée par caprice, minaudière, fourbe et dissimulée », et le baron Grimm, pipelette du temps, en rajoute. Il assure que Justine s'est donnée « pour de l'argent au héros de la France, au vainqueur de Fontenoy et de Lawfeld, le plus bel homme de son temps » mais elle se serait dérobée dans la suite « parce que la tête lui tournait d'un garçon pâtissier mal bâti appelé Favart, qui s'était échappé de la boutique de son maître pour faire des chansons et des opéras-comiques ».

Laide ou belle, calculatrice ou candide, vénale ou désintéressée, notre langue au chat, le sûr est que le maréchal est un maréchal ensorcelé. A la Chantilly, il va livrer une guerre, navrante dans les premiers mouvements, sordide à la fin.

Il caresse d'abord le mari, « le petit pâtissier », en l'accablant de présents, deux chevaux, un carrosse, un lit de camp de satin, vingt-cinq bouteilles de vin et Favart a le droit, nous sommes en 1746 alors, en Flandre, de puiser à son envie dans la bourse de Maurice de Saxe. Le bon Favart n'y voit pas malice. Ce maréchal est une trouvaille et Favart le vénère au point qu'il mélange un peu sa destinée et celle de Saxe. Il se prend pour le général en chef : « Nous achevons de vaincre, écrit Favart à sa mère, je dis plus, nous achevons de détruire. Pardonnez-moi si je dis “ nous ” ; à force de fréquenter les héros, j'en prends le langage. Montrez ma lettre à tous nos amis ; ils ont le cœur français... »

Deuxième épisode de cette guerre sans dentelles que Saxe livre à une femme, dans les interstices de l'autre guerre, celle des armées françaises en Flandre : ouvrir la tranchée afin d'emporter la place forte nommée Justine Duronceray, ou Mlle Chantilly, ou Mme Favart. Le maréchal, en dépit de son orthographe hirsute, est un grand épistolier. Après Raucoux, comme il va passer quelques semaines en France, il fait remettre une déclaration à Justine :

« Vous êtes une enchanteresse plus dangereuse que feue Madame Armide. Tantôt en Pierrot, tantôt travestie en Amour, et puis en simple bergère, vous faites si bien que vous nous enchantez tous. Je me suis vu au moment de succomber, moi aussi, moi dont l'art funeste effraie l'univers. Quel triomphe pour vous si vous aviez pu me soumettre à vos lois ! Je vous rends grâce de n'avoir pas usé de tous vos avantages... Qu'aurait dit le roi de France et de Navarre si, au lieu du flambeau de la vengeance, il m'avait trouvé une guirlande à la main ? Malgré le danger auquel vous m'avez exposé, je ne puis vous savoir mauvais gré de votre erreur, elle est charmante ! Mais ce n'est qu'en fuyant que l'on peut éviter un péril si grand.

Adieu, divinité du parterre adorée
Faites le bien d'un seul et les désirs de tous

Et puissent vos amours égaler la durée
De la tendre amitié que mon cœur a pour vous.

Pardonnez Mademoiselle à un reste d'ivresse cette prose rimée que vos talents m'inspirent; la liqueur dont je suis abreuvé dure souvent, dit-on, plus longtemps qu'on ne pense. »

Cette missive est absurde. Pour comble, elle s'inspire d'une autre lettre, écrite jadis à un autre amour de Saxe, Adrienne Lecouvreur, et sous la dictée probable de Voltaire en personne (surprenant Voltaire : le même homme qui écrit *Candide* ou le *Dictionnaire philosophique,* accumule les sornettes quand il célèbre la victoire de Fontenoy ou les charmes d'une femme).

La Chantilly est inquiète : elle flaire du vilain et se replie sur Bruxelles, loin des camps. Saxe, revenu de France, enrage, manque d'envoyer des grenadiers à Bruxelles pour arraisonner l'actrice. Le candide Favart lui-même commence à soupçonner que son cher maréchal n'est pas complètement gentil. « Mon cher petit bouffe, écrit-il à sa femme, ta santé m'inquiète beaucoup. Envoie-moi le certificat du chirurgien pour le faire voir à M. le Maréchal. On m'a menacé de te faire venir de force par les grenadiers et de me punir si j'en imposais encore sur ta maladie. »

Quelques jours plus tard : « Je crains peu pour moi les menaces; mais je ne me pardonnerais pas de t'avoir amenée dans ce pays pour t'exposer à la tyrannie. »

La Chantilly a peur. Elle décroche, se réfugie à Paris. Le maréchal gagne à Lawfeld, prend Maëstricht, après la paix d'Aix-la-Chapelle, lance la troisième partie de son offensive contre la Chantilly : puisque celle-ci est intraitable, on va massacrer le mari. La femme pointera son nez et Saxe la gaulera.

Aussitôt dit, aussitôt fait : Saxe est un démon. Il se débrouille pour mettre en faillite le théâtre aux armées de Favart. Les créanciers de l'imprésario-acteur réclament des sommes exorbitantes (vingt-six mille livres) et, comme Favart est sans le sou, suivent un décret de prise de corps et une saisie des effets de son magasin. Favart fourgue ses économies et s'enfuit à toutes jambes vers la France. Il gagne Strasbourg, change d'identité et subsiste maigrement en acceptant de modestes travaux. Il n'a pas oublié sa femme et lui fait tenir d'émouvants messages : « Reçois cette fleur fanée arrachée de sa tige ; c'est le symbole d'un cœur flétri par une absence rigoureuse. Adieu ! Que tous les jours te soient des jours de fête mais au milieu des plaisirs songe que, si tu es formée pour exciter l'amour, tu es née pour mériter l'estime. »

Justine est à Paris, elle triomphe à la Comédie-Italienne, où elle débute le 5 août 1749, mais les lettres du petit pâtissier lui déchirent le cœur, ses réponses sont nobles :

« On me menace qu'on va me faire beaucoup de mal mais je m'en moque ; j'irais de grand cœur demander l'aumône avec toi. Je suis pour jamais ta femme et ton amie. » Et, prenant texte d'une fatigue, elle quitte Paris dans une voiture aux rideaux noirs pour Lunéville où elle a donné rendez-vous à Favart.

Les espions du maréchal fonctionnent et le 8 octobre 1749, à Lunéville, la Chantilly est arrêtée par deux exempts qui, au nom du roi, lui enjoignent de venir jouer immédiatement à Fontainebleau. Fontainebleau était un mensonge. En réalité, c'est au Grand-Andely que la voiture des argousins emporte la pauvre femme et la voici internée dans un couvent d'ursulines. Pendant le voyage, elle a su faire parvenir un billet à son mari : « Je ne sais où l'on me mène mais les plus grands supplices ne me feront jamais manquer à ma vertu. »

Favart tremble beaucoup. Il ne revient pas à Strasbourg. Il s'enfouit à la campagne, dans la cave d'un curé pour qui il peint des éventails. Justine, au Grand-Andely, se demande qui a bien pu obtenir du roi une lettre de cachet et c'est le maréchal, la chose est claire, mais avec la complicité du père de Justine, M. Duronceray, joli monde ! Et puis, arrive une lettre de Maurice de Saxe, tout à fait ignoble :

« Je n'ai point entendu parler de Favart. Il doit être bien flatté de voir que vous lui sacrifiez fortune, agrément, gloire, enfin tout ce qui eût fait le bonheur de votre existence, pour le suivre dans un genre de vie que la seule nécessité fait embrasser. Je souhaite qu'il vous en dédommage et que vous ne sentiez jamais le sacrifice que vous lui faites. Vous n'avez point voulu faire mon bonheur et le vôtre ; peut-être ferez-vous votre malheur et celui de Favart. Je ne le souhaite pas, mais je le crains... »

Pas de réponse. Aussi, Justine est mutée de couvent, à Angers, où les religieuses sont très méchantes. Au fond de sa cave, Favart se lamente : « La plupart de mes amis m'ont abandonné. Il n'y a que l'infamie qui puisse me tirer du précipice. J'y resterai, mes malheurs me sont chers. »

Le couvent use les résolutions de Justine qui se décide à écrire au maréchal de Saxe. Le maréchal est de plus en plus méprisable : « Vous me dites que vous souffrez et je le crois. Vous dites que j'ai des griffes et qu'il n'est pas aisé de s'en tirer, je le crois encore ; mais je ne vous ai jamais fait que patte de velours, et ces griffes ne vous feront jamais mal si vous ne vous en faites pas vous-même. »

Justine est exténuée. Elle finit peut-être par céder aux chantages abjects du maréchal car elle est délivrée de son couvent, et conduite au château de Piple, près de Boissy-Saint-Léger, sous la surveillance de la femme Mouret, épouse du concierge de Chambord.

Pourtant, après qu'il a eu sa proie, et comme il est assouvi, Maurice de Saxe montre un peu de compassion. Il constitue même une rente dont Mme Favart jouira un jour et, selon certains témoins (mais les confidences glanées ici et là sur les derniers mois de Chambord sont si confuses, si fuyantes qu'on est sans certitude, elles dessinent un ballet d'outre-monde et les visages se dérobent), selon certains, Mme Favart aurait joué, sous la contrainte, au théâtre de

Chambord, quelques pièces, dont *L'Epreuve* de Marivaux, et *La Chercheuse d'esprit,* de Favart lui-même.

Une jeune femme pure, incarcérée dans un château branlant, sous la surveillance hargneuse d'une mégère afin de servir aux plaisirs moribonds d'un maréchal hydropique, saxon et émérite, le comte de Saxe aura vraiment tout fait dans son cahotique parcours, même le dérisoire scénario d'une de ces fêtes blêmes dont le marquis de Sade, à la même époque, a la tête encombrée.

XXXIV

Les jardiniers jardinent, les chevaux galopent, les soldats défilent, les clairons claironnent, les piqueurs rabattent, les cerfs meurent, les ouvriers curent le lit du Cosson, les forestiers soignent les chênes de François Ier, et quand vient la nuit les musiciens musiquent, les demoiselles montrent leur gorge, les comédiennes déclament, les sentinelles veillent, les jeunes officiers du Saxe-Volontaires fleurettent, les paysans de Blois font tourner leurs chapeaux noirs dans leurs doigts, les carrosses accourus de Paris passent les grilles dorées du parc.

Et le maréchal régente son microscopique empire, son grain de moutarde. Malade, exténué, hissé par ses laquais sur son bidet, comme un sac de pommes de terre multicolore, il s'acharne à faire semblant d'être heureux, semblant d'être vivant.

Avec ses gardes, capitaines, lieutenants, rachasseurs, faisandiers ou canardiers, il force les daims, les cerfs, les chevreuils et perdrix de la grande forêt. Il invente un système pour prendre les sangliers au piège — trois cents sangliers en une seule année — sous le regard illuminé de ses belles invitées. Le soir, succèdent les concerts sur l'eau ou bien des scènes mythologiques, des embarquements vers Cythère pour que tremblent, dans les ombres dorées du temps, les fêtes galantes que la mère de Maurice, Aurore de Kœnigsmark, ordonnait au château de Moritzburg, jadis, ou à l'abbaye de Quedlimbourg.

A Versailles et à Paris, comme dans les chaumières des paysans, le château de Chambord fait la nouvelle. On jacasse que le maréchal, ivre de discipline et de domination, a fait exécuter deux militaires, le sous-brigadier Joseph Haut et le dragon Jacob Kier. Un arbre, un ormeau, préposé à ces pendaisons, deviendra illustre. (La foudre punira l'arbre, en 1830, en l'incendiant.) Mais cet arbre n'est pas un ormeau, c'est un ragot : le maréchal de Saxe, bien qu'abominable aux femmes rétives comme la Verrières, ne fut jamais cruel à ses soldats, seuls compagnons de cette âme obscure. Une autre histoire circule à Blois : le maréchal aurait trouvé rigolo de faire jeter par la fenêtre un paysan dont l'attitude était inconvenante. Baliverne.

Une fois par semaine, le peuple est introduit au grand couvert, c'est-à-dire au dîner du maréchal. Maurice de Saxe, au milieu de ses invités mais aussi seul qu'un empereur, trône, en perruque, vêtu de vert et de rouge, une large croix sur son poitrail, une serviette de lin aux armes de Fontenoy sur le ventre. Dans la magnificence des lumières scintillent les vaisselles d'or, d'argent et de vermeil. Les paysans assistent debout au festin de Gargantua, admirent la danse des cuisiniers, échansons, marmitons qui présentent le monumental repas, viandes et sauces, terrines et chapons, oies fumées, agneaux, pigeons, salades compliquées et surtout le mets du roi, la carpe à la Chambord, ses truffes, son lard.

« Dès que Sancho entra dans la salle du festin, les clairons sonnèrent, et quatre pages s'avancèrent pour lui verser de l'eau sur les mains, cérémonie que Sancho laissa faire avec une parfaite gravité. La musique cessa et Sancho s'assit au bout de la table, car il n'y avait pas d'autre siège ni d'autre couvert tout à l'entour. »

Quelques camarades visitent Saxe. Lowendal, bien entendu, le vieux complice, le hardi sacripant de Bergen op

Zoom, le butor cultivé qui parle quatorze langues, ou bien le cher comte de Friesen, le neveu de Saxe, et enfin Valfons, l'ancien aide de camp, l'honnête Valfons.

« Je passai quelque temps à Chambord, écrit Valfons, chez le maréchal de Saxe ; il me logea dans la chambre de Marie de Médicis et, pendant quatre jours de suite, ce grand homme eut la complaisance de venir se mettre dans un fauteuil à mon chevet tandis que j'étais dans mon lit et de me rappeler tout le détail de ses campagnes, avec la charmante simplicité qui caractérise tout simplement les héros... Le maréchal n'avait alors que cinquante-trois ans, et malgré les cruelles souffrances que je lui avais vu souvent endurer avec un courage héroïque, la vigueur de son tempérament le maintenait vaillant et infatigable. A le voir ainsi robuste et actif, heureux de vivre et plein de conceptions généreuses, personne n'eût pu le croire si proche de sa fin... »

Le bon Valfons y voit comme une taupe : s'il est vrai que Saxe est actif, cette activité farde sa fatigue, sa terreur du noir, de la mort qui a commencé ses manœuvres. Il n'y a plus de bonheur et le maréchal aime le bonheur, il rameute les bonheurs perdus. Il ne gaspille pas toutes ses oisivetés à rabâcher, devant Valfons ou Lowendal, les heures martiales de la campagne de Flandre. Il écoute le murmure des amours parties et il voudrait encore de l'amour, mais, s'il ne peut même plus grimper sur son cheval, comment renouveler les prouesses priapiques de Courlande, de Saxe ou de Versailles ?

Les femmes ne manquent pas. Elles peuplent, elles envoûtent Chambord, le château, le parc, la rivière, les lacs. Par dizaines, femmes du monde et comédiennes, putains et courtisanes (mais Maurice ignore ces nuances, il voit des femmes et voilà tout), elles se pressent aux marches du château. Saxe les cajole et, comme il est fatigué et très généreux en même temps, s'il s'occupe de deux petites danseuses, Mlles Rivière et Favier, ce n'est pas pour lui, c'est donc pour son frère, pour le roi de Pologne Auguste III.

Automne 1750, lettre de Maurice de Saxe à son frère, le roi de Pologne, Auguste III.

« Mlle de Sens vient passer ici une partie de l'automne avec une " trôlée " de femmes de la Cour. Je leur donnerai des chasses sur les toiles, la comédie et le bal tout le jour et pour cet effet, j'ai arrêté la troupe des comédiens qui est des voyages de la Cour à Compiègne, à qui je ferai manger force biches et sangliers. Je compte que ces dames s'amuseront fort bien : j'ai un corps d'officiers très bien choisis, de jolie figure, jeunes et reclus comme des moines dans le château de Chambord. On irait plus loin pour trouver cela et l'on commence à en médire : mais elles viendront ici quoi que l'on puisse dire. Votre Majesté trouvera peut-être que je fais un métier conforme à la vie que j'ai menée : c'est le sort des vieux charretiers d'aimer encore à entendre claquer le fouet. A tout péché soit fait miséricorde ! Si j'en fais un de procurer des plaisirs à mon prochain, mon intention n'est pas qu'ils soient criminels, et ce que j'en dis n'est que pour amuser Votre Majesté. Toutes ces dames sont sages ; elles aiment à rire et j'espère que c'est tout... »

Il arrive que le vieux charretier fasse claquer son fouet. Le triste est que le fouet ne claque plus. Maurice tente sa chance avec une chanteuse allemande et aussi avec Mlle Rotisset, la fille de son illustre chef cuisinier. A la suite, il se rue sur deux dames à la fois, quel imprévoyant, deux dames de condition, Pauline d'Ennery, qui était la femme d'un officier de Saxe, le vicomte de Blot, et Mme de C... qui habite non loin de Chambord et dont les cheveux sont beaux. Mais le maréchal a plus gros yeux que gros ventre. Il obtient quelques faveurs de Mme d'Ennery. Pour Mme de C... il s'empêtre de telle façon que la jeune femme préfère de faire l'amour avec le neveu et ami de Saxe, le comte de Friesen.

Mme de C... ne perd pas grand-chose à ce change : l'incommodité dont Saxe souffre depuis quelques années s'aggrave. Il roupille dans les moments incomparables et quelle importance ? Même éveillé, le maréchal fournit de moins en moins, tourne au contemplatif. Il fait contre mauvais sexe bon cœur et se spécialise dans la caresse mais il a de trop chatoyants souvenirs : « L'amour réduit à ces délicatesses, dit-il, n'est plus que de la niaiserie », et Luynes confirme : « Quoique M. de Saxe eût le corps extrêmement fort et robuste, il ne pouvait suffire au libertinage de son esprit et il se servait de tous les moyens propres pour satisfaire ses passions. »

Quels moyens propres ? Le soir, le maréchal convoquait dans sa chambre des femmes et des laquais. Il considérait le spectacle, ce qui est une procédure naturelle au XVIIIe siècle mais, pour Saxe, ce stratagème était de pénurie, non d'excès. En mémoire des heures éblouies de la Flandre, ces femmes étaient grasses.

Maurice ruse avec son malheur. Il entend relier Chambord au domaine de son complice Lowendal en creusant un canal entre le château et La Ferté-Lowendal mais sa cervelle est un peu trouée, il oublie cette lubie et fait aménager une terre qu'il a acquise il y a quelques années, près de Paris, le domaine de la Grange (cinquante mille livres, en 1748). En outre, Louis XV a accepté de visiter Chambord, ce qui autorise Saxe à nourrir sa manie de la pierre : il prévoit un budget de trois millions de livres pour améliorer l'édifice. Quelques voyages à Paris aussi. Des fêtes à Chambord, celle d'octobre 1750, ornée de douze dames de qualité dont Mlle de Sens, princesse du sang, une Condé, sixième fille de Louis duc de Bourbon. Visite de deux filles du roi, Mmes Louise et Sophie de France. Le maréchal est luxueux. Mme Louise est très petite. Les tristesses et les jours se remplacent.

L'automne déjà ! Il est froid avec un ciel blanc. Le 12 novembre, le maréchal, qui avait dans son lit « une des filles de Chambord », selon Luynes, éternue ou bien tousse, il se soigne d'un brouet de seigle assorti de miel de Narbonne. Le miel ne marche pas. Le maréchal s'ennuie dans sa chambre, fiche en l'air son miel, boit du cidre. Le 21, il programme une chasse au sanglier. Le sanglier est tout de suite débusqué. Un impatient, François Le Lièvre, marquis de La Grange, ne peut se retenir, lâche son coup et l'équipage consterné découvre que la chasse est close quand elle commence. Maurice produit une colère royale.

Le soir, lc rhume n'est plus là. Le maréchal dort comme un loir et, le lendemain matin, il travaille mais à dix heures, la tête lui fait très mal, il a une fièvre de cheval, perd le souffle. Deux jours plus tard le chirurgien du Saxe-Volontaires, M. Roth, saigne le maréchal, il est onze heures. A quatre heures, on remet ça, on recueille un sang inquiétant, épais, mordoré, et on saigne de nouveau dans la nuit. Un médecin arrive de Blois, fait une autre saignée. Le comte de Friesen et l'illustre docteur Sénac sont priés à Chambord.

Le 25 novembre, Sénac est introduit dans la chambre de Saxe.

« Mon ami, dit Maurice, me voilà à la fin d'un beau rêve. » (Certains témoins placent ce mot, qui émeut, un peu plus tard, en font une dernière parole.) Quatre heures plus tard, le maréchal perd conscience.

Les attelages encombrent la cour du château : les Turenne, les Saint-Simon, les Polignac, chacun vient aux nouvelles et Louis XV avec la Pompadour dépêche des courriers. Les paysans du coin chuchotent : le vainqueur de Fontenoy est à la mort.

Sénac, le grand chirurgien, entre en action. Il a une idée lumineuse : il va faire une saignée. Le 28, un cortège pénètre dans la chambre, le comte de Friesen, avec le marquis de Sourdis, l'ancien aide de camp de Maurice et le comte de Lowendal, ce coquin de Lowendal assorti d'un prêtre car Lowendal se fait des cheveux pour l'âme de son petit camarade et souhaite de convertir Maurice de Saxe à la religion catholique, de manière qu'il béneficie de quelques points de repêchage à l'examen ultime. Il faut avouer que l'Eternel avait déniché un drôle d'intercesseur car Lowendal est un héros sans peur mais de beaucoup de reproches.

Dans ses campagnes, Lowendal eut toujours coutume de tuer tout ce qui bouge et Bergen op Zoom fut un charnier. S'il a combattu dans les armées de la France, ce fut par rencontre, il a toujours vendu son épée à l'encan. Pour la religion, il n'est pas mieux outillé : il eût été musulman chez le Grand Turc ou réformé chez les Hollandais mais l'Eternel a les idées larges et connaît au surplus que Saxe, qui n'a sans doute pas de religion, n'est pas homme à en changer pour un détail même aussi désagréable que sa mort. Alors, Lowendal ou un autre, de toute manière la démarche est vaine, elle n'aura pas de suite et le maréchal, qui n'a pas une seconde à perdre, au point où le voici rendu, coupe court : « Puisque vous êtes de mes amis, dit-il à Lowendal, vous me ferez plaisir de ne plus parler de conversion. »

Le 30 novembre, à six heures trois quarts du matin, le beau rêve est fini.

XXXV

« PAUVRE Saxe, dit la marquise de Pompadour, il est mort dans son lit comme une vieille femme, ne croyant à rien et n'espérant rien », et Voltaire : « La destinée se joue des faibles mortels ; elle tue le maréchal de Saxe à Chambord après l'avoir respecté à Lawfeld. »

La destinée ? Ou bien la haine ? Quelques jours plus tard, le 3 décembre 1750, d'Argenson écrit dans son *Journal* une phrase stupéfiante : « Le bruit est dans le peuple que le maréchal de Saxe a été tué dans la forêt de Chambord et y a reçu des coups d'épée. »

Ce bruit n'est pas apprécié de la Cour qui se fend d'un communiqué officiel pour affirmer que le maréchal est mort d'une fluxion de poitrine. Le communiqué fait long feu. Rien à faire : le bruit demeure dans le peuple que le maréchal a été tué au cours d'un duel. Deux cent cinquante ans plus tard, l'énigme perdure.

Le baron Grimm relate l'affaire dans ses *Mémoires politiques et anecdotiques* (Mémoires posthumes, publiés en 1830) :

« J'étais depuis trois jours à Chambord avec le comte de Friesen et déjà notre retour à Paris était arrêté ; le maréchal souffrait moins de ses infirmités et son neveu avait obtenu de lui qu'il viendrait passer à Paris tout l'hiver. »

Or, Grimm et Friesen voient entrer au château un homme sans livrée qui glisse dans la main du maréchal un billet cacheté. Le messager reçoit une réponse et s'en va. Maurice de Saxe s'enferme dans son cabinet, sans doute pour écrire et ranger des documents.

« Il sortit, explique Grimm, demanda son neveu avec lequel il s'entretint quelques instants et se rendit au parc sans vouloir être suivi. Je le vis se promener seul et toujours sur la même allée ; il fixait parfois ses regards vers la grille qui communique avec le bois. »

Après quelques moments, on entend un charivari. Un groupe de domestiques se presse aux grilles. Ils portent un brancard sur lequel repose Maurice de Saxe. « C'était le maréchal, blessé, sans mouvement et d'une effrayante pâleur. Aux cris de son neveu, il ouvre les yeux, fait un effort pour tendre la main. »

Maurice interroge son neveu :

— Le prince de Conti est-il encore ici ? Assurez-le que je ne lui en veux nullement. Faites prévenir Sénac ; je sens qu'il arrivera trop tard ; mais j'ai besoin de revoir mon ami. Je demande le plus grand secret sur ce qui vient de se passer.

Un duel ? Et avec le prince de Conti ?

Près d'un siècle plus tard, en 1830, un journaliste, Jean-Toussaint Merle, mène une enquête. Il retrouve l'ancien concierge de Chambord, ou valet de chambre, Mouret, qui confirme la version de Grimm, la perfectionne : à huit heures du matin, dans les derniers jours de novembre 1750, une chaise de poste était entrée dans le château de Chambord. Un homme en était descendu et avait remis une lettre pour le maréchal. Saxe s'était habillé aussitôt et avait quitté le château par une voie secrète. Bientôt, le maréchal revient, soutenu par un aide de camp et se met au lit. Il venait d'être blessé par le prince de Conti.

Et le concierge Mouret ne démord pas de son roman :

« Ils ont dit dans le temps que c'était un frisson, mais je suis sûr, moi, que le frisson dont est mort M. le Maréchal était au bout de l'épée du prince de Conti. »

Les deux témoignages sont incohérents. Grimm, qui ne recule jamais à inventer, comme s'il avait à tâche d'enjoliver ou de noircir la vérité, dit n'importe quoi et plusieurs des détails dont il farcit son discours sont mensongers. Quant au journaliste Merle, il étonne également, d'abord parce qu'il mène son enquête en 1830, c'est-à-dire quelques mois à peine après que le texte de Grimm, resté inédit jusque-là, avait été édité.

Et il y a plus saugrenu : Mouret, ce serviteur qu'interviewe le journaliste Merle en 1830 (nous connaissons ce Mouret, sa femme avait eu la charge de surveiller la Favart au château de Piple), Mouret était âgé de trente ou quarante ans au moins à la mort du maréchal, en 1750. Or, c'est en 1830 que Mouret parle au journaliste Merle, c'est-à-dire quand il était âgé de cent dix, cent vingt ou cent trente ans. Sans doute le journaliste a-t-il escamoté une génération et a-t-il mélangé le vieux Mouret avec son fils. Et si Merle a pu commettre une telle bévue, comment accorder foi à son témoignage ?

Et pourtant, elle court, elle court, la rumeur de Chambord. C'est qu'elle séduit et elle forme un épilogue noir et comme fatal à la resplendissante carrière du maréchal. Si, comme il faut le croire, le duel entre le prince de Conti et le comte de Saxe est imaginaire, et si le maréchal mourut en effet d'une maladie de poitrine, alors, force est de dire que le grand manitou qui gère la terre a manœuvré comme un imbécile. Il s'est montré imprévoyant, peut-être même instable. Il n'a pas su utiliser les ingrédients qu'il possédait dans ses magasins pour confectionner un beau drame romantique. Ce manitou n'est pas un artiste ou bien il n'a aucun esprit de suite : voilà des années qu'il s'escrime à préparer le terrain pour confectionner une mort explosive, épique et féodale et, au dernier moment, il oublie de tourner son ragoût et il nous sert une mort ordinaire, la mort en charentaises d'un officier retraité dans sa maison secondaire de province, quel ratage !

A quoi servaient alors tous les clins d'œil adressés par le sort au maréchal ? Et pourquoi ce prince de Conti, clairement désigné depuis toujours comme l'instrument des Moires, se préparant assidûment à cette mission, a-t-il fait un écart au dernier moment et dédaigné le rendez-vous que Satan lui avait marqué dans la forêt de Chambord ?

Conti vouait au maréchal une haine héréditaire, mais enfin Maurice de Saxe, ce vieux rhumatisme, cette grosse démangeaison, et qui ne commande même plus à ses femmes, quelle idée d'aller le transpercer comme ça, dans les bois de Chambord ? C'est que la jalousie de Conti était sans borne. Et puis en cette année 1750, Louis XV vient de remettre une fois de plus sur le métier la capture par un Français de la couronne de Pologne. Il prévoit de donner ce trône au prince de Conti justement, au cas de la mort du frère de Maurice, le roi Auguste III. Jolie récompense pour Conti et l'occasion pour lui de se revancher de ce bâtard qui a empoisonné ses nuits. Or, malheureusement, un seul homme, à la cour de France, jouit d'une influence assez grande pour désarmer le dessein polonais que le comte de Broglie est en train de tramer, sous les ordres de Louis XV, en faveur de Conti, et cet homme est le maréchal de Saxe. Dans ces conditions, n'était-il pas nécessaire que le prince de Conti eût le projet d'assassiner son vieil ennemi ?

On voit que les fagots ne manquaient pas pour allumer un fameux brasier. Ajoutons que le meurtre serait non seulement logique mais bien accommodé au génie de Maurice de Saxe. Enfant d'une lignée redoutable, le duel lui sied à merveille, et ce combat loyal, au dernier sang, dans la noble forêt de Chambord où sonnent les échos d'antiques chasses à courre, où luisent les reflets de tant de drames de la Renaissance, comment imaginer plus beau nimbe à l'épilogue du beau songe ?

C'est pourquoi on déplore vaguement que le témoignage

de Grimm ne vaille pas un liard et que le publiciste Merle, en 1830, narre des calembredaines. On ne s'avoue pas vaincu pour autant : certes, on consent que le maréchal périt d'une fluxion de poitrine et non d'un coup d'épée mais, sous les grimoires déchiffrables et un peu niais des apparences, on soupçonne que d'autres dessins plus ombreux, presque estompés, se dissimulent, et la toux du maréchal de Saxe, les saignées de Sénac, les éternuements, les décoctions de seigle et de miel de Narbonne, on voit bien qu'ils ne sont que des leurres à l'abri desquels se camoufle l'inaccessible présence, l'inaudible charabia des fatalités.

Toute rumeur dit toujours la vérité, pervertie et oblique mais plus vraie que la vérité, et ses lumières rasantes, ses scintillations dévoilent, comme dans la fin du soleil, les figures que l'œil ne saurait distinguer, surtout lorsque les rumeurs se reproduisent et que leurs hurlements répètent à l'infini le même conte tragique, moins dans les corridors du temps que dans le dehors du temps, dans les terrains vagues où les temps s'entrelacent. Or, c'est bien le cas du duel de Chambord. Il prend rang dans une série obstinée de duels ou de meurtres princiers, dans la litanie des rois assassins, depuis les reines sanglantes des temps mérovingiens jusqu'aux poisons, aux tortures administrées derrière le rideau, dans les palais des rois mongols, dans les coulisses du Kremlin.

La lignée du maréchal, la branche Saxe autant que la branche Kœnigsmark, participa toujours avec enthousiasme à ces massacres de têtes souveraines, que ce soit pour les perpétrer ou pour en périr. A trois reprises, en moins d'un siècle, en 1694, à Hanovre, en 1750 à Chambord et puis, bientôt, aux alentours de 1770, à Rambouillet, la famille des Saxe, ou des Kœnigsmark, a joué (ou jouera) la scène du meurtre avec une certaine réussite. Nous connaissons déjà l'épisode de Hanovre. Nous sommes en train d'assister à celui de Chambord. Mais le troisième crime, celui de

Rambouillet, n'est pas encore passé sous notre lorgnon puisqu'il adviendra dans vingt ans seulement et il nous faut accélérer un peu le temps si nous voulons l'apercevoir.

Vers 1770, donc. Deux des fils du Dauphin Louis et de Marie-Josèphe de Saxe — deux petits-neveux de Maurice de Saxe, par conséquent —, le futur Louis XVI et son frère le comte de Provence, chassent dans la forêt de Saint-Hubert, près de Rambouillet. Et il se produit un épisode insensé : le comte de Provence pointe son arme dans la direction de son frère. Le coup ne part pas, et le futur Louis XVI, au lieu d'être tiré comme un lapin par son frère dans une forêt, sera obligé d'avoir le cou coupé vingt ans plus tard par des sans-culottes, tout est bien qui finit bien, et le frère assassin, le comte de Provence, aura malgré tout accès au trône, sous le nom de Louis XVIII, avec un peu de retard, il est vrai, en 1814, mais ce retard se justifie : pour que le destin répare sa bourde de la forêt de Rambouillet et la maladresse du futur Louis XVIII, force lui fut de mettre en branle une grosse mécanique : déclencher la Révolution, assassiner cent mille malheureux, porter au pouvoir Napoléon, lui donner l'Europe à consommer, s'en débarrasser enfin d'une chiquenaude à Waterloo, et c'est alors, oui, après quelques boucles, que Louis XVIII obtient ce trône qui lui avait échappé dans la forêt de Rambouillet.

Mais enfin, dira-t-on, comment peut-on connaître un secret pareil et dans quelles archives cette tentative de meurtre bourbonien fut-elle consignée et dévoilée ? Quelle historien pour en faire état ?

Un historien de très haut savoir puisqu'il s'agit de l'archange Raphaël, en personne, qui vendra la mèche un peu plus tard, à un aimable habitant de la région de Chartres.

La révélation de l'archange Raphaël a lieu en 1816, trente ans à peu près après la tentative de meurtre de Louis XVIII dans le bois de Rambouillet. Cette année-là, le 15 janvier, un paysan de Gallardon, près de Chartres, Thomas-Ignace Martin, un haricotier coiffé d'un chapeau rond et chaussé de guêtres, rencontre dans son champ un archange, l'archange Raphaël, qui mesure cinq pieds un pouce, porte une lévite de couleur blonde et confie au paysan un secret. Thomas-Ignace Martin, qui n'avait pas l'habitude des archanges dans des champs de haricots, est bouleversé et comme il parle ensuite à tort et à travers et qu'il vaticine, il y gagne d'être fourré à Charenton, d'en sortir et d'être reçu par le roi Louis XVIII le 2 avril 1816. Qu'un roi donne audience à un haricotier, la chose n'arrive pas communément, mais l'archange Raphaël avait fait des déclarations tellement assourdissantes que Louis XVIII ne pouvait se boucher les oreilles.

Le message fantastique de l'archange Raphaël, tel que le haricotier le rapporte à Louis XVIII, plusieurs témoignages le disent, dont le plus complet figure dans un article de *La Légitimité,* une feuille naundorffiste, en 1893.

« Il est vrai qu'un jour, dit le haricotier à Louis XVIII, étant à la chasse avec le roi Louis XVI, votre frère, dans la forêt de Saint-Hubert, le roi étant devant vous, d'une dizaine de pas, vous avez eu l'intention de tuer le roi votre frère. Louis XVI était monté sur un cheval plus grand que le vôtre et venait de passer ; vous avez été embarrassé par une branche d'arbre qui s'est ployée de manière à vous empêcher, en passant sous l'arbre, de commettre ce meurtre et votre frère avait passé sans être embarrassé par les branches du même arbre. Vous aviez un fusil à deux coups, dont l'un était pour votre frère le roi, et vous auriez tiré l'autre en l'air, pour faire croire qu'on avait tiré sur vous, et vous auriez accusé quelqu'un de sa suite. Le roi a rejoint sa suite et vous n'avez pu réussir dans votre projet ; mais vous avez conservé ce dessein pendant longtemps et vous n'avez jamais eu une occasion favorable de le mettre à exécution. »

A ce récit, le roi Louis XVIII, frappé de terreur et

profondément ému, réplique : « O mon Dieu ! O mon Dieu ! Cela est bien vrai ; il n'y a que Dieu, vous et moi qui sachions cela, promettez-moi de garder sur toutes ces communications le plus grand secret. » Le haricotier promit.

Imaginaire, cette tentative de meurtre ? Une rumeur de Rambouillet après la rumeur de Chambord ? L'affaire est tenue pour exacte par le scrupuleux duc de Castries et exposée avec talent par l'historien Philippe Boutry et le psychanalyste Jacques Nassif dans *Martin l'archange.* Et comment ne pas consentir que les deux rumeurs, celle de Chambord et celle de Rambouillet, sortent du même atelier, presque du même moule, même si le scénario de Louis XVI avec Louis XVIII est plus parfait et mieux accompli que celui de Saxe avec Conti, dans la mesure où le crime de la forêt de Rambouillet en 1770 oppose deux princes, deux frères de surcroît, et futurs rois de France l'un et l'autre, alors qu'à Chambord, en 1750, les souverainetés sont un peu écaillées et biscornues, le prince de Conti, même prince du sang, ne régnant pas et le maréchal de Saxe, prince d'un sang bâtard, n'ayant après une course haletante pas mis le moindre trône dans sa giberne, même pas la Corse ou l'île de Tabago, même pas le « grain de moutarde » de Sancho Pança, au point qu'il a dû se réduire, sur ses derniers jours, au trône caricatural, bouffon et estropié de Chambord.

Or, il est troublant que les deux frères princiers, le futur Louis XVI et le futur Louis XVIII, soient des Saxe puisqu'ils sont enfants de la nièce de Maurice de Saxe, cette Marie-Josèphe, que Maurice a réussi à marier avec le Dauphin, Marie-Josèphe, la fille du frère de Maurice, de cet Auguste III qui, lui, a la légitimité et la couronne de Pologne. Ainsi les deux rumeurs s'épanouissent-elles à la fois dans les mêmes champs politique et familial.

A la lumière des deux crimes, l'un inabouti et l'autre impalpable, des forêts de Chambord et de Rambouillet, le premier des trois crimes perpétrés dans la lignée Kœnigsmark-Saxe, c'est-à-dire celui de Hanovre en 1694, change alors de nature : quand la comtesse von Platen a assassiné l'oncle de Maurice de Saxe, le beau et frivole Philippe, frère d'Aurore de Kœnigsmark en lui enfonçant le talon de sa chaussure dans la bouche, n'est-ce pas également autour du pouvoir que le drame s'organisait ? Un pouvoir diminué, plus mutilé encore que celui de Saxe à Chambord mais convoité jusqu'à l'assassinat, le pouvoir de la comtesse von Platen sur le corps sacré du beau Philippe, de sorte que la même scène, dans la même famille, se répète trois fois, en l'espace d'un siècle, avec des succès inégaux : la première tentative, celle de Hanovre, fut conduite jusqu'à son dénouement mortel ; la troisième tentative, celle de Rambouillet, vers 1770, n'est qu'à l'état d'esquisse ou de désir, puisque le comte de Provence vise son frère mais n'actionne pas la gâchette ; la deuxième tentative, celle de Chambord en 1750 organisée par le prince de Conti contre le maréchal de Saxe, est plus handicapée encore, elle n'accède même pas, la malheureuse, à la dignité de « l'être » car le prince de Conti n'a pas fait le voyage de Chambord, mais qui saurait douter, au terme de la rigoureuse démonstration que nous venons de faire, qu'en vérité, le spectre de Conti et celui de Maurice de Saxe se sont en effet affrontés en duel dans la grande forêt et que le maréchal connut une mort lyrique et soldatesque, digne de ses funambulesques exploits guerriers ?

Maurice de Saxe est mort. Les canons de deuil tonnent sur les forêts de Chambord.

XXXVI

Le maréchal a demandé que son corps soit dissous dans la chaux vive, comme le fut son oncle Philippe-Christophe dans un château des hauts de l'Allemagne, comme aussi le corps de la femme qu'il aima, la douce Adrienne, avait été exterminé par un évêque et jeté à la décharge publique. Son vœu sera méprisé : sur une longue table de pierre, le cadavre du maréchal est allongé. Le chirurgien de Chambord, M. Roth, farfouille, prélève le cœur, le dépose dans une boîte de vermeil. Les entrailles sont enfermées dans un autre coffre.

Le château de Chambord est en deuil. Toutes les pièces ont été revêtues de noir. Ce qui reste de Maurice a été étendu sur un lit de parade enveloppé de seize drapeaux déployés. Une des chandelles du catafalque enflamme une mèche de cheveux du maréchal. Les paysans du Blésois, les bourgeois, les officiers, les palefreniers, les officiers, tous ceux qui aimèrent ou redoutèrent Maurice de Saxe défilent, s'inclinent, regagnent leurs villages dans le froid de décembre.

Paris pétille de curiosité le jour où le testament est ouvert dans l'étude de Me Fortier. Le maréchal a bien fait les choses : son neveu, le comte de Friesen, recevra le diamant de Prague, un manuscrit de souvenirs, le château de Chambord et le régiment de cavalerie. Pour sa fortune, qui est monumentale, le maréchal l'a distribuée aux personnages les plus bizarres : le marquis de Sourdis a droit à cent mille livres, M. d'Alençon, qui fut son précepteur gagne un diamant. Les officiers, les chirurgiens ont leur part mais voici plus étrange et comme une dernière insolence du « vieux charretier » : des sommes considérables sont réservées aux valets de chambre du maréchal, à un ancien domestique, au concierge de Chambord, à des palefreniers, à un tambour major.

Il y a quarante jours que les canons tonnent sur les chênes et sur les hêtres et voici l'heure des funérailles. Louis XV entend que les obsèques soient majestueuses mais dans quelle terre ensevelir Maurice ? Ce maréchal déplacé, gentilhomme de fortune et perpétuel émigré, ce maudit fastueux, ce nomade enfin, n'a pas achevé son errance : luthérien, il ferait beau voir que l'homme le plus illustre du royaume soit enseveli dans les domaines du roi très chrétien ! Le parti dévot, celui qui avait balancé le cadavre d'Adrienne dans une poubelle, clabauderait comme une escadre de mouettes. Le maréchal mort est condamné à prendre son cercueil de pèlerin.

Le 8 février, le fanion du maréchal est abaissé à la lanterne du château. Le corps du maréchal repose dans un cercueil triple, de plomb, de cuivre et de bois, hissé sur un char que tirent six chevaux caparaçonnés de deuil. Les cent dragons de l'escorte portent le crêpe. Leurs armes sont retournées. Et la dernière charge du vainqueur de Fontenoy commence.

Le premier soir, on fait halte à Beaugency, sur la Loire. Le maréchal n'est pas autorisé à déposer son cadavre, pour la nuit, dans l'église catholique. Il est hébergé dans la maison d'un protestant. Le lendemain, le convoi reprend la route : dans les villages en décor de deuil, les hommes et les femmes s'agenouillent devant le héros.

Les voitures vont cahoter un mois sur les routes de France. Le temps est épouvantable, entre givre et brouillard, avec tempêtes, déluges, on croirait parfois que les chevaux ont perdu leur route, que le fantôme du maréchal a fait une dernière fugue, et le 7 février le déraisonnable cortège arrive à Strasbourg, la ville des frontières dans laquelle les deux religions sont tolérées.

Toutes les cloches des temples luthériens sonnent le glas. Douze pièces de canon tirent des salves. Le peuple est dans la rue. Les tambours battent aux champs. Devant l'hôtel du gouvernement, des officiers généraux ainsi que les deux neveux de Maurice, les comtes de Friesen et de Lowenhaupt, accueillent l'équipage. Dix soldats déposent le cercueil sur un lit, au centre d'une salle entièrement tendue de velours noir tissé d'or et d'argent. Les rideaux du lit sont blancs. Aux quatre coins de la couche mortuaire, des hérauts d'armes brandissent, dans une main un bâton de maréchal, dans l'autre une torche allumée. Les flammes sont immobiles.

Le lendemain, devant une foule qui a piétiné dans le froid pendant des heures, le convoi se dirige vers le temple Saint-Thomas. A midi, toutes les cloches protestantes de Strasbourg sonnent encore. Les vitraux de Saint-Thomas sont aveuglés de tentures noires. L'édifice est dans la nuit. Des centaines de bougies tremblent dans cette nuit.

Le roi Louis XV a voulu qu'un monument prestigieux consacre la mémoire du maréchal de Saxe. Jean-Baptiste Pigalle en reçoit la commande. Il y travaillera vingt-cinq ans et quand l'ouvrage sera inauguré, en 1776, Louis XV est mort depuis deux ans, Pigalle est un vieillard et la plupart des hommes et des femmes qui partagèrent les chagrins et les bonheurs de Maurice ne sont plus. Le souvenir demeure : six mille personnes, venues de France et d'Allemagne, assistent aux cérémonies. Le tombeau de Pigalle est une réussite : emphatique, hyperbolique, baroque, mythologique, allégorique, plein de marbres.

Nous nous rappelons les funérailles de l'hiver 1751, le corbillard en perdition sur les chemins du beau pays en direction de l'Allemagne, cette cavalcade d'hommes drapés dans leurs grands manteaux d'hiver, ces soldats neigeux qui trébuchent dans des paysages défaits, ce cercueil comme un bagage et qui verse parfois dans les fossés, ces villages noirs, et leurs larmes et leurs cierges et le tintamarre de leurs cloches, et les femmes prosternées, ultime fête de celui qui avait tellement aimé les fêtes, parce que son cœur, à présent transi dans sa boîte de vermeil, était inapaisé, ultime défaite de celui qui gagna tant de batailles et dont la dépouille maintenant fait retraite vers les lieux du long repos.

Paris, 7 août 1989.

Du même auteur

UN SOLDAT EN DÉROUTE
Gallimard, Folio, 1981.
LES PIRATES
Balland, 1969 ; rééd. Phébus, 1987.
ANARCHISTES D'ESPAGNE
en collaboration avec Jean Bécarud,
Balland, 1970.
LA RÉVOLUTION SANS MODÈLE
en collaboration avec François Châtelet et Olivier Revault d'Allonnes,
Mouton, 1975.
UTOPIES ET CIVILISATIONS
Flammarion, 1977.
ÉQUINOXIALES
Flammarion, 1977.
LE SINGE DE LA MONTRE
Flammarion, 1983.
LA BATAILLE DE WAGRAM
Flammarion, 1986.

La composition de ce livre
a été effectuée par Bussière à Saint-Amand,
l'impression et le brochage ont été effectués
sur presse CAMERON
dans les ateliers de la SEPC à Saint-Amand-Montrond (Cher)
pour les Éditions Albin Michel

AM

Achevé d'imprimer en octobre 1989
N° d'édition : 10944. N° d'impression : 2114.
Dépôt légal : octobre 1989.